সুদক্ষিণা

এক অসম্পূর্ণতা......

রূপা সরকার

Made with ♥ on the Notion Press Platform
www.notionpress.com

তুমি ছাড়া কেহ সাথি নাই আর
সমুখে অনন্ত জীবন বিস্তার,
কাল পারাপার করিতেছ পার
কেহ নাহি জানে কেমনে।

জানি শুধু তুমি আছ তাই আছি
তুমি প্রাণময় তাই আমি বাঁচি,
যতো পাই তোমায় আরো ততো যাচি
যতো জানি ততো জানি নে।

জানি আমি তোমায় পাবো নিরন্তন
লোক লোকান্তরে যুগ যুগান্তর
তুমি আর আমি, মাঝে কেহ নাই
কোনো বাঁধা নাই ভুবনে।

নয়ন তোমারে পায় না দেখিতে
রয়েছ নয়নে নয়নে।

রবীন্দ্রনাথ ঠাকুর

বিষয়বস্তু

ভূমিকা

বিয়ে এবং বৈবাহিক জীবন নিয়ে এক একজনের অভিজ্ঞতা এক একরকম। ভালবাসার পরিভাষাও সবার কাছে এক নয়। আমার মনে হয় বিয়ে হোক বা ভালবাসা, সব কিছুর মধ্যে স্বচ্ছতা, সততা দরকার। তবে কিছু কিছু ক্ষেত্রে অর্থ, যশ ভালবাসার উর্ধে উঠে যায়। আর তখন সেখানে স্থান নেয় অহঙ্কার, দম্ভ, স্বার্থপরতা । বিয়ে তথা ভালবাসার মত পবিত্র সম্পর্ক তখন নিছক ই হয়ে ওঠে লোকোসমাজের লোকোগাথা । না না আমি ভালবাসা নিয়ে জ্ঞ্যান দিচ্ছি না । আমি খালি আমার মতামত প্রকাশ করছি । আমার এই গল্প-ও একাধারে ভালবাসার ই গল্প । এখানে একদিকে যেমন বাবা মা এর সাথে তাদের সন্তানের এক অভাবনীয় ভালবাসা রয়েছে, তা সে জন্মদায়ি বাবা মা হোক বা পালিত বাবা মা, তেমনিই রয়েছে সমাজের কিছু ক্রুর মানুষের স্বার্থপরতার ভালবাসা । রয়েছে স্বামী স্ত্রী এর সম্পর্কের কিছু অভাবনীয় উদাহরণ । প্রেম যন্ত্রণায় ব্যাথিত হৃদয় আবার মৃত্যুযন্ত্রণায় কাহিল জীবন । আর সব কিছুকে ছাপিয়ে যাওয়া স্বার্থান্বেষী দের স্বার্থ । অর্থের জন্য পাগলামি, স্বার্থের জন্য ছলনা, যশের জন্য নীরবতা, ভালবাসার জন্য ব্যাকুলতা, সম্মানের জন্য আর্তনাদ...... এই সব রয়েছে এই গল্পে । আশা করছি গল্পপ্রেমিদের এই গল্প নিশ্চয়ই ভালো লাগবে । তার সম্পূর্ণ প্রচেষ্টা আমি করেছি।

1

সুদক্ষিণা এক অসম্পূর্ণতা...

:প্রথম অধ্যায়:

।।এক।।

বৈশাখের কড়া রোদে চাটুজ্যে মশাই তার সঙ্গ-পঙ্গদের নিয়ে বাড়ি ফিরছেন । রোদের প্রচণ্ড ঝলকানি , পিপাসায় সবার প্রান ওষ্ঠাগত । রাস্তায় ঘোরা-ফেরা করা কুকুর-বিড়াল গুলিও একটু ছায়ার সন্ধানি হয়েছে । কিছু নিত্যকর্মী মানুষ তাদের ঘাম মুছতে মুছতে বাড়ির দিকে হেঁটে চলেছেন । এত তিক্ত পরিবেশেও চাটুজ্যে মশাই-এর মুখে একটু মৃদু হাসির রেখা আছে , চোখে একটা আলাদাই কোনো কিছুর আনন্দ ।

তৎকালীন সমাজের জমিদার ছিলেন নিরঞ্জন চাটুজ্যে মহাশয় । অঘাত সম্পত্তি তার । ছেলে-পুলে, স্ত্রী, ভাই...... সব মিলিয়ে ওনার ভরা সংসার ।

চাটুজ্যে মশাই পালকি দিয়ে নেমে ঘরে ঢুকে ডাক দিলেন " গিন্নি , ও গিন্নি, বলি গেলে কোথায় ? একটি বার শুনে যাও দেখি "

থালায় কিছু মিষ্টি ও একটি বড় গ্লাসের এক গ্লাস জল এনে অন্নপূর্না দেবি তার সামনে রাখলেন । অন্নপূর্না দেবি হলেন চাটুজ্যে মশাই এর স্ত্রী । যেমনি নাম, তেমনি তার গুন ও মহিমা । শোনা যায়, ভিখারি এসে ভিক্ষা চাইলেও তিনি তাদের বসিয়ে, খাইয়ে, দু-হাত ভরে অন্ন-বস্ত্র দিয়ে পাঠান । ঈশ্বর যেমন তাদের ভরে দিয়েছেন, তেমনি তিনিও সেটির সদ্‌ব্যাবহার করেন ।

পান চিবোতে চিবোতে অন্নপূর্না দেবি বললেন "আসতে না আসতেই গিন্নি গিন্নি করা শুরু করেছেন , বলি আগে একটু জল খান দেখি... উফ্ কি গরমটাই না পরেছে ।"

চাটুজ্যে মশাই ঢগ ঢগ করে পুরো জল টা খেয়ে, মুখে একটা সন্দেশ পুরে বলতে লাগলেন " বলি, আমি যে মেয়ে দেখতে গেছিলাম গো , আমাদের অরুণের জন্য । আহ ! কি রূপ তার , চোখ যেন জুড়িয়ে যায় " অন্নপূর্না দেবি ও শুনে খুব খুশি হলেন , স্বামীর পছন্দের উপর তার পুরো ভরসা ।

চাটুজ্যে মশাই আর একটা সন্দেশ হাতে নিয়ে বললেন "তুমি, অরুণ, বরুণ, শৈলেন্দ্র আর ছোটো বৌমা তৈরি থেকো , আগামি রবিবার আমরা তাকে দেখতে যাবো ।" অন্নপূর্না দেবি হাসি মুখে সব শুনলেন , এবং খালি বললেন " আচ্ছা ।"

শৈলেন্দ্র চ্যাটার্জী আর মধুমন্তি দেবি হলেন চাটুজ্যে মশাই এর ছোটো ভাই আর বৌমা। অরুণ ও বরুণ চ্যাটার্জী হল চাটুজ্যে মশাই এর দুই ছেলে। অরুণের বয়স এই ২৬ বছর , এবং বরুণ ১২ বছরের। দুই ভাই এর মধ্যে বয়সের অনেক পার্থক্য , তাই তাদের মধ্যে অত মিল-মিশ ও নেই।

অরুণ সন্ধ্যে বেলায় কাছারি দিয়ে বাড়ি ফিরতে অন্নপূর্ণা দেবি তাকে বলে উঠলেন "অরুণ, তোমাদের বাবা বলেছেন আগামী রবিবার তৈরি হয়ে থাকতে, শিবপুর যেতে হবে।"

অরুণ জিজ্ঞেস করল " কেন মা ?"

"তোমার বাবা তোমার জন্য মেয়ে দেখে এসেছেন যে " অন্নপূর্ণা দেবি বললেন।

অরুণ বা বরুণ কেউ কখনই তাদের বাবার উপর কথা বলত না। তাই বাবার আজ্ঞা শুনে সে মাথা নাড়িয়ে সম্মতি জানিয়ে চলে গেল।

বাবার কাছারিতে নায়েব মশাই এর সঙ্গে হিসাব নিকাশের কাজ দেখে অরুণ। সু-গঠন ও বলিষ্ঠ চেহারা তার। কলকাতার বিখ্যাত নামী কলেজ থেকে অরুণ পড়াশুনা করেছে। পড়াশুনা শেষে বাবার ব্যাবসায় সে যোগ দেয়। নেহাত-ই ভাল ও বাধ্য ছেলে সে। বাবা মায়ের কথা আজ পর্যন্ত সে অমান্য করেনি। কাছারির কাজ নিয়ে সারাদিন ই সে ব্যাস্ত থাকে। মাঝে-মধ্যে একটু লেখা-লেখি ও করে বটে , তবে তা নিছক-ই সখে। তার ইচ্ছা ভবিষ্যতে সে দেশ-বিদেশ এ মাল রপ্তানি করবে , এর জন্য প্রস্তুতি নেওয়া-ও সে রীতিমত শুরু করে দিয়েছে। সে নিজের হাতে সেই ‘তরীর’ নকশা তৈরি করেছে , যেটি সে রপ্তানীর কাজে লাগাবে। মা-এর মুখে বিয়ের কথা শুনে সেই দিকে সে একটু-ও মনোপাত করেনি। তার কাছে বিয়ে হল একটি সামাজিক নিয়ম , যেটা সমস্ত মানুষকে একটা সময় আসলে করতে হয়। তাই সেই দৃষ্টিভঙ্গি অবলম্বনে সেও প্রস্তুত বিয়ের জন্য।

বরুণ হল আবার অরুণ এর ঠিক বিপরীত। বয়স তার এই ১২, ১৩ হবে। গ্রামের-ই এক বিদ্যালয়ে সে পড়াশুনা করে , তবে পড়াশুনার প্রতি ঝোঁক তার একেবারে নেই বললেই চলে। রোজ এক-ই সময়ে নিয়ম করে বিদ্যালয়ে যেতে তার বড্ড বিরক্ত লাগে। বাঁধাধরা জীবন তার একেবারেই পছন্দের না। বিদ্যালয়ের চেয়ে বাড়িতে বসে পড়তেই তার বেশি ভাল লাগে। ও হ্যাঁ , তার ভাললাগার আর একটি জিনিস আছে , তা হল কবিতা ও গল্প। গল্প, কবিতা লিখতে সে খুব ভালোবাসে। এই ছোটো বয়সেই তার লেখা লেখির উপর ভীষণ ঝোঁক , শব্দের ভান্ডার-ও প্রচুর তার। প্রকৃতি-নদী-গাছপালা...... এতে এক আলাদাই রসদ খুঁজে পায় সে। তেতলার উপরের চিলেকোঠার ঘর টি তার বড় প্রিয়। কেউ বিরক্ত করেনা ওখানে , মনের খেয়ালে সে সেখানে লিখতে পারে। মা মাঝে-মধ্যে আদর করতে করতে বলেন " আমার বরুণ একদিন মস্ত বড় লেখক হবে " বরুণ-ও উত্তর দেয় " হব বৈকি মা, নিশ্চই হব।"

।। দুই।।

রবিবারের সকাল আসতে না আসতেই চাটুজ্যে বাড়িতে হুলস্থূল পরে গিয়েছে। নিরঞ্জন চাটুজ্যে বারবার গিন্নির কাছে খোঁজ নিচ্ছেন প্রস্তুতি কতদূর। আজ যে তাদের শিবপুর যাওয়ার কথা। অন্নপূর্ণা দেবি-ও একেবারে দশভূজা হয়ে চারিদিক টা সামলাচ্ছেন , ওদিকে আবার নায়েব মশাই গেছেন পালকি আনতে। ফল, মিষ্টি, শাড়ি, গহনা...... সব গুছানো হয়ে গেছে অন্নপূর্ণা দেবির। অরুণের যদি মেয়ে পছন্দ হয়, তাহলে আজ-ই পাকা কথা সেরে আসবেন তারা। তাই এত আয়োজন। মধুমন্তি-ও সমান তালে, সমস্ত কাজে তার বড় জা কে সাহায্য করে চলেছে। ওইদিকে শৈলেন্দ্র দায়িত্ব নিয়েছে অরুণ ও বরুণ কে তৈরি করার।

যথা সময়ে পালকি এসে উপস্থিত । নায়েব মশাই হাঁক দিতেই , একে একে করে পালকিতে সব জিনিস পত্র তোলা হতে লাগলো । অরুণ, বরুণ, শৈলেন্দ্র সকলে গিয়ে একটি একটি পালকিতে উঠে বসলো । অন্নপূর্ণা দেবি , মধুমন্তি কেও বললেন একটি পালকিতে উঠে বসতে । খানিক এদিক-ওদিক চোখ ফিরিয়ে মধুমন্তি বলল " দিদি, বড়ঠাকুর কে তো দেখছি না, তিনি কি বের হননি এখনও ?" অন্নপূর্ণা দেবি-ও এতক্ষন খেয়াল করেননি “সত্যি-ই তো... নায়েব মশাই পালকি নিয়ে আসার পর থেকে তো তেনাকে দেখতে পাচ্ছি না,” বলে উঠলেন অন্নপূর্ণা দেবি । তিনি ঘরের ভিতরে ঢুকলেন দেখার জন্য , ঢুকে দেখলেন নিরঞ্জন চাটুজ্যে তার মৃত মায়ের ছবির সামনে জল-মিষ্টি দিচ্ছেন , এবং বের হওয়ার আগে মায়ের কাছে আজ্ঞা নিচ্ছেন । আজ যে তিনি তার অরুণের বিয়ের কথা ঠিক করতে যাচ্ছেন , তাই মায়ের কাছে আজ্ঞা না নিয়ে তিনি যাবেন কিভাবে । যে কোনো শুভ কাজে যাওয়ার আগে তিনি এমন টা করে থাকেন ।

অন্নপূর্ণা দেবি মাথার কাপড় টা আর একটু টেনে শাশুড়ি কে প্রণাম করলেন , এরপর স্বামীর উদ্দেশ্যে বললেন " নিন চলুন এবার , ওদিকে যে পালকি এসে গেছে "

" হ্যাঁ হ্যাঁ চলো " নিরঞ্জন বাবু বললেন এবং দুজনেই ঘর হতে বের হলেন । বের হওয়ার আগে , আর একটি বার মা কে প্রণাম জানালেন দুজনেই ।

বাইরে শৈলেন্দ্র ওনাদের অপেক্ষা করছিল , ওনাদের আসতে দেখে সে বলল " এ কি দাদা, এত দেরি করলে কেন ? ওদিকে যে মেয়ের বাড়ি পৌছাতে দেরি হয়ে যাবে , শিবপুর এর রাস্তা যে অনেক" নিরঞ্জন বাবু ভাই এর দিকে তাকিয়ে হাল্কা হেসে বললেন " হ্যাঁ রে ওই একটু দেরি হয়ে গেল আর কি । চল , চল উঠে পর এবার । গিন্নি তুমিও ওঠ । নায়েব মশাই , আপনি কিন্তু আমার পালকিতে আমার সাথেই যাবেন " এরপর সকলে যে যার পালকিতে উঠে বসলেন ।" নাও বেহারা এবার চল দেখি “বলে চাটুজ্যে মশাই পালকির সামনের পর্দাটা টেনে দিলেন । “দুগ্‌গা দুগ্‌গা” নিজ পালকি হতে বলে উঠলেন অন্নপূর্ণা দেবি , আর সেই তালে চলল তাদের পালকি-ও ।

হুলস্থূল যে শুধু চাটুজ্যে বাড়িতে পরেছিল তা নয় , শিবপুর এর শিবরাম বাড়ুজ্যের বাড়িতেও সেদিন যথাযথ হুলস্থূল ছিল । শিবরাম বাড়ুজ্যে হলেন শিবপুর-এর জমিদার । ওনার-ও যথেষ্ট নাম-ডাক-সুনাম রয়েছে আশেপাশের গ্রামে । জমিদারীর-ই বিভিন্ন কাজে নিরঞ্জন চাটুজ্যের সাথে ওনার আলাপ হয় । ওনার দশ বছরের বিয়ের উপযুক্ত একটি কন্যা সন্তান রয়েছে , এই কথা টি শোনার পর নিরঞ্জন চাটুজ্যে ওনার মেয়ে টিকে এক ঝলক দেখে গেছিলেন এবং সেইমাত্রই নিরঞ্জন বাবুর পাত্রীকে পছন্দ হয় । আগামী রবিবার পরিবার সমেত দেখতে আসার কথা তিনি বলে যান । তার প্রস্তুতি-ই চলছে বাড়ুজ্যে মশাই এর বাড়িতে ।

বাড়ুজ্যে মশাই এর স্ত্রী শান্তিপ্রিয়া দেবি , সকাল দিয়ে সমস্ত কাজ কর্ম সেরে এইবার তিনি তার মেয়েকে তৈরি করতে বসেছেন । নেহাত-ই ছেলেমানুষ তার মেয়েটি । বিয়ের ব্যাপারে কিছুই বোঝে না । তার জগৎ তার ছোট্ট পুতুল দুটি , ওদের নিয়েই সারাদিন ব্যস্ত থাকে সে । “উফ্ সোদু , চুপটি করে দাঁড়াও , ভালো করে তোমার চুলটা বেধে দিতে দাও । তোমার শ্বশুর , শাশুড়ি, সোয়ামী আজ পেত্থম বার দেখবেন তোমায়" এই বলে শান্তিপ্রিয়া দেবি মেয়েকে সুন্দর করে সাজাতে লাগলেন । ওনার সাথে আশে পাশের কয়েক বাড়ির গিন্নিরা এবং ওনার এক বিধবা পিসিশাশুড়ি রয়েছেন ।

“শ্বশুর , শাশুড়ি , সোয়ামী ... এরা কে গো মা , গাঁয়ের কোনো নতুন লোক ?” ছোট্ট সোদু তার মা কে জিজ্ঞেস করতে লাগলো ।

"আ মুলো যা ..." চেঁচিয়ে উঠলেন পিসিমা , " বুড়ি কুদি মেয়ে, বলে কিনা সোয়ামী মানে কি... ওরে সোয়ামী লো সোয়ামী , সোয়ামী হল তোর ভগবান ।"

"থাক্ না পিসিমা , সোদু এখনো এসব কিছু বোঝে না " শান্তিপ্রিয়া দেবি মেয়ের হয়ে একটু কথা বলতে না বলতেই পিসিমা আবার গর্জে উঠলেন , " বোঝে না... বলি বোঝে না মানে কি অ্যাঁ । আমি যখন ওই মেয়ের বয়সি ছিলাম ,তখন আমার কোলে আমার বড় ছেলে 'নিপেন' ছিল । বলি বিয়ের পর যখন বর সোহাগ করতে ডাকবে , এ মেয়ে যদি তখনও ছেলেমানুষি করে তাহলে কি হবে ভেবেচ ... বংশের মান-মর্যাদা কিছু থাকবে ?"

ওনাদের মধ্যে এই নিয়ে কথা-বার্তা চলছে , এমন সময় বাইরের এক দাসী এসে খবর দিল " গিন্নিমা , বাবু আপনাকে ডাকচেন , অতিথিরা এসে গেচেন ।"

দাসীর মুখে অতিথি দের আগমনের কথা শুনে শান্তিপ্রিয়া দেবি তৎক্ষণাৎ বাইরের দিকে যেতে লাগলেন , এবং মেয়েকে বলে গেলেন সে যেন ওই ঘর ছেরে কোত্থাও না যায় , তিনি পরে এসে তাকে নিয়ে যাবেন ।

বাড়ুজ্যে মশাই অতিথিদের যথা সৎকার আপ্যায়ন করে ওনাদের ঘরের ভিতর নিয়ে আসলেন । ততক্ষণে শান্তিপ্রিয়া দেবি-ও সেখানে এসে গেছেন । একে অপরের সাথে মেল-মিলাপ , আদর-আপ্যায়ন চলতে থাকলো । অরুণ কে সকলের খুব পছন্দ হল । অন্নপূর্ণা দেবির-ও বাড়ুজ্যে পরিবারের অতিথি আপ্যায়ন ভীষণ ভাল লাগলো ।

" নিন বাড়ুজ্যে মশাই , এবার হবু বৌমা কে ডাকুন , তাকে দেখার জন্য যে সক্কলে অপেক্ষা করছে " নিরঞ্জন বাবু বললেন ।

শান্তিপ্রিয়া দেবি কিছু বলতে যাচ্ছিলেন , কিন্তু সহসা পিসিমা তার কথা কেটে নিজে বলে উঠলেন , "হ্যাঁ হ্যাঁ মেয়ে আমাদের সেই সক্কাল বেলা দিয়ে তৈরি হয়ে বসে আছে , ডাকলেই সে এসে যাবে । সোদু...... ও সোদু মা , বলি এ দিকে আয় বাছা , তোর শউর বাড়ির লোক এসেছেন যে ।"

পিসিমার তৎপরতা দেখে শান্তিপ্রিয়া দেবি বললেন , " আমি নিয়ে আসছি পিসিমা সোদু কে , একা আসতে সে লজ্জা পাবে " এই বলে তিনি মেয়েকে আনতে চলে গেলেন ।

পাশের বাড়ির ঘোষাল গিন্নি সকলকে জল-মিষ্টি দিচ্ছিলেন , বাড়ুজ্যে বাবু-ও অরুণের সঙ্গে বিভিন্ন কথা-বার্তা বলে তার সম্বন্ধে সব জেনে-বুঝে নিচ্ছেন । ইতিমধ্যে শান্তিপ্রিয়া দেবি সেখানে উপস্থিত হলেন তার মেয়েকে নিয়ে । " ওই তো সোদু মা এসে গেছে " পিসিমা বললেন "আসো মা , এসে সবাই কে পেন্নাম কর ।"

বাড়ুজ্যে মশাই উঠে গিয়ে তার মেয়েকে সকলের সমুখে নিয়ে আসলেন , " নাও মা , প্রণাম কর সবাইকে " বলে তিনি তার মেয়েকে পাঠালেন অন্নপূর্ণা দেবির সমুখে ।

"থাক্ থাক্ মা , বেঁচে থাকো , কি নাম তোমার ?" অন্নপূর্ণা দেবি জিজ্ঞেস করলেন ।

" সোদু " ......

বাড়ুজ্যে মশাই পাশ দিয়ে বললেন , " পুরো নাম বলো মা "

" সুদক্ষিণা , আমার নাম সুদক্ষিণা "

"বাহ্ ! ভারি মিষ্টি নাম তো ," মধুমন্তি বলে উঠলো ।

সত্যিই যেমন নাম , তেমনই তার রূপ । সু-গঠন চেহারা , চেহারা দেখলে কেউ বলবেই না সে ১০ বছরের মাত্র , অনায়াসে ১৩, ১৪ বলা যেতেই পারে । টানা টানা চোখ , মাথা ভর্তি চুল , গায়ের রঙ এতটাই পরিষ্কার যে 'দুধে-আলতা' শব্দটি যেন তার জন্যই বানানো হয়েছে । রূপের

ছটাক তার পূর্ণিমার আলোকেও হার মানায় ।

অন্নপূর্ণা দেবির সুদক্ষিণা কে খুব পছন্দ হল। মনে, মনে তিনি তার স্বামী কে প্রণাম ও ধন্যবাদ জানালেন , এত সুন্দরী বৌমা পছন্দ করার জন্য । আর শুধু অন্নপূর্ণা দেবির ই নয় , চাটুজ্যে পরিবারের সকলের-ই সুদক্ষিণা কে খুব পছন্দ হল । শৈলেন্দ্র অরুণ কে বলল , "নে অরুণ বল, তোর পাত্রী পছন্দ কি না !"

"আমি আর কি বলবো কাকামশাই , আপনারা যা ঠিক করবেন আমি তাতেই রাজী " অরুণ বলল ।

অরুণ রাজী তো হলো ঠিক-ই , তবে সত্যি কথা বলতে অরুণ সুদক্ষিণা কে ঠিক করে দেখেই নি । আগেই বলা হয়েছে , অরুণের কাছে বিয়ে হল নিছক-ই এক সমাজ ব্যবস্থা , এর ব্যতীত কিছুই না । তাই সুদক্ষিণা কে সে ঠিক করে দেখলই না । তবে অরুণ না দেখলেও সুদক্ষিণা কে একজন ভালো করে দেখেছিল , সে হল বরুণ । ইতিমধ্যেই পরিবারের কথোপকথনে সে জানতে পেরেছে যে , এই মেয়েটির সঙ্গে তার দাদার বিয়ে হতে চলেছে । বিয়ে মানে কি , সেটা বরুণ না বুঝলেও অন্তত এইটুখানি সে জানে যে , বিয়ের পরে এই মেয়েটি তাদের সাথে তাদের বাড়িতেই থাকবে । বরুণের তেমন কোনো খেলার সাথি ছিল না । সুদক্ষিনার মধ্যে সে একজন খেলার সঙ্গিনী খুঁজে পাচ্ছিলো , তাই সে সুদক্ষিনার দিকে তাকিয়ে ছিল ।

" আমাদের কিন্তু মেয়ে খুব পছন্দ , আর আজ-ই আমরা বিয়ের পাকা কথা বলে যাব । মা লক্ষ্মীকে যত তারাতারি সম্ভব আমি আমার বাড়ি নিয়ে যেতে চাই " নিরঞ্জন বাবু প্রফুল্লিত মনে বলে উঠলেন ।

সকলে তো ভীষণ খুশি । একে অপরের মুখ মিষ্টি করা , কোলাকুলি করা চলতে থাকলো । চাটুজ্যে পরিবারের সকলে সুদক্ষিণা কে শাড়ি , গহনা দিয়ে আশীর্বাদ করলেন । বাড়ুজ্যে পরিবার-ও অরুণ কে একটি সোনার আংটি এবং তাদের একটি পৈত্রিক জমি উপহার দিয়ে আশীর্বাদ করলেন । ইতিমধ্যেই বিয়ের তারিখ-ও সকলে ঠিক করতে লাগলেন । আগামী মাসের ২রা জ্যৈষ্ঠ , এই দিনটি-ই ঠিক করা হল বিয়ের জন্য । সকলের সাথে সকলের মেল-মিলাপ সম্পন্ন করে ও বিয়ের প্রস্তুতি তোড়জোড় করে আয়োজন করার প্রতিশ্রুতি দিয়ে সেদিনের মতো চাটুজ্যে পরিবার বিদায় নিলেন শিবপুর থেকে ।

।।তিন।।

যথাযথই বিয়ে নিয়ে দুই পরিবারেই একটা তোড়জোড় শুরু হয়ে গেল । একদিকে যেমন চাটুজ্যে পরিবারের বড় ছেলের বিয়ে , অন্যদিকে তেমনই বাড়ুজ্যে পরিবারের একমাত্র মেয়ের বিয়ে । তাই কোনো পরিবার-ই বিয়ে নিয়ে কোনো থামতি-ই রাখতে চান না ।

বিয়ের আগের দিন , সন্ধ্যের দিকে শিবরাম বাবু তার মেয়েকে ডেকে পাঠালেন । পিসিমার সাথে বিয়ের কিছু ব্যাপার নিয়েই তিনি আলোচনা করছিলেন । শিবরাম বাবুর মা গত হয়েছেন আজ বহু বছর আগে । মা-এর পর এই পিসিমাই তাকে কোলে পিঠে করে মানুষ করেন , তাই পিসিমা কে তিনি খুব স্নেহ ও সম্মান করেন । পিসিমাও খুব অল্প বয়সেই বিধবা হয়ে , দুই ছেলেকে নিয়ে বাপের বাড়ি চলে এসেছিলেন । সেই সময় ওনার দাদা অর্থাৎ বাড়ুজ্যে মশাই এর বাবা ওনার ভরণপোষণ করার দায়িত্ব নিয়েছিলেন । তারপর থেকে তিনি এখানেই থেকে যান । পিসিমার দুই ছেলে পড়াশুনা শিখে কলকাতায় চাকুরি করে । বড় ছেলেটি বিবাহিত , তবে বিয়ের পর থেকে সে শ্বশুর বাড়িতেই ঠাঁই নিয়েছে । আর ছোট ছেলেটি যেই কোম্পানিতে চাকুরি করে , তাদের তরফ

থেকে দেওয়া একটি কোয়ার্টারে সে থাকে। অগত্যা পিসিমা কে এই শিবপুর এই থেকে যেতে হয়। তবে এখানে তিনি যথেষ্ট মর্যাদা ও ভালবাসা দুই-ই পান।

শিবরাম বাবু যেকোনো কাজ করার আগে পিসিমার সাথে আলোচনা করে তবেই করেন। সেদিন-ও দুজনে মিলে কিছু পরামর্শ করছিলেন। এমন সময় শান্তিপ্রিয়া দেবি সেখানে এলেন সোদু কে নিয়ে। মেয়েকে দেখে শিবরাম বাবু তার কাছে গিয়ে তার মাথায় হাত বুলিয়ে দিতে দিতে বললেন, " কাল তোমার বিয়ে মা। তুমি এই বাড়ি ছেড়ে তোমার নতুন বাড়ি যাবে। ওখানে আরো একজন মা পাবে, বাবা পাবে, স্বামী, দেওর পাবে। তাদের যত্ন নিও মা, নিজের আগে তাদের কথা ভেবো। দেখো তাদের যেন কোনো অসম্মান না হয়, আর আমাদের-ও। আমাদের মান রাখার দায়িত্ব-ও কিন্তু তোমার মা।"

সুদক্ষিণা চুপচাপ সব শুনছিল কিন্তু ছোট্ট সোদু বাবার কোনো কথাই বুঝতে পারছিলো না। বা এটা বলা বেশি সামঞ্জস্যপূর্ণ হবে যে, তার বোঝার বুদ্ধি বা বয়স কোনটাই হয়নি।

মেয়েকে এইসব কথা বলতে বলতে কখন যেন শিবরাম বাবুর চোখে জল এসে যায়। কাল তার আদরের মেয়ের বিয়ে, সে চলে যাবে এই বাড়ি ছেড়ে। তিনি নিজেকে সংযত করলেন, এরপর মেয়ের কপালে এক স্নেহভরা চুম্বন করে তিনি উঠে গেলেন বিয়ের প্রস্তুতি কতদূর কি এগোলো সেইসব দেখার জন্য। স্বামীর কথা শুনতে শুনতে কখন যেন শান্তিপ্রিয়া দেবির চোখেও জল এসে যায়, আঁচলের কোনা দিয়ে চোখটা মুছে তিনি সোদু কে বললেন, " চলো সোদু ঘুমাতে চলো, অনেক রাত হয়েছে। কাল যে আবার কাঁক ভোরে উঠতে হবে তোমায়" এই বলে তিনি সোদু কে নিয়ে ওখান থেকে চলে যান।

পিসিমা এতক্ষন চুপচাপ থেকে সকলের সব কথা শুনছিলেন। সবাই ঘর থেকে বেরিয়ে যেতে তিনি ভগবানের উদ্দ্যেশ্যে হাতজোড় করে বললেন, " মেয়েটা কে সুখি কোরো ঠাকুর। দেখো আমার মতন যেন সোয়ামী খেকো না হয়" বলতে বলতে ওনার চোখেও জল এসে গেল।

পরের দিন ভোরবেলা থেকেই দুই বাড়িতে বিয়ের প্রস্তুতি একেবারে যাকে বলে তুঙ্গে। নিরঞ্জন বাবু নায়েব মশাই এর সাথে মিলে বাইরের কাজগুলি সম্পন্ন করতে ব্যস্ত, আর শৈলেন্দ্র দেখছে ঘরের দিকটা। অনেক আত্মীয় স্বজন এসেছেন ওনাদের। সকলের থাকা খাওয়ার ব্যবস্থা, তাদের যাবতীয় ভালো-মন্দের দিক টা শৈলেন্দ্র-ই সামলাচ্ছে। রান্নার ঠাকুর যাতে সকল রান্না ঠিকঠাক ভাবে করেন, তাই শৈলেন্দ্র সবসময় ওনাদের তদারকি করেই চলেছে। বাজার পত্তর থেকে শুরু করে, কোন খাবার কখন বানানো হবে, কীভাবে পরিবেশন হবে, সব দায়িত্ব-ই সে নিয়েছে। আর বিয়ের যত স্ত্রী-আচার আছে, অন্নপূর্ণা দেবি ও মধুমন্তি সেগুলি সামলে নিচ্ছে। ছোট্ট বরুণ-ও আজ খুব খুশি, তার খেলার সঙ্গিনী টি আজ তাদের বাড়ি আসবে যে।

ওদিকে আবার শিবপুর-এ, শিবরাম বাবুকে সব দিক টা একাই সামলাতে হচ্ছে। ওনার হাতে হাতে সকল কাজ করার মতন মানুষ ওনার নায়েব মশাই ছাড়া তেমন আর কেউ নেই বললেই চলে। তাই সকল দিকটা ওনাকে একাই দেখতে হচ্ছে। শান্তিপ্রিয়া দেবি আবার মেয়েকে নিয়ে ব্যস্ত, কম তো নিয়ম না! সব নিয়ম তো ওনার জানাও নেই। তাই পিসিমা ওনাকে যেমন যেমন বলছেন, উনি ঠিক সেইরূপ করে যাচ্ছেন।

বিকেল গড়াতে না গড়াতেই সোদু কে বিয়ের সাজে প্রস্তুত করা শুরু হয়ে গেল। সোদু কিন্তু এইসব কিছুই বুঝছে না, কি হচ্ছে? কেন হচ্ছে? কতক্ষন-ই বা হবে...... কিছুই বুঝছে না সে। তবে তার এই সবকিছু বেশ ভালো লাগছে। নতুন নতুন শাড়ি, গহনা, ফুলের মালা, চন্দনের সাজ ...

সব পরে সে খুব আনন্দ পাচ্ছে , খুব নাচানাচি করছে । " চুপটি করে দাড়াও সোদু মা , চন্দনের ফোঁটা গুল ঠিক করে দিতে দাও " ঘোষাল গিন্নি সোদুকে সাজাচ্ছিলেন , এর মাঝেই সোদু তাকে জিজ্ঞেস করলো , " আজ কি গো কাকিমনি ? চারিদিকে এত লোক , বাইরে এত রশ্মি , বাজনা বাজছে , কত্ত খাবার , এত নতুন নতুন জামা । আজ কি কোনো পুজো ?" সোদুর কথা শুনে ঘরে উপস্থিত থাকা সকলেই হেসে উঠলেন । ঘোষাল গিন্নিও সোদুকে খুব স্নেহ করতেন , সোদুর কথা শুনে তিনিও হালকা হাসতে হাসতে বললেন , " দুর পাগলি পুজো কেন হবে , আজ যে তোর বিয়ে"

" বিয়ে ? ... সে আবার কি ?"

" বিয়ে কি ! ... বিয়ে হল আজ তোর সোয়ামী তোকে সিঁদুর পরিয়ে তার বাড়ি নিয়ে যাবে । তোকে তো এবার থেকে তার বাড়িতেই থাকতে হবে । শ্বশুর , শাশুড়ি , সোয়ামী সবার সেবা-যতন করতে হবে , সবাইকে রেঁধে খাওয়াতে হবে , আর হ্যাঁ... সোয়ামী কে কিন্তু সব থেকে বেশি যতন করতে হবে , দেখিস সোয়ামীর যেন অন্য মেয়েমানুষে মন না টানে , সোয়ামীকে কিন্তু মজিয়ে রাখতে হবে !" এইসব হাস্যরসিক কথা বলে বলে সকল গিন্নিরা রসিকতা করতে লাগলেন ।

" রেঁধে খাওয়াতে হবে ? কিন্তু আমি তো রাঁধতেই পারিনা !" বড় চিন্তার সহিত সোদু বলে উঠল , " আর শুধু আমি ওখানে গিয়ে কেন থাকবো ? আমার বাবা মা যাবে না সাথে ?"

" হায় , হায় শোনো মেয়ের কথা , বলে কিনা বাবা মা সাথে যাবে !" এই বলে আবার সকল গিন্নিরা হেসে উঠলেন ।

সকলে মিলে এমনি রঙ্গ রসিকতা করছেন , ঠিক সেই সময় শান্তিপ্রিয়া দেবি সেখানে আসলেন , " নাও , হয়েছে গো তোমাদের , ওদিকে যে বরযাত্রী আসলো বলে ," এই বলে তিনি মেয়ের কাছে এগিয়ে গিয়ে বললেন , " দেখি দেখি , আমার সোদুকে সেজে গুজে কেমন দেখতে লাগছে ! "......মায়ের মন ! মেয়েকে বিয়ের সাজে দেখে তিনি ভাবুক হয়ে পড়লেন । সোদু কে দেখে ওনার চোখে জল চলে এলো ।

" এ কি মা , তুমি কাঁদছ কেন ?" বলে সোদু তার মায়ের চোখ টা মুছে দিল ।

" কিছুনা মা , এমনই চোখে জল এল...... ও তুমি বুঝবে না " শান্তিপ্রিয়া দেবি মেয়েকে আদর করলেন । ছোট্ট সোদু আবার বলে উঠল , " জানো মা , কাকিমনি-রা বলছে আমাকে নাকি তোমাদের ছেড়ে কোথায় যেতে হবে । সে , কে যেন আমাকে নিয়ে যাবে । আমি কিন্তু কোথাও যাবনা মা তোমাকে ছেড়ে " এই বলে সে জড়িয়ে ধরল শান্তিপ্রিয়া দেবি কে ।

মেয়ের কথা শুনে শান্তিপ্রিয়া দেবির চোখে জল-ও এল , ঠোঁটে হাসি-ও এল এবং সাথে সাথে মনে দুশ্চিন্তা-ও এল । দুশ্চিন্তা এই কারনে যে , মেয়েটি তার বড়-ই অবুঝ , এখনও সে বুঝেই উঠতে পারছেনা যে আজ তার বিয়ে । আসলে বিয়ে ব্যাপার টা কি , সেটাই তার কাছে এখনও অস্পষ্ট । মেয়ে শ্বশুর বাড়িতে গিয়ে কীভাবে কি করবে , সেইসব ভাবতে লাগলেন তিনি । সহসা ঘোষাল গিন্নি পাশ দিয়ে আওয়াজ দিলেন , কই গো দিদি... ওঠো , সোদু কে নিয়ে বাইরে যাবে না ?" শান্তিপ্রিয়া দেবি যেন দুশ্চিন্তার ঘোর-এ চলে গেছিলেন , ঘোষাল গিন্নির ডাকে ওনার ঘোর কাটল " হ্যাঁ হ্যাঁ চলো ... চলো মা বাইরে চলো " এই বলে সকলে বাইরে চলে গেলেন ।

।।চার।।

আলোক বাতি , ঝালর , সানাই , বাজনা...... ইত্যাদি এলাহি জিনিসপত্র এর সাথে , নাচ-গান , হৈ-হুল্লোড় করতে করতে বাড়ুজ্যে বাড়িতে এল সোদুর বরযাত্রী । " বর এসেছে , বর এসেছে "

বলতে বলতে সকল গিন্নিরা বাইরে ছুটে গেলেন বর দেখতে । সোদুর এতক্ষন সবকিছুই ভীষণ মজার লাগছিল , কত্ত লোক এসেছেন , সবাই এসে এসে তাকে উপহার দিচ্ছেন । কেউ বা আশীর্বাদ করছেন সুখে ঘর করার , তো কেউ আবার বলছেন সৌভাগ্যবতী হতে । সোদুর দুটো পুতুল আছে... একটার নাম বিনি , অন্যটার নাম রানি । উপহার গুলো দেখে সোদু বিনি , রানি কে বলছে , " হ্যাঁরে ওগুলো তে কি আছে ? তোরা জানিস ? আমি তো মা কে কত্ত করে বললাম ওগুলো খুলে দেখি , কিন্তু মা তো আমায় মানাই করে দিল " শত ব্যস্ততার মাঝেও , মেয়ের এইসব ছেলেমানুষি শান্তিপ্রিয়া দেবি ঠিক লক্ষ্য করেছিলেন ।

বাইরে বরযাত্রী আসতে সবাই ওখানে চলে গেলেন বর দেখতে । সোদুর কাছে যে দু-চারজন গিন্নি ছিলেন , ওনারাও গেলেন । সোদু তখনও ওর বিনি , রানি কে নিয়েই ব্যস্ত । ঘরে যে কেউ নেই , তা সে লক্ষ্যাই করেনি । হঠাৎ সে বুঝতে পারলো বাইরের সানাই-এর আওয়াজ টা যেন আরও প্রবল হয়েছে । সেদিক পানে দেখার জন্য মুখ তুলে চাইতেই দেখল ওর ঘরে কেউ নেই । সে একা । এদিক ওদিক চেয়ে , তারপর টুকটুক করে হেঁটে হেঁটে সে জানালার কাছে গিয়ে বাইরে টা তাকাল । দেখল বাইরে কত্ত লোক এসেছেন , এত লোক তো সে গ্রামের দুর্গাপূজা তেও দেখেনি । চোখ ঘুরিয়ে এদিক ওদিক সোদু সবাইকে দেখতে লাগলো । দেখতে দেখতে সে হঠাৎ-ই তার মা কে দেখতে পেল । দেখল তার মা হাতে কীসব নিয়ে , কাকে যেন কি একটা করছে । ঠিক বুঝতে পারলো না সে , ওখানে কি হচ্ছে । " আরে... এরা তো সেই লোকগুলো , যারা কতদিন আগে আমাদের বাড়ি এসেছিলো " চাটুজ্যে পরিবারের লোকজন ও তার মায়ের সমুখে অরুণ কে দেখে এই কথাগুলো বলতে লাগলো সোদু ।

শান্তিপ্রিয়া দেবি নীচে জামাইবরণ এ ব্যস্ত ছিলেন । নিয়ম আদি সম্পন্ন হয়ে যেতে সকলে যখন হৈ হুল্লোড় করে ঘরের ভিতরে ঢুকতে ব্যস্ত , ঠিক তখনই দোতলার ঘরের জানলার দিকে চোখ পরলো ওনার , " একি...... ! সোদু ওখানে দাড়িয়ে কেন ! ও কি তবে বিয়ের আগে ওর সোয়ামীর মুখ দেখে ফেলল ! হা ভগবান ! এ কি করল এই মেয়েটা " মনে মনে বলতে লাগলেন তিনি । দুশ্চিন্তায় ওনার প্রান ওষ্ঠাগত । " কেউ যদি ওকে ওখানে দেখে ফেলে...... অনর্থ হয়ে যাবে " এই ভেবে তিনি বরণডালা টা এক দাসীর হাতে দিয়ে , সবার চোখ আড়াল করে , নিজের মেয়ের কাছে ছুটে গেলেন ।

তৎকালীন সমাজে এই প্রথা প্রচলিত ছিল যে , যেই মেয়ের বিয়ে সে যেন শুভদৃষ্টির পূর্বে তার স্বামীর মুখ না দেখে । এতে স্বামীর অকল্যাণ হয় । শান্তিপ্রিয়া দেবি কে এই চিন্তাই ব্যস্ত করে তুলছিল যে , যদি গ্রামের কোনো বয়স্ক ব্যক্তি সোদুকে দেখে নেন জানলার কাছে , তাহলে ঘোর ঝামেলা হবে , এমনকি ছেলের অকল্যাণ এর কথা ভেবে ছেলের বাড়ির লোক বিয়েও ভেঙ্গে দিতে পারেন ।

সোদুর উপর ওনার খুব রাগ হচ্ছিল , উনি মনে মনে বলতে বলতে যাচ্ছিলেন , " আজ সোদুকে গিয়ে খুব বকবো , এত ছেলেমানুষি ওর আর মানায় না " ঘরে ঢুকে তিনি জোরে ডাক দেন ," সোদু ......কি করছ ওখানে , এদিকে এসো । তোমাকে না বলেছিলাম , এইখানে চুপটি করে বসে থাকতে । কেন জানালার কাছে গিয়ে দাড়িয়ে ছিলে তুমি ?" মায়ের চোখরাঙানি দেখে সোদু প্রথমটা ভয় পেয়ে যায় , তারপর ধীরে ধীরে মায়ের কাছে এসে ফোঁপাতে ফোঁপাতে বলে , " আমি তো বসেই ছিলাম মা , সত্যি বলছি । সবাই তো আমায় রেখে কোথায় চলে গেছে । আমার তো একা ভয় লাগছিল । বাইরে দিয়ে শুনলাম কত্ত গান হচ্ছে , বাজনা বাজঝে , তাই তো জানালার কাছে গিয়ে

দেখছিলাম । সত্যি বলছি মা , তুমি বিনি , রানি কে জিজ্ঞেস কর" মেয়ের এমনি নিষ্পাপ কথা শুনে শান্তিপ্রিয়া দেবির চোখে জল এসে যায় , তিনি হাঁটু গেঁড়ে বসে সোদুকে বুকে জড়িয়ে ভাবলেন , " হা ভগবান ! আমি আজকেও মেয়ে টাকে বকা দিলাম । মেয়ে তো আমার ইচ্ছা করে কিছু করেনি । মা হয়ে আমি এইটুকুও বুঝলাম না । ওর-ই বা কি দোষ , সমাজের রীতিনীতি বোঝার বয়স যে ওর এখনও হয়নি , আমায় তুমি ক্ষমা কর ভগবান ।"

সোদু আবার বলল , " জানো মা , আমি সেই লোকগুলোকে দেখলাম , যারা সেদিন আমাদের বাড়ি এসেছিলো ।"

শান্তিপ্রিয়া দেবি চোখ মুছে হাসতে হাসতে বললেন ," ওনাদের 'লোক' বলতে নেই মা , ওনারা যে তোমার শ্বশুর বাড়ির সদস্য । আজ যে আমার ছোট্ট সোদুর বিয়ে ।"

" বিয়ে ?...... এই বিয়েটা কি গো মা , সবাই খালি বলছে আজ আমার বিয়ে" সোদু বলে উঠল ।

শান্তিপ্রিয়া দেবি মৃদু হেসে বললেন , " নীচে চলো মা , তুমি সব বুঝতে পারবে " এই বলে শান্তিপ্রিয়া দেবি সোদু কে নিয়ে নীচে চলে গেলেন , বিয়ের মন্ডপের দিকে ।

যথাযথ ভাবে এক এক করে বিয়ের সমস্ত নিয়ম সম্পন্ন হতে লাগলো । মালাবদল , শুভদৃষ্টি , সাতপাঁক । শান্তিপ্রিয়া দেবি এসব কিছুই দেখতে পাচ্ছিলেন না । ছেলে-মেয়ের বিয়ে যে মায়ের দেখতে নেই , তাই তিনি অন্য ঘরে বিয়ে সমাপ্ত হওয়া পর্যন্ত অপেক্ষা করছিলেন । চিন্তায় তিনি ঘরের চারিদিকটা পায়চারী করতে লাগলেন , " উফ্ ! কি জানি কি হচ্ছে ও দিকটা ... সোদু টা না আবার কোনো ছেলেমানুষি করে বসে ।"

কিছুক্ষন পর উলুধ্বনির শব্দ বন্ধ হয়ে গেল । পিসিমা তার মধ্যে এসে খবর দিলেন , " নে রে বউ , বাইরে চল এবার , বিয়ে যে হয়ে গেচে। মা গো মা ! কি মিষ্টি দেখাচ্ছে সোদু কে সিঁদুর পরে... চল চল দেখবি চল ।"

" বিয়ে হয়ে গেছে !... জয় মা " দু হাত তুলে ভগবান কে প্রণাম জানালেন শান্তিপ্রিয়া দেবি ।

সেই রাত টা বিয়ের বাকি নিয়ম এবং বাসর , এতেই কেটে গেল সবার । সকাল হতে বাকি সব নিয়ম-ও একে একে সম্পন্ন হতে লাগলো । সমস্ত নিয়ম সম্পন্ন হওয়ার পর নিরঞ্জন বাবু বাড়ুজ্যে মশাই কে বললেন , " এইবার যে মা লক্ষ্মী কে নিয়ে যাওয়ার সময় হয়ে গেছে বিয়াই মশাই ।"

ছোট্ট সোদুর এবার শ্বশুর বাড়ি যাওয়ার পালা । মধুমন্তি , শান্তিপ্রিয়া দেবি কে তাদের বাড়ি দিয়ে আনা শাড়ি ও গহনা দিয়ে বলল , " বেয়ান , বৌমা কে এইগুলি দিয়ে সাজিয়ে দিন " শান্তিপ্রিয়া দেবির মন তখন ভারাক্রান্ত , চোখের কোনায় জল গুলিকে বড় কষ্টে তিনি আটকে রেখেছেন । মেয়েকে যে আজ বিদায় করতে হবে । তিনি মধুমন্তির কাছ থেকে বস্ত্র-সামগ্রী নিয়ে ঘরের ভিতর গেলেন এবং কিছুক্ষন পর সোদুকে সেই সজ্জায় সজ্জিত করে বাইরে নিয়ে এলেন ।

ঘরের সবার চোখ তখন ছলছল । আশেপাশের গিন্নিরা , দাসীরা , পিসিমা ...... সকলে সোদুকে জড়িয়ে কাঁদতে থাকলেন । সোদু কিন্তু তখনও বোঝেনি যে তার বিয়ে হয়ে গেছে এবং এইবার তাকে তার মা, বাবা কে ছেড়ে শ্বশুর বাড়ি চলে যেতে হবে । শিবরাম বাবু তার মেয়ের কাছে আসলেন , অরুণ কে ডেকে সোদুর হাত অরুণের হাতে দিয়ে বললেন , " আমার মেয়ে টাকে দেখো বাবা " বলে তিনিও চোখের জল আর ধরে রাখতে পারলেন না । নিরঞ্জন বাবু তাকে স্বান্তনা দিয়ে বললেন , " কিছু চিন্তা করবেন না বিয়াই মশাই , মা লক্ষ্মী আমার ঘরে সযত্নেই থাকবে ।"

শান্তিপ্রিয়া দেবি এতক্ষন ধরে বহু কষ্টে নিজের চোখের জল আটকে রেখেছিলেন। স্বামীর কান্না দেখে তিনিও আর সংযত থাকতে পারলেন না। পারলেন না আর চোখের জল ধরে রাখতে। আঁচল টা গলায় জড়িয়ে, নিরঞ্জন বাবুর সামনে জোড়হাতে বললেন, " মেয়ে আমার বড়ই অবুঝ বিয়াই মশাই, এ বাড়িতে সবসময় খেলাধুলাই করত, রান্নাবান্না করতেও ঠিক পারেনা। তবে মেয়ে আমার খুব ভালো, খুব লক্ষ্মীমন্তি। বেয়ান কে আমার এই নিবেদন টুকু জানাবেন, তিনি যেন সোদু কে নিজের হাতে, নিজের মনের মতন করে গড়ে নেন।"

নিরঞ্জন বাবু শান্তিপ্রিয়া দেবি কে আশ্বস্ত করে বললেন, " আপনি কিছু চিন্তা করবেন না বেয়ান, আপনাদের মেয়ে ওখানে সুখেই থাকবে।"

বেহারা কে আদেশ করা হল পালকি নিয়ে আসার জন্য। সোদুর এবার বিদায় বেলা। শিবরাম বাবু ওনার স্ত্রী কে বললেন, " নাও গিন্নি, মেয়েকে যে এবার শ্বশুর বাড়ি পাঠাতে হবে, ওকে পালকি তে বসিয়ে দিয়ে এসো " শান্তিপ্রিয়া দেবি কোনোমতে নিজেকে সামলিয়ে, চোখ মুছে, সোদুকে নিয়ে গিয়ে পালকিতে বসিয়ে দিলেন। তারপর তার কপালে একটি চুম্বন করে বললেন, " ভালোভাবে থাকিস মা " এই বলে তিনি যখন পালকি দিয়ে বেরিয়ে আসবেন, ঠিক তখন ই সোদু তার আঁচল টা টেনে ধরল, " কোথায় যাচ্ছ মা ? তুমি যাবেনা আমার সাথে ?" সোদু বলল।

" না মা, তোমাকে একাই যেতে হবে এবং এখন থেকে তোমাকে ওখানেই থাকতে হবে " শান্তিপ্রিয়া দেবি বললেন।

" আর তুমি আর বাবা, তোমরা কোথায় থাকবে ?" সোদু জিজ্ঞেস করল।

" আমরা এখানেই থাকব " শান্তিপ্রিয়া দেবি বললেন।

সোদু এতদিন, এতক্ষন কিছু না বুঝলেও এবার সে বুঝতে পেরেছে যে তাকে এবার তার বাবা-মা কে ছেড়ে দূরে চলে যেতে হবে। কোথায় যাবে, কার সাথে যাবে সেটা না বুঝতে পারলেও এইটুখানি সে বুঝেছে যে, যেখানে সে যাচ্ছে সেখানে তার বাবা-মা থাকবেন না, তাকে একাই থাকতে হবে। এই কথা টি বোঝা মাত্র সেও কান্না জুড়ে দিল, " না মা আমি যাবনা, ও পালকি ভাই তোমরা আমায় নামিয়ে দাও, যাবনা আমি " বলে সে চিৎকার করে কাঁদতে লাগলো। মধুমন্তি সোদুর এই অবস্থা দেখে ওর পালকি তে গিয়ে ওঠে এবং ওকে বুকে জড়িয়ে শান্ত করাতে থাকে।

" বেহারা, তোমরা চল... অনেক পথ যেতে হবে আমাদের " নিরঞ্জন বাবুর আদেশ পেয়ে পালকি চলতে শুরু করলো।

চলে যাচ্ছে সোদু... ওর শ্বশুর বাড়ি। চলতে শুরু করেছে পালকি। ক্রমশ দূর থেকে দূরে চলে যাচ্ছে সোদু, পালকি করে। শান্তিপ্রিয়া দেবি যেন তখনও মেয়ের কান্না ও ডাক শুনতে পাচ্ছেন, " মা তুমি কোথায় ???? আমি যাবনা ....।"

নিরঞ্জন বাবুও এবার সকলের কাছে আজ্ঞা নিলেন। বাড়ির বাকি সদস্য রা আগেই রওনা দিয়েছেন, এবার ওনাকেও যেতে হবে। শান্তিপ্রিয়া দেবি নিরঞ্জন বাবুর সমুখে এসে ওনাকে সোদুর পুতুল দুটি দিয়ে বললেন, " বিয়াই মশাই, আমার সোদুর বড় কাছের এই পুতুল দুটি, এইগুলো ওকে একটু দেবেন।" নিরঞ্জন বাবু পুতুল দুটি নিয়ে সযত্নে গুছিয়ে রাখলেন। এরপর সকলের কাছ দিয়ে আজ্ঞা নিয়ে নায়েব মশাই এর সঙ্গে পালকি তে উঠে সেদিনের মতন তিনিও রওনা দিলেন।

একে একে বাকি অতিথিরাও ঘরে ঢুকে গেলেন। শান্তিপ্রিয়া দেবি তখনও রাস্তায় দাড়িয়ে, চোখ দুটি তার ভিজে। ভগবান কে দু হাত জুড়ে প্রণাম করলেন তিনি এবং খালি একটি দীর্ঘশ্বাস ফেলে বললেন, " মেয়েটাকে দেখো ঠাকুর।"

।।পাঁচ।।

নিরঞ্জন বাবু পরিবার সমেত নিজ গ্রামে ফিরছেন। ওদিকে অন্নপূর্ণা দেবি বরণডালা সাজিয়ে রেখেছেন, নতুন বৌমা-র জন্য। বেহারা দের 'হুম্মা হুম্মা' শব্দে পালকি এসে পৌঁছল চাটুজ্যে বাড়ির দোরগোড়ায়।

হৈ হৈ করতে করতে সকলে বাইরে এলেন নতুন বউ দেখার জন্য। আত্মীয়বর্গ, পাড়াপড়শি সবাই অপেক্ষা করে আছেন। একে একে সকলেই পালকি দিয়ে নেমে গেলেন, অরুণ কেও বাইরে দাড় করিয়ে রাখা হল, একসাথে নবদম্পতি কে বরণ করে ঘরে ঢোকানো হবে বলে। কিন্তু...... অনেক্ষন হয়ে যাওয়ার পরেও সোদু পালকি দিয়ে নামলো না। তা দেখে এদিকে সবাই কথা বলাবলি শুরু করেছেন, " হ্যাঁ গো, নতুন বউ কি তার মুখ দেখাবে না ?" পাশ দিয়ে অপর একজন বলে উঠলেন, " বা-আ-ব্বা... কি থ্যামাক গো, এখনো পালকি দিয়ে বেরোলই না !" অন্নপূর্ণা দেবির কানে কথা গুলো বিধতে লাগলো। ওনার মোটেও ওসব কথা শুনতে ভালো লাগছিলো না। আর অপেক্ষা করতে না পেরে এবার তিনি নিজে গেলেন পালকির কাছে, গিয়ে দেখলেন মধুমন্তি সোদু কে ঘুম থেকে ডাকছে, " বৌমা ওর বাড়ি ছেড়ে আসার সময় খুব কান্নাকাটি করছিল দিদি, তাই আমি ওকে আগলে ধরে নিয়ে আসছিলাম। কাঁদতে কাঁদতে বড়ই ক্লান্ত হয়ে গেছিল। কখন যেন আমার কোলের মধ্যেই ঘুমিয়ে পরে।"

অন্নপূর্ণা দেবি পুরো ব্যাপার টা বুঝলেন, কিন্তু তিনি কি করবেন; নিরুপায় ... বৌমা এখন না উঠলে গ্রামে একটা ছিঃ ছিঃ হবে, তার উপর ওনাদের কত আত্মীয়-ও এসেছেন, শুধুমাত্র নতুন বউ এর মুখ দেখবেন বলে। তাই যে কোনো ভাবে তাকে এখন ঘুম থেকে তুলে বাইরে নিয়ে যেতেই হবে। তিনি মধুমন্তি কে বললেন, " তা তো সব বুঝলাম, কিন্তু বৌমা এখন না উঠলে বাইরে যে একটা কান্ডি হবে ছোটো ... তুই ওকে এখন তারাতারি ওঠা, পেয়োজোন হলে পরে ঘুমিয়ে নেবেক্ষন।" মধুমন্তিও ভেবে দেখল কথা টা ঠিক, বাইরে না গেলে একটা কথা হবে গ্রামে। তাই তখন একপ্রকার জোড় করেই সোদু কে ঘুম থেকে তোলা হল।

ঘুম দিয়ে উঠে সোদু কিন্তু আবার ওর মা কে খুঁজতে লাগলো এবং না দেখতে পেয়ে সে আবার কান্না জুড়ে দিল। মধুমন্তি তাকে শান্ত করে বলল, " কাঁদে না বাছা, এই দেখো আমি তো আছি" তৎক্ষণাৎ সোদু কে শান্ত করানোর জন্য তাকে কিছু মিথ্যা কথাও বলতে হল, " মা এক্ষুনি এসে যাবে। তুমি বাইরে টা চল বাছা " সোদু ভাবল সত্যিই বুঝি তার মা বাইরে আছে, তাই সে রাজী হল মধুমন্তির সাথে বাইরে বের হওয়ার জন্য।

" কই গো চাটুজ্যে গিন্নি... আজ কি বৌমা-র মুখ দেখতে পাবো, নাকি না দেখেই বাড়ি ফিরতে হবে ?" একজন বাইরে দিয়ে হাঁক দিয়ে বললেন।

" এই তো গো, এক্ষুনি আসছে বৌমা .... আসলে এত রাস্তা তো, তাই বাছার সাজগোজ একটু খারাপ হয়ে গেছিল, ওই সব-ই ঠিক করছিল। তাই তেই একটু দেরি হল " অন্নপূর্ণা দেবি সকলকে এইসব কথা বলছিলেন, ততক্ষণে মধুমন্তি সোদু কে নিয়ে আসলো। " এই তো, এই তো আমার বৌমা" সোদু কে দেখে বলে উঠলেন তিনি, " এই নাও দেখো তোমরা, আর দেখে বল দেখি কেমন চাঁদপানা বৌমা এনেছি।" যারা এতক্ষণ সমালোচনা করছিলেন, তারা সকলেই এবার চুপ। সোদু কে দেখে সকলেই স্তম্ভিত, " বাহ ! কি সুন্দর দেখতে বৌমা কে " সকলে বলতে লাগলেন।

অন্নপূর্ণা দেবি এবার অরুণ ও সোদু কে বরণ করে ঘরে তুললেন। অরুণের সাথে সোদু প্রবেশ করল চাটুজ্যে বাড়িতে। বিয়ে পরন্তে যা যা নিয়মাদি বাকি ছিল তা সব ধীরে ধীরে সম্পন্ন হতে

লাগলো। অন্নপূর্ণা দেবি শৈলেন্দ্র কে বললেন অরুণ কে তার ঘরে নিয়ে যেতে এবং আজকে ওকে সেখানেই রাখতে। আর মধুমন্তি কে বলা হল সোদু কে তার সাথে তার ঘরে রাখতে। আজ যে অরুণ সোদুর কালরাত্রি, তাই একে অপরের মুখ দেখাদেখি-ও চলবে না।

সোদু কে মধুমন্তি নিজের ঘরে নিয়ে গিয়ে হাসি মুখে বলল, " নাও বাছা, এবার তুমি চোখ টি ভরে ঘুমিয়ে নাও।"

" মা কোথায় ? তুমি যে বললে মা এসে যাবে, তাই তো আমি এলাম এখানে, কোথায় মা ?" সোদু বলে উঠল।

সোদুর কথায় মধুমন্তির মাতৃস্নেহ জেগে উঠল, সে সোদুর মাথায় হাত বুলাতে বুলাতে বলল, " মা এখানে নেই সোদু, আমি তোমায় মিথ্যে বলেছিলাম। তোমার বিয়ে হয়ে গেছে মা, তোমাকে এবার এখানেই থাকতে হবে সবার সাথে। তোমার মা বাবা এখানে আসবেন না। ওই যে দেখলে যিনি তোমায় বরণ করলেন, উনি হলেন তোমার শাশুড়ি মা, আজ থেকে উনিই তোমার মা। এতাই সত্যি বাছা। তুমি আর কান্নাকাটি কোরোনা মা, এখানে তুমি আমাদের সকলের সাথে থাকবে, দেখবে এখানে তোমার খুব ভালো লাগবে।"

সোদু চুপ করে মধুমন্তির সব কথা শুনলো, আর এইবার টা সে শুধু শুনলই না... বুঝল-ও বটে। হ্যাঁ বুঝল ...... সে বুঝল তার বাবা মা এখানে আসবে না, সে বুঝল তাকে তার বাবা মা-এর কাছ দিয়ে দূরে এখানে একাই থাকতে হবে, বিয়ের মানে টাও হয়ত সে এতক্ষনে বুঝতে পারলো। তার মনে পড়লো ঘোষাল গিন্নি তাকে বলেছিল বিয়ের পর তাকে তার বাবা মা কে ছেড়ে থাকতে হবে।

সোদু আর কান্নাকাটি করলো না। চুপ করে গিয়ে দাঁড়ালো পালঙ্কের এক কোণায়। মধুমন্তি সব বুঝতে পারছিলো, সে হাসি মুখে সোদুর কাছে গিয়ে বলল, " কই দেখি, গহনা গুলো খুলে দি আমি ... বাব্বা সারাটা দিন আমার ছোট্ট সোদুকে এত ভারি ভারি গহনা পরে থাকতে হয়েছিল।" মধুমন্তি এরপর সোদুর শাড়ি-গহনা বদল করে, তার হাত মুখ ধুইয়ে, তার চুল বেধে, তাকে নিজের হাতে খাইয়ে দিল। সোদুও কোনো কথা না বলে ভালো মেয়ের মতো মধুমন্তির সব কথা শুনছিল।

রাতে সোদু মধুমন্তির সাথেই ঘুমলো। বিছানায়ে শুয়ে সোদু যেন কি একটা ভাবছে। মধুমন্তি তার মাথায় হাত বুলিয়ে বলল, " ঘুমিয়ে পর মা, কাল যে আবার তোর বৌভাত এর অনুষ্ঠান আছে, নতুন জীবনের শুরু। নে মা, এবার ঘুমিয়ে পর।" সোদু এতক্ষন মধুমন্তির দিকে পিছন ফিরে শুয়ে ছিল, এবার সে তার দিকে মুখ করে শুয়ে বলল, " আমি কি তোমায় ধরে ঘুমাবো গো ? আমি রোজ মা কে এমনি করেই ধরে ঘুমাতাম, একা ঘুমাতে যে আমার ভয় লাগে।" মধুমন্তির চোখ দুটো ছলছল করে উঠল, সে যেন প্রথম বার মাতৃসত্বা অনুভব করলো। সোদুকে সে নিজের বুকের কাছে জড়িয়ে নিল। সোদুও খুব নিশ্চিন্তে মধুমন্তির কাছে ঘুমিয়ে পড়লো।

।।ছয়।।

আজ অরুণ ও সোদুর বৌভাত। মধুমন্তি বেশ সকাল সকাল সোদু কে ঘুম থেকে তুলে তৈরি করে দিয়েছে। শ্বশুর বাড়িতে হিসাব মতন আজ সোদুর প্রথম দিন। ওদিকে অন্নপূর্ণা দেবি সকাল দিয়ে ঘরের হেঁশেলে ব্যস্ত। একটু পর ভাত-কাপড়ের অনুষ্ঠান শুরু হবে। বাইরে যদিও লোকজন খাওয়ানোর জন্য বিশাল রান্নাবান্নার আয়োজন করা হয়েছে, তবুও ভাত-কাপড়ের নিয়মের রান্না অন্নপূর্ণা দেবি নিজেই করলেন। " কই গো গিন্নিরা, এস দেখি... এবার যে অনুষ্ঠান পর্ব শুরু

করতে হবে " অন্নপূর্ণা দেবি সকল গিন্নি দের উদ্দেশ্যে হাঁক দিলেন । ওদিকে মধুমন্তিও সোদুকে নিয়ে উপস্থিত হল খাওয়ার ঘরে , অনুষ্ঠান টা ওখানেই হবে । অরুণ-ও ইতিমধ্যে ওখানে উপস্থিত হয়েছে । বাড়ির আর সকল বয়োজ্যেষ্ঠ সমেত চাটুজ্যে মশাই-ও এসে উপস্থিত হলেন ।

অন্নপূর্ণা দেবি এক থালা ভিন্ন প্রকারের ব্যঞ্জনাদি সাজানো একটি শাড়ি রাখা থালা অরুণ এর হাতে দিয়ে বললেন , " নে অরুণ বৌমার হাতে এই থালা টা দে , দিয়ে বল আজ দিয়ে তোমার খাওয়া-পরার দায়িত্ব নিলাম " অরুণ-ও যথারীতি মায়ের কথা মত সব করলো । মধুমন্তি সোদু কে আগে দিয়েই সব শিখিয়ে দিয়েছিল , যে অরুণ যখন তাকে খাবারের থালা দেবে , সে যেন তখন হাত বাড়িয়ে থালাটি গ্রহণ করে । সোদু-ও ভালো মেয়ের মতন মধুমন্তির শেখানো সব কিছু করলো ।

চাটুজ্যে মশাই কিন্তু বুঝতে পারছিলেন যে সোদুর মন খুব খারাপ । তার বাবা মা-এর কথা তাঁর বড্ড মনে পরছে । নিয়মাদি সব শেষ হয়ে যাওয়ার পর যখন কুটুম্ব সকল ও আশেপাশের গিন্নিরা বাইরে বেরিয়ে গেলেন তখন বড় ভারি গলায় চাটুজ্যে মশাই সোদু কে ডাক দিলেন , " বৌমা এদিকে এসো ।" সোদু খানিকক্ষণ তার দিকে তাকিয়ে তারপর মধুমন্তির দিকে চেয়ে থাকলো । মধুমন্তি তাকে বলল , " যাও বাছা উনি তোমার শ্বশুর মশাই হন । ওনাকে তুমি এবার দিয়ে বাবামশাই বলে ডাকবে , কেমন । উনি যা বলবেন , তা শুনতে হয় " একথা বললে মিথ্যা হবেনা যে সোদু একমাত্র মধুমন্তির কথার উপর ভরসা রেখেই চাটুজ্যে মশাই-এর সমুখে যাচ্ছিল । চাটুজ্যে বাড়িতে আসার পর থেকে মধুমন্তিই সোদুর যত্ন নিচ্ছিল তাই সোদুও ধীরে ধীরে মধুমন্তি কে আপন করে নিচ্ছিল ।

সোদু নিরঞ্জন বাবুর সামনে গিয়ে দাঁড়ালো , " নায়েব মশাই , দিন তো ওগুলো " নিরঞ্জন বাবু নায়েব মশাই কে উদ্দেশ্যে করে বলতে নায়েব মশাই রেশম কাপড়ে মোড়ানো দুটো জিনিস দিলেন ওনার হাতে । " এই নাও বৌমা , খুলে দেখো তো কি আছে " চাটুজ্যে মশাই বললেন । নিরঞ্জন বাবুর অমন রাগী রাগী ভাব দেখে প্রথমে সবার একটু বিস্মিত লাগছিলো , কারন স্বভাব গত তিনি অত রাগী নন । এরপর যখন সোদুকে ডেকে তিনি উপহার দুটি দিলেন তখন সবাই বুঝলেন যে উনি নেহাত ই সোদুর সাথে মজা করছিলেন ।

সোদু হাত বাড়িয়ে নিরঞ্জন বাবুর কাছ থেকে উপহার দুটি নিল , নিয়ে খুলে দেখল...... দেখা মাত্রই সোদুর মন উল্লাস , উচ্ছ্বাসে ভরে উঠল , " আরে বিনি , রানি ...... তোরা " বলে সোদু খুশিতে এদিক ওদিক ঘোরাঘুরি করতে লাগলো , যেন সে এতক্ষণে নিজের কাউকে খুঁজে পেলো । ওর পুতুল দুটি ওকে আবার প্রাণবন্ত করে তুলল । নিরঞ্জন বাবু , অন্নপূর্ণা দেবি , মধুমন্তি সকলেই সোদুর মুখে হাসি দেখে নিজেরাও খুব খুশি হলেন । মধুমন্তি তো বলেই বসল , " প্রণাম নেবেন বড়ঠাকুর , আপনার উপহারে সোদু আবার যেন বেঁচে উঠল । আ হা রে !... বাছাটা মায়ের বাড়ি দিয়ে আসার পর থেকে বড্ড দুঃখে ছিল।"

চাটুজ্যে মশাই হাসি মুখে বাইরের কাজকর্ম দেখার জন্য চলে গেলেন । অরুণ এতক্ষণ কিংবা বলা যেতে পারে এতদিন ধরে সে চুপচাপ সবার কথা মতো সবকিছু করছিল , কিন্তু এবার তার আর এসব ভালো লাগছে না , " উফ্ মা ... আর কত কি নিয়ম বাকি আছে বলতে পারো , ওদিকে যে আমার ঢের কাজ বাকি কাছারিতে । আমার তরী-র নকশা বানানোর কাজ ও কত বাকি । তোমাদের এইসব সামাজিক নিয়ম হয়ে গেলে আমাকে এবার একটু ছাড়ো , রেহাই দাও । এসব আর ভালো লাগছেনা আমার ।" বড়ই রাগ আর বিরক্তের সাথে অরুণ এসব বলে উঠল এবং

খাবারের থালাটা সরিয়ে রেখে উঠে চলে গেল ।

অন্নপূর্ণা দেবি খানিকক্ষণ হতবাক হয়ে ছেলের কর্মকাণ্ড দেখলেন তারপর নিজের ছেলের কান্ডজ্ঞানহীন আচরণ ঢাকা দেওয়ার জন্য বলে উঠলেন , “ কি বলত ছোট , অরুণ টা তো সব সময় কাজ নিয়েই থাকে , তাই-ই হয়ত ।" মধুমন্তি যে আসল ব্যাপার টা বুঝবে না , অত বোকা সে নয় । ম্যাট্রিক পাশ করা মেয়ে সে । তবে সময় বিশেষে কিছু ঘটনা চাপা দিতে অনেক কিছুই তো করতে হয় , তাই সেই হিসাবেও সে-ও বলে উঠল , “ হ্যাঁ দিদি ঠিক-ই বলেছ , এত নিয়মের জেরে অরুণ একটু বিরক্ত হয়ে পরেছে " বলে সেও সোদুর দিকে তাকিয়ে বলল , “ সোদু... যাও মা , অন্য কোথাও গিয়ে বিনি রানি কে নিয়ে খেলা করো ।"

মধুমন্তির কথা শুনে সোদু ওর পুতুল গুলি নিয়ে বাইরে বেরিয়ে এল । সে একটি নিরালা জায়গা খুঁজতে লাগলো যেখানে পুতুল গুলি নিয়ে সে খেলতে পারে । কিন্তু বাড়ি ভর্তি লোকজন , জায়গাই বা কোথায় পাবে সে ।

জায়গার সন্ধান করতে করতে সে গিয়ে পৌছাল চিলেকোঠার ঘরে এবং ওখানে গিয়ে দেখল বরুণ আগে থেকেই ওখানে উপস্থিত এবং কীসব যেন লিখছে । বরুণ সোদু কে দেখে জিজ্ঞেস করলো , “ তুমি এখানে কেন এসেছ গো " “ আমি তো বিনি রানি কে নিয়ে এখানে খেলতে এসেছি । উফ্ বাবা , কত্ত লোক গো তোমাদের বাড়িতে । একটুও খেলার জায়গা নেই " সোদু বলল । “ ওহ , তাই বুঝি তুমি এখানে এসেছ । ঠিক আছে , এখানেই খেল " বরুণ বলল ।

সোদু ওর পুতুল গুলি নিয়ে আপন মনে খেলা করতে লাগলো । বরুণ কিছুক্ষণ বসে বসে সব দেখল , দেখে বলল , “ এই মেয়ে তোমার নাম কি গো ?”

“ আমার নাম ? আমার নাম তো সোদু । তোমার নাম কি ?”

“ বরুণ "

এতদূর কথা বলে বরুণ আবার চুপ । সোদু নিজের মনে খেলে যাচ্ছে । বরুণ সোদু কে খেলতে দেখে বলল , “ এই ... আমাকে তোমার সাথে খেলা নেবে গো ? আমার না কোনো বন্ধু নেই জানো , কেউ খেলেনা আমার সাথে " সোদু বলল , “ হ্যাঁ কেন খেলা নেব না । আমি তো সবাই কে খেলা নিই । তুমি , আমি , বিনি , রানি... একসাথে খেলা করব । খুব মজা হবে" এরপর দুজনে মিলে একসাথে খেলা করতে লাগলো ।

এদিকে বেশ অনেকক্ষণ হয়ে গেছে , মধুমন্তি সোদুর খোঁজ করতে লেগেছে । খুঁজতে খুঁজতে সে এসে পৌঁছল চিলেকোঠার ঘরে , “ ও মা ! তোমরা দুজন এখানে খেলা করছ বুঝি " মধুমন্তি আহ্লাদিনি সুরে বলে উঠল ।

"কাকিমনি তুমি ... । এই দেখো আমি আর সোদু খেলছি , তুমি খেলবে ?”

বরুণের কথা শুনে মধুমন্তি বলল , “ এ কি বরুণ , তুই ওকে সোদু বলে কেন ডাকছিস , ও যে তোর দাদার বউ । বয়সে ও তোর ছোট হলেও , সম্মানে যে বড় । নাম ধরে ডাকতে নেই বাবা ।"

“ তাহলে কি বলে ডাকব ?” বরুণ জিজ্ঞেস করে ।

“ কি বলবি......তুই ওকে বৌঠান বলে ডাকবি , কেমন । আর সোদু তুমিও কিন্তু বরুণ কে নাম ধরে ডাকবে না , ও কিন্তু তোমার ঠাকুরপো হয় , তুমি ওকে ঠাকুরপো বলে ডাকবে , ঠিক আছে ।"

সোদু মধুমন্তির কথা শুনল এবং তাতে সম্মতি জানালো । মধুমন্তি এরপর সোদু কে বলল , “ চলো মা , এবার নীচে চলো । তোমাকে সাজাতে হবে যে , আজ যে তোমার বৌভাত । কত্ত লোক

আসবে আজকে সোদু কে দেখতে।"

সোদু কিছুক্ষণ মধুমন্তির দিকে তাকিয়ে থেকে বলল, " তুমি ঠিক আমার মায়ের মতন জানো। আমার মা- ও না আমাকে এমনি ' মা, মা ' বলে ডাকত " সোদুর কথা শুনে মধুমন্তির চোখ টা ছলছল করে উঠল। সে তাকে বুকে জড়িয়ে ধরল, চোখের জল টা মুছে বলল, " চলো মা নীচে যাই, দেরি হচ্ছে।"

চাটুজ্যে বাড়িতে সেদিন যেন জলসা বসেছিল। অনেক নামী নামী লোকজন এসেছিলেন দূর-দুরন্ত থেকে অরুণ ও সুদক্ষিণার বৌভাত-এ। শিবরাম বাবুও এসেছেন বৌভাত অনুষ্ঠান এ। মেয়েকে বধূ রূপে সজ্জিত দেখে তার চোখ দুটি খুশিতে ভরে গেল। কিন্তু সোদুর কাছে দেখা করতে তিনি গেলেন না, পাছে সে তেনাকে দেখে আবার কান্নাকাটি জুড়ে বসে। তাই দূর দিয়েই তিনি তাকে দুহাত দিয়ে আশীর্বাদ করলেন।

সময় পার হওয়ার সাথে সাথে জলসা প্রায় শেষের দিকে এগোতে লাগলো। একে একে লোকজনের সমাগম ও কমে আসতে লাগলো। শিবরাম বাবুও এবার বিদায় নেবেন। বিদায় নেওয়ার আগে তিনি চাটুজ্যে মশাই ও অরুণের সাথে আলাদা ভাবে দেখা করলেন। তিনি অরুণ কে বললেন, " দেখো বাবা, সোদু আমার একমাত্র মেয়ে। আমার বিষয় সম্পত্তি যা আছে তার সবটাই সে পাবে। জানি তোমার কোনো কিছুর অভাব নেই, তবু আমার জামাই হিসাবে তোমার কিছু তো প্রাপ্য থাকে, তার জেরেই এটা " বলে তিনি অরুণ কে কতকগুলো কাগজ দিলেন " আমার উপার্জিত অর্থ, পৈত্রিক কিছু জমি এবং যাবতীয় পুকুর-এর সিংহভাগ টা আমি তোমার নামে লিখে দিলাম। আমি এবং সোদুর মা... আমরা যতদিন আছি ওই চাষের জমি গুলো দিয়েই আমাদের চলে যাবে। আমাদের পরে বাদবাকি জমি এবং ওই বাড়ি, ওইসব সোদুই পাবে অর্থাৎ এক অর্থে তুমিই পাবে " এই বলে তিনি তার সর্বস্ব বরই বিশ্বাসের সাথে অরুণের হাতে তুলে দিলেন।

নিরঞ্জন বাবুর কিন্তু এতে আপত্তি ছিল। তিনি বাড়ুজ্যে বাবু কে আপত্তি জানাতেই যাবেন, কি অরুণ অতি উৎসাহের সাথে সমস্ত কাগজপত্র নিয়ে নিল, " আপনি কিছু ভাববেন না বাবামশাই, এই সবকিছু আমার... মানে আপনার মেয়ের কাছে সুরক্ষিত-ই থাকবে " অরুণের কথা শুনে শিবরাম বাবুও খুব সন্তুষ্ট হলেন।

কথাবার্তা শেষ করে শিবরাম বাবু এবার বিদায় জানাতে তৎপর " আজ্ঞা করুন চাটুজ্যে বাবু, এবার তাহলে উঠি " করজোড়ে শিবরাম বাবু, নিরঞ্জন বাবুকে বিনয় জানালেন। নিরঞ্জন বাবু সবে শিবরাম বাবুকে বলছিলেন, " এ সবকিছুর আবার কি......" কি তখনই অরুণ ওনার কথা কেটে বলল, " হ্যাঁ হ্যাঁ চলুন বাবামশাই, আমি আপনাকে এগিয়ে দি " এই বলে অরুণ বাড়ুজ্যে মশাইকে নিয়ে ওখান দিয়ে বেরিয়ে গেল।

নিরঞ্জন বাবু বিচক্ষণ মানুষ। তিনি খুব ভালোভাবেই বুঝতে পারলেন, তার ছেলের মনে লোভ জন্মেছে। কিন্তু ঠিক কিসের আকাঙ্ক্ষায়ে সেটা ধরতে পারলেন না।

।।সাত।।

বৌভাত পর্ব প্রায় শেষ বললেই চলে। আমন্ত্রিত সকল ব্যাক্তিরাই একে একে করে চলে গেছেন। অন্নপূর্ণা দেবি মধুমন্তি কে বললেন, সুদক্ষিণা কে অরুণ এর ঘরে বসিয়ে দিয়ে আসতে। অরুণ ও কিছুক্ষণের মধ্যে সেখানে উপস্থিত হবে। অন্নপূর্ণা দেবির কথামতো মধুমন্তি সোদুকে অরুণের ঘরে দিয়ে এল। পুষ্পশয্যায় সজ্জিত সেদিন অরুণের ঘরের পালঙ্ক। সোদু তার পুতুল দুটিকে সবসময় নিজের সাথেই রাখত, যথারীতি তখনও ছিল।

সোদু আপন মনেই ওর পুতুল গুলির সাথে কথোপকথনে ব্যস্ত। ঠিক তখনই অরুণ ঘরে ঢুকল , হাতে তার কি সমস্ত কাগজপত্র। বড়ই ব্যস্ততার সাথে সে ঘরে প্রবেশ করেছিল। বোধহয় এগুলি সেই কাগজপত্র , যেগুলি বাড়ুজ্যে মশাই তাকে দিয়ে গেছিলেন। ঘরে ঢুকে সুসজ্জিত পালঙ্ক ও তার উপর সোদু কে বসে থাকতে দেখে সে খুব রেগে যায় " কি করছ তুমি এখানে ?" বড়ই জোড়ে এবং কঠোর আওয়াজে একপ্রকার চিৎকার করে সে সোদুকে বলে ওঠে।

সোদু নিজের মনেই খেলা করছিল। অরুণের চোখ রাঙ্গানি তে প্রথমটা সে চমকে ওঠে এবং তারপর খুব ভয় পেয়ে যায়।

অরুণ আবার বলে ওঠে , " কে বলেছে তোমাকে এখানে আসতে , যাও বেরিয়ে যাও এখুনি...বেরিয়ে যাও।"

সোদু এইবার টা আর সহ্য করতে না পেরে ভয়ে কেঁদে ওঠে এবং কাঁদতে কাঁদতে সে ওই ঘর থেকে ছুটে বেরিয়ে আসে।

মধুমন্তি আর অন্নপূর্ণা দেবি সারাদিনের ধকলের পর দুই জা মিলে একটু একসাথে মধুমন্তির ঘরে বসে কিছু কথাবার্তা বলছেন। এমন সময় সোদু চিৎকার করে কাঁদতে কাঁদতে এসে মধুমন্তি কে জড়িয়ে ধরল, " মা , ওই লোক টা আমায় খুব বকেছে , আমি কিচ্ছু করিনি , তাও বকেছে। বাজে লোক ওটা , আমি ওখানে যাবনা ..." এই বলে সে মধুমন্তি কে জড়িয়ে ধরে কাঁদতে থাকে।

এক প্রকারের থতমত খেয়ে ওঠে মধুমন্তি ও অন্নপূর্ণা দেবি। ওনারা কিছুই বুঝতে পারছিলেন না , কি হলো , কেনই বা সোদু ওই ভাবে কাঁদতে কাঁদতে এসে জড়িয়ে ধরল , সবটাই ওনাদের অজানা।

এই কান্নাকাটির মাঝে কিন্তু একটি বিষয় সবার অলক্ষ্যে চলে গেল , সোদু কিন্তু মধুমন্তি কে "মা" বলে ডেকে জড়িয়ে ধরেছে।

যাই হোক , সোদুর কান্নায় অস্থির হয়ে ওঠা মধুমন্তি ও অন্নপূর্ণা দেবি ক্রমাগত তাকে জিজ্ঞেস করতে লাগলো কি হয়েছে। ধীরে ধীরে সোদুর কান্না একটু থামল , কিন্তু তখনও সে মধুমন্তির কোলে আড়ষ্ট হয়ে ফোঁপাতে লাগলো। মধুমন্তি তার গায়ে , মাথায় হাত বুলাতে লাগলো , তাকে জল খেতে দিল। বেশ খানিকটা সময় পর তার কান্নাটা পুরোপুরি কমলো। তারপর সে ধীরে ধীরে তাদের বলল কি হয়েছে , কীভাবে অরুণ তাকে ধমক দিয়েছে , কীভাবে তাকে বেরিয়ে যেতে বলেছে।

অন্নপূর্ণা দেবি কিছু বুঝতে পারলেন না , কেন অরুণ এইরূপ ব্যবহার করেছে , কিন্তু মধুমন্তির ভীষণ রাগ হল। সে রীতিমতো রেগে গিয়ে তৎক্ষণাৎ ই যাচ্ছিল অরুণের কাছে জিজ্ঞেস করতে যে সে সোদুর সাথে এমনতর দুর্ব্যবহার কেন করেছে। কিন্তু অন্নপূর্ণা দেবি তাকে বাধা দিলেন , " দাড়া ছোট ... তুই এখন যাস না। কাল আমি ওনাকে জানাবো ঘটনা টা , উনি পরিবারের কত্তা , ওনার জানার দরকার। উনি জানার পর যা করার করবেন " " কিন্তু দিদি অরুণ কেন এরকম করলো সেটা জানা দরকার " একপ্রকার রেগেই মধুমন্তি কথাগুলি বলে উঠল।

অন্নপূর্ণা ও মধুমন্তির মধ্যে এইরূপ কথাবার্তা চলছে। কিন্তু একপলকেই ওদের কথা থেমে গেল যখন সোদু মধুমন্তির উদ্দেশ্যে বলে উঠল , " মা তুমি আমাকে ছেড়ে যেও না।"

সোদুর মুখে মা ডাক শুনে মধুমন্তি স্তম্ভিত হয়ে গেল , অন্নপূর্ণা দেবিও চুপ। মধুমন্তি ধীরে ধীরে সোদুর কাছে এসে বসল , একপ্রকার কম্পিত আওয়াজে জিজ্ঞেস করলো , " তুই আমায় কি বলে ডাকলি ?"

" মা... "

সোদুর মুখ দিয়ে বের হওয়া এই ' মা ' শব্দটির মধ্যে যেন একরাশ আশা মিশে ছিল । তাকে বাকি সবার থেকে রক্ষা করার আশা , তাকে তার মায়ের মতন করে ভালবাসা দেওয়ার আশা , তার মায়ের স্থান টা অন্য একজন কে দিয়ে মনের শূন্যস্থান পূরণ করার আশা ।

মধুমন্তির চোখ দুটি ছলছল , সাথে যেন কোনো কিছুর একটা আকাঙ্ক্ষা তার চোখে । নিজের কান্না কে বুকের মধ্যে আটকে রেখে সে সোদু কে বলল , " কিন্তু আমি তো তোর মা না । তোর মা তো তোর ওই বাড়িতে আছেন , আর এই বাড়িতে যদি কেউ এই ডাকের অংশীদার হন , তো সে তো ইনি ..." বলে সে অন্নপূর্ণা দেবির দিকে ইঙ্গিত করলো ।

" কিন্তু ইনি তো বড়মা , আর মা তো তুমি । আমার মা বলত , যে সবথেকে বেশি ভালোবাসে সেই মা হয় । আর তুমিই তো আমায় এখানে সবথেকে বেশি ভালোবাসো , তাই এখানে তো আমার মা তুমিই হবে " সোদুর এই নিষ্পাপ মনের কথাগুলি শুনে মধুমন্তি আর নিজেকে আটকাতে পারলো না । সে সোদুকে টেনে বুকে জড়িয়ে ধরল , যেন কোনো কিছুর না পাওয়ার অপূর্ণতা আজ দুর হলো তার । সোদুকে বুকে জড়িয়ে সে কাঁদতে লাগলো ।

মধুমন্তির কোনো ছেলেমেয়ে নেই । সেও নেহাত ই ছোট বয়সে বিয়ে করে এই বাড়িতে আসে । তার এবং শৈলেন্দ্র এর সম্পর্ক খুব ভালোই ছিল । কিন্তু বিয়ের কয়েক বছর পরও যখন তাদের কোনো সন্তান হয় না তখন দিয়ে তাদের সম্পর্কে চির ধরতে থাকে । অনেক বৈদ্য , গ্রামের কবিরাজ ... সকলকেই দেখানো হয় , কিন্তু কারোর ওষুধেই কোনো সুফল হয় না । যদিও বা ওষুধ টা শুধু মধুমন্তি কেই খেতে হত , শৈলেন্দ্র কে নয় । সকলের একই কথা ছিল , " পুরুষ মানুষ , তার আবার সমস্যি হতি পারে নাকি ... বউ এর মধ্যেই নিশ্চয়ই খোট আছে ।" অনেক ঠাকুরের স্থানেও যাওয়া হয়েছে , কিন্তু কোনো কিছুতেই কোনো ফল হয়নি । শেষে নিরঞ্জন বাবুর চেনাশোনা কলকাতার এক ডাক্তার তাদের পরীক্ষা করেন । তারপর যেদিন ডাক্তারবাবু পরীক্ষার ফলাফল নিয়ে আসেন তাদের জানানোর জন্য , সেদিন ঘরে শৈলেন্দ্র মধুমন্তি ও অন্নপূর্ণা দেবি এই তিনজনই শুধু ছিলেন । ডাক্তারবাবু তখন তাদের জানান যে সমস্যা টা মধুমন্তির নয় , শৈলেন্দ্র এর , তার শরীরে সন্তান জন্ম দেওয়ার সক্ষমতা নেই । কথাটা তখন শুনে সকলেই অবাক হয়ে যান । শৈলেন্দ্র তো প্রথমে এটা মানতেই চায় না , হতেই পারে না এটা । অন্নপূর্ণা দেবিও বলেন যে শৈলেন্দ্র পুরুষ মানুষ , এটা কীভাবে হতে পারে । এরপর ডাক্তার বাবুর সাথে বহু বাগবিতন্ডতা হয় , কিন্তু শেষমেশ তাদের এই সত্যটা মানতেই হয় ।

এই খবর টি শোনার পর অন্নপূর্ণা দেবি খুবই চিন্তিত হয়ে পরেন , এই খবর বাইরে গেলে বংশের ছিঃ ছিঃ হবে । তাই অন্নপূর্ণা দেবি সেদিন এক সিদ্ধান্ত নেন । তিনি ডাক্তারবাবু কে বলেন এই কথা যেন কোনভাবে বাইরে প্রকাশ না হয় , কেউ কিছু জানতে চাইলে বলা হবে অক্ষমতাটা মধুমন্তির রয়েছে , এমন কি নিরঞ্জন বাবু কেও সত্যি কথাটা জানানো হয় না । আর এই সত্যি টা গোপন করার জন্য ডাক্তারবাবু কে তার পারিশ্রমিক অতিরিক্ত অর্থ-ও দেওয়া হয় ।

সেদিন মধুমন্তি সব চুপচাপ শুনেছিল , সব মেনে নিয়েছিল... বা বলা যেতে পারে অন্নপূর্ণা দেবির চাপে সে মানতে বাধ্য হয়েছিল । বংশের ছেলে শৈলেন্দ্র , তাই তার দোষ কিছুতেই হতে পারেনা । তারপর ধীরে ধীরে সবাই কে জানানো হয় যে মধুমন্তি সন্তান জন্ম দিতে পারবে না , এইভাবে শৈলেন্দ্র এর অক্ষমতা মধুমন্তির উপর চাপিয়ে দেওয়া হয় এবং সমাজ তারপর মধুমন্তি কে ' বাজা ' অর্থাৎ যার সন্তান হয় না সেই উপাধি দিতে থাকে ।

চাটুজ্যে মশাই এর বাবা রাও দুই ভাই ছিলেন । শোনা যায় চাটুজ্যে মশাই এর কাকা , অর্থাৎ অরুণ এর ছোট দাদুর-ও নাকি কোনো সন্তান ছিল না , কে জানে হয়ত সে ক্ষেত্রেও ছোট ঠাকুমা নন , বরঞ্চ তিনিই......।

মধুমন্তির সন্তান না থাকায় তার মাতৃত্ব সর্বদাই হাহাকার করত । অরুণ , বরুণ কেও সে যথেষ্ট স্নেহ করে , কিন্তু তারা মধুমন্তির মধ্যে মাতৃত্ব ভাব কে কোনোদিনও নাড়া দিতে পারেনি । নিরঞ্জন বাবু ছোটবেলায় অরুণ , বরুণ কে শিখিয়েছিলেন মধুমন্তি কে ছোটমা ডাকতে , কিন্তু অন্নপূর্ণা দেবির তাতে আপত্তি ছিল ... তিনি তার সন্তান দের ' মা ' ডাক কারোর সাথে ভাগ করে নিতে রাজী ছিলেন না । তাই সম্বোধন টা শেষমেশ ' কাকিমনি ' তেই এসে ঠেকেছে ।

ওই ঘটনার পর থেকে শৈলেন্দ্র ও মধুমন্তি আলাদা , আলাদা ঘরে থাকা শুরু করে , তাদের সম্পর্কেও দূরত্ব বাড়ে , নেহাত ই প্রয়োজন ছাড়া একে অপরের সাথে কথা বলাও প্রায় বন্ধ হয়ে যায় । মধুমন্তির কোল-ও আজীবন শূন্যই থেকে যায় ।

সেই রাতে সোদুর মুখে ' মা ' ডাক শুনে মধুমন্তির আবার পুরনো সব কিছু মনে পরে যায় । তার মাতৃত্বে নাড়া পরে । তার মাতৃসত্বা যেন সোদুর প্রতি ধূমকেতুর ন্যায় অগ্রসর হতে থাকে । সে কাঁদতে কাঁদতে আবার সোদু কে বলে , " কিন্তু আমি তো তোর ...." এতটা বলতেই অন্নপূর্ণা দেবি তাকে বাধা দেন , " থাক ছোট , ওকে বাধা দিস না , ও না হয় তোকেই মা বলে ডাকুক । ও তো মন দিয়েই তোকে মা বলে ডেকেছে , ওকে তো কেউ শেখায়নি । তাই তুই-ই ওর মা হয়ে থাক , আমি না হয় ওর বড়মা-ই হোলাম " এই বলে অন্নপূর্ণা দেবি ওদের দুজন কে বিছানার কাছে নিয়ে যান , " নে শুয়ে পর তোরা , আমি যাই " বলে উনি চলে গেলেন ।

মধুমন্তি তখনও কাঁদছে । সোদু যেইভাবে তার মায়ের চোখের জল মুছিয়ে দিত , সেইভাবেই মধুমন্তির-ও চোখ মুছিয়ে দিয়ে বলল , " কেঁদো না মা , আমি তো আছি " মধুমন্তিও সোদু কে জড়িয়ে ধরল । রক্ত-সম্পর্ক বহির্ভূত এ যেন এক আলাদাই সম্পর্ক ।

।।আট।।

পরের দিন সকালে অরুণ যথাসময়ে প্রস্তুত হয়ে গেল কাছারিতে যাওয়ার জন্য । এতদিন বিয়ের ব্যাস্ততায় তার কাছারিতে যাওয়া হয়নি । বের হওয়ার পথে তার মা তাকে হাঁক দিল , " অরুণ... এদিকে একবার আয় , তোর বাবা কিছু কথা বলবেন ।"

অরুণ বুঝতে পারলো , গতকাল রাতের ঘটনার জন্যই তাকে ডাকা হয়েছে । সে তার মায়ের পিছন পিছন ঘরে ঢুকল , ঢুকে দেখল ঘরের সকল বড় রাই ওখানে রয়েছেন ।

" তুমি কেন কাল বৌমা কে ঘর থেকে বের করে দিয়েছ , কেন তার উপর চেল্লামেল্লি করেছ ? সে কাঁদতে কাঁদতে তোমার মা , কাকিমনির কাছে ছুটে গিয়েছিল...... বলো কেন করেছ ?" নিরঞ্জন বাবু অরুণ কে জিজ্ঞেস করলেন ।

অরুণ কিছু বলল না , মৌন হয়েই দাড়িয়ে রইল । কিছুক্ষণ পরও যখন অরুণের দিক দিয়ে কোনো উত্তর এল না তখন নিরঞ্জন বাবু একপ্রকার রেগে গিয়েই অরুণ কে বলে উঠলেন , " তোমায় কিছু জিজ্ঞেস করা হচ্ছে অরুণ , উত্তর দাও ।"

" কারন আমার এ বিয়ে মান্য নয় , মানি না আমি এ বিয়ে" যথেষ্ট উচ্চস্বরে অরুণ জবাব দিল ।

অরুণের কথা শুনে ঘরের প্রত্যেকে চমকে উঠলেন । নিরঞ্জন বাবু তার আরামকেয়াদা তে বসে ছিলেন , তা ছেড়ে তিনি উঠে দাড়িয়ে বড়ই বিস্মিত স্বরে জিজ্ঞেস করলেন , " বিয়ে মান্যি নয়

... এর অর্থ ?"

" এর অর্থ সেইটাই বাবামশাই , যেটা আপনি বুঝছেন " অরুণ উত্তর দিল ।

শৈলেন্দ্র তার কাছে এসে তাকে জিজ্ঞেস করল, " যদি মান্যি নয় , তাহলে তুই এই বিয়েতে রাজী হয়েছিলি কেন ... তোকে তো আমরা কোনোরূপে জোর করিনি , তোর যদি আপত্তি থাকতো তাহলে সেই সময়েই না করে দিতি । এখন মান্যি নয় বলছিস , কি হবে ওই মেয়েটার এখন ?"

অন্নপূর্ণা দেবি ছেলের কাছে গিয়ে তার মাথায় হাত বুলিয়ে দিতে দিতে জিজ্ঞেস করলেন , " তুই এমন বলছিস কেন বাবা , কি হয়েছে ... এতদিন তো তুই খুশিই ছিলি , তাহলে এখন এমন কেন বলছিস ? বৌমা কি কোনো ভুল করেছে , যার জন্য তুই অসন্তুষ্ট হয়ে এই কথা গুলো বলছিস ... তুই ওকে নিজ গুনে ক্ষমা করে দে বাবা , বৌমার ভুলের জন্য এই বিয়ে অস্বীকার করিস না ।"

মধুমন্তি এতক্ষণ সব চুপচাপ ই শুনছিল , কিন্তু যখন দেখল অন্নপূর্ণা দেবি তার ছেলের অপকর্মতা ঢাকার জন্য সোদুর উপর সব দোষ চাপাতে চাইছেন , তখন সে আর চুপ থাকতে না পেরে বলে উঠল , " এখানে সোদু কোথা দিয়ে এল দিদি ... ও তো কিছুই জানেনা , বোঝেনা ... নিষ্পাপ একটা বাচ্চা , তুমি কারন ছাড়াই অরুণের দোষ ভার সোদুর মাথায় কেন চাপাচ্ছো ?"

নিরঞ্জন বাবু মধুমন্তির কথায় সায় দিলেন ," বৌমা ঠিক বলছে , অন্নপূর্ণা তুমি তোমার ছেলের দোষ চেপোনা ... আর অরুণ তুমি পরিষ্কার করে বলো এরকম তুমি কেন করছ আর বলছো ?"

অরুণের সেদিনের বক্তব্য সকলকে আচম্বিত করে রেখে দিল , " বাবামশাই আপনি আমায় বিয়ে করতে বলেছেন , আমি করে নিয়েছি... এর বেশি আমার কাছ থেকে কিছু প্রত্যাশা রাখবেন না । একটা সময় আসলে প্রত্যেক কেই বিয়ে করতে হয় , এটা সমাজের একটা নিয়ম , আর কিছুই না । আমিও এই নিয়ম পালন করে নিয়েছি... এর বেশি আপনারা আমার কাছ থেকে আর কি আশা করছেন ? ওই মেয়ে...... একটা বাচ্চা মেয়ে , না আছে কোনো কিছুর বোধ , না আছে কোনো কিছুর জ্ঞান । জিজ্ঞেস করে দেখুন তো , ও বুঝেছে নাকি এই বিয়ে টা...... আর আপনারা বলছেন ওর সাথে আমায় সংসার করতে হবে ... আরে আমি তো ও মেয়ের মুখ টাও ঠিক করে দেখিনি , ওর সাথে আমার সম্পর্ক আমি মানি না । ওর প্রতি আমার কোনো অনুভূতি নেই ।"

অরুণের কথা শুনে সকলেই হতচম্বিত ...... কোনো বাক্য নেই তাদের মুখে...... কিন্তু অরুণ এখানেই থামল না , সে আরও বলল , " আপনারা জানেন আমার ভালোবাসা কি , আমার স্বপ্ন কি ?" বলে অরুণ একটি আবছা অঙ্কিত 'তরীর' নকশা দেখালো ...... " দেখুন এটা আমার স্বপ্ন , আমার তরী । আমি এই তরী বানাতে চাই , নাম রাখবো ' বাণিজ্য সুন্দরী ' । দেশবিদেশে পাড়ি দেবে আমার তরী । প্রচুর নাম হবে আমার , প্রচুর অর্থের আয় হবে ।" এতটা বলে অরুণ কিছুক্ষণের জন্য চুপ হয়ে যায় , তারপর আবার বলে ওঠে , " কিন্তু অর্থ আয় করার জন্য আমায় আগে অর্থ ব্যয় করতে হবে । প্রচুর টাকা লাগবে আমার তরী বানাতে , প্রচুর টাকা , সাথে প্রচুর সময় ... আর বিয়ের পিছনে আমার অনেক মূল্যবান সময় নষ্ট হয়ে গেছে , এর বেশি সময় আমি আর ব্যয় করতে পারবোনা । বাবামশাই আপনার কাছারির দায়িত্ব তো আপনিই দিয়েছেন আমায় , কিন্তু সেই দায়িত্ব পালনের কোনো দাম দেননি আমাকে । আপনি আমায় সেই যৎসামান্য পারিশ্রমিক টুকুও কোনদিন দেননি যেটা যেকোনো অন্য কর্মচারীরাও পায় । আমি আমার গল্পের বই প্রকাশ করে যে সামান্য অর্থ টুকু পাই , তাই দিয়েই নিজের প্রয়োজন টুকু মেটাই । আপনাকে টাকার কথা বললে আপনি বলেন , ' সবই তোমাদের , একদিন তোমরাই সব পাবে ' । কিন্তু পাচ্ছি কই...... জানেন এত বছরে আমি গতকাল একটু আশার আলো দেখেছি । সুদক্ষিণার বাবা

তার সম্পত্তির সিংহভাগ টাই আমার নামে লিখে দিয়েছেন । এই সকল সম্পত্তির কত মূল্য হবে সেটা হিসাব করতে যখন গতকাল আমি আমার ঘরে যাই তখন গিয়ে দেখি ওই মেয়ে আমার ঘরে । ও থাকলে আমার কাজের ব্যাঘাত ঘটতো , তাই আমি ওকে বের করে দিয়েছিলাম । আর তারপর নিশ্চিন্তে মনে আমি এই সম্পত্তির মূল্যায়ন করি...... জানেন বাবা এর মূল্য কত ?” বলে সে সম্পত্তির কাগজ গুলো দেখায় ,“ এইসব সম্পত্তি বিক্রি করলে আমি এমন পাঁচটা তরী বানাতে পারব ।"

সবাই নির্বাক । নিস্তব্ধ । এ কোন অরুণ কে দেখছেন তারা । বাধ্য , শান্ত , ছেলের মনের মধ্যে এত কথা... এত কূটনৈতিক মনোভাব । তবে কি তার ভালোমানুষি টা পুরোটাই ভণিতা ।

নিরঞ্জন বাবু যেন তার নতুন কোনো ছেলেকে দেখছেন । ওনার মনে হতে লাগলো , অরুণ হয়তো কোনোদিন ই বাধ্য ছিলনা , সম্পত্তির লোভ তাকে বাধ্য বানিয়ে রেখেছিল । আজ সে সম্পত্তি পেয়েছে , তাই তার বাধ্য ছেলে সেজে থাকার ভণিতাও কেটে গেছে ।

মধুমন্তি যে অবাক হয়নি তা নয় , কিন্তু তার বাস্তবিক চেতনা তখনও হারিয়ে যায়নি । সে অরুণকে প্রশ্ন করল , “ তুমি এই বিয়ে মানো না , সোদু কে তোমার মান্যি নয় , কিন্তু বিয়ের মাধ্যমে সোদুর বাবার দেওয়া যৌতুক তোমার মান্য । সে বেলা কোনো দোষ নেই , এমনকি সেই যৌতুকের টাকায় তুমি তোমার তরী বানাবে , সেই বেলাতেও দোষ নেই । এ কেমনতর কথা হল অরুণ ?”

মধুমন্তির কথা গুলো অরুণকে করাঘাত তো করেছিল ঠিকই , কিন্তু তবুও সে শক্ত হয়ে উত্তর দিল , “ কাকিমনি , আমি হাত পেতে চাইনি এ সম্পত্তি ... বাবামশাই নিজে আমার নামে লিখে দিয়েছেন । তাই আইনগত এগুলো এখন আমার । আর নিজের সম্পত্তি দিয়ে আমি কি করব , সেটা একান্তই আমার ব্যাক্তিগত ব্যাপার" এই বলে সে ঘর দিয়ে বেরিয়ে গেল । বের হওয়ার আগে আর একটি বার পিছন ফিরে তার মা এর উদ্দেশ্যে বলল , “ ওই মেয়েকে যেন আজকে আবার আমার ঘরে পাঠিয়ো না , নয়ত আবার ওকে অপমানিত হতে হবে " এই বলে সে বেরিয়ে গেল ।

নিরঞ্জন বাবু হতবাক এর মতন নিজের চেয়ার টায় থপ করে বসে পড়লেন । অন্নপূর্ণা দেবি চোখের জল মুছতে মুছতে হেঁশেলের দিকে গেলেন ও মধুমন্তি তাকে সামলানোর জন্য তার পিছু পিছু সেখানেই গেল । শৈলেন্দ্র-ও কিছু না বলে ঘর দিয়ে বেরিয়ে গেল । সারা ঘর যেন এক শূন্যতায় খাঁ খাঁ করতে লাগলো ।

ওদিকে অন্নপূর্ণা দেবি ছেলের এইরূপ আচরণে ভীষণ ই আহত । মধুমন্তি তার কাছে গিয়ে তাকে সামলাতে লাগলো ।“ এ কি হয়ে গেল ছোট । আমার অরুণ তো এমন কখনই ছিল না " কাঁদতে কাঁদতে বলতে লাগলেন অন্নপূর্ণা দেবি । মধুমন্তিও বেশ ভারাক্রান্ত মনে তাকে বলল , “ হয়তো আমরাই অরুণকে চিনতে পারিনি দিদি , ওর মনে যে এত লোভ তা বুঝতেও পারিনি ।" অন্নপূর্ণা দেবি এটা মানতে নারাজ যে তার ছেলে এরূপ করতে পারে । এত ঘটনা , এত কিছু হওয়া সত্ত্বেও তিনি একপ্রকার বিদ্রহের সুরে মধুমন্তি কে বলে উঠলেন , “ না ছোট তুই ভুল বলছিস , এ হতে পারেনা । তুই তো ওকে সেই ছোটো বয়স থেকে দেখছিস । বলনা , ওকে কোনোদিনও দেখেছিস অমনি ; ও নিশ্চয়ই খুব চিন্তায় আছে , তাই অমনি করছে । অথবা...... অথবা এই বিয়েটা ওকে খুব যন্তনা দিয়েছে , তাই ও অমনি করছে । হয়তো বৌমাই কিছু......।"

“দিদি !” বড়ই বিস্মিত ভাবে মধুমন্তি বলে উঠল ," তুমি এখনও সোদু কে এতে টানছ । অকারনে মেয়েটাকে দুষছ । অরুণের মুখ দিয়ে এত কিছু শোনার পরও তুমি অরুণের দোষ দেখছ

না। মাতৃত্ব তোমায় অন্ধ করে দিয়েছে দিদি।"

" হ্যাঁ দিয়েছে " অন্নপূর্ণা দেবি বললেন , " আমার ছেলে ভুল হতে পারেনা , আমি তাকে সেই শিক্ষা দিইনি। তুই তো বৌমার আসল মা না , তবু ওকে কিছু বললে তোর এত গায়ে লাগে। আর অরুণ... ও তো আমার নিজের সন্তান , আমার নাড়ি কেটে বের করা আমার ছেলে। ওকে কেউ কিছু বললে আমার কতটা খারাপ লাগে ভেবে দেখেছিস।"

" কিন্তু দিদি তাই বলে তুমি ওর অন্যায় গুলোকেও দেখবে না , প্রশ্রয় দেবে ?" মধুমন্তি বলল।

" কি অন্যায় করেছে ও ?" অন্নপূর্ণা দেবি বলে উঠলেন , "চুরি ডাকাতি তো করেনি। আজ যদি অরুণ তোর নিজের ছেলে হত তুই পারতি ওর নামে এমন বলতে। কখনো তো ছেলে জন্ম দিসনি , তো ছেলের মায়া বুঝবি কি করে।"

অন্নপূর্ণা দেবির কথায় মধুমন্তি খুব ই আঘাত পেল। বহুমানুষের কাছে বহুবার তাকে শুনতে হয়েছে যে সে বাজা , তার সন্তান হয়না। কিন্তু অন্নপূর্ণা দেবিও তাকে এই কথাটি বলবে , তা সে কোনোদিনও ভাবেনি। তার বুক ফেটে চোখ দিয়ে জল বেরিয়ে এল। অন্নপূর্ণা দেবি কে সে বলল , " আজ তুমিও আমায় এ কথা বললে দিদি ...... তুমি তো সব ই জানো , তবুও " বলে সে চলে যেতে লাগলো। যাওয়ার আগে আর একটি বার অন্নপূর্ণা দেবির দিকে তাকিয়ে বলল, " বাড়ির ছেলেদের মাথায় তোলা বন্ধ করো দিদি। প্রথমে উনি এবং আজ অরুণ। সেদিন যদি তুমি ওনার অক্ষমতার দায়ভার আমার মাথায় না দিতে তাহলে আজ আমি 'বাজা' কথাটার অংশীদার হতাম না" বলে সে রুদ্ধশ্বাসে সেখান থেকে চলে যায়।

চোখের জল মুছতে মুছতে সে জোরপায়ে নিজের ঘরের দিকে যাচ্ছিল , কি সহসাই চাটুজ্যে মশাই নিজের ঘর থেকে তাকে দেখতে পেয়ে তাকে ডাক দিলেন , " বৌমা... একটি বার শোনো " নিরঞ্জন বাবুর গলা পেয়ে , কোনোরকমে নিজেকে সংযত করে , চোখের জল মুছে সে ঘরে ঢুকল , " আজ্ঞে বলুন " " তুমি সোদু মা কে আজ থেকে তোমার সাথেই রেখো , যতদিন না সে স্বাবলম্বী হচ্ছে। অভাগী মেয়েটা , আসা মাত্রই এসব কিছু সহ্য করতে হচ্ছে ওকে" মধুমন্তি নিরঞ্জন বাবুকে খুব সম্মান করত , তার কোনোকথাই সে ফেলত না। নিরঞ্জন বাবুর কথায় তাই সে সম্মতি জানালো এবং ওখান থেকে চলে গেল।

একদিকে যখন ক্রমাগত এইসব মনোমালিন্য চলছিল , তখন অন্যদিকে তেতলার ছাদের সেই চিলেকোঠার ঘরে বন্ধুত্ব তার জায়গা বানাচ্ছিল। সমস্ত ঝগড়া ঝাঁটি দিয়ে অজানা সোদু ও বরুণ একে অপরের সাথে খেলতে মগ্ন।

" সোদু তোমার কবিতা ভালো লাগে ?... ওহ ! না না... কাকিমনি যেন তোমায় কি বলে ডাকতে বলেছিল... হ্যাঁ মনে পরেছে , 'বৌঠান'। বৌঠান তোমার কবিতা , গাছপালা , পুকুর , নৌকা... এইসব ভালো লাগে ?" বরুণ সোদু কে জিজ্ঞেস করল।

" হ্যাঁ ভালো লাগে " সোদু বলল।

" তাহলে চলো বাইরে যাই। বাড়ির পিছনে না একটা খুব বড় বটগাছ আছে , আর ওর সামনেই একটা খুব বড় পুকুর। জানো বৌঠান আমার না খুব ইচ্ছা হয় ওই পুকুরে স্নান করতে , কিন্তু মা অনুমতিই দেয় না। কত পদ্ম ফুটে থাকে ওখানে , কত মাছ খেলা করে। যাবে দেখতে ? খুব মজা হবে।"

" আমি মা কে জিজ্ঞেস করি , মা বললে আমি যাব " সোদু বলে।

বরুণ অবাক হয়ে সোদুর দিকে তাকিয়ে বলল , " তোমার মা ! , তুমি এখন অতদুর যাবে পালকি করে তোমার মা কে জিজ্ঞেস করতে ?"

" আরে দুর , আমার মা তো এখানেও আছে " সোদু বলে ।

" এখানে ! কি বলছ ? " বরুণ বলে , " আমায় তুমি মিথ্যা বলছ তো যাবেনা বলে "

সোদু উঠে দাড়িয়ে বলল , " দুর মিথ্যা বলব কেন । তুমি আসো আমার পিছনে , দেখবে কে আমার মা ...!" এই বলে সোদু দৌড়ে দৌড়ে সিঁড়ি দিয়ে নামতে লাগলো । নেমে সোজা মধুমন্তির ঘরে গিয়ে ঢুকল । বরুণ ও সোদুর পিছন পিছন সেখানে গিয়ে পৌছল ।

ঘটিত ঘটনায় , বিশেষ করে অন্নপূর্ণা দেবির কথায় মধুমন্তি বড়ই আহত । মনের দুঃখে সে ঘরের মধ্যে একা একা বসে ছিল । সেই সময় সোদু দৌড়ে এল , " মা , মা ,"... বলে সে মধুমন্তি কে এসে জড়িয়ে ধরল । এরপর বরুণের দিকে তাকিয়ে বলল , " এই দেখ , এই হল আমার মা " বলে সে একটা মিষ্টি হাসি হাসল ।

সোদু কে দেখে বরুণ মাথায় হাত দিয়ে বলল , " আরে বৌঠান তুমি না কিচ্ছু জাননা । ইনি তো কাকিমনি , তোমার মা নয় " সোদু আরও জোরে মধুমন্তি কে জড়িয়ে ধরে বলল , " না , কাকিমনি না , আমার মা "

মধুমন্তি চুপচাপ দুটি নিষ্পাপ মনের কথা শুনছিল । সে বুঝল ওদের মধ্যে কিছু একটা হয়েছে , জিজ্ঞেস করল , " আচ্ছা ঠিক আছে , সেসব ছাড়... এখন বলত ব্যাপার টা কি ? কি মতলবে দুজন এখানে ?" তখন বরুণ বলল , " কাকিমনি আমি আর বৌঠান বাইরে যাব ? ওই বড় পুকুর টার কাছে । ওখানে কত মাছ আছে , ফুল ফুটে আছে ... আমি বৌঠান কে ওগুলো দেখাব" মধুমন্তি মনে মনে কিছু একটা ভাবল , তারপর বলল , " আচ্ছা ঠিক আছে যা "

অনুমতি পেয়ে দুজন তো খুব খুশি । একসাথে দুজনে দৌড়ে ঘর থেকে বের হচ্ছিলো , কি তখন মধুমন্তি বরুণ কে একটা ডাক দিল , " বরুণ...... একটু শোন । সোদু কিন্তু এখানে কিছুই চেনে না , একটু ওর সাথে সাথে থাকিস । আর তোদের আসতে যেতে যেন কেউ না দেখে , এমনিতেও ওকে অনেকে বিনা কারনে দোষ দিচ্ছে, বাইরে যাচ্ছে দেখলে আরও দোষ দেবে, তাই সাবধানে যা আর তাড়াতাড়ি ফিরে আসিস ।"

বরুণ মধুমন্তির বেশিরভাগ কথাটা না বুঝলেও এইটুকু বুঝল যে তাদের কে তাড়াতাড়ি ফিরে আসতে হবে , এবং ওদের যেন কেউ না দেখে । তো শুধু ওইটুখানি বুঝেই সে মধুমন্তি কে বলল , " আচ্ছা কাকিমনি " বলে দুজনে ওখান থেকে চলে গেল ।

নিরঞ্জন বাবু সে রাতের খাবার টা নিজের ঘরেই আনালেন । শৈলেন্দ্র ও সেখানে উপস্থিত । আজ সারাটাদিন সে তার দাদার কাছেই ছিল । তাদের বাবা গত হওয়ার পর থেকে শৈলেন্দ্র নিরঞ্জন বাবু কে পিতৃস্নেহে মান দিত । অরুণের ব্যবহারে নিরঞ্জন বাবু খুব ই ব্যথিত , তাই শৈলেন্দ্র সেদিন তার দাদার কাছ থেকে কোথাও যায়নি । সারাক্ষন তার সাথে থেকে তাকে সেবা করে গেছে ।

অন্নপূর্ণা দেবি কিছুক্ষণ পরে খাবারের থালা হাতে ঘরে ঢুকলেন , নিরঞ্জন বাবু তার উপস্থিতি লক্ষ্য করে তাকে বললেন , " খাবার টা দেরাজের উপর রেখে দাও গিন্নি , দিয়ে তুমি চলে যাও । আজ তুমি পাশের ঘরে থেকে যেও , আমি আজকে একটু একা থাকতে চাই " শৈলেন্দ্র চাটুজ্যে মশাই এর পা টিপে দিচ্ছিল , তাকেও উদ্দেশ্যে করে নিরঞ্জন বাবু বললেন , " শুলি তুই ও এবার যা , সারাটাদিন তো আমার কাছেই বসে থাকলি । যা এবার গিয়ে খেয়ে শুয়ে পর " " দাদা আজ

আমায় তোমার সাথে থাকতে দাও , যেতে বোলনা " শৈলেন্দ্র মিনতি করল । চাটুজ্যে মশাই তখনও আরামকেদারা তে বসে । তাকে দেখে বোঝা যাচ্ছিল যে আজকের হওয়া ঘটনায় তিনি খুবই আহত । অন্নপূর্ণা দেবি খাবার টা রেখে একবার ওনার দিকে চাইলেন , স্বামীর অরূপ অবস্থা তিনি দেখতে পারলেন না । শাড়ির আঁচলে কান্না চেপে সেখান থেকে তিনি বেরিয়ে গেলেন । শৈলেন্দ্র উঠে গিয়ে খাবারের থালা নিরঞ্জন বাবুর কাছে আনতে নিরঞ্জন বাবু শৈলেন্দ্র এর মাথায় হাত বুলিয়ে বললেন , " সারাজীবন এরকম ই থাকিস শুলি , সময়ের সাথে বদলে যাসনা " বলতে বলতে নিরঞ্জন বাবুর গলা ভারি হয়ে এল ।

এদিকে অন্নপূর্ণা দেবি যখন তার স্বামীর খাবার দিয়ে নীচে নামতে যাচ্ছেন ঠিক তখন ই লক্ষ্য করলেন মধুমন্তির ঘর থেকে সোদুর গলার স্বর শোনা যাচ্ছে । তিনি মধুমন্তির ঘরে গিয়ে দেখলেন সোদু ওখানেই রয়েছে এবং তারা ঘুমানোর প্রস্তুতি করছে । সোদু কে মধুমন্তির ঘরে দেখে অন্নপূর্ণা দেবি খুব রেগে গেলেন , " এ কি বৌমা , তুমি এখানে কেন ? এখন তো তোমার আমার অরুণ এর ঘরে থাকার কথা " রেগে বলে উঠলেন অন্নপূর্ণা দেবি । অন্নপূর্ণা দেবির রাগ দেখে সোদু চুপচাপ দাড়িয়ে থাকলো , মধুমন্তি বিছানা করতে করতে অন্নপূর্ণা দেবিকে উত্তর দিল , " সোদু এখানেই থাকবে দিদি "

" এখানে থাকবে মানে ?... আমার বৌমা কোথায় থাকবে না থাকবে সেটা কি তুই ঠিক করবি ছোট ?" অন্নপূর্ণা দেবি বললেন ।

" আমি না দিদি , বড়ঠাকুর ই বলেছেন আমায় সোদু কে এবার দিয়ে আমার সাথেই রাখতে , যতদিন না ও স্বাবলম্বী হচ্ছে । তিনি চান না অরুণের ব্যবহার এর পর সোদু থাকুক তার সাথে " মধুমন্তি বলল ।

নিরঞ্জন বাবু সোদু কে মধুমন্তির সাথে থাকতে বলেছেন শুনে অন্নপূর্ণা দেবি কিছুটা চম্বিত হলেন , কিন্তু পরক্ষনেই তিনি বলে উঠলেন , " এখানে থাকতে বলে দিলেই হবে ? ওদিকে আমার অরুণ কি একা থাকবে ? একাই যদি থাকবে তো তাকে আমরা বিয়ে কেন দিলাম ? পত্নিসুখ যদি নাই পায় তবে কি লাভ বিয়ের ?"

মধুমন্তি বেশ ঠাণ্ডা মাথাতেই এতক্ষণ সব কথা বলছিল , কিন্তু অন্নপূর্ণা দেবির বক্তব্য শুনে সে এইবার টা একটু রেগে গিয়েই বলে উঠল , " বিয়েটা অরুণ কেন করেছে সেটা তুমি, আমি, সকলেই আজকে শুনেছিলাম । পত্নিসুখ তো তার চাই না দিদি , তার চাই অর্থ... যেটা সে পেয়ে গেছে । আর তুমি যে বলছ সোদু কে ওর ঘরে পাঠাতে , একবার ওকেও তো জিজ্ঞেস করে আসো ও চায় কিনা যে সোদু ওই ঘরে যাক । কেনকি ওই আজ তোমায় বলেছিল সোদু কে ওর ঘরে আর না পাঠাতে ।"

" ও তখন রেগে ছিল , তাই অমনি বলেছে , তাই বলে কি ওই মেয়ে যাবে না অরুণের ঘরে ... দেখ ছোট তুই আমি আমরা দুজনেই এই বাড়িতে কম বয়সেই বিয়ে করে এসেছিলাম , তাই বলে কি আমরা সোয়ামীর ঘর করিনি ? তো তুই কিসের স্বাবলম্বীর কথা বলছিস ? সোয়ামীর ঘর না করলে বুঝবে কি করে যে কীভাবে ঘর করতে হয় । স্ত্রীর জায়গাই হয় সোয়ামীর পায়ের নীচে । তাই সোয়ামী যাই করুক স্ত্রী কে তার পাশেই থাকতে হবে । আর তাই এই মেয়েকেও যেতে হবে আমার অরুণের কাছে" এই কথা বলেই অন্নপূর্ণা দেবি মধুমন্তির ঘরে ঢুকলেন , এবং জোর করে সোদুর হাত টা ধরে ওকে টানতে টানতে অরুণের ঘরের দিকে নিয়ে যেতে লাগলেন । অন্নপূর্ণা দেবির ক্রুর রূপ দেখে মধুমন্তি হতবম্ব হয়ে গেল , সে তার পিছন পিছন কাকুতি-মিনতি করতে

করতে যেতে লাগলো " ছেড়ে দাও দিদি , এমন কোরোনা " সোদুও জোরে জোরে কাঁদতে লাগলো , কিন্তু অন্নপূর্ণা দেবি কারোর কোনো কথাই শুনলেন না । তিনি একাধারে টেনে, হিঁচড়ে সোদু কে নিয়ে গেলেন অরুণের ঘরে ।

সোদুর কান্না এবং মধুমন্তি ও অন্নপূর্ণা দেবির আওয়াজ চিৎকার চেচামেচি শুনে অরুণ দরজা দিয়ে বাইরেটার দিকে তাকাল । এতক্ষণ সে নিজের ঘরের মধ্যে নিরালায় কাজ করছিল । অন্নপূর্ণা দেবি সোদু কে টানতে টানতে তার ঘরের সম্মুখে আনতে সে তার মা কে জিজ্ঞেস করল , " এসব কি মা ? কি হচ্ছে এগুলো ?" অন্নপূর্ণা দেবি এতক্ষণ বেশ উগ্র মেজাজে ছিলেন , কিন্তু ছেলের সামনে এসে একদম নমনীয় ভাবে বললেন , " বাবা , এই আমি বৌমা কে আনলাম , ও আসলে ভুল করে তোর কাকিমনির ঘরে চলে গেছিল । নে তোরা এবার একসাথে থাক " এই বলে তিনি সোদুকে জোরপূর্বক অরুণের ঘরে ঢোকাতে চাইলেন । ঘটিত ঘটনা দেখে অরুণ তো রেগে আগুন , হাতের কাছের কালির দোয়াত টা রাগে ছুড়ে ফেলল দরজার সম্মুখে , " কে বলেছে ওকে এখানে আনতে । তোমায় বলেছিলাম না ওকে আমার ঘরে পাঠাবে না , কেন এনেছ তবে ?" অরুণের রূপ ও মেজাজ দেখে চমকে উঠলেন অন্নপূর্ণা দেবি । মধুমন্তি তাকে সরিয়ে এগিয়ে গিয়ে সোদু কে কোলে তুলে নিল । ভিতসন্ত্রস্ত সোদু মধুমন্তি কে জড়িয়ে ফোঁপাতে লাগলো । " দেখলে তো দিদি , এই জন্যই না করেছিলাম আমি " এই বলে মধুমন্তি সোদু কে নিয়ে ওখান থেকে চলে গেল । হতচম্বিত অন্নপূর্ণা দেবি কিছুক্ষণ পাথরমূর্তির ন্যায় সেখানেই দাড়িয়ে রইলেন । অরুণের আচরণ তার বিশ্বাসের ঊর্ধে । এরপর অরুণ এসে কোনো কথা না বলে ,তার মুখের ওপর দরজাটা জোরে বন্ধ করে দিল । হতচম্বিতের স্তর অন্নপূর্ণা দেবির জন্য আরও একগুন বেড়ে গেল ।

।।নয়।।

বেশ কয়েকদিন হল , এভাবেই চলতে লাগলো সব । অরুণ নিজের কাজ নিয়েই মেতে থাকে । সোদু ও বরুণের বন্ধুত্ব-ও বাড়তে লাগলো । অন্নপূর্ণা আর মধুমন্তির সম্পর্ক টা ক্রমশ খারাপ হতে থাকলো । এর পিছনে কারন টা হল ' মাতৃত্ব '। অরুণের প্রতি অন্ধ মাতৃত্বে যখন অন্নপূর্ণা দেবি কিছু না পেয়ে সোদু কে টেনে আনেন , তখন মধুমন্তির মাতৃত্ব ওর হয়ে প্রতিবাদ করে বসে । এদিকে নিরঞ্জন বাবু ও শৈলেন্দ্র পারিবারিক ব্যাবসায় নিমজ্জিত । মধুমন্তি পড়াশোনা জানতো , নিজের অর্জিত জ্ঞ্যান দিয়েই সে সোদু কেও ঘরের মধ্যেই শিক্ষিত করতে লাগলো একটু একটু করে । বেঠিক এর মধ্যেই সব যেন ঠিকঠাক ই চলছিল ।

এর মাঝেই অরুণ একদিন পৌছাল শিবপুর , তার শ্বশুর বাড়িতে । অরুণ কে দেখে তো সকলেই ব্যস্ত হয়ে গেলেন আপ্যায়ন এ । জামাই প্রথমবার এসেছে বলে কথা , কোনো খামতিই কেউ রাখতে চান না ।

" তা বাবা , তুমি যখন এলে তখন আমার সোদু কেও সাথে করে নিয়ে আসতে , কতদিন হয়ে গেল মেয়ে টাকে দেখিনি " শান্তিপ্রিয়া দেবি বললেন ।

শান্তিপ্রিয়া দেবির মুখে সোদুর কথা শুনে অরুণ একটু বিচলিত হয়ে গেল । তাদের বিবাহিত সম্পর্ক যে ভালোনা সেটা তার শ্বশুরবাড়ির কেউ জানেন না। সে জানতো তাকে এমনই কোনো প্রশ্নের মুখোমুখি হতে হবে , তাই উত্তর সে আগে থেকেই তৈরি করে এনেছিল , " আজ্ঞে মা , আমি তো এখানে একটা দরকারে এসেছিলাম... আর এখানের কাজ সেরে গেলে আমায় কলকাতায় ছুটতে হবে । তাই আর ওকে আনলাম না সাথে । কোথায় ও বেকার আমার সাথে এদিক ওদিক ঘুরে বেড়াবে । তার চেয়ে বরং ও ঘরে আরাম করুক , আর মা–কাকিমনির আদর যত্ন থাক " এই

সাজানো কথা গুলো সে এমন মিষ্টতা ভরা মুখ আর এমন এক একগাল হাসি নিয়ে বলল যে , সবাই বিশ্বাস করতে বাধ্য গেল যে কথা গুলো সত্যি ।

“ আ হা গিন্নি , জামাই তো ঠিক ই বলছে... কোথায় সোদু এদিক ওদিক ঘুরবে , ওইটুকু মেয়ে । আর তাছাড়া ও তো ওখানে খুব ভালোই আছে । নিরঞ্জন বাবু আমায় পত্র দিয়েছিলেন , তুমি কিছু চিন্তা কোরো না " শিবরাম বাবু বললেন ।

“ বাবামশাই আপনাকে পত্র দিয়েছেন ?” অরুণ অবাক হয়ে জিজ্ঞেস করল । আসলে পত্রের কথা শুনে অরুণ ঘাবড়ে গেছিল , সে ভাবল হয়তো তার বাবা শিবরাম বাবু কে তাদের বিয়ের ব্যাপারে কিছু জানিয়ে দিয়েছেন । কিন্তু যখন শিবরাম বাবু বললেন , “ হ্যাঁ ওই জমিদারীর কিছু কথা , আর সোদুর কুশল-মঙ্গল এর কথা লিখেছিলেন " এইটা শুনে অরুণ একটু হাঁফ ছেড়ে বাঁচল ।

ইতিমধ্যেই জামাই আপ্যায়নে ফল , মিষ্টি আহারাদির ভাণ্ডার লেগেছে অরুণের সামনে । শিবরাম বাবু তার দিকে মিষ্টির পাত্র এগিয়ে দিয়ে জিজ্ঞেস করলেন , “ তা বাবা এদিকে কি মনে করে... কোনো বিশেষ দরকার ছিল কি ?” অরুণ এতক্ষণ এই প্রসঙ্গটার-ই অপেক্ষায় ছিল । বড়ই নম্র ভদ্র হয়ে সে বলল , “ আজ্ঞে বাবামশাই আমি একটি বাণিজ্যিক তরী বানাচ্ছি । কলকাতায় আমার কিছু সাহেবি বন্ধুবান্ধব আছে । তারা নকশা তৈরির কাজে আমাকে সাহায্য করছে । তরী প্রস্তুত হলে দেশ বিদেশে পাড়ি দেওয়া যাবে । প্রচুর অর্থ উপার্জন হবে " “ বাঃ , এ তো খুব ভালো কথা " শিবরাম বাবু বললেন “ তা বাবা আমি তোমাকে এতে কীভাবে সাহায্য করতে পারি ?”

“ আমার কিছু অর্থের প্রয়োজন বাবামশাই । আসলে হাত খরচ হিসাবে বাবার কাছ থেকে তেমন কিছু একটা পাই না । আর তরীর জন্য লাগবে অর্থ । এই দেখুন না তরীর নকশাও প্রায় তৈরি " বলে অরুণ নকশার কাগজ টি খুলে শিবরাম বাবু কে দেখাল , এবং বলল , “ তাই বলছিলাম কি বাবামশাই... আপনি সুদক্ষিণা সমেত আমাকে যেই সম্পত্তি লিখে দিয়েছেন , তার যদি কিছুটা আমি বিক্রয় করতাম...... মানে বেশি না , আপাতত পূব দিকের দুটি পুকুর বিক্রয় করলেই কাজ চলে যাবে । তাই আপনি যদি অনুমতি দিতেন... ।"

অরুণের এই প্রস্তাব শুনে শিবরাম বাবু খুব অবাক হলেন । নিরঞ্জন বাবুর অর্থসম্পত্তি কম নয় , নিজেদের এত অঘাত সম্পত্তি থাকা সত্ত্বেও সে কিনা তার শ্বশুর বাড়ির পুকুর বেচার প্রস্তাব দিচ্ছে । শিবরাম বাবু কিছুক্ষণ গভীর চিন্তাভাবনা করে বললেন , “ তা তো সব বুঝলাম বাবা , আর জমিও যখন এখন তোমার ই নামে , তো সেটা ক্রয় বিক্রয় করার সিদ্ধান্তও তোমার ... কিন্তু এই ব্যাপারে তো চাটুজ্যে মশাই এর সাথেও কথা বলা দরকার " শিবরাম বাবুর কথা শুনে অরুণ ঘাবড়ে গেল , কারন... সে জানে নিরঞ্জন বাবু এ ব্যাপারে জানলে তাকে কোনোমতে জমি বিক্রয় করার অনুমতি দেবেন না । তাই সে স্বসব্যাস্ত হয়ে বলে উঠল , “ বাবা জানেন সব বাবামশাই । তিনিও আসতেন আমার সাথে , কিন্তু কাছারির কাজে তার সময় হয়ে ওঠেনি , তাই আমাকে একাই আসতে হল । এখন আপনি অনুমতি দিলে আমি কাজটা সম্পন্ন করে বাবা কে গিয়ে খবর টা দিতে পারি ।" শিবরাম বাবুর কিন্তু অরুণের কথায় তখনও একটু খটকা লাগছিলো , কিন্তু শান্তিপ্রিয়া দেবি যখন পাশ দিয়ে তাকে বললেন , “ জামাই কে অনুমতি দিয়ে দিন । সে তরী বানিয়ে ব্যাবসা বাণিজ্য বাড়ালে তো আমাদের সোদুর ই মঙ্গল " তখন গিন্নির কথা শুনে শিবরাম বাবু রাজী হলেন , এবং অরুণ কে পুকুর বিক্রয় এর অনুমতি দিলেন ।

অরুণ কে জমি বিক্রয় করার অনুমতি তো দিয়ে দিয়েছিলেন শিবরাম বাবু , কিন্তু এতে তার মন কোনো মতে সায় দিচ্ছিল না । কোনো কিছুর একটা খটকা তাকে অনবরত তাড়না দিয়ে বেড়াচ্ছিল । কিন্তু আবার যখন এটা ভাবছিলেন যে চাটুজ্যে মশাই সমস্ত বিষয় টা জানেন তখন একটা আশ্বস্ত বোধ-ও করছিলেন ।

দুদিন বেশ এরকম ই কাটল । শিবরাম বাবুর ব্যকুলতা ক্রমশ বেড়েই চলল । কিন্তু কোনোমতে নিজেকে স্থির রাখতে পারছিলেন না , নিরঞ্জন বাবুর এত সম্পত্তি থাকা সত্ত্বেও তিনি অরুণ কে কেন তার কাছে পাঠালেন তরী বানানোর অর্থের যোগান করতে ... এই কথা গুলি তাকে কুড়ে কুড়ে খাচ্ছিল । তাই তিনি ঠিক করলেন যে চাটুজ্যে মশাই কে তিনি একখানি পত্র লিখে তার বাড়ি আসার আমন্ত্রণ জানাবেন । মুখোমুখি কথা বলে নিলে তিনিও নিশ্চিন্তে হতে পারবেন ।

পরদিন সকালে দারোয়ান এর হাতে করে একখানি পত্র তিনি নিরঞ্জন বাবুর উদ্দেশ্যে পাঠালেন , ডাকবাক্সে ফেলে আসার জন্য । নিরঞ্জন বাবু ও শৈলেন্দ্র উভয় জন কেই তিনি নিজের বাড়ি আসার অনুরোধ জানিয়েছিলেন ।

একদিকে দারোয়ান পত্র হাতে রওনা দিল , অন্যদিকে অরুণ গুটিকয়েক লোকজন এর সাথে সেখানে হাজির হল । শিবরাম বাবু কে প্রণাম করে সে বলল , " বাবামশাই এনারা কলকাতা থেকে এসেছেন । আপনাকে বলেছিলাম না আমার সাহেবি বন্ধুদের কথা... এনারা তাদের ই পরিচিত । আমি পুকুর দুটির কথা বলতে এনারা নিজে দিয়েই প্রস্তাব দিলেন সেগুলি কেনার জন্য । মূল্যও ভালো ধার্য করেছেন , দুটি পুষ্করিণী 'দু-শতক' দাম দেবেন বলেছেন । আর তাছাড়া বাবামশাই এনারা খুব বিশ্বস্তও । আপনি নির্দ্বিধায় এনাদের পুকুর দুটি বিক্রয় করতে পারেন " শিবরাম বাবু অরুণের সমস্ত কথা শুনলেন , বুঝলেন ... এরপর সবার সাথে আলাপ করে তাদের জল মিষ্টি দিয়ে আতিথেয়তা ও করলেন । কিছুক্ষণ পর আগন্তুক এর মধ্যে একজন অরুণ কে বললেন , " নিন চলুন অরুনবাবু , এবার পুকুরদুটো দেখা যাক " " হ্যাঁ হ্যাঁ চলুন " বলে অরুণ তাদের নিয়ে এগোতে যাবে...... কি শিবরাম বাবু তাকে বাধা দিয়ে বললেন , " এ কি বাবা , তুমি আজকেই এবং এখনই এনাদের নিয়ে যাচ্ছ যে... নিরঞ্জন বাবু কোথায় ? তিনি কি আজকেও আসেননি ? আর যদি আজকেও তিনি না এসে থাকেন তাহলে আজ তুমি এনাদের পুকুর দেখাতে নিয়ে যেও না । নিরঞ্জন বাবুর সমুখে সমস্ত কাজ হওয়া ভালো ।"

আগের দিনের কথোপকথনে অরুণ বুঝেছিল শিবরাম বাবু আজও তাকে নিরঞ্জন বাবু কথা জিজ্ঞেস করবেন , তাই সে আজকে উত্তর ভেবেই এসেছিলো , " আসলে বাবামশাই , বাবা আজকে আসতেন ... কিন্তু দুদিন যাবৎ তার শরীর টা ঠিক নেই , তাই তিনি আসতে পারেননি ।"

" সে কি , চাটুজ্যে মশাই অসুস্থ ! তা তুমি এই কথাটা আগে জানাবে তো " শিবরাম বাবু বললেন , " না , না... এখন এসব বেচাবেচির কাজ থাক । তুমি এনাদের আজ চলে যেতে বল । নিরঞ্জন বাবু কে আজকেই দেখতে যাওয়া দরকার । আমি বেহারা কে বলে দিচ্ছি পালকি প্রস্তুত করতে , বদ্যিপুর এর জন্য ।"

" আহা বাবামশাই ! আপনি এত ব্যাস্ত হবেন না । বাবার সেরকম কিছু হয়নি । আসলে দুদিন দিয়ে সামান্য একটু পেটে ব্যথা ছিল , কবিরাজ এসে গতকাল ই ওষুধ দিয়ে গেছেন । এখন বাবা সুস্থ আছেন ... খালি দিনকতেক বাড়ি দিয়ে বার হচ্ছেন না " অরুণ বলল ।

" ওহ আচ্ছা... তাহলে তিনি এখন সুস্থ আছেন । যাক, ভগবানের কৃপা" শিবরাম বাবু বললেন , " তা বাছা , তাহলে অন্তত শৈলেন্দ্র বাবু কে আনতে পারতে সাথে ।"

" আসলে বাবা যেহেতু বাইরে বের হচ্ছেন না , তাই কাছারির দিকটা কাকামশাই-ই সামলাচ্ছেন... তাই তিনিও আসতে পারলেন না । আর তাছাড়াও বাবা আমাকে বলে পাঠিয়েছেন , আপনি তো এখানে আছেন ই , আপনার তত্ত্বাবধানেই যেন কাজ টা সম্পন্ন হয় "অরুণ বলল । অরুণের মিথ্যা কথা গুলো এরূপ সাজানো ছিল যে , তার কথায় বিশ্বাস করতে সকলে বাধ্য ... তাই শিবরাম বাবুও এর ব্যতিক্রম হলেন না ।

অবশেষে কলকাতা থেকে আসা আগন্তুক দের কাছে পুকুর দুটি বিক্রয় হল । তারা জমির কাগজপত্র নিয়ে , অরুণ কে নগদ দু-শত টাকা দিয়ে সেখান থেকে চলে গেলেন ।

ওনারা চলে যাওয়ার পর অরুণ শিবরাম বাবু কে বলল , " এবার আমাকেও আজ্ঞা দিন বাবামশাই । কাল-ই আমায় কলকাতায় রওনা দিতে হবে , কয়েকদিন যাবৎ সেখানে থাকতেও হবে । আমি ফিরে এসে আপনাদের সাথে দেখা করতে আসব এবং তখন আপনার মেয়েকেও নিয়ে আসব " এই বলে অরুণ শিবরাম বাবু কে প্রণাম করে সেখান থেকে চলে গেল ।

অরুণ চলে যাওয়ার পর শিবরাম বাবু বেশ কিছুক্ষণ সেই স্থানেই দাড়িয়ে থাকলেন । পুকুরে ফুটে থাকা পদ্ম গুলির দিকে এক দৃষ্টিতে চেয়ে রইলেন । তার মনে হল যেন সেই সকল ফুলগুলি তাকে জিজ্ঞেস করছে , " কেন বেঁচে দিলে আমাদের ....?"

।।দশ।।

অরুণ আজকাল বাড়িতে কারোর সাথে সেরকম একটা কথা বলে না । কখন কোথায় যাচ্ছে , কদিন থাকছে... সে ব্যাপারেও কোনো খবর দেয় না । শিবপুর দিয়ে জমি বিক্রয় করার পর সে সেদিন সেখান দিয়েই সোজা কলকাতার প্রতি রওনা দিয়ে দেয় । বেহারা কে বলে দেয় বাড়িতে জানিয়ে দিতে , যে তার ফিরতে সময় লাগবে , এর উপরন্ত কিছু না ।

এই ঘটনার চার , পাঁচ দিন পর শিবরাম বাবুর চিঠি এসে পৌছায় চাটুজ্যে মশাই এর বাড়িতে । পত্রে নিরঞ্জন বাবু ও শৈলেন্দ্র উভয়ের আমন্ত্রনের কথা লেখা আছে । পত্র পেয়ে চাটুজ্যে মশাই শৈলেন্দ্র কে বললেন , " বিয়াই মশাই তোকে আর আমাকে আমন্ত্রণ জানিয়েছে রে শুলি , কোনো বিশেষ দরকারে । কাল তবে রওনা দেওয়া যাবে , কি বলিস ?" ...... " আচ্ছা দাদা " শৈলেন্দ্র বলল ।

পরদিন সকালে ওনারা দুজনে বেরিয়ে পড়লেন শিবপুর এর উদ্দেশ্যে । বেশ অনেকটা পথ , তাই তাড়াতাড়ি বেরিয়ে পড়াটাই শ্রেয় । প্রায় সকাল ১০ টা নাগাদ ওনারা গিয়ে পৌঁছালেন শিবরাম বাবুর বাড়িতে । ওনাদের দেখে তো সকলেই ভীষণ খুশি । শিবরাম বাবু তখন বাড়িতে ছিলেন না , অতঃপর শান্তিপ্রিয়া দেবি ই নিজে দায়িত্ব নিয়ে তাদের আপ্যায়ন করতে লাগলেন । দুধ, ফল, মিষ্টি... ইত্যাদি আহারাদির দিয়ে অতিথি আপ্যায়নে তিনি নিমজ্জিত । কিছুক্ষণ এর মধ্যে শিবরাম বাবুও এসে পৌঁছালেন । " আরে বিয়াই মশাই আসুন । সেই কখন দিয়ে বসে অপেক্ষা করছি আপনার । এদিকে বেয়ান কি কাণ্ড করেছেন দেখুন... তিনি তো রীতিমতো খাবারের পাহাড় লাগিয়ে দিয়েছেন" হাস্যরসিকতা করতে করতে নিরঞ্জন বাবু কথা গুলি বললেন । সেই তালে শান্তিপ্রিয়া দেবিও বলে উঠলেন , " এ আর বা কি করতে পারলাম , অত সাধ্যি কি আমার আছে " বলে তিনিও হাসলেন । ঘর দিয়ে বেরনোর পূর্বে তিনি বললেন , " নিন আপনারা এইবার কথা বলুন , আমি হেঁশেলে যাই... আর হ্যাঁ বিয়াই মশাই আপনাকে কিন্তু আজ না খাইয়ে ছাড়ছি না । পুকুরের টাটকা মাছের ঝোল হয়েছে" বলে শান্তিপ্রিয়া দেবি কিছুক্ষণ চুপ হয়ে গেলেন , তারপর মনে মনে আওড়াতে লাগলেন , " হয়তো ওই পুকুরের মাছের উপরও আর কোনো অধিকার নেই

, তবু যে কটা দিন......" " কি হল গিন্নি , কি ভাবছ দাড়িয়ে ?" শিবরাম বাবুর কথায় শান্তিপ্রিয়া দেবির হুঁশ ফিরল " না না কিছু না , আপনারা কথা বলুন , আমি আসি " বলে তিনি ওখান থেকে চলে গেলেন ।

" বেয়ান কে যেন চিন্তিত লাগলো " শান্তিপ্রিয়া দেবির ভাবধারা দেখে শৈলেন্দ্র শিবরাম বাবু কে কথা টা জিজ্ঞেস করল । শান্তিপ্রিয়া দেবি ঠিক কি চিন্তা করছিলেন , তার খানিকটা আন্দাজ শিবরাম বাবু করতে পেরেছিলেন , কিন্তু অতিথি দের তা বুঝতে দিতে চাইলেন না , তাই সে কথা চাপতে তিনি অন্য কথার প্রসঙ্গ পাড়লেন " না তেমন কিছু না , আসলে মেয়েটা নেই তো তাই ওই মাঝে মধ্যে... ; তা বিয়াই মশাই আমাদের সোদু কেমন আছে , ওর ছেলেমানুষি কিছু কমলো ? অনেক দিন হয়ে গেল ওকে দেখিনি " শিবরাম বাবু বললেন ।

বলাবাহুল্য চাটুজ্যে পরিবারে অরুণ আর কিছুকাংশে অন্নপূর্ণা দেবি ছাড়া সকলেই ইতিমধ্যে সোদু কে খুব স্নেহ করতে , ভালবাসতে লেগেছিল । অন্নপূর্ণা দেবি যে তাকে ভালবাসতেন না , সে কথা হয়তো পুরোপুরি সত্য নয়... তবে তার ভালোবাসার পথে অরুণের মাতৃত্ব তাকে বাঁধা দিত । তিনি কোথাও না কোথাও এটা মানতে লেগেছিলেন যে অরুণের এই রূপ বদলের জন্য সোদুই দায়ি । তাই তিনি সোদু কে অতটা আপন করতে পারেননি । আর অরুণ তো সোদুর মুখের দিকেও কোনদিন তাকিয়ে দেখেনা । এই দুজন ছাড়া বাকি সকলেই তাকে খুব স্নেহ করত ।

শিবরাম বাবুর প্রশ্নে শৈলেন্দ্র বলল , " আর বলবেন না বিয়াই মশাই , সে তো ওই বাড়ির সকলের নয়নমণি হয়ে উঠেছে । ওর কথাবার্তা , ব্যবহার এতটাই মিষ্টি যে , যে কেউ ওকে ভালবাসতে লাগবে । আমার গিন্নি তো ওকে একমূহূর্তের জন্যও নয়নবিহীন করে না । আর সোদুও আমার গিন্নি কে ' মা , মা ,' বলেই ডাকে " শৈলেন্দ্র এর মুখে সোদুর এত প্রশংসা শুনে শিবরাম বাবুর বুক টা গর্বে ফুলে উঠল এবং সে সঙ্গে মনে শান্তিও হল এটা জেনে যে মেয়ে সুখি আছে ।

শিবরাম বাবুর মুখে এক মৃদু হাসির রেখা , মনে মনে তিনি ভাবলেন , ' মেয়েটাকে সুহস্তে দিতে পেরেছি ।' নিরঞ্জন বাবু এতক্ষণ চুপচাপ এ ছিলেন , শৈলেন্দ্র এবং শিবরাম বাবুর কথোপকথন শেষ হতে তিনি তারপর বললেন , " তা বিয়াই মশাই , আপনি পত্রে লিখেছিলেন কিছু দরকারি কথা আছে । কোনো বিশেষ ব্যাপার কি ?" " না না বিয়াই মশাই সেসব কথা এখন থাক । আপনি এতটা পথ এসেছেন , উপরন্তু আপনার শরীর টাও ভালো নয়... আমরা না হয় পরে সেসব কথা আলোচনা করে নেব " শিবরাম বাবু বললেন ।

নিরঞ্জন বাবু শিবরাম বাবুর কথা শুনে বেশ অবাক হলেন , " আমার শরীর ভালো নয় ? এ কথা আপনাকে কে বলল ?" " কেন...... অরুণ । সেই তো জানালো যে আপনার শরীর ঠিক নেই । আমি তো তখনই তাকে বলেছিলাম আপনাকে দেখতে যাওয়ার কথা , কিন্তু সে জানালো যে কবিরাজ এর ওষুধ খেয়ে আপনি কিছুটা সুস্থ আছেন । তা এখন শরীর ঠিক আছে তো আপনার ?" শিবরাম বাবু বললেন । শিবরাম বাবুর কথা শুনে নিরঞ্জন বাবু এবং শৈলেন্দ্র দুজনেই খুব অবাক হল । অরুণ এসব কথা কেন বলল , নিরঞ্জন বাবু তো সুস্থই আছেন । " কবে বললে সে আপনাকে এসব কথা ?" নিরঞ্জন বাবু অবাক হয়ে জিজ্ঞেস করলেন । " এই তো চার পাঁচ দিন আগে । ওই যখন কলকাতার খরিদ্দার দে সে এনেছিল পুকুর দেখাতে , তখনই তার মুখে শুনেছিলাম আপনার অসুস্থতার কথা " শিবরাম বাবু বললেন । " পুকুর ? ... কোন পুকুর ? ... কীসের খরিদ্দার ? ..." ব্যতিব্যস্ত হয়ে জিজ্ঞেস করলেন চাটুজ্যে মশাই ।

নিরঞ্জন বাবুর কথার ভাবভঙ্গী দেখে শিবরাম বাবু কিছুটা অবাক হলেন , “ আমার বাড়ির পূব দিকের পুকুর গুলির কথা বলছি । অরুণ কলকাতা থেকে খরিদ্দার এনেছিল , ওই পুকুর দুটি বিক্রয় করার জন্য । আসলে কয়েকদিন আগে অরুণ এখানে এসেছিলো... তখন সে বলল যে , সে একটি তরী বানাবে । আপনার দেওয়া হাতখরচ দিয়ে তা সম্ভব হবে না । আমি তাকে যা যা সম্পত্তি লিখে দিয়েছিলাম তারই অন্তর্গত ছিল এই পুকুর দুটি । তাই সে প্রস্তাব দিল যে ওই পুকুর দুটি সে বিক্রয় করতে চায় এবং সেই টাকা দিয়ে কলকাতায় গিয়ে তরীর কাজ সম্পন্ন করতে চায় । সেই কথা মতই সে দুদিন আগে কলকাতা দিয়ে খরিদ্দার নিয়ে আসে এবং পুকুর দুটি বিক্রয় করে দেয় " সমস্ত ঘটনার বিবরণ দিলেন শিবরাম বাবু ।

নিরঞ্জন বাবুর মাথায় যেন পাহাড় ভেঙ্গে পড়লো । অরুণ এত বড় কাজ টা করতে পারলো , এত ছলচাতুরী এত মিথ্যা কথা ! এই শিক্ষা তো তিনি তাকে দেননি । শৈলেন্দ্র ও ভীষণ অবাক হল , “ আপনি আমাদের না জানিয়ে কেন রাজি হলেন পুকুর বিক্রি করার জন্য ?” শৈলেন্দ্র বলে উঠল । “ আপনারা জানেন না ?” যেন আকাশ দিয়ে পড়লেন শিবরাম বাবু , “ কিন্তু অরুণ যে বলল আপনারা সব জানেন । বিশ্বাস করুন , আমি দুদিন ই অরুণ কে চাটুজ্যে মশাই এর কথা জিজ্ঞেস করেছিলাম , কিন্তু প্রতিবার ই সে জানিয়েছে যে চাটুজ্যে মশাই অসুস্থ , তাই তিনি আসতে পারেননি । আমি তবুও আপনাদের সাথে মুখোমুখি বসে এই ব্যাপারে কথা বলতে চাইছিলাম , তাই ই তো পত্র দিয়েছিলাম ।"

লজ্জায় নিরঞ্জন বাবুর মুখ দিয়ে কোনো কথা বের হল না , তিনি শিবরাম বাবুর সাথে চোখ মেলাতেও পারছিলেন না । সব শুনে তিনি কিছু না বলেই , শুধু করজোড়ে প্রণাম জানিয়ে সেখান থেকে বেরিয়ে গেলেন । শৈলেন্দ্র ও লজ্জায় মাথা নিচু করে রইল , “ অরুণ এরকম কাজ করবে তা আমরা স্বপ্নেও ভাবিনি... পারলে ক্ষমা করবেন " এই বলে সে-ও নমস্কার জানিয়ে সেখান থেকে বেরিয়ে যায় ।

শিবপুর থেকে বদ্যিপুর এর রাস্তা বেশ অনেকটাই , প্রায়ে তিন-সারে তিন ঘন্টার পথ । আসার সময় যদিও নিরঞ্জন বাবু আর শৈলেন্দ্র আলাদা আলাদা পালকিতে এসেছিল , ফেরার পথে কিন্তু শৈলেন্দ্র নিরঞ্জন বাবুর সাথে একই পালকিতে আসলো । সমস্ত ঘটনা শুনে নিরঞ্জন বাবু খুবই দুঃখিত , লজ্জিত । মুখে তার কোনো কথা নেই । এমত অবস্থায় শৈলেন্দ্র ওনাকে একা ছাড়তে পারেনি ।

এত পথ , এত দীর্ঘ সময়...কিন্তু নিরঞ্জন বাবুর মুখে টু শব্দটিও শোনা গেল না । শৈলেন্দ্র অবশ্য দু এক বার হাল্কা কোনো প্রসঙ্গ তুলছিল কথা বলার জন্য , কিন্তু নিরঞ্জন বাবু অথর হয়ে একই দিকে তাকিয়ে বসে রইলেন । কোনো কথার কোনো উত্তর ই দিলেন না । শৈলেন্দ্র বেশ ভালোই বুঝতে পারছিলো , অরুণের আচরণে তিনি কতটা দুঃখিত ।

দীর্ঘ পথ অতিক্রম করে পালকি এসে পৌছাল চাটুজ্যে বাড়ির দোরগোড়ায় । শৈলেন্দ্র আর নিরঞ্জন বাবু পালকি দিয়ে নেমে ঘরের ভিতর প্রবেশ করছেন । এদিকে অন্নপূর্ণা দেবি স্বামী ও দেওর কে আসতে দেখে তাদের জন্য জল আনতে গেলেন । দুজনে ধীরে ধীরে সিঁড়ি দিয়ে উপরে উঠছিলেন , এমন সময় অন্নপূর্ণা দেবি হাঁক দিয়ে বললেন , “ বলি জল আনলুম যে, খেয়ে যান " অন্নপূর্ণা দেবি কে দেখে নিরঞ্জন বাবুর মুখ দিয়ে এবার কথা বের হলো , “ অরুণ কোথায় ? ওকে এখুনি আমার ঘরে পাঠাও " “ আজ্ঞে সে তো বাড়ি নেই " অন্নপূর্ণা দেবি বললেন । “বাড়ি নেই মানে ?" চাটুজ্যে মশাই জিজ্ঞেস করলেন , “ যেখানেই গেছে , আসার পরে আগে আমার কাছে পাঠাবে "

" কিন্তু ও কোথায় গেছে , আর কবে ফিরবে তা তো আমি ঠিক জানিনা " অন্নপূর্ণা দেবি বললেন । নিরঞ্জন বাবুর সহ্যের বাঁধ এবার ভেঙ্গে গেল , তিনি রীতিমতো চিৎকার করে বলে উঠলেন , " কিছুই জানোনা তো মা হয়েছ কি করতে তুমি । কুলাঙ্গার ছেলের জন্ম দিতে পেরেছ আর এইটুকু খোঁজ রাখোনা সে কোথায় । সে কলকাতায়... কলকাতায় গেছে তোমার ছেলে । শিবরাম বাবুর বাড়ির পুকুর বেঁচে সেই টাকা নিয়ে কলকাতায় গেছে তরী বানাতে ।" অন্নপূর্ণা দেবি তো নিরঞ্জন বাবুর কথা শুনে হতচম্বিত , "তরী বানাতে গেছে , বেয়াই মশাই এর পুকুর বেঁচে সেই টাকা নিয়ে... এ কি বলছেন আপনি ? ওর বাপের কি কম টাকা আছে যে ও শউর এর টাকায় তরী বানাবে , না না কোথাও একটা ভুল হচ্ছে আপনার । আমার অরুণ এমন করতেই পারেনা " অন্নপূর্ণা দেবির ভুলভ্রান্তি তে নিরঞ্জন বাবুর রাগের পারদ আরও চড়ল । " তুমি অন্ধ হয়ে গেছ অন্নপূর্ণা । অরুণ এর কোনো অন্যায় কেই তুমি চোখে দেখছ না । এমন চলতে থাকলে তোমার মতন অভাগী এই পৃথিবীতে আর কেউ হবেনা ...। শিবরাম বাবু নিজে আমাদের এইসব কথা বলেছেন । আর শুধু এই নয় , শিবরাম বাবু যখন আমার কথা জিজ্ঞেস করেছেন তখন সে বলেছে আমি নাকি অসুস্থ , কবিরাজ দেখতে এসেছিলো আমায় । লজ্জায় আমার মাথা হেট করে দিল তোমার স্বার্থপর ছেলে ।"

চেঁচামেচি শুনে ইতিমধ্যেই মধুমন্তি , সোদু , বরুণ , ঘরের অন্যান্য দাসী , পাহারারত বেহারা , কর্মচারি......সকলে সেখানে চলে এসেছে । অরুণের সব অপকর্মই তারা দাড়িয়ে দাড়িয়ে শুনছিল । সব ঘটনা শুনে অবাক চোখে মধুমন্তি শৈলেন্দ্র এর দিকে তাকাল...... শৈলেন্দ্রও তাকে মাথা নেড়ে বোঝাল যে এসব সত্যি । কিন্তু অন্নপূর্ণা দেবি তখনও মানতে নারাজ যে অরুণ এসব বলতে বা করতে পারে , তিনি ক্রমাগত একই কথা বলে যেতে লাগলেন , একই গোঁ ধরে রইলেন , " অরুণ এসব করতে পারেনা । আপনার ভুল হচ্ছে , বিয়াই মশাই আপনাকে মিথ্যা কথা বলেছেন । আপনি আমার অরুণ কে মিথ্যা অপবাদ দিচ্ছেন" " কি.......... আমি অপবাদ দিচ্ছি......" রাগে চিৎকার করে উঠলেন নিরঞ্জন বাবু , " শুলি ছিল ওখানে , তুমি শুলিকে জিজ্ঞেস করো । ওদিকে তোমার ছেলে আমার মাথা হেঁট করে দিলে , আর এদিকে তুমি বলছ আমি ওকে............" বলতে বলতে হঠাৎ-ই নিরঞ্জন বাবুর বামবুকের পাশে তীব্র ব্যাথা ওঠে , তার মাথা ঘুরে যায় । অচেতন হয়ে তিনি সিঁড়ি দিয়ে পরে যেতে লাগলেন । " দাদা............" চিৎকার করে শৈলেন্দ্র ছুটে যায় । মধুমন্তি , অন্নপূর্ণা দেবি , সমস্ত দাস-দাসীরা দৌড়ে আসে । সিঁড়ি দিয়ে গড়াতে গড়াতে জ্ঞানহীন অবস্থায় মাটিতে লুটিয়ে পরেন নিরঞ্জন বাবু । সকলে দৌড়ে এসে তাকে ধরে তোলেন । কোনোরকমে ধরাধরি করে একটি ঘরে এনে তাকে শোয়ানো হয় ।

" কি হলো আপনার , আপনি কথা বলছেন না কেন...... কথা বলুন , চোখ খুলুন" অন্নপূর্ণা দেবি বলতে লাগলেন । " বড়ঠাকুর , কি হলো আপনার ..." মধুমন্তিও তার চোখে মুখে জলের ছিটা দিতে দিতে বলতে থাকলো । শৈলেন্দ্র নিরঞ্জন বাবুর পায়ের তলা ঘষে দিচ্ছে । " শুনুন , আপনি শিগগির গিয়ে কবিরেজ মশাই কে ডেকে আনুন" মধুমন্তি শৈলেন্দ্র কে বলল । " হ্যাঁ......" বলে ঊর্দ্ধশ্বাসে শৈলেন্দ্র ছুটে গেল কবিরেজ ডাকতে । দাস দাসীরা ক্রমাগত নিরঞ্জন বাবু কে পাখা দিতে বাতাস করতে লাগলো । .... প্রায় ৫ , ৭ মিনিট পর নিরঞ্জন বাবু আলতো করে চোখ মেললেন । " বৌমা " স্বল্প স্বরে মধুমন্তি কে ডাকলেন । " হ্যাঁ...... হ্যাঁ বড়ঠাকুর...... বলুন " মধুমন্তি উত্তর দিল । " সংসার টা রইল , তুমি আর শুলি দেখ" নিরঞ্জন বাবুর কথা শুনে সকলে আঁতকে উঠলেন । " এ আপনি কীসব বলছেন বড়ঠাকুর ...... আপনার ভাই কবিরেজ ডাকতে গেছেন , তিনি এসে

আপনাকে ওষুধ দিলেই আপনার ব্যামো সেরে যাবে" চোখের জল মুছতে মুছতে মধুমন্তি বলল। দেখেই বোঝা যাচ্ছিল যে নিরঞ্জন বাবুর কথা বলতে খুব ই কষ্ট হচ্ছে। তবু তিনি আস্তে আস্তে কথাগুলি বলতে থাকলেন, " এ ব্যামো আর সারবে না। অরুণ বলেছিল না, আমার শরীর খারাপ, কবিরেজ আসবে। দেখলে তো গিন্নি, ওর কথাই সত্যি হলো।" অন্নপূর্ণা দেবি কাঁদতে কাঁদতে তাকে বললেন, " আপনি চুপ করুন, আপনার কিছু হবে না। ঠাকুরপো গেছে কবিরেজ ডাকতে। আপনি সুস্থ হয়ে যাবেন" " না গিন্নি... আমি আর সুস্থ হবোনা। তোমার ছেলে আর আমায় সুস্থ থাকতে দিলে কই। এই অপমানিত জীবনের চেয়ে মৃত্যু অনেক ভালো " এই বলে নিরঞ্জন বাবু মধুমন্তির দিকে তাকিয়ে বললেন, "মা লক্ষ্মীর খেয়াল রেখো বৌমা। তার যত্নআদর কোরো, তাকে লেখাপড়া শিখিয়ো, সংসার টা সামলিও" বলে তিনি শেষবারের মতন অন্নপূর্ণা দেবির দিকে তাকিয়ে বললেন, " বরুণ কে দেখ গিন্নি। ওকে বিদেশে পড়তে পাঠিয়ো। আর তুমিও..........." বলতে বলতে ওনার নিঃশ্বাস প্রবল হতে লাগলো, এবং তারপর হঠাৎ ই ....।।

সব নিস্তব্ধ...... নিশ্চুপ...... শান্ত......।। " বড়ঠাকুর......" মধুমন্তি ডাকল। কিন্তু কোনো উত্তর নেই। শৈলেন্দ্রও তখন কবিরাজ কে নিয়ে উপস্থিত, " আসুন কবিরেজ মশাই, দেখুন এই যে দাদা। দাদার কি কষ্ট হচ্ছে দেখুন" কবিরাজ মশাই নিরঞ্জন বাবুর নাড়ি পরীক্ষা করলেন, বুকে কান লাগিয়ে হৃদস্পন্দন শুনতে চাইলেন, চোখ পরীক্ষা করলেন .... " ক্ষমা করবেন শৈলেন্দ্র বাবু, বড়কর্তামশাই আর নেই।।"

কবিরাজ মশাই এর কথা শোনামাত্র অন্নপূর্ণা দেবি মূর্ছিত হয়ে পড়ে গেলেন। শৈলেন্দ্র এর মনে হলো তার পায়ের তলার মাটি সরে গেল ...... সে থপ করে নিরঞ্জন বাবুর পায়ের কাছে মুখ থুবড়ে পড়ে গেল। মধুমন্তি পাথরের ন্যায় দাড়িয়ে রইল। দাস দাসীদের কান্নায় ভরে গেল পুরো ঘর।

।।এগারো।।

চাটুজ্যে বাড়ি... বা বলা যেতে পারে একাধারে পুরো গ্রাম শোকে, কান্নায় ভরে উঠেছে। জমিদার হিসেবে নিরঞ্জন বাবুর সু-নাম, ডাক পুরো গ্রামেই ছিল। তাই তার মৃত্যুর খবর পেয়ে পুরো গ্রাম যেন উপচে পরেছে চাটুজ্যে বাড়িতে। সকলেই ভীষণ কান্নাকাটি করছে, অন্নপূর্ণা দেবি তো ঘন ঘন পতিশোকে মূর্ছিত হয়ে পড়ছেন। এদিকে শৈলেন্দ্র প্রায় দিকবিদিক হীন হয়ে পরেছে। খুব কম বয়সেই শৈলেন্দ্র ও নিরঞ্জন বাবু তাদের বাবা কে হারিয়েছিলেন, তাই জ্ঞান হওয়া থেকে শৈলেন্দ্র নিরঞ্জন বাবু কেই বাবাতুল্য শ্রদ্ধা ও সম্মান করত। নিরঞ্জন বাবুর মৃত্যুর পর সে এবার প্রকৃত অর্থেই অনাথ হয়ে গেল। বরুণ ও খুব কান্নাকাটি করছে। সোদু ও সেখানে রয়েছে বটে, তবে তার ' মৃত্যু ' কি সেটি বোঝার বুদ্ধি এখনও হয়নি। তাই সে একটি পাশে চুপ করে দাড়িয়ে প্রশ্নভরা চোখে চারিদিকে খালি দেখছে।

গ্রামবাসীরা সকলে মিলে নিরঞ্জন বাবুর নিথর দেহ টি বাইরে বৈঠকখানায় এনে রেখেছেন। ফুল, মালা দিয়ে তারাই যথাসম্ভব সাজিয়ে রেখেছেন ওনার পার্থিব শরীর টি। শৈলেন্দ্র, বরুণ ওনার বিছানার পাশে বসে কেঁদেই চলেছে। অন্নপূর্ণা দেবির জ্ঞান ফিরতে তিনি বরুণ কে বুকে জড়িয়ে চিৎকার করে কাঁদতে লাগলেন। মধুমন্তি ও উপস্থিত ছিল সেখানেই ...... কষ্ট যে তার কম হচ্ছে তা নয়, তবে মানসিক জোর তার প্রবল। সে জানে, সকলে একসাথে ভেঙ্গে পড়লে চলবে না, সব কিছু ভালোভাবে সম্পন্ন করতে হবে। সকলে যদি ভেঙ্গে পরে তাহলে হবে টাই বা কি করে। তাই সে কোনোমতে নিজেকে শক্ত করে, চোখের জল মুছে শৈলেন্দ্র এর কাছে গেল, " এত ভেঙ্গে পড়লে চলবে কি করে, বড়ঠাকুরের সৎকার্য যে বাকি আছে...... অরুণ ও বাড়ি নেই, ওকেও

খবর পাঠাতে হবে... আপনাকেই যে এই দায়িত্ব গুলো নিতে হবে ।"

সন্তান না হওয়ার জন্য শৈলেন্দ্র ও মধুমন্তির মধ্যে তেমন একটা কথাবার্তা হতোনা ঠিকই , তবে কোনো বিপদে-আপদে তারা একে অপরের পাশে থেকেছে সবসময় । " আমি কি করে সব করব মধু ... আমি কখনও ভাবিনি এমন দিনও দেখতে হবে " কাঁদতে কাঁদতে বলে উঠল শৈলেন্দ্র । মধুমন্তি তাকে কোনোরকমে সেখান থেকে তুলে পাশে নিয়ে আসলো , " আপনি কেন , আমরা কেউ ই কোনোদিন ভাবিনি এই দিন দেখবো । কিন্তু আজ যখন সেই দিন উপস্থিত হয়েইছে , তখন সেইরূপ ব্যবস্থাও তো নিতে হবে বলুন " মধুমন্তির কথা গুলো শৈলেন্দ্র বুঝল... কোথাও না কোথাও তাকে এবার শক্ত হতেই হবে । মধুমন্তি তাকে আরও বোঝাল , " সবার প্রথম আপনি আত্মীয় সকল ও বিয়াই মশাই দের বাড়ি খবর পাঠানোর ব্যবস্থা করুন , ওনাদের নিয়ে আসার জন্য পালকি পাঠিয়ে দিন । অরুণের ও খোঁজ করতে হবে , সে কোথায় আছে জানতে হবে । যতই হোক সে বাড়ির বড় ছেলে ... সৎকার্য তো তার হাত দিয়েই সম্পন্ন করাতে হবে । আপনি বরং নায়েব মশাই কে দিয়ে ওর বন্ধুগণ দের কাছে খোঁজ নিন , হয়তো তারা জানলেও জানতে পারে কিছু অরুণের খবর । আমি ঘরের দিক টা সামলাচ্ছি , দিদির অবস্থা খুব একটা ভালো নয় " শৈলেন্দ্র সব শুনল , তারপর আর বেশি কোনো কথা না বলে , খালি " ঠিক আছে" বলে সেখান দিয়ে চলে গেল । স্বামীর মনের অবস্থা মধুমন্তি খুব ভালোভাবেই বুঝতে পারছিলো । বিবাহিত সম্পর্ক ভালো না হলেও মধুমন্তি এটা জানতো যে তার স্বামী শারীরিক দিক দিয়ে অসম্পূর্ণ হলেও মনের এবং মনুষ্যত্বর দিক দিয়ে তার মতন ভালো মানুষ হয় না ।

শৈলেন্দ্র এর চলে যাওয়ার পর মধুমন্তির চোখ হঠাৎ ই সোদুর দিকে পরে । সোদু একটা কোনায় চুপ করে দাড়িয়ে বিস্মিত চোখে সবকিছু দেখছে । মৃত্যুর সংজ্ঞা তার কাছে স্পষ্ট নয় । সে এইটা তো বুঝছে না যে কি বিষয়ে সকলে কাঁদছে , তবে সকলের কান্না দেখে সেও ভীষণ মন খারাপ করে দাড়িয়ে আছে । মধুমন্তি তার কাছে গিয়ে , তার মাথায় হাত বুলিয়ে দিতে সে মধুমন্তি কে জিজ্ঞেস করল , " মা , সবাই কাঁদছে কেন ? বড়মা , ঠাকুরপো সবাই কাঁদছে । এত লোক , এরাও কাঁদছে... তুমিও কাঁদছ । কি হয়েছে সবার ? তোমাদের কি কেউ বকেছে ? আমারও কান্না পাচ্ছে সবাইকে দেখে " সোদুর সরলতায় মধুমন্তি আরও কান্নায় ভেঙ্গে পড়লো...... এত বড় অঘটন ঘটেছে , কিন্তু এই নিষ্পাপ মন টি তা বুঝতে না পেরেও কতটা ব্যাথিত । মধুমন্তি সোদুর মাথায় হাত বুলিয়ে দিয়ে বলল , " সবাই কাঁদছে , কেনকি বড়ঠাকুর মারা গেছেন । ওই যে দেখ , শুয়ে আছেন " " মারা গেছে মানে কি মা ?" সোদু জিজ্ঞেস করল । মধুমন্তি বুঝতে পারছিলো না যে , এই প্রশ্নের সে কি উত্তর দেবে । ' মৃত্যু ' কি , তা বোঝার বয়েস যে সোদুর হয়নি , " বড়ঠাকুর আজ ভগবানের বাড়ি চলে যাবেন , আর আসবেন না । এর মানেই মারা যাওয়া মা " বলে সে সোদু কে জড়িয়ে কাঁদতে লাগলো ।

একে একে জ্ঞ্যাতিগুষ্টি সকলে আসতে লেগেছেন । রাত ৮ টা নাগাদ শিবরাম বাবু তার গিন্নি এবং পিসিমা সমেত এসে পৌঁছালেন । ইতিমধ্যে পুরোহিত মশাই সৎকার্যের বিধিনিয়ম প্রায় শুরু করে দিয়েছেন । শিবরাম বাবুরা আসতে মধুমন্তি ও শৈলেন্দ্র তাদের ভিতরে নিয়ে আসতে গেল । " এসব কি হয়ে গেল" ভারাক্রান্ত মনে বলে উঠলেন শিবরাম বাবু । শান্তিপ্রিয়া দেবির ও চোখ ছলছল , " আজ সকালেই তো বিয়াই মশাই কত ঠাট্টা করছিলেন , আর এর মধ্যেই এসব কি করে হলো " উনি বললেন । পাশ দিয়ে পিসিমা বলে উঠলেন " শিবু , বৌমা... তোমরা এখন এসব কথা জানতে চাইছ ঠিক ই , কিন্তু তেনাদের মনের পরিস্থিতি দেখ ... উত্তর দেবেন কি করে ওনারা । এখন বরং

যা দরকার সেই কাজটি আগে করো " " হ্যাঁ পিসিমা ঠিক ই বলছেন আপনি । চলুন শৈলেন্দ্র বাবু , দেখি কি কি করতে হবে " এই বলে শিবরাম বাবু শৈলেন্দ্র কে নিয়ে সেখান দিয়ে চলে গেলেন ।" বেয়ান... বড়বেয়ান কোথায় ...চলুন আমরা তার কাছে যাই " শান্তিপ্রিয়া দেবি মধুমন্তি কে বললেন । " দিদি বড়ঠাকুরের কাছেই বসে আছেন , আসুন......" বলে মধুমন্তি শান্তিপ্রিয়া দেবি এবং পিসিমা কে সেখানে নিয়ে গেল ।

সকলে এসে এসে নিরঞ্জন বাবুর নিথর দেহে ফুল মালা অর্পণ করে যাচ্ছে । অন্নপূর্ণা দেবির সাথে দেখা করার পর মধুমন্তি শান্তিপ্রিয়া দেবি ও সোদু কে তার ঘরে বসতে দিয়ে এসেছিলো । বিয়ের পর প্রথম বার সোদু তার মা কে কাছে পেল । শান্তিপ্রিরা দেবিও এতদিন পর মেয়েকে কাছে পেয়ে তাকে বুকে আগলে রাখলেন । পুরোহিত মশাই এর বিধিনিয়ম সব শেষ হতে শান্তিপ্রিয়া দেবি কে ডাকতে এলেন মধুমন্তি , " চলুন বেয়ান , ওইদিকে সমস্ত কিছু হয়ে এসেছে , দিদির এয়োস্ত মোছানোর সময় হয়েছে" বলতে বলতে কেঁদে ফেলল মধুমন্তি । শান্তিপ্রিয়া দেবি মধুমন্তি কে সামলিয়ে বললেন , " মন কে শক্ত করুন বেয়ান , বড়বেয়ান কেও যে আপনাকেই সামলাতে হবে" মধুমন্তি শাড়ির আঁচল দিয়ে চোখ মুছতে মুছতে মাথা নাড়ল । " আচ্ছা , জামাই কে তো দেখছি না । সে কোথায়... কলকাতা দিয়ে ফেরেনি এখনও ?" " তার কলকাতার ঠিকানা আমাদের জানা নেই । পত্র , পালকি কিছুই পাঠানোর ব্যবস্থা নেই । নায়েব মশাই গেছেন তার বন্ধুদের কাছে খোঁজ নিতে , জানিনে কতদূর কি হলো" মধুমন্তির মুখে চিন্তার ছাপ । শান্তিপ্রিয়া দেবি ব্যাপার টা বুঝে আর বেশি কথা বাড়ালেন না , " চলুন বেয়ান আমরা নীচে যাই..." " হ্যাঁ চলুন" এই বলে মধুমন্তি সোদুর কাছে গিয়ে বলল , " তুমি এ ঘরেই থেকো মা , বাইরে এসো না । আমি পরে এসে তোমায় নিয়ে যাব" সোদুও ঘাড় নেড়ে তার কথায় সম্মতি জানালো । এরপর ওনারা দুজনে নীচে নেমে গেলেন ।

মধুমন্তি নীচে নেমে আসার পর পুরোহিত মশাই তাকে বললেন , " ছোট গিন্নিমা , বড় গিন্নিমার যে এবার এয়োস্ত মোছাতে হবে" শোনামাত্র অন্নপূর্ণা দেবি চিৎকার করে কাঁদতে লাগলেন । শান্তিপ্রিয়া দেবি , মধুমন্তি... সকলের ই খুব কষ্ট হতে লাগলো তাকে দেখে... তবু করতে তো হবে এটি , তাই তারা ওনাকে সামলাতে লাগলেন । কোনো বিধবা মানুষের দ্বারাই এই কাজ টিকে সম্পন্ন করাতে হয় , তাই শিবরাম বাবুর পিসিমা এগিয়ে এসে অন্নপূর্ণা দেবির এয়োশ্রী মুছে দিলেন । বড় কঠিন এ দৃশ্য , চোখেতে সয় না ।

বহুকষ্টে সম্পন্ন হলো নিয়ম সকল । প্রায় রাত ১০ ঘটিকা , পুরোহিত মশাই শৈলেন্দ্র এর উদ্দেশ্যে বললেন , " নিন , বড়কর্ত্তামশাই এর দেহ এবার শশ্মানে নিয়ে যাওয়ার ব্যাবস্থা করুন" তার কথা শুনে অন্নপূর্ণা দেবি চিৎকার করে বলে উঠলেন , " না... তেনাকে তোমরা কোত্থাও নিয়ে যাবেনা" বলে তিনি আবার কান্নায় ভেঙ্গে পড়লেন । মধুমন্তি তাকে সামলানোর জন্য তার কাছে গেল , " দিদি , বড়ঠাকুর কে যে এবার নিয়ে যেতেই হবে" অন্নপূর্ণা দেবি তার বুকে মাথা রেখে কাঁদতে কাঁদতে বললেন , " আমার অরুণ কে তো আসতে দে ছোট । তিনি যে ওর বাপ । ও না এলে ওনার আত্মা যে স্বর্গলাভ পাবে না , মুখাগ্নি যে ওকেই করতে হবে । ও যে তেনার বড় ছেলে" যুক্তিগত দিক দিয়ে অন্নপূর্ণা দেবি কথাগুলো ঠিক ই বলছিলেন , কিন্তু অরুণের তো কোনো খোঁজ ই পাওয়া যাচ্ছিল মা । নায়েব মশাই বললেন , " আজ্ঞে গিন্নিমা অরুণ দাদাবাবুর তো কোনো খোঁজ ই পাওয়া যাচ্ছে না । তার সকল বন্ধুবান্ধব দের জিজ্ঞেস করা হয়েছে , তারা কেউ ই কিছু জানেনা , আর তার কলকাতার ঠিকানাও যে নেই আমাদের কাছে ।" অন্নপূর্ণা দেবি সব শুনে একপ্রকার জ্ঞানশূন্য কথা বলে বসলেন , " তাহলে যতদিন না সে আসছে , তেনাকে ততদিন রেখে

দেওয়া হোক । আমার অরুণ না এলে তেনার কাজ হবে না" অন্নপূর্ণা দেবির এরকম জ্ঞানহীন কথা শুনে পুরোহিত মশাই তাকে বোঝালেন , " তা কি করে হয় গিন্নিমা , আপনি অনিশ্চিত সময়ের কথা বলছেন... এদিকে যে রাত পোহালেই দেহ বাসী আখ্যা পাবে , তা কি আপনি চাইবেন গিন্নিমা" পুরোহিত মশাই এর কথা শুনে অন্নপূর্ণা দেবির জ্ঞান ফিরে এল... তখন তিনি আবার কাঁদতে কাঁদতে বলতে লাগলেন , " বরুণ টা যে ছোটো পুরুত মশাই , সেই বা সব সামলাবে কি করে" পুরোহিত মশাই তার কথা শুনে উত্তর দিলেন , " কেন গিন্নিমা , শৈলেন্দ্র বাবু তো আছেন । তেনারা দুজনে মিলেই করবেন।"

অন্নপূর্ণা দেবি বহু অমান্য কথা বলে যাচ্ছিলেন , এবং পুরোহিত মশাই ক্রমাগত তাকে বুঝিয়ে যাচ্ছিলেন । তিনি অরুণ কে ছাড়া এ কাজ সম্পূর্ণ হতে দিতে চাইছিলেন না , কিন্তু কোনো পথ না থাকায় শেষপর্যন্ত তিনি রাজি হলেন ।

শুরু হোল যাওয়ার পালা... সকলে চোখের জলে বিদায় দিলেন নিরঞ্জন চাটুজ্যে মশাই কে । মধুমন্তি সোদু কে নিয়ে এসে ওনার পা ছুঁইয়ে প্রণাম দেওয়ালো ।

চলে গেলেন নিরঞ্জন বাবু । অন্ধকার করে গেলেন চাটুজ্যে বাড়ি তথা... বদ্যিপুর গ্রাম কে ।

।।বারো।।

নিরঞ্জন বাবুর শেষ কাজ শৈলেন্দ্র আর বরুণ মিলেই করল । একে একে দিন পেরোতে লাগলো । সেই তালে ক্রমাগত চলল অরুণের খোঁজ , কিন্তু...... সবই ব্যর্থ । শিবরাম বাবু তার পরিবার সমেত সমস্ত কাজ সম্পন্ন না হওয়া পর্যন্ত চাটুজ্যে বাড়িতেই রয়ে গেলেন । এদিকে অন্নপূর্ণা দেবি খুব ভেঙ্গে পড়েছেন , কথাও বলেন না কারর সাথে । সারাদিন নিরঞ্জন বাবুর ছবির সামনে বসে কাঁদতে থাকেন । শৈলেন্দ্র ও মানসিক ভাবে খুব একা হয়ে পড়েছে । নিরঞ্জন বাবু ছিলেন তার পিতৃতুল্য । তাই সে তার কাজে কোনো খামতি রাখতে চায় না । শ্রাদ্ধানুষ্ঠানে সে আশেপাশের পাঁচ গ্রাম কে নিমন্ত্রন করেছে । ভিন্ন প্রকারের মাছ , সব্জি , মিষ্টি ইত্যাদির পরিমানাতিরিক্ত ব্যাবস্থা করা হয়েছে । আর তাকে এই সব কাজে সাহায্য করছেন শিবরাম বাবু । অন্যদিকে শান্তিপ্রিয়া দেবি মধুমন্তির সাথে মিলে বাড়ির দিক টা সামলিয়ে নিচ্ছেন । এতদিনে সোদুও বেশ সবার সাথে মিশে গেছে , আর এইকদিন তো সে বেজায় খুশি । বাড়িতে মৃত্যুশোক... কিন্তু সেটা তো তার বোধগম্য নয় । সে তার দুই মা কে একসাথে পাচ্ছে , তার কাছে এটাই সবথেকে বেশি খুশির জিনিস । বাচ্চা মানুষ...... তার সুখের পরিধি টা যে খুব ছোটো ।

"সোদু আপনাকে খুব আপন করে নিয়েছে বেয়ান... ' মা ' বলে ডাকে আপনাকে । আমার কাছে সে গল্প করেছে , কীভাবে আপনি তাকে আদর যত্ন করেন । তাছাড়া বরুণ বাবুর সাথেও তার ভারি ভাব হয়েছে । একই বয়সের খেলার সাথি পেয়ে সে তো খুব খুশি" শান্তিপ্রিয়া দেবি মধুমন্তি কে বললেন। " সেও তো আমাদের ই একজন হয়ে গেছে বেয়ান । আমার মাতৃশূন্য জীবনটা কেও সে পূর্ণতা দিয়েছে । বড়ঠাকুর ও তাকে খুব ই স্নেহ করতেন"মধুমন্তি বলল । শান্তিপ্রিয়া দেবি খানিকক্ষণ চুপ থেকে তারপর বললেন , " মেয়েটা আমার বড় অভাগী । না পেল শউর এর স্নেহ , না পেল সোয়ামীর মনে জায়গা" শান্তিপ্রিয়া দেবির কথা শুনে মধুমন্তি চমকে উঠল । শিবরাম বাবুর পরিবার কে অরুন ও সুদক্ষিণার বিবাহিত সম্পর্কের সত্যতা জানানো হয়নি । যতই হোক ওনারা সুদক্ষিণার বাবা, মা......সব জানলে যে ওনারা খুব ই কষ্ট পাবেন । মধুমন্তির মুখের দিকে তাকিয়ে শান্তিপ্রিয়া দেবি কিঞ্চিত হেসে বললেন , " বেয়ান , সোদু যদি আমায় বাকি সব কথা বলতে পারে , তাহলে তো সে জামাই এর আচরণের কথাও বলতে পারে , তাই না !" শান্তিপ্রিয়া দেবির কথা

শুনে মধুমন্তির মাথা লজ্জায় হেঁট হয়ে গেল। তিনি আবার কিঞ্চিৎ হেসে বললেন, " মেয়ে আমার বরই অবুঝ বেয়ান... জামাই তার কে হয়, সে তা বোঝেই না। সে খালি এইটে জানে যে, জামাই তাকে খালি বকাঝকা করে" বলতে বলতে তিনি মধুমন্তির দিকে তাকালেন, দেখলেন মধুমন্তি মাথা নিচু করে বসে আছে। " এ কি বেয়ান, আপনি অমন মাথা হেঁট করে বসে আছেন কেন। যা হয়েছে তাতে আপনার তো কোনো দোষ নেই।" শান্তিপ্রিয়া দেবির কথা শুনে মধুমন্তি নতমস্তকেই উত্তর দিল, " ক্ষমা করবেন বেয়ান। সোদু কে ওর প্রাপ্য মর্যাদা আমরা দিতে পারিনি" বলে সে শান্তিপ্রিয়া দেবির প্রতি হাতজোড় করল। " ছিঃ ছিঃ বেয়ান, এমন করবেন না" বলে শান্তিপ্রিয়া দেবি মধুমন্তির হাতদুটি ধরে নামালেন। " সত্যি বলতে কি বেয়ান, মেয়ের মুখে জামাই এর ওইরূপ আচরণের কথা শুনে প্রথমটা আমারও খুব রাগ হয়েছিল। কিন্তু এই কদিনে যা যা দেখলাম তা দেখে আমি নিশ্চিত, আমার সোদু এখানে খুব সুখে থাকবে" মধুমন্তি শান্তিপ্রিয়া দেবির কথা শুনে অবাকিয় চোখে ওনার মুখের দিকে তাকাল... শান্তিপ্রিয়া দেবি আর একবার হেসে বললেন, " ভাবছেন তো আমি এমন কেন বলছি...... আমি কদিনে দেখলাম আপনারা আমার সোদু কে কত ভালোবাসেন, স্নেহ করেন। আপনি, শৈলেন্দ্র বাবু, বরুণ বাবু। ওর পুতুল ছাড়া প্রথম বার আমি সোদু কে অন্য কারর সাথে খেলতে দেখলাম। হ্যাঁ বড়বেয়ান কে তেমন কিছু দেখিনি ঠিক ই, তবে এখন তার ই যা মনের অবস্থা তাতে অন্য কাউকে স্নেহ করা যায়না, তা আমি বুঝি। কিন্তু সেই স্নেহের জায়গাও যে আপনি পুরন করে দেন...... আপনি ওকে লেখাপড়া শেখান, ওকে খাইয়ে দেন, চুল বেঁধে দেন... ঠিক যেমন টা আমি করতাম। আর আমার সোদুও যে আপনাকে ' মা ' বলে মেনে নিয়েছে। বলুন তো, এত্ত আদর আমার সোদু কি আর কোথাও পেত...। রেগে গিয়ে আমিও ভেবেছিলাম ওকে আমি আমার সঙ্গে নিয়ে চলে যাব, কিন্তু এখন আমি চাই সোদু আপনার কাছেই থাকুক, আপনার কোলে" শান্তিপ্রিয়া দেবির কথা শুনে মধুমন্তির চোখে জল চলে আসে, " ধন্যবাদ বেয়ান। সোদু কে আমার দিয়ে দূর না করার জন্য। আমি তো ভাবতে লেগেছিলাম, আবার আমার কোল শূন্য হয়ে যাবে।" শান্তিপ্রিয়া দেবি হেসে মধুমন্তির হাত দুটি ধরে তাকে সান্ত্বনা দেন। চোখের জল মুছে মধুমন্তি বলে, " অরুণের ব্যাবহারে আমরা খুব ই লজ্জিত বেয়ান।" শান্তিপ্রিয়া দেবি একটি দীর্ঘশ্বাস ফেলে বললেন, " সবই সোদুর কপাল। অবশ্য এটাও হতে পারে যে, জামাই এখন তরী বানানোর কাজে ব্যস্ত... তাই সে সোদু কে সময় দিতে পারছে না। আর...... মেয়েও তো আমার এখন ছোটো, যতদিনে তার তরী বানানোর কাজ হয়ে যাবে, ততদিনে সোদুও বড় হয়ে যাবে... আর তখন সে সোয়ামী প্রেম ঠিক পাবে। আপনি দেখেন বেয়ান, সব একদিন ঠিক হয়ে যাবে" একরাশ আশা সহ যেন কথা গুল বেরিয়ে এল শান্তিপ্রিয়া দেবির মন দিয়ে। " আপনার কথা গুলোই যেন সত্যি হয় বেয়ান " মধুমন্তিও খুব আশা করে বলে উঠল এবং দুজনে সেখান থেকে বেরিয়ে বাইরে চলে এল।

আশেপাশের প্রায় ৫ গ্রামের মানুষের আগমন হয়েছিলো নিরঞ্জন বাবুর শ্রাদ্ধানুষ্ঠানে। সকাল থেকেই প্রায় মানুষের আসা শুরু হয়ে গেছে। ভোরবেলা থেকেই নিরঞ্জন বাবুর আত্মার শান্তির কামনায় ' কৃষ্ণনামসংকীর্তন ' হচ্ছে। পরিবারের সকল বয়োজ্যেষ্ঠ রা এবং গ্রামেরও বহুমানুষ সেখানেই রয়েছেন। অন্নপূর্ণা দেবিও সেখানেই রয়েছেন, ঠাকুরের নাম-জপ এর মধ্যেই তিনি আজকাল শান্তি পান। চারিদিক দিয়ে বিভিন্ন অতিথিরা আসছেন। শান্তিপ্রিয়া দেবি ও মধুমন্তি অতিথিদের আপ্যায়নে ব্যাস্ত। আর রান্নাবান্নার আয়োজন, লোকজনের খাওয়া দাওয়া ঠিক করে হচ্ছে কিনা সেসব শৈলেন্দ্র আর শিবরাম বাবু দেখছেন। এই কদিন শিবরাম বাবু তার পরিবার

সমেত এখানেই রয়ে গেছিলেন। ওনাদের দেখে মনেই হতোনা যে ওনারা চাটুজ্যে পরিবারের সদস্য নয় বরং কুটুম্ব, এতটাই মিশে গেছিলেন সবার সাথে।

" সত্যি শিবরাম বাবু, আপনি পাশে না থাকলে আমি হয়ত এতকিছু সামাল দিতে পারতাম না। আসলে এইসব কাজ, আয়োজন ইত্যাদি তো আগে একা কখনও করিনি, সর্বদাই দাদা সাথে থাকতেন, তিনি আজ্ঞা করতেন আর আমি সেইরূপ করে যেতাম, আর আজ সেই দাদার কাজ। আপনি পাশে না থাকলে যে কীভাবে সব করতাম কে জানে" শৈলেন্দ্র শিবরাম বাবু কে কথাগুলো বলল... বলে সে করজোর করল, " ধন্যবাদ আপনাকে, এরূপ পাশে থাকার জন্য" " আরে আরে করছেন কি......" বলে শিবরাম বাবু শৈলেন্দ্র এর হাত দুটি ধরে নামালেন। " ধন্যবাদ এর কি আছে, চাটুজ্যে মশাই যেমন আপনার দাদা ছিলেন তেমনি আমার সাথেও তো তার একটা সম্পর্ক ছিল নাকি। বিয়াই তো সে আমার কয়েক মাস ধরে, কিন্তু তাকে চিনি তো আমি বহুবছর। জমিদারীরই কাজে একবার তার সাথে আলাপ হয়। বড় অমায়িক লোক ছিলেন..." কথাগুলো বলতে বলতে শিবরাম বাবু ভাবুক হয়ে গেলেন। কিছুক্ষন চুপ থেকে বললেন, " মাঝে মাঝে খুব চিন্তা হয় জানেন শৈলেন্দ্র বাবু... চাটুজ্যে মশাই এ ভরা সংসার, তাই তার অবর্তমানে সকলকেই কেউ না কেউ সামলিয়ে নিয়েছে। কিন্তু...... আমার পর গিন্নি আর পিসিমার যে কি হবে, ওদের কে দেখবে, সেইসব ভেবে মন বড় বিচলিত হয়" " ছিঃ ছিঃ শিবরাম বাবু অমনি কথা মুখে আনে কেউ " শৈলেন্দ্র বলল। শিবরাম বাবু মুখে কিঞ্চিৎ এক হাসি এনে বললেন, " যেতে তো একদিন সবাই কেই হবে শৈলেন্দ্র বাবু। ধরাধামে এলাম, কর্ম-কর্তব্য সবই করলাম। এবার যাওয়ার সময় এলে চলে যাব। তার দুঃখ নেই আমার। খালি আমার পর গিন্নি আর পিসিমার চিন্তা হয়। হ্যাঁ পিসিমার দুই ছেলে আছে বটে, তবে তারা সব নিজের মতনই থাকে। তাই বড় চিন্তা..........." শৈলেন্দ্র অবচেতন শিবরাম বাবুর কাঁধে হাত রাখলেন। তিনি এক গভীর চিন্তায় নিমগ্ন হয়ে গেছিলেন। শৈলেন্দ্র এর স্পর্শে তার চেতন ফিরল। " আপনি এত দুশ্চিন্তা করবেন না শিবরাম বাবু। ভগবান সব সামলে নেবেন... আর তাছাড়া আমরা তো আছিই। আর সর্বোপরি আপনাকে এত তারাতারি আমরা যেতে দেব না" বলে শৈলেন্দ্র হেসে পরিবেশ টা একটু স্বাভাবিক করতে চাইল। শিবরাম বাবুও হাল্কা হাসলেন, হেসে বললেন, " আমি জানি আপনারা আছেন। মেয়ে আমার বড় পুণ্য করে এমন শ্বশুরবাড়ি পেয়েছে। সবই তো নিজের চোখে দেখছি। আপনি আর মধুমন্তি দেবি তো তাকে মাথায় করে রাখেন। দেখে আমি বরই নিশ্চিন্তে হই, যে সে যথাস্থানেই রয়েছে" এই বলে তিনি কিছুক্ষণ চুপ থাকেন, থেকে বলেন, " কিছু যদি মনে না করেন তো একটা কথা বলব শৈলেন্দ্র বাবু?" এ কি আপনি কি এবার আজ্ঞা নেবেন নাকি, বলুন বলুন" একগাল হেসে উত্তর দিল শৈলেন্দ্র। " মেয়ের আমার শ্বশুর বাড়ির কপাল ভালো হলেও, স্বামী ভাগ্য তার ভালো নয়" শিবরাম বাবুর মুখে কথাগুলো শুনে শৈলেন্দ্র এর হাসিমুখ ছোট হয়ে গেল। " অরুণ কে তো আমি নিজের ছেলেই ভেবেছিলাম, বিশ্বাস করে আমার সোদুর হাত তার হাতে দিয়েছিলাম। তবে এখন মনে হয়...........। হ্যাঁ এটা ঠিক যার যখন সময় আসবে তাকে তখন চলে যেতেই হবে, কিন্তু আমার যেন মনে হয় নিরঞ্জন বাবুর সময় হয়ত এখন আসতো না। অরুণের কথায় তিনি উত্তেজিত হন, লজ্জিত হন... আর তার জন্যই এসব হল। বিশ্বাস করুন সেদিন যদি জানতাম চাটুজ্যে মশাই অতটা ভেঙ্গে পড়বেন, আর এইসব হবে, তবে আমি ওনাকে জমিবেচার ঘটনা জানাতাম ই না। বড় অপরাধী মনে হয় নিজেকে। ভাবি হয়ত আমারই জন্য তিনি.........।" " না না শিবরাম বাবু আপনি অমন ভাববেন না। দাদার নিয়তিই হয়ত তাই ছিল" শৈলেন্দ্র বলল। " হ্যাঁ ঠিকই

বলেছেন , নিয়তিই , নিয়তি নয়ত আর কি । দেখুন না , শেষসময়ে তার ছেলেকে সে কাছে পেল না । মুখাগ্নিও জুটল না । এমন কি আজ তার শেষ কাজ , আজও তার ছেলে এল না । সে জানেই না যে তার বাপ আর নেই । সে তো তার তরী নিয়েই ব্যাস্ত । আর তাছাড়া গিন্নির মুখে আমি সবই শুনেছি যে , সে আমার সোদুর সাথে কি ব্যবহার করেছে । নেহাত ই আপনারা আমার সোদু কে এত ভালোবাসেন এবং চাটুজ্যে মশাই এর এত নামডাক । নয়ত ও ছেলেকে উচিৎ শিক্ষা আমি দিতাম , আর সোদু কেও নিয়ে চলে যেতাম ।" কথাগুলো বলতে বলতে তিনি খুবই উত্তেজিত হয়ে উঠলেন । এই উত্তেজনায় মিশে ছিল এক নিপীড়িত মেয়ের বাবার রাগ , ও নিরঞ্জন বাবুর কষ্টের প্রতি তার সহানুভূতি । " উত্তেজিত হবেন বা শিবরাম বাবু , নিয়তি কাউকে ছাড়ে না, অরুণ যে ভুল গুলি করেছে তার প্রাপ্য শাস্তি সে পাবেই " শৈলেন্দ্র বড় বিনম্রতার সাথে বলে উঠল ।

ধীরে ধীরে শিবরাম বাবু ঠাণ্ডা হলেন । কিছুক্ষন পর শৈলেন্দ্র তাকে বলল , " চলুন শিবরাম বাবু , আমরা যাই... ওদিকে লোকজনের খাওয়া দাওয়া কতদূর দেখি" " হ্যাঁ চলুন..." বলে শিবরাম বাবু ও শৈলেন্দ্র খাওয়ার আয়োজন দেখতে চলে গেল ।

।।তেরো।।

অরুণ এল । হ্যাঁ অবশেষে অরুণ এল । সেদিন দুপুরে এক সাহেবের গাড়ি এসে তাকে ছেড়ে গেল তার গ্রামের মুখে । সেখান থেকে মিনিট দশেক হাঁটলেই তার বাড়ি । তার সাথে দুটি বড় বড় স্যুটকেস । তৎকালীন বড় বড় যে টিনের স্যুটকেস থাকত , তদ্রূপ । একটিতে তার জামাকাপড় ও নিত্যপ্রয়োজনীয় কিছু জিনিস এবং অপরটিতে কাগজপত্র , টাকাপয়সা , নক্সা আদি বোঝাই করা । কলকাতা যাওয়ার সময় অবশ্য তার কাছে নগদ টাকা ছাড়া বিশেষ কিছুই ছিলোনা । ও হ্যাঁ তার নক্সার কাগজটি সাথে ছিল থালি । বাকি যেসব জিনিস এখন সে নিয়ে আসছে সেসব সে কলকাতায় থাকাকালীন-ই কিনেছিল ।

অরুণ যতই গ্রামের ভিতর প্রবেশ করতে থাকে ততই সে লক্ষ্য করে দলে দলে লোকজন তার বাড়ির দিক থেকেই আসছেন । কিছু লোক তো তাকে দেখে কানাফুসিও করছেন । এক বয়স্ক করে ভদ্রলোক হঠাত-ই তার হাতটা ধরে বললেন , " বড় দেরি করে দিলি রে অরুণ আসতে , তোকে দেখার জন্য........." , সহসা পাশ দিয়ে অপর এক যুবক এসে তাকে বলে , " আহা কি করছ , চলো তুমি " বলে সে সেই বৃদ্ধ কে সেখান দিয়ে নিয়ে চলে গেল । সম্ভবত যুবক টি বৃদ্ধর নাতি হবে । গ্রামের সকলেই প্রায় অরুণের নামে কুকথা বলছিলেন । নিরঞ্জন বাবুকে সকলেই খুব শ্রদ্ধা করতেন , তাই তার শেষ সময়ে অরুণের অনুপস্থিতি সকলের চোখেই তাকে ছোট করে দিয়েছিল । বৃদ্ধ কে নিয়ে যাওয়ার পর অরুণ ও বাড়ির দিকে অগ্রসর হয় । দূর থেকেই সে দেখতে পায় তার বাড়ির পাশের খালি জমিতে বিরাট বড় প্যান্ডেল হয়েছে । দলে দলে লোকজন খেয়ে বের হচ্ছেন । সে বড়ই অবাক হয় , " এখন তো বারিতে কোনো অনুষ্ঠান নেই , নাই কোনো পুজো আছে... তাহলে এ অনুষ্ঠান কীসের " সে মনে মনে আওড়াতে থাকল । এমন সময় হঠাত ই , " এই যে দুষ্টু লোক , তুমি কোথায় গেছিলে হ্যাঁ " পিছন দিয়ে কেউ অরুণ কে কথাগুলো বলে উঠল । ফিরে দেখে সোদু দাড়িয়ে । খেলা করতে করতে সোদু এইদিক টা এসে গেছিল । সোদুর একটি ভারি মিষ্টি অভ্যাস ছিল ... অবুঝ মন , তার সাথে যে যেরূপ আচরণ করত , তাকে সে সেরূপ নিজের মন দিয়ে একটি নাম দিয়ে দিত , এবং সেই নামেই ডাকত । অরুণ তাকে প্রথম থেকেই বকাঝকা করেছে , তাই তাকে সে দুষ্টু নামে ডাক দিত । সেই দিন অরুণকে দেখে তাই সে সেই নামেই ডেকে উঠল ।

অরুণ একেই সোদু কে পছন্দ করত না, তার উপর যেভাবে সে তাকে ' দুষ্টু লোক ' বলে ডাকল তাতে অরুণ আরোই রেগে যায় , রেগে সে একপলকেই সোদুর দিকে তাকিয়ে থাকে । সোদু এবার দুইহাত নিজ কোমরে রেখে তার দিকে এগিয়ে গিয়ে বলে , " বড়মা তোমায় কত্ত খুঁজেছে , কত্ত ডেকেছে , আসোনি কেন ? জানো বড়মা কত্ত কাঁদছিল , আমারও তো বড়মার কান্না দেখে কান্না পেয়ে যাচ্ছিল । আমার মা বলে কেউ ডাকলে সাড়া দিতে হয় , তুমি কেন সাড়া দাওনি , বড়মা তোমায় ডাকছিল । খুব দুষ্টু তুমি , তোমাকে আমার একদম ভালো লাগে না , আমাকেও তুমি বকো........."

বাচ্চাসুলভ মনে সোদু নিজের মনের কথা গুল বলে যাচ্ছিল , অরুণ সহসা এগিয়ে এসে তার একটি বাহু জোড়ে চেপে ধরে । সোদু চুপ হয়ে যায় । অরুণ কটমট চোখে সোদুর দিকে তাকিয়ে বলে , " তোমার কথা শুনতে আমি আগ্রহী নই । বড় বড় কথা তুমি বাকি সবার সাথে বলবে , আমার সাথে নয় " বলে সে ঝটকা দিয়ে সোদু কে দূরে ঠেলে দিয়ে নিজে বাড়ির দিকে চলে যায় । অরুণ চলে যেতে সোদু তার দিকে তাকিয়ে একপ্রকারের মুখ ভেঙ্গচিয়ে বলে , " যাও না যাও , মা তোমায় খুব বকবে , দুষ্টু লোক একটা ।"

অরুণ বাড়ির ভিতর প্রবেশ করে । সকলে তাকে দেখে চম্বিত হয়ে ওঠে । শৈলেন্দ্র , মধুমন্তি , শিবরাম বাবু , শান্তিপ্রিয়া দেবি , নায়েব মশাই , সেখানে উপস্থিত লোকজন... সকলেই । অরুণ সবকিছু বড়ই অবাক চোখে দেখতে থাকে , " এসব কি হচ্ছে , কীসের আয়োজন চলছে" তার কন্ঠস্বর শুনে কীর্তনরত দল গান থামিয়ে দেয় । সবাই যেন এক অবাক চোখে দেখছে তাকে । চারিদিক টা যেন নিস্তব্ধ হয়ে গেছে ।

" এসেছিস বাবা " নিস্তব্ধতার বাঁধ ভেঙ্গে ভেসে এল অন্নপূর্ণা দেবির কন্ঠস্বর । অরুণ ঘুরে তাকায় , তাকিয়ে দেখে তার মা শুভ্রবস্ত্র পরিহিত , আর সামনে নিরঞ্জন বাবুর ছবি রাখা... ফুল মালা দিয়ে সাজানো । অন্নপূর্ণা দেবি ছুটে আসেন তার কাছে , অরুণ কে জড়িয়ে তিনি বুক ফাটিয়ে চিৎকার করে কেঁদে ওঠেন , " তোর বাপ চলে গেলেন , তুই কোথায় ছিলি বাবা । তোকে এরা কেউ তেনাকে দেখতেও দিলে না । নিয়ে চলে গেল তেনাকে । আমি কত করে বারণ করলাম যে তেনাকে নিয়ে যেওনা , আমার অরুণ কে আসতে দাও । কেউ শুনল না ।" অরুণ চুপচাপ সব শোনে , কোনো উত্তর করে না । কিছুক্ষন পর মধুমন্তি এসে ক্রন্দনরত অন্নপূর্ণা দেবি কে সেখান থেকে নিয়ে যেতে চায় , তাকে শান্ত করার জন্য । এতদিন পর ছেলেকে কাছে পেয়ে তিনি কান্নায় ভেঙ্গে পড়েছেন ।

শৈলেন্দ্র অরুণের কাছে এগিয়ে আসে , " তুই কোথায় ছিলি অরুণ... দাদা যে তোকে না দেখেই চলে গেলেন । তার বুকে ব্যাথা উঠেছিল , কবিরাজি আসতে না আসতেই............সব শেষ । তোকে আমরা কত খুঁজেছি । তোর বন্ধুবান্ধব , আত্মীয়স্বজন সকলকেই জিজ্ঞেস করা হয়েছিল , কিন্তু কেউ ই কিছু বলতে পারেনি তোর ব্যাপারে । বড্ড দেরি করে দিলি রে আসতে অরুণ ।" অরুণ চুপচাপ শুনল সব । মধুমন্তি অন্নপূর্ণা দেবি কে তার ঘরে শুইয়ে দিয়ে এল । থেমে থাকা সংকীর্তন আবার শুরু হল । শৈলেন্দ্র এর কথা শুনে অরুণ কিছুক্ষণ দাড়িয়ে থেকে আবার তার স্যুটকেস দুটি তুলে নিজের ঘরের দিকে যেতে থাকে । " অরুণ, কোথায় যাচ্ছিস... দাদার ছবির কাছে গিয়ে প্রণাম তো কর । ক্ষমা চা দাদার কাছে ,আসতে পারিস নি বলে " শৈলেন্দ্র বলল । " আমার সময় নেই কাকামশাই , সবকিছু গুছিয়ে একটু পর আমাকে আবার বেরিয়ে পরতে হবে" এই বলে সে নিজের ঘরের দিকে চলে যায় ।

সকলে মনে মনে প্রত্যাশা করেছিল , অরুণ আসার পর হয়ত কান্নায় ভেঙ্গে পড়বে... কিন্তু তার চোখ দিয়ে জলের ফোঁটা তো দূর , হতাশা-আফসোস এর নিঃশ্বাস টুকুও বেরোল না । তার আচরণ দেখে সকলে নির্বাক । অবাক হয়ে চেয়ে রইল সবাই । শৈলেন্দ্র হতবম্ব হয়ে তাকিয়ে থাকল অরুণের ঘরের দিকে , এ অরুণের কোন রুপ দেখছে সে......।

বিকেলের মধ্যে প্রায় সকলের খাওয়া দাওয়া সম্পন্ন হয়ে গেল । কীর্তনিয়া দল ও কীর্তন শেষ করে নিজ নিজ বাড়ির দিকে রওনা দিলেন । আত্মীয়স্বজন রাও একে একে বিদায় নিচ্ছেন । অরুণের ব্যবহারে সকলেই খুব ব্যথিত । সবাই চলে যেতে মধুমন্তি , শৈলেন্দ্র ও শিবরাম বাবুর নিকট কয়েকটি মিষ্টি এনে বলল , " নিন আপনারা এবার নিজেদের পেটে কিছু দিন , সকাল দিয়ে তো কিচ্ছুটি খাওয়া হয়নি ।" শৈলেন্দ্র একটি দীর্ঘশ্বাস ফেলে বলল , " আর খাওয়া ..." সকলেই বুঝেছে অরুণের আচরণে সে খুব আঘাত পেয়েছে । শিবরাম বাবু তার হাত টি ধরে বললেন , " শৈলেন্দ্র বাবু , আমাদের অরুণের সাথে একটু কথা বলা দরকার । এমন উৎদণ্ডটা সহ্য করা যায় না । তাকে দেখে বা তার কথাবার্তায় তো মনে হলোনা যে সে তার বাবার মৃত্যু সংবাদে কষ্ট পেল , এমনকি তার কোনো আফসোস পর্যন্ত নেই । মাঝে মাঝে মনে হয় , অপাত্রে মেয়েকে দান করে দিলাম । কিন্তু পরক্ষনে সোদুর প্রতি আপনাদের ভালোবাসা দেখে থমকে যাই"... এইরুপ কথাবার্তা চলছে , ঠিক সেই সময়ে অরুণ সেখানে এল , " কাকামশাই আপনাদের সাথে কিছু কথা ছিল " অরুণ কে দেখে দুজনে উঠে দাঁড়ালেন , " একটু মায়ের ঘরে আসলে ভালো হত , সকলকে কথাগুলি একসাথে বলা যেতে পারত " বলে সে তার মায়ের ঘরের দিকে গেল । বাইরে স্থিত তিন জন ও গেলেন , এবং শান্তিপ্রিয়া দেবি কেও ডেকে আনা হল ।

অন্নপূর্ণা দেবি নিজের ঘরে একা চুপচাপ বসেছিলেন , অরুণ সেখানে আসতে অরুণ কে দেখে তিনি ওর কাছে যান , " বাবা , কিছু খেয়েছিস । জানি তোর খুব কষ্ট হচ্ছে , তোর বাপের জন্য... কিন্তু তাই বলে তো না খেয়ে থাকা চলে না , খেয়ে নিস বাবা " এর মধ্যেই বাড়ির অন্যসকলে সেখানে আসলেন । সবাই কে দেখে অরুণ বলল , " মা আমার কিছু দরকারি কথা আছে । ভালোই হয়েছে সকলে আছেন , সকলকে একসাথে জানিয়ে দেওয়া যাবে । আমি আজই আবার কলকাতা ফিরে যাচ্ছি আর এইবার কয়েকদিন না , কয়েক বছরের জন্য । কিছু বিশেষ দরকারে এসেছিলাম , হয়ে গেছে , তাই আজই ফিরে যেতে হবে ।"

ঘরে উপস্থিত সকলেই অরুণের কথা শুনে অবাক । এ কি কথা বলছে অরুণ , তার কি তার বাবার প্রয়ানে এতটুকুও শোক নেই । এত......এত নির্দয় সে । অন্নপূর্ণা দেবি তার কাছে এসে বললেন , " তুই চলে যাবি বাবা , এইদিকটা কে সামলাবে তবে ? তোর বাবার এত বড় জমিদারি , এতদিন তিনিই দেখাশোনা করতেন , আর তেনার পর তো তোকেই সামলাতে হবে , নয়ত এসব যে দখল হয়ে যাবে " " কেন, কাকামশাই তো আছেন , কাকামশাই সামলে নেবেন" অরুণ বলল , " আর তাছাড়া আমি এতদিন বাবার চাপেই কাছারি যেতাম , আজ যখন তিনি......... । আমি এসব এ মাথা ঘামাতে পারব না মা , ওদিকে আমার অনেক কাজ" বলে সে ঘর দিয়ে বেরনোর উপক্রম করতে শিবরাম বাবু তাকে বাধা দেয় , " দাঁড়াও অরুণ...... তুমি চাটুজ্যে মশাই এর ছেলে হয়েও যে এতটা পাষণ্ড হতে পারো তা আমার জানা ছিলনা । প্রথমে আমার কাছে গিয়ে মিথ্যে ছলনা করে , চাটুজ্যে মশাই এর মিথ্যে শরীর খারাপের কথা বলে আমার জমি বেচে দিলে । এইসব কিছু জানতে পেরে , সেই শোক পেয়ে আজ আর চাটুজ্যে মশাই আমাদের মাঝে নেই । তোমার এতদিন কোনো খবর নেই , তোমার বাবা কে দেখতে পর্যন্ত পেলে না তুমি , এতদিন পর এসে যখন খবর

টা পেলে তখন তোমার লেশমাত্র শোক , অনুতাপ কিছু নেই ।"অরুণ তার দিকে ফিরে বলল, " মাপ করবেন বাবামশাই , তবে আমার মনে হয় যার যখন মৃত্যু লেখা থাকে তখন তা হবেই । আমি এখানে থাকলে কি বাবার মৃত্যু আটকাতে পারতাম , আর এখন যদি কান্নাকাটি করি বাবা কি ফিরে আসবেন ???? তো আমি শোক কান্না করে করব ??? বাবামশাই একটু আগে আপনি কাকামশাই কে বলছিলেন যে আপনি আপনার মেয়েকে অপাত্রে দান করেছেন , তো আপনার যদি তাই মনে হয় তো আপনি স্বাচ্ছন্দ্যে আপনার মেয়েকে নিয়ে চলে যেতে পারেন , আমার কোনো আপত্তি নেই । আর হ্যাঁ কি বললেন আপনি, ছলনা করে আমি আপনার জমি বেঁচেছি...... মাপ করবেন, কিন্তু ওইসব জমি আপনি নিজের হাতে আমার নামে লিখে দিয়েছিলেন, তাই এখন ওই জমিগুলোর আমি কি করবো তা সম্পূর্ণ আমার সিদ্ধান্ত । আমি তো আপনাকে জমি চাইতে যাইনি, আপনি নিজে দিয়েছিলেন, তাই আমি এখন কি করবো সেটা দিয়ে তা আমার ব্যাপার" এই বলে সে বেরিয়ে যেতে থাকে । বেরোতে গিয়ে হঠাৎ আবার দাড়িয়ে বলে, " ও হ্যাঁ, একটা খবর দি... আপনি আমায় আশীর্বাদী তে আপনার যেই পৈতৃক জমি টি দিয়েছিলেন, নগদ 'এক হাজার' টাকায় আমি সেটিও বেঁচে দিয়েছি , তরী বানানোর টাকা কম পড়ছিল তাই । আর আগে যদি প্রয়োজন পরে তো বাকী জমিগুলোও বেঁচে দেব , কেনকি আইনত সেগুলো এখন আমার , ঠিক আছে বাবামশাই ।"

অরুণের দম্ভ দেখে সকলে স্তম্ভিত ।এত নীচে সে কি করে নেমে গেল । মধুমন্তি আর সইতে পারলো না, তার রাগ, ক্ষোভ সব এসে পড়লো অরুণের উপর, " তুমি বিয়াই মশাই এর পৈতৃক জমি বেঁচে দিয়েছ ! পৈতৃক জমির মর্যাদা তুমি বোঝো ? অবশ্যি তুমি তা কি করে বুঝবে, তুমি তো খালি বোঝো তোমার তরী । তার জন্য তো তুমি এ ভিটেমাটিও বেঁচে দিতে পারো । যে ছেলের পিতার প্রতি টান নেই , তার ভিটেমাটির ওপর কি টান থাকবে । তা তুমি কলকাতায় যাচ্ছ, যাও...বাধা আমরা দেব না , কিন্তু এটি বলে যাও , যেরূপ এখন একটি বেপদ হোল , সেইরূপ আবার যদি কিছু হয় তো তোমায় খবর কীভাবে দেওয়া হবে ?" "আমি আসলে যে বেপদ আটকে যাবে তা আপনাকে কে বলল কাকিমনি ? আমি মাঝে মধ্যে মায়ের কাছে চিঠি পাঠাবো, কোনো বেপদ হলে ওই চিঠির ঠিকানায় পত্তর পাঠিয়ে দেবেন" এই বলে অরুণ ঘর দিয়ে বেড়িয়ে গেল ।

অরুণ বেড়িয়ে যাওয়ার পর, ঘর পুরো নিস্তব্ধ হয়ে গেল । কোনো মানুষকে বাইরে দিয়ে দেখে চেনা যে কতটা কঠিন তা অরুণ সকলকে বুঝিয়ে দিল । অরুণ বেড়িয়ে যেতে সহসা অন্নপূর্ণা দেবি বলে উঠলেন , "ছেলেটাকে তোরা আর কত দুষবি ছোট , এতটুকুও কি শান্তি দিবি না ওকে । ও তো কাউকে কষ্ট দিচ্ছে না , নিজের তরী নিয়ে থাকতে চাইছে , তো থাকতে দে না ওকে । ও তো কিছু ভুল করছে না" "ভুল করছে না ! এ তুমি কি বলছ দিদি" মধুমন্তি বলল, "অরুণ বিয়াই মশাই এর পৈতৃক জমি বেঁচে দিয়েছে ,এটি ভুল নয় ? সোদু কে, বিয়াই মশাই কে এমন কি বড়ঠাকুর কেও মান দিচ্ছে না, এগুলি ভুল নয় ?" অরুণের ভুল অন্নপূর্ণা দেবি সবসময় চাপা দিয়ে এসেছেন, এইবার টাও তাই করলেন, " না ভুল নয়, ওই জমি তো আর বিয়াই মশাই এর নামে নেই , তিনি নিজে তা আমার অরুণ কে দিয়েছেন , তাই সে বেঁচেছে । আর তাছাড়া তিনি যে আমার ছেলেকে পাষণ্ড , অপাত্তর বলেছেন সেটা ঠিক ছোট ? তোরাও তো এর কোনো পেতিবাদ করলি না । পরের কথায় এসে ঘরের ছেলেকে দুষছিস এখন" "পর !" শিবরাম বাবু আকূত কণ্ঠে বলে উঠলেন , অন্নপূর্ণা দেবির কথায় ওনার ভীষণ আঘাত লাগলো ।এতদিন তিনি এখানে থেকেছেন , সমস্ত কাজ করেছেন , এ বাড়িকে নিজের ভেবে...... আজ অন্নপূর্ণা দেবির কথায় ওনার প্রচণ্ডই আঘাত লাগলো , "চলে এসো গিন্নি , আমাদের ফিরতে হবে" বলে তিনি বেড়িয়ে গেলেন । স্বামীর

আজ্ঞা পালন হেতু শান্তিপ্রিয়া দেবিও বেড়িয়ে গেলেন ঘর দিয়ে। মধুমন্তি লক্ষ্য করলো , শান্তিপ্রিয়া দেবির পায়ের হাঁটার গতির চেয়ে ,ওনার চোখের জল মোছার গতি বেশি দ্রুত ছিল।

কিছুক্ষণ বাদে সমস্ত জিনিসপত্র গুছিয়ে চলে যাওয়ার জন্য প্রস্তুত বাড়ুজ্যে পরিবার। অরুণও ইতিমধ্যেই কলকাতার জন্য রওনা দিয়েছে। "ক্ষমা করবেন শিবরাম বাবু, আপনার প্রাপ্য সম্মান টুকুও আমি আপনাকে দিতে পারলাম না" নতমস্তকে, হাতজোড় করে বড়ই কষ্টের সাথে বলল শৈলেন্দ্র। শিবরাম বাবুও তার সামনে জোড়হাতে বললেন , "আপনার ই বা কি দোষ শৈলেন্দ্র বাবু , আমার অদৃষ্টেই এটা ছিল হয়ত..... দেখবেন খালি আমার মেয়ে টা যেন কোনো কষ্ট না পায়" বলে তিনি সবাইকে প্রনাম জানিয়ে পিসিমা কে নিয়ে পালকিতে উঠে গেলেন। শান্তিপ্রিয়া দেবি এতক্ষণ সোদুর হাত ধরে চুপ করে দাড়িয়ে ছিলেন , শিবরাম বাবু পালকিতে উঠে যেতে তিনি হাঁটু গেড়ে মেয়ের সামনে বসে তার কপালে একটি চুম্বন করেন। সোদুর মুখ টাও কান্না কান্না , সে বুঝে গেছে তার বাবা মা ফিরে যাচ্ছেন। "কাঁদে না মা" শান্তিপ্রিয়া দেবি বললেন, "আমরা আবার আসবো , আর এখানে তো তোমার আর একজন বাবা মা আছেন , তুমি ওনাদের সাথে থাকো কেমন। ওনাদের সব কথা শুনবে , বাধ্য হয়ে থেকো মা" এই বলে তিনি মধুমন্তি ও শৈলেন্দ্র এর কাছে যান......হাতজোড় করে বলেন , "যদি এই কদিনে কোনো ভুলত্রুটি হয় , তো ক্ষমা করবেন।" মধুমন্তি স্বসব্যস্তে তার হাত নামিয়ে বলে, " ছিঃ ছিঃ বেয়ান , হাত জোড় করবেন না...আর আপনি কেন ক্ষমা ছাইছেন , ক্ষমা তো আমাদের প্রার্থনা আপনাদের সমুখে" দুজনের ই চোখে তখন জল। "চললাম ছোট বেয়ান ,আমার মেয়েটার খেয়াল রেখেন" এই বলে তিনিও উঠে পড়লেন পালকিতে......চলে গেলেন ওনারা নিজ গ্রামে।

পালকি চলে যেতে শৈলেন্দ্র, মধুমন্তি ও সোদু কে নিয়ে ঘরের ভিতর প্রবেশ করলো , অন্নপূর্ণা দেবি সেখানে দাড়িয়ে ছিলেন , ওদের দেখে উনি বললেন , "চলে গেলেন তেনারা... তা গেলেন-ই যখন , এই মেয়েটাকে নিয়ে গেলেন না কেন...এমনিতেও তো ও আমার অরুণের বউ হওয়ার কোনো কত্তব্যই পালন করছে না। যেই দিয়ে এই মেয়ে এসেছে , আমার ঘরে অলক্ষ্মী ঢুকেছে। কবে বিদায় নেবে কে জানে" এই বলে তিনি নিজের ঘরে চলে যান। মধুমন্তি সোদু কে কোলে তুলে নেয় , শৈলেন্দ্র এর দিকে তাকিয়ে বলে , " অরুণের বদলে যাওয়া তো আমি মেনে নিচ্ছি , কিন্তু দিদির এই ব্যবহার... আর সহ্যি হয় না" বলে সেও চোখ মুছতে মুছতে ঘরে চলে যায় সোদু কে নিয়ে। শৈলেন্দ্র একা দাড়িয়ে থাকে। পুরো বাড়িটা যেন শূন্যতায় ভরে উঠেছে। মনে মনে নিরঞ্জন বাবু কে সে বলে, "দেখেছ দাদা , তোমায় ছাড়া এ বাড়িটা কি হয়ে গেল।"

।।চোদ্দ।।

নিরঞ্জন বাবু গত হয়ে 'ছ' মাস পেড়িয়ে গেছে। সকলের জীবনশৈলী আবার পুরনো ছন্দে ফিরছে ধীরে ধীরে। অন্নপূর্ণা দেবি বেশিরভাগ সময়টাই পুজা অর্চনা নিয়েই থাকেন , সংসারের যাবতীয় কাজ এখন মধুমন্তি-ই সামলায়। অরুণ ও এক-দু মাস অন্তর তার মা কে একটি করে চিঠি পাঠায়। অন্নপূর্ণা দেবি পড়াশোনা জানেন না , তাই বরুণ তাকে চিঠি গুলো পড়ে শোনায়... যদিও বরুণ ছাড়াও বাড়ির সকলেই চিঠি পড়তে পারে ,তবুও তিনি বরুণ কে দিয়েই চিঠি পড়ান। ওনার বিশ্বাস অন্য কেউ পড়লে হয়ত ওনাকে সঠিক কথাটি পড়ে শোনাবে না। শৈলেন্দ্র আজকাল পুরো সময়টাই জমিদারীর কাজে ব্যস্ত থাকে। নিরঞ্জন বাবু থাকা কালীন সে, নিরঞ্জন বাবু আর অরুণ তিনজন মিলে সবকিছু দেখাশোনা করতো , কিন্তু এখন তাকে তিনজনের কাজ টা একাই সামলাতে হয়। ঘরের প্রতি সে আর বেশি একটা নজর দিতে পারেনা। তবে তা নিয়ে তার খুব

একটা চিন্তা হয় না , কারন সে জানে মধুমন্তি সেদিক টা ঠিক সামলে নেবে । আর নিচ্ছেও বটে...... শুধু সংসার না, সোদু বরুণের দায়িত্ব-ও সে খুব ভালোভাবে সামলে নিচ্ছে । তাদের খাওয়া-দাওয়া, লেখাপড়া, যত্নআদর সবই সে একা হাতে করে । এদিকে আবার সোদু আর বরুণের বন্ধুত্ব তাদের দেওর বৌদির সম্পর্ক কে ছাপিয়ে গেছে । দুজনে প্রায় সমবয়সী । একে অপরকে বৌঠান আর ঠাকুরপো বলে ডাকে ঠিকই কিন্তু সম্পর্কের গভীরতা বন্ধুত্বের মাপকাঠি দিয়ে মাপাই শ্রেয় । লেখাপড়া, খাওয়াদাওয়া, ঘোরাফেরা, বিনি রানি কে নিয়ে খেলা, আলোচনা করে গল্প কবিতা লেখা... সবকিছুই দুজনে প্রায় একসাথে করে । তেতলার চিলেকোঠা, পুকুর পাড়ের বটগাছ , এবং মাঝে মধ্যে দাসীদের ঘরগুলিও হয়ে ওঠে তাদের খেলার জায়গা । মাটি দিয়ে পুতুল বানিয়ে তাদের বিয়ে দেওয়া, আবার কখনও রাগ করে একে অপরের সাথে কথা না বলা....... এসব নিয়েই সকলের জীবন প্রায় স্বাচ্ছ্যন্দেই চলছিল ।

একদিন শৈলেন্দ্র কাছারিতে যাওয়ার জন্য বাড়ি দিয়ে বের হচ্ছিলো , এমন সময় অন্নপূর্ণা দেবি তাকে দাক দিলেন, “ ঠাকুরপো”...”একটি বার শুনে যাও দিকি ।" শৈলেন্দ্র যায়, তার ঘরে বসে এবং কথোপকথন শুরু হয়, “বলুন বৌঠান , কোনো বিশেষ দরকার ছিল কি ?” শৈলেন্দ্র বলে । “হ্যাঁ , দরকার ছিল বলেই ডেকেছি” অন্নপূর্ণা দেবি বললেন , “তোমার দাদা চোখ বোজার আগে আমায় বলেছিলেন যে আমরা যেন বরুণ কে বিদেশ পাঠাই , লেখাপড়া করাতে । ‘ছ’ মাস তো হয়ে গেল । সকল কাজকর্মই তো আবার ঠিকঠাক ভাবে হওয়া শুরু হয়েছে , তাই এইবার এই কাজ টিও সেরে ফেলো । যত তাড়াতাড়ি সম্ভব বরুণ কে বিদেশ পাঠানোর ব্যাবস্থা করো ।" শৈলেন্দ্র সব শুনে , অন্নপূর্ণা দেবিকে শীঘ্রই সব কিছু ব্যাবস্থা করার প্রতিশ্রুতি দিয়ে সেখান দিয়ে চলে গেল ।

চাটুজ্যে পরিবার বংশের সব ছেলেদের ই উচ্চশিক্ষার জন্য বিদেশ যাওয়ার পরম্পরা আছে । নিরঞ্জন বাবু , শৈলেন্দ্র , অরুণ সকলেই গেছিলো... সেই পরম্পরানুসারে তাই বরুণ কেও যেতে হবে । অন্নপূর্ণার কাছে বরুণ কে বিদেশ পাঠানোর কথা শোনার পর শৈলেন্দ্র সেই সংক্রান্ত সব কিছুর ব্যাবস্থা করে ফেলল । বরুণ বিদেশে গিয়ে কোথায় থাকবে , কোন বিদ্যালয় , উচ্চবিদ্যালয় দিয়ে শিক্ষা নেবে , কত বছর থাকতে হবে, কবে যেতে হবে, তার খাওয়া দাওয়ার ব্যাবস্থা কি হবে, কত খরচ হবে...... সব খুঁটিনাটি বিষয় ঠিক করে সে অন্নপূর্ণা দেবি কে বিস্তারিত ভাবে জানিয়ে দিল । সবকিছু বুঝে নিয়ে অন্নপূর্ণা দেবিও সম্মতি জানালেন , ঠিক হোল যে আগামী ১০ দিনের মধ্যেই বরুণ কে বিদেশ পাঠানো হবে ।

সেদিন রাতে খেতে বসে শৈলেন্দ্র মধুমন্তি কে জিজ্ঞেস করে , “ তুমি কিছু শুনেছ ?”

“কি ব্যাপারে ?” মধুমন্তি জিজ্ঞেস করে ।

“বরুণের বিদেশ যাওয়ার ব্যাপারে । কেন , বৌঠান কিছু বলেন নি ?” শৈলেন্দ্র বলল ।

“ কই নাতো , আমি তো কিছু জানিনা" মধুমন্তি অবাক হয়ে বলল ।

“বৌঠান আমায় দুদিন আগে ডেকে বলেন যে দাদার শেষ ইচ্ছে ছিল বরুণ কেও যেন বিদেশ পাঠানো হয় লেখাপড়া শেখানোর জন্য , তাই বৌঠান আমায় সেসব এর ব্যাবস্থা করতে বলেন । আমি সমস্ত কিছুর খোঁজ নিয়ে তাকে জানাই , এবং ঠিক হয় যে আগামী ১০ দিনের মধ্যে বরুণ বিদেশ যাবে ।" শৈলেন্দ্র এর মুখে সব কিছু শুনে মধুমন্তি চুপচাপ কিছু ভাবতে থাকে । “কি ভাবছ ? বরুণের বিদেশ যাওয়া নিয়ে কি তুমি খুসি নও?” শৈলেন্দ্র জিজ্ঞেস করে । মধুমন্তি তার দিকে তাকিয়ে বলে , “ খুশি অখুশির কথা নয় । বড়ঠাকুরের শেষ ইচ্ছা পূরণ করা তো আমাদের কর্তব্য

। আমিও ছিলাম ওখানে , যখন বড়ঠাকুর এ কথাটি বলেছিলেন । কিন্তু আমি ভাবছি বরুণ আর সোদুর কথা , দুজনের বড় ভাব হয়েছে জানেন । একসাথে খেলাধুলা , লেখাপড়া, থাওয়াদাওয়া, এমনকি মাঝে মধ্যে খেলার ছলে ঝগড়াও চলে তাদের" বলতে বলতে নিজের মনেই হেসে ওঠে মধুমন্তি... কিন্তু পর মুহূর্তেই আবার চিন্তিত হয়ে বলে , "বরুণ বিদেশ চলে গেলে দুজনেরই ভারি কষ্ট হবে" "কিন্তু তা বলে তো আমরা বরুণের যাওয়া টা আটকাতে পারি না" শৈলেন্দ্র বলে... " তুমি এক কাজ করো , কালই ওদের এই ব্যাপারে জানিয়ে দাও , অন্তত আগে থেকে তাহলে ওরা প্রস্তুত থাকতে পারবে ।"

পরদিন সকালে যখন বরুণ ও সোদু খেলা করছিল তখন মধুমন্তি তাদের কাছে যায় , সংবাদ টা ঠিক করে বুঝিয়ে বলতে হবে দুজনকে । মধুমন্তি তাদের কাছে যেতে বরুণ তাকে বলে , "কাকিমনি তুমি এসেছ , তুমিও খেলবে আমাদের সাথে", পাশ দিয়ে সোদু বলে , " হ্যাঁ মা চল ,আজকে আমরা তিনজনে খেলি ।" মধুমন্তি তাদের দুজনের মাথায় স্নেহভরা হাত রাখল , তারপর বলল , "আচ্ছা বরুণ তুই তোর বাবামশাই কে আর সোদু তুই তোর বড়কর্তামশাই কে সম্মান করিস তো ...?" দুজনের উত্তর দেয় "হ্যাঁ" ...... তারপর মধুমন্তি আবার বলে , " তাহলে উনি যা চাইতেন তা আমাদের করা উচিৎ"..... দুজনে আবার বলে ,"হ্যাঁ"...... এবার মধুমন্তি ওদের আসল কথাটা বলল , " উনি চাইতেন বরুণ খুব বড় হবে , খুব লেখাপড়া শিখবে । তার জন্য বরুণ কে বিদেশ যেতে হবে লেখাপড়া শিখতে । লেখাপড়া শিখে বরুণ বড়ঠাকুরের মান বাড়াবে । আর তাই তোমাদের কাকামশাই বরুণ কে বিদেশ পাঠানোর ব্যাবস্থা করেছেন । কয়েকদিনের মধ্যেই বরুণ কে সেখানে চলে যেতে হবে ,এবং অনেক লেখাপড়া শিখে , খুব বড় মানুষ হয়ে বরুণ আবার এখানে ফিরে আসবে ।"

সব শুনে সোদু আর বরুণ দুজনেই চুপ। খানিকক্ষণ চুপ থেকে বরুণ জিজ্ঞেস করে , " কাকিমনি তোমরাও যাবে তো আমার সাথে ?" মধুমন্তি বরুণ কে বুকে জড়িয়ে বলে , " না বাবা , তোকে একাই যেতে হবে ,এবং লেখাপড়া শিখে আবার ফিরে আসতে হবে ।"

সোদু তখনও চুপ । মধুমন্তি সোদু কেও নিজের কাছে আনতে চাইলো , কিন্তু সোদু কিছু না বলে চুপচাপ হেঁটে ওখান থেকে চলে যায় ।

দেখতে দেখতে বরুণের বিদেশ যাওয়ার দিন উপস্থিত । অন্নপূর্ণা তাকে আদর করে বলছে ," ভালোভাবে থাকিস বাবা ওখানে , ভালো করে লেখাপড়া করিস ।" মধুমন্তি তার ব্যগে তার প্রিয় কিছু খাদ্যসামগ্রী বানিয়ে দিয়ে দেয় , " এগুলো সময় করে খেয়ে নিস বরুণ , আর হ্যা... ওখানে সবার সাথে মিলেমিশে থাকিস " , "আচ্ছা কাকিমনি" বরুণ বলল । এবার সোদুর দিয়ে বিদায় নেওয়ার পালা । " সোদু বৌঠান , আমি যাচ্ছি । তুমি এখানে কাকিমনির সাথে থেকো" ফোঁপাতে ফোঁপাতে বরুণ কথাগুলো বলে ।

"আর তোমার সাথে কে থাকবে ?" সোদু জিজ্ঞেস করে ।

"আমাকে তো ওখানে একাই থাকতে হবে" বরুণ বলে ।

সোদু পিছন দিয়ে হাত বের করে , তার হাতে ছিল তার দুটো পুতুল । একখানি সে বরুণ এর দিকে এগিয়ে দিয়ে বলে , " এই নাও , তুমি বিনি কে নিয়ে যাও । ও তোমার কাছে থাকবে আর রানি আমার কাছে" সোদুর সেদিন খুব কষ্ট হয়েছিল...... একে বরুণ চলে যাচ্ছে , তার উপর সে বিনি কেও পাঠিয়ে দিচ্ছে তার সাথে । বরুণ পুতুল টা খুব সামলে তাকে একটা বক্স এর মধ্যে ঢুকিয়ে নেয় । শৈলেন্দ্র এসে বরুণ কে বলে , " চল বাবা , এবার যে দেরি হয়ে যাচ্ছে ।" বরুণ সকলকে

প্রনাম করে , শৈলেন্দ্র তাকে নিয়ে যায় সেখান দিয়ে । সকলে তাকে হাসিমুখে বিদায় জানায় ।

তারা চলে যেতে অন্নপূর্ণা দেবিও নিজের ঘরে চলে যান । সোদু সেদিন কাঁদেনি ঠিক ই কিন্তু , তার খুব কষ্ট হয়েছিল । মধুমন্তি সেটা বুঝতে পারে , সে সোদু কোলে তুলে নেয় । সোদু বরুণের যাওয়ার পথের দিকে তাকিয়ে থাকে এবং মধুমন্তি কে জিজ্ঞেস করে "বরুণ ঠাকুরপো কবে আসবে ?" " আসবে মা , খুব শিগগিরিই আসবে" এই বলে মধুমন্তি তাকে নিয়ে ঘরে চলে যায় ।

বরুণ বিদেশ গিয়ে বেশ কয়েকদিন হয়ে গেছে । সোদু এখন একাই থাকে । ঘরের কাজকর্ম সেরে যেটুকু সময় পায় সেটুকু সময় মধুমন্তি তার সাথে কাটায় ঠিক ই তবে , বেশিরভাগ সময়টাই সোদু কে একা থাকতে হয় । সে আর আগের মত চঞ্চল নেই , বুঝদার হয়েছে । সময়মত খাওয়াদাওয়া করে , লেখাপড়া করে । মাঝে মধ্যে একা একা চিলেকোঠায় , পুকুরপাড়ে , বটগাছের নীচে বসে থাকে । এভাবেই কেটে যায় তার দিনসকল ।

আর এভাবেই দেখতে দেখতে ৮ টা বছর পেড়িয়ে যায় ।

:দ্বিতীয় অধ্যায়:

।।এক।।

জীবনশৈলীর গতি বছরের গণ্ডি পেড়িয়ে এগোতে লাগলো । সময়ের সাথে সাথে সবকিছুতেই বদল এল । দীর্ঘ ৮ বছর পেড়িয়ে বর্তমান সময়ে সকলে উপস্থিত । বরুণ বিদেশে বসেই তার পড়াশোনা সম্পন্ন করছে , তার বয়স এখন ২০ বছর । ইতিমধ্যেই সাহিত্য জগতে তার বেশ নামডাক হয়েছে , কিছু ‘বই’ ও তার প্রকাশ পেয়েছে... অবশ্য তা দেশেই , বিদেশে নয় । কোনো লেখা সম্পূর্ণ গেলে সে তা ডাক মারফৎ শৈলেন্দ্র এর কাছে পাঠিয়ে দেয় এবং শৈলেন্দ্র প্রকাশনী দের সাথে কথা বলে তা ছাপানোর বন্দোবস্ত করে। এভাবেই বরুণের ৬/৭ টা বই ইতিমধ্যেই প্রকাশ পেয়েছে এবং সুখ্যাতিও অর্জন করেছে ।

এবার আসা যাক অরুণের কথায় । সে এখন ৩৪ বছরে পদার্পিত । এই দীর্ঘ ৮ বছরে সে একটি বারের জন্যও বাড়ির দিকে মুখ করেনি । শোনা যায় তার প্রথম তরীটি দুই বছরের মধ্যেই সম্পন্ন হয়ে যায় এবং সেটি বিদেশ পারি দিতেও সফল হয় । অরুণ তা দিয়ে প্রচুর অর্থ উপার্জন-ও করে । কলকাতায় থাকা কালীন সাহেব দের সাথে বন্ধুত্ব ও তাদের মারফৎ তৎকালীন ব্রিটিশ সরকারের সাথেও তার আলাপ হয় । ব্রিটিশ সরকারের অরুণের তরী খুব পছন্দ হয় এবং তারা তাকে এরূপ আরও ১০ টি তরী বানানোর বায়নাও দেন । এইসব কিছু জানা যায় অরুণের দেওয়া অন্নপূর্ণা দেবিকে লেখা চিঠি দিয়ে । তরী বানানোর জন্য খরচা বাবদ যা লাগবে তার পুরোটাই ব্যয় করেন ব্রিটিশ সরকার । অরুণকেও তারা এর জন্য প্রচুর অর্থ দেন , তাই অরুণকে আর শিবরাম বাবুর জমি বেচতে হয়নি । তবে ভবিষ্যতে যে বেচতে হবে না , তা বলা যেতে পারে না । অরুণের সাথে শিবরাম বাবুর সম্পর্ক সেই রাত থেকেই তিক্ত হয়ে যায়... যার সুরাহা এই দীর্ঘ ৮ বছরেও হয়নি ।

শিবরাম বাবু আর শান্তিপ্রিয়া দেবি...... ওনারাও ভালো আছেন , তবে পিসিমার প্রয়াণ ঘটেছে , এই দু বছর হবে । বার্ধক্যজনিত কারনেই তার প্রয়াণ ঘটে । তার ছোট ছেলেটি ইতিমধ্যেই বিয়ে করেছে । পিসিমা জীবিত থাকা কালীন ই সে বিয়ে করে , এবং বউ নিয়ে চলে আসে শিবপুরে । শিবরাম বাবু তাকে নিজের বাড়িতেই রেখে দেন , এবং জমিদারীর কাজে তাকে সামিল করে নেন ।

'ছ' মাস হবে তার একটি ছেলে হয়েছে। তার স্ত্রী ও খুব ভালো , শান্তিপ্রিয়া দেবি কে সে খুব সম্মান করে। এককথায় শিবরাম বাবুর পরিবার এখন ভরপুর , সকলে মিলে স্বাচ্ছন্দ্যেই দিনযাপন করেন।

এদিকে অন্নপূর্ণা দেবি , মধুমন্তি , শৈলেন্দ্র... তিনজনের বয়সেই অস্তাচলের ঢল নেমেছে। সকলের চুলেই পক্কতা ধরেছে। শৈলেন্দ্র জমিদারীর কাজে নিজেকে পুরো নিমজ্জিত করে নিয়েছে। অন্নপূর্ণা দেবি পুজা অর্চনা আর মধুমন্তি ঘর সংসার , এই নিয়েই ব্যস্ত।

আর.............. আর আমাদের সোদু ! না সোদু নয় , সুদক্ষিণা...... সোদুর গণ্ডি পেড়িয়ে সে আজ সুদক্ষিণায় উপস্থিত। শৈশব তাকে যৌবনের কোলে দিয়ে ফুড়ুৎ করে পালিয়ে গেছে। সেই ছোট্ট সোদু আজ বড় হয়ে গেছে , সুদক্ষিণা হয়ে গেছে। আজ সে ১৮ বছরে পদার্পণ করলো। যৌবনের প্রথম সাড়িতে আজ সে দাড়িয়ে , আজ যে তার জন্মদিন।

প্রতিবছর শিবরাম বাবু আর শান্তিপ্রিয়া দেবি জন্মদিনের দিন তাকে একটি করে চিঠি এবং কিছু উপহার পাঠান , আজও তার অন্যথা হয়নি। সুদক্ষিণা চিঠি টা খুলে তার মুখের সামনে রেখে পড়তে শুরু করে। চিঠিখানি দিয়ে মুখমণ্ডল টি এমনভাবে ঢাকা যেন পাঠকগণ কে সে তার নতুন চেহারা এত সহজে দেখাবে না।

সুদক্ষিণা পড়াশোনায় তথাকথিত কোনো ডিগ্রি বা উপাধি পায়নি ঠিক ই , তবে শিক্ষিত সে যথেষ্ট হয়েছে। মধুমন্তি নিজে ম্যাট্রিক পাশ করা মেয়ে ছিল , তার অর্জিত জ্ঞ্যানেই সে সুদক্ষিণা কে সুশিক্ষিতা করে তোলে। নিজের ছোটবেলায় শৈলেন্দ্র ও বিদেশে পড়তে গেছিলো ,পাশ্চাত্য ইংরেজি শিক্ষার জ্ঞ্যান ভাণ্ডার তার যথেষ্ট রয়েছে। তাই সুদক্ষিণা কে পাশ্চাত্য ইংরাজি শেখানোর দায়িত্ব ছিল তার। সুদক্ষিণা কোনো বিদ্যালয়ে যায়নি ঠিক ই তবে শৈলেন্দ্র আর মধুমন্তি তাকে শিক্ষিত করতে কোনো খামতি রাখেনি। তারা অনেকবার চেষ্টা করেছিল সুদক্ষিণা কে বিদ্যালয়ে ভর্তি করার , কিন্তু অন্নপূর্ণা দেবি তাতে রাজি হননি। ওনার মতে ঘরের বৌদের বিদ্যালয়ে যাওয়ার অধিকার নেই। মধুমন্তি আর শৈলেন্দ্র কিন্তু সুদক্ষিণা কে কখনই বউ ভাবেনি , সর্বদাই মেয়ে ভেবেছে। তাই তার ভালো হেতু সবকিছুই করেছে তারা।

যাই হোক পত্রে ফেরা যাক...... সুদক্ষিণা তার মায়ের চিঠিটা পড়া শুরু করলো

"প্রিয় সোদু,

আমার আর তোমার বাবার তরফ দিয়ে তোমায় জন্মদিনের শুভেচ্ছা। আজ তুমি ১৮ বছরে পড়লে। বাড়ির সকলের আশীর্বাদ নিও , চঞ্চলতা টা একটু কম কোরো , তোমার মধু মায়ের কথা শুনো। উপহার স্বরুপ একটা শাড়ি পাঠালাম , একদিন সেটা পরে এসে ঘুরে যেও। তোমার বড়দের আমার পক্ষ দিয়ে প্রণাম জানিয়ো। তুমি আশীর্বাদ নিয়ো।

ইতি-

শ্রীমতী শান্তিপ্রিয়া দেবি"

"নে রে হোল তোর চিঠি পড়া , রাখ এবার। এই নে তোর জন্য পায়েস রেঁধে আনলাম , দেখি আমার মেয়ের চাঁদপানা মুখটা........." মধুমন্তি কথা গুলো বলে সুদক্ষিণার মুখের সামনে দিয়ে চিঠি টা সরালো।

আহ ! সুদক্ষিণার রূপ......! রাধারানির মত তার মুখশ্রী , কালো মেঘের রঙের ন্যায় সমুদ্রের ঢেউ এর স্বরূপ তার চুল...যেগুলি কোমর ছুঁয়ে ক্রমশ নিম্নগামী। টানা টানা পটলচেরা দুটি চোখ , পদ্মলোচনে পদ্মের রঙের ই ছোঁয়া তার মনিদুটিতে। পানের খয়ের ও কৃষ্ণের আবীর মিশ্রিত হলে

যে রঙ দাঁড়াবে সেই রঙ যেন তার ঠোঁটে দেওয়া হয়েছে । গোধূলি লগ্নের স্বর্ণছটাক যেন তার অঙ্গের শোভা বাড়াচ্ছে । রূপের ছটাক তার সেই পূর্ণিমার চাঁদ কেও হার মানায় । এমন রূপ ! যা দেখলে চোখ জুড়িয়ে যায় !

" নে হা কর , দেখত পায়েস টা খেয়ে কেমন হয়েছে" মধুমন্তি বলল । সুদক্ষিণা পায়েস খেয়ে মধুমন্তি কে জড়িয়ে ধরল , " খুব সুন্দর হয়েছে , খুব মিষ্টি , ঠিক আমার মায়ের মতন", সুদক্ষিণার কথা শুনে মধুমন্তিও সুদক্ষিণা কে আদর করতে লাগলো । মা মেয়ের প্রলাপ দেখলে মন টা যেন ভরে ওঠে ।

" বা...হ বা ! আদিখ্যেতা দেখলে আর বাচিনে" কমলিনী দেবি বলে উঠলেন । ওহ ! এনার পরিচয় তো দেওয়াই হয়নি...... ইনি হলেন কমলিনী দেবি , নিরঞ্জন চাটুজ্যের এক দূর সম্পর্কের ভাই এর বউ । চাটুজ্যে মশাই গত হওয়ার এক বছরের মাথায় হরিঘোষাল চাটুজ্যে এবং ওনার স্ত্রী কমলিনী দেবি এ বাড়িতে উঠে বসেন । ওনাদের গ্রামের সমস্ত সয়সম্পত্তি খুইয়ে বা একাধারে বলা যায় জুয়া খেলায় হেরে গিয়ে ওনারা চলে আসেন এই বাড়িতে । চাটুজ্যে মশাই এর বাবার খুড়তুতো ভাই এর ছেলে এই হরিঘোষাল চাটুজ্যে । অত্যন্তই দূর সম্পর্ক । এখানে এসে ওনারা কান্নাকাটি জুড়ে দেন এই বলে যে তাদের থাকার কোনো জায়গা নেই... অন্নপূর্ণা দেবিও মায়াবসত তাদের এখানেই থাকতে বলে দেন , এবং তারপর দিয়ে ওনারা এখানেই থেকে যান । হরিঘোষাল শৈলেন্দ্র এর সাথে মিলে বিষয় সম্পত্তির দেখাশোনা এবং কাছারি ও জমিদারীর কাজ দেখে । ওনার একটি ছেলেও রয়েছে , নাম শ্রীধর । এ বাড়িতে আসার পর থেকেই সুদক্ষিণার প্রতি তার একটু নজর আছে , এবং সেটি ভালদিকে নয় । ছলেবলে সময় পেলেই সে সুদক্ষিণার সাথে বন্ধুত্ব বাড়াতে চেয়েছে , কিন্তু সুদক্ষিণা তাকে কোনোদিন ই পছন্দ করতো না , তাই সুদক্ষিণার সাথে শ্রীধর এর কোনোদিন ই ভাব করে ওঠা সম্ভবপর হয়নি । প্রায় দু , আড়াই বছর আগে তার বিয়ে হয় লাবণ্য নামক এক মেয়ের সাথে । লাবণ্যর একটু বেশি বয়সেই বিয়ে হয়... দু বছর আগে বিয়ে হলেও বয়সে সে সুদক্ষিণার চেয়ে বড় । শৈলেন্দ্র শ্রীধর কে ২০ বিঘা জমি দিয়েছে , যেখানে ফসল ফলানো এবং সেগুলি রপ্তানি করার দায়িত্ব শুধু মাত্র শ্রীধর এর ই , এবং সেই জমি দিয়ে আয় বাবদ সব টাকাও শ্রীধর এর । আর এদিকে কমলিনী ও লাবণ্য বাড়ির সব কাজকর্ম দেখে মধুমন্তির সাথে । তবে বাড়ির কাজ দেখার চেয়ে অন্নপূর্ণা দেবির কান ভরতে ওনারা বেশি তৎপর । মধুমন্তি ও অন্নপূর্ণা দেবির সম্পর্কে এমনিতেই অরুণের জন্য আগে দিয়েই ফাটল ধরে ছিল , তার উপর নতুন শাশুড়ি বৌমার জুটি সর্বক্ষণ মধুমন্তি ও সুদক্ষিণার নামে অন্নপূর্ণা দেবির কানে বিষ ঢেলেই চলছে । লাবণ্য এমনিতেও সুদক্ষিণা কে পছন্দ করে না । বিষয় টা হোল রূপ...... সুদক্ষিণার রূপ বর্ণনা দিয়ে বলে ওঠা সম্ভব নয় , আর তার উপর সে অনেক শিক্ষিতও , এমনকি সে ইংরাজিও পড়তে লিখতে জানে । অপরদিকে লাবণ্য অধিক শিক্ষিত নয় , দেখতেও তাকে মোটের উপর ঠিকঠাক । এদিকে শ্রীধরেরও সুদক্ষিণা কে খুব পছন্দ , সে বহুবার লাবণ্যর সামনেই সুদক্ষিণার রূপের সাথে লাবণ্যর রূপের তুলনা করেছে । স্ত্রী হিসাবে লাবণ্যর তা একেবারেই ভালো লাগে না , পুরুষ মানুষ...... কখন যে তার মন ঘুরে যায় কে জানে । এই চিন্তাই লাবণ্য কে সবসময় তাড়া করে বেড়ায় । তাই কোনো দোষ না থাকা সত্ত্বেও সুদক্ষিণা কে তার একেবারেই পছন্দ না ।

সেদিন মধুমন্তি ও সুদক্ষিণার পায়েস খাওয়ানোর সুচারিতা দেখে কমলিনী ব্যঙ্গ করে ওঠে , " বলি এত আদিখ্যেতা কি না করলি নয়" " আদিখ্যেতা কীসের মেজদিদি । আজ মেয়েটার জন্মদিন , তাই ওকে একটু পায়েস রেঁধে খাওয়াচ্ছিলাম " মধুমন্তি তাকে বলে । পান চিবিয়ে , মুখ বেকিয়ে

কমলিনী আবার বলে , " বলি বউ মানুষের অত জনমদিন কীসের অ্যাঁ...... তা তো বাড়ির পুরুষদের ই হয় । তা তোমাদের এখানে এসে কতই তো নতুন নিয়ম দেখলুম বাছা" বলে সে পায়েসের বাটি টার দিকে তাকিয়ে আবার বলে , " তা এইটুখানিই পায়েস রেঁধেচ নাকি আরও আচে ?" " থাকবে না কেন , সবার জন্যই রেঁধেছি দিদি" বড়ই বিনম্রতার সাথে মধুমন্তি উত্তর দেয় ।" বেশ...... তো দাও দিকি আমাকেও এক বাটি , চেকে দেখি কেমনতর বানিয়েচ" কমলিনী মধুমন্তি কে কথাগুলো বলে সুদক্ষিণার দিকে তাকায় , " হ্যাঁ রা...... তা তুমি সবসময় অমনতরে চুলগুলি খুলে কেন রাকো হ্যাঁ...... বউ মানুষের কি অমনি চুল খুলে রাকতি হয় ? আমার বৌমা কে দেখেচ , সব্বক্ষন পরিপাটী করে চুল বেধি রাকে । ওটাই তো নিয়ম । তুমিও তো এই বাড়ির বউ , নিয়ম আদি কি কিচুই মানবে না ? বলি অমন চুল খুলে করোটা কি...... এতে তো পরপুরুষ আক্কিষ্ট হয় । নিজের সোয়ামি রে তো বেধি রাখতি পারলে না , খোলা চুল তবে কোন পুরুষমানুষ কে দেকাও শুনি।" সুদক্ষিণার একেবারেই এসব কথা ভালো লাগলো না , সে মুখ মাথা নিচু করে দাড়িয়ে রইল । কিন্তু মধুমন্তির প্রচণ্ড রাগ হোল , সে বলল , " এ আপনি কেমনতর কথা বলছেন মেজদিদি । সোদু চুল খুলে রাখে কেনকি ওর ভালোলাগে। আর চুল বাঁধা থাকলেই যে পরপুরুষ আকৃষ্ট হয়না তা আপনাকে কে বলেছে শুনি । আর সোয়ামি বেঁধে রাখার কথা বলছেন ,তো জেনে রাখুন অরুণ স্বইচ্ছায় এই বাড়ি ছেড়ে গেছে , তার তরী বানাবে বলে , সোদুর এতে কোনো দোষ নেই" " হ্যাঁ হ্যাঁ সব দোষ তো বাড়ির ছেলেটার" কমলিনী বলে ওঠে , " বড়গিন্নির কাছে আমি সব শুনেছি কার কি দোষ ছিল । বলি তোমার বুকে কি একটুও বাধেনা ছেলেটাকে অমনতরে দোষ দিতে । মা হওনি তো , ছেলের কষ্ট কি করে বুঝবে শুনি" "এসব এখানে কি হচ্ছে ......" শৈলেন্দ্র বলে ওঠে , " মেজবৌঠান আপনি এখানে ?" শৈলেন্দ্র কে দেখে কমলিনী সাথে সাথে নিজের সুর বদলে মিষ্টিভাষী হয়ে যায় , " ওহ ! ঠাকুরপো ! তোমাকেই তো খুঁজতে এসেছিলুম । বড়গিন্নি তোমার খোঁজ করছে , বরুণের পত্তর এয়েচে , তা পরে শোনানোর জন্যি । তা এসে দেখি ছোটবউ বৌমা কে পায়েস খাওয়াচ্ছে , আজ তার জনমদিন তো তাই...... তাই ওকে আশিব্বাদ করতে এলুম , বেঁচে থাক মা" এই বলে সে সুদক্ষিণার মাথায় হাত বোলায় , " তুমি তারাতারি চলে এসো ঠাকুরপো হ্যাঁ , আমি যাই" বলে সে চলে যেতে লাগলে শৈলেন্দ্র তাকে বাঁধা দেয় " দাঁড়ান বৌঠান ...... বৌঠান আপনি কি বলছিলেন না বলছিলেন তার সবটাই আমি শুনেছি । আমরা সবাই এ বাড়িতে একসাথে থাকি , তাই এটা ভালো নয় কি যে , একেঅপরের সাথে মিলেমিশে থাকি , কারর মনে দুঃখ না দিয়ে" " ও মা , মিলেমিশেই তো থাকি আমরা । আর দুঃখ...... তা আমার মনে যে কত আচে , তা তোমায় কি বলবো । বাড়িঘর খুইয়ে একানে এসে পরে আচি । সবই কপাল" বলে কমলিনী লোকদেখানো কান্নার ভান করে চোখ মুছল " এসো ঠাকুরপো , আমি যাই... ওদিকে আবার বড়গিন্নিএকা রয়েচে" বলে সে তৎপর সেখান থেকে চলে যায় ।

কমলিনী যাওয়ার পর শৈলেন্দ্র সুদক্ষিণার কাছে আসে । সুদক্ষিণা তখনও মাথা নিচু করেই দাড়িয়ে ছিল । পালঙ্কের ধারের কাঠ টা ধরে মধুমন্তি অন্যদিকে মুখ করে দাড়িয়ে আছে । শৈলেন্দ্র জানে , সন্তানের প্রসঙ্গে যখন মধুমন্তি কে দোষারোপ করা হয় তখন সে খুব আঘাত পায় । শৈলেন্দ্ররেও এতে খুব খারাপ লাগে , কেনকি সে জানে মধুমন্তি এতে নির্দোষ । মধুমন্তি কে এমত অবস্থায় দেখলে শৈলেন্দ্ররেও খুব কষ্ট হয় । কিন্তু সেটির বহিঃপ্রকাশ সে কোনোদিন ই মধুমন্তির সামনে করতে পারেনি । কিছুক্ষণ মধুমন্তির দিকে তাকিয়ে থেকে তারপর সে সুদক্ষিণার দিকে চায় , আলতো করে সুদক্ষিণার চিবুক টা ধরে উপরে উঠিয়ে বলে , " দেখি মুখ টা .....এ কি মুখ ভার

কেন ? জন্মদিনে কি মুখ ভার করে থাকতে হয় ?” সুদক্ষিণা শৈলেন্দ্র কে বলে , “ মুখ ভার হবেনা ? দেখলে তো মেজকাকিমা মা কে কত কথা শোনালেন । আমার একদম ভালো লাগেনা মা কে কেউ কিছু বললে ।" শৈলেন্দ্র হাল্কা হেসে তাকে বোঝায় , “ সোদু...... দেখ মা , পৃথিবীতে অনেক ধরনের মানুষ থাকেন , এবং সকলেই ভিন্ন মত পোষণ করেন । সবাই যে আমাদের ভালো কথা বলবেন , তা তো নয় । তাই সকলের কথায় অত কান দিতে নেই । আর জন্মদিনে তো মুখ ভার করে একদম থাকতে নেই । না সোদুর না সোদুর মায়ের" বলে সে একগাল হেসে সুদক্ষিণার মাথায় হাত বোলায় , এবং পরোক্ষ ভাবে মধুমন্তি কেও মুখ ভার না করে থাকার ইঙ্গিত দেয় ।

শৈলেন্দ্র এর কথা শুনে সুদক্ষিণার মুখে হাসি ফিরে আসে । শৈলেন্দ্র তারপর তাকে কয়েকটি ইংরেজি ভাষার বই উপহার দেয় , “ এই নাও , এই হোল তোমার উপহার । পড়ে দেখ ,ভালো লাগবে ।" সুদক্ষিণা তাকে প্রণাম করে , শৈলেন্দ্র ও তাকে দীর্ঘজীবী হওয়ার আশীর্বাদ দেয় । এরপর সে বলে , “ যাই দেখি নীচে , বরুণটার চিঠি এসেছে । গিয়ে দেখি ও কি লিখল " এই বলে সে নীচে চলে যায় । যাওয়ার পূর্বে আরও একবার সে মধুমন্তির দিকে কিছুক্ষণ তাকিয়ে থাকে । মধুমন্তি কিন্তু একবারও শৈলেন্দ্র এর দিকে তাকায় নি , তবে সেও বোঝে শৈলেন্দ্র এর তার প্রতি সহানুভুতি টা ।

সুদক্ষিণা যেই থেকে শুনেছে যে বরুণের চিঠি এসেছে , ওর মন টা সেই থেকেই ব্যাকুল হয়ে আছে । কতক্ষনে গিয়ে সে চিঠি শুনবে ,সেই জন্য তার ছটফটানি । কি বাহানায় নীচে যাবে , তাই ই সে ভাবতে থাকে । মধুমন্তি ঘর টা একটু পরিষ্কার করতে লেগেছে , সুদক্ষিণা তখন তাকে বলে , “ মা আমি ফুল তুলতে যাই ?” “এখন ফুল তুলে কি করবি তুই ?” মধুমন্তি জিজ্ঞেস করে । “ সে আমার ফুল দিয়ে অনেক কাজ আছে । আমি যাই , হ্যাঁ মা " বলে সে দৌড়ে ঘর দিয়ে বেড়িয়ে যায় । “ দৌড়েস নে...... উফ ! মেয়েটাকে নিয়ে আর পারিনে" মধুমন্তি বলে ওঠে ।

সুদক্ষিণার পায়ের গতি যেন তখন ভিন্ন । কীসের এক অজানা আকর্ষণ তাকে টেনে নিয়ে চলেছে । নূপুরের ছমছম শব্দ , লুতিয়ে আসা শাড়ির আঁচল সবই যেন ভিন্ন তালে মেতেছে । সে দৌড়ে এসে দাড়ায় অন্নপূর্ণা দেবির ঘরের বাইরে । ছুটে আসা হাঁপানির তীব্রতা কে চিঠি শোনার ঔৎসৌকতা দিয়ে সামলায় সে ।

শৈলেন্দ্র তখন সবে অন্নপূর্ণা দেবির ঘরে ঢুকেছে । কমলিনী ও লাবণ্য আগে দিয়েই সেখানেই উপস্থিত । শৈলেন্দ্র গিয়ে অন্নপূর্ণা দেবিকে জিজ্ঞেস করে , “ ডেকেছেন বৌঠান ।“ অন্নপূর্ণা দেবি তাকে একখানি খাম দিয়ে বলেন “ হ্যাঁ ঠাকুরপো , এই নাও... এতে বরুণের পত্তর আছে । পড়ে দাও দেখি , কি লিখেছে ছেলেটা" “দিন” এই বলে শৈলেন্দ্র চিঠি টা নিয়ে পড়তে আরম্ভ করে...

“ শ্রীচরণেষু মা

আশা করি আপনি এবং বাড়ির সকলে ভালো আছেন , নিজেদের স্বাস্থের যত্ন নিচ্ছেন । মা আমি আগামী ২৩ তারিখে বাড়ি ফিরে আসছি । এখানে আমার সকল পরীক্ষা সম্পন্ন হয়ে গেছে । ফলাফল বের হতে দেরি আছে । তাই আমি এখনই চলে আসছি । আপনি বাড়ির সকলকে জানিয়ে দেবেন । এই পত্রের সাথে আমি কাকামশাই কে আরও একখানি পত্র পাঠাচ্ছি । তাতে কীভাবে আসবো তার বিস্তারিত বিবরণ দিয়েছি ।

সকলে ভালো থাকিবেন । কাকামশাই , কাকিমনি কে আমার প্রণাম দেবেন। নতুন কাকামশাই , কাকিমনি ও দাদা বৌঠান কেও প্রণাম দেবেন ।

ইতি-

বরুণ চ্যাটার্জি "

"ওহ ! বরুণ তাহলে গ্রামে ফিরছে...... তা ঠাকুরপো তুমি ওকে আনার ব্যাবস্থা করো । এতবছর পর ছেলেটাকে দেখব !" অন্নপূর্ণা দেবি বললেন , বলে তিনি শৈলেন্দ্র কে আরও একটি চিঠি দিলেন , " নাও , এইখানি বরুণ তোমার জন্য পাঠিয়েছে" " হ্যাঁ দিন " শৈলেন্দ্র চিঠিটা নিয়ে , পড়ে বিস্তারিত ভাবে জেনে নিল বরুণ কবে , কখন , কীভাবে আসছে । "ঠাকুরপো আসছে "...... সুদক্ষিণা মনে মনে কথাটি বলে উঠলো । আনন্দে উচ্ছ্বাসিত তার চোখ , সারা শরীরে শিহরিত আনন্দের উল্লাস । দীর্ঘ অপেক্ষার সমাপ্তির সূচনায় ভরে উঠলো চার পাশ ।

।।দুই।।

বরুণের আগমনের খবর সুদক্ষিণা কে আরও প্রাণবন্ত করে তোলে । সে ছুটে চলে যায় বাগানের মধ্যে...... বাতাসের স্নিগ্ধতা , পুষ্পের সুবাস , সূর্যের আলো , পাখির ডাক......সবই যেন আজ নতুন , সবকিছুতেই যেন মিশে আছে বরুণের আগমনের বার্তা । মনের খুশিতে সে শিউলি গাছের ডাল নাড়িয়ে পুষ্পবৃষ্টি তে মগ্ন , কখনো ছুটে গিয়ে বেল-জুঁই হাতে নিয়ে তার গন্ধে মেতে উঠছে , তো কখনও আবার গোলাপের পাপড়ি উড়িয়ে চারিদিক রঙিন করে দিচ্ছে । খুব খুশি সে । "ঠাকুরপো আসছে , আগামী ২৩ তারিখ , মানে আর ৫ দিন পর........" ভাবা মাত্র রাঙা হয়ে উঠলো সুদক্ষিণার মুখখানা ।

সুদক্ষিণা ওই দিকে মগ্ন আর ঘরের ভিতর লাবন্যর সাথে মিলে মধুমন্তি টুকটাক কাজ করছে , " উফ মেয়েটা যে কোথায় গেল ,পারিনা আর আমি ওকে নিয়ে । সেই কখন বেরিয়েছে , এখনো আসার নাম নেই" মধুমন্তি একা একাই কথাগুলো বলে যাচ্ছে । লাবণ্য তার দিকে তাকিয়ে বলল " বলি কাকিমনি , আপনি কিন্তু সুদক্ষিণা কে একটু বেশিই মাথায় তুলে রেখেছেন । যতই হোক ও তো এই বাড়ির মেয়ে নয় , বউ...... যেমন আমি । কই আমার সাথে তো এমনটি ব্যবহার করা হয় না , যেমনটি ওর সাথে হয় । ও সারাক্ষণ চুল খুলে রাখে , ঘোমটা নেয় না , এদিক ওদিক বেড়িয়ে যায় , ইংরিজি পড়ে... আর আমি এদিকে সারাক্ষণ ঘরের কাজ করে মরি।" মধুমন্তি লাবণ্যর কথা শুনে হাল্কা হেসে ওর কাছে যায় , মাতৃসুলভ আচরণে তার মাথায় হাত বুলিয়ে বলে , " অমনি কেন বলছ মা , আমার কাছে সোদুও যেমন তুমিও তেমন । আসলে কি বলতো , সোদু সেই ছোট্ট বেলায় এই বাড়িতে এসেছিল , মাত্র ১০ বছর বয়সে । ওকে তো নিজের হাতেই ছোট থেকে বড় করলাম , তাই ও আমার মেয়ের মতন-ই হয়ে হয়ে গেছে , আমরা ওকে বৌমা কখনই ভাবিনি । আর লেখাপড়া , চুল ছেড়ে রাখা , এদিক ওদিক যাওয়া ...... সেসব তো তুমিও করতে পারো মা , আমরা তোমাকেও বাধা দেব না ।" দুজনের মধ্যে এমন কথাবার্তা চলছে , এমন সময় সুদক্ষিণা ঘরে ঢোকে , হাতে তার ফুল ভর্তি ঝুড়ি । মধুমন্তি তাকে দেখা মাত্র লাবণ্য কে ছেড়ে তার কাছে যায় " কোথায় ছিলিস হ্যাঁ , কখন দিয়ে তোকে খুঁজছি , কই গেছিলি ভরদুপুর বেলা ?" সুদক্ষিণা ফুলের ঝুড়ি টা দেখিয়ে বলে , " ফুল তুলতে গেছিলাম তো , এই দেখ কত্ত ফুল এনেছি " " তা কি করবি তুই ফুল দিয়ে এখন ? বেলা যে গড়িয়ে গেছে , পুজও তো দেওয়া হয়ে গেছে" মধুমন্তি বলল । "কেন মা , এই ফুলের মালা গেঁথে দেব , তুমি মাথায় লাগাবে " সুদক্ষিণার কথা শুনে মধুমন্তি হো হো করে হেসে ওঠে , " শোনো মেয়ের কথা ! আমি কিনা এই বয়সে মাথায় ফুলের মালা লাগাবো । পাগলি মেয়ে একটা" মধুমন্তি ও সুদক্ষিণার এইসব আলাপন গুলিই তাদের সম্পর্ক কে আরও মধুর করে তোলে ।

শৈলেন্দ্র ...হরিঘোষাল ও শ্রীধরের সঙ্গে কিছু কথা বলতে বলতে বের হচ্ছিলো , বের হওয়ার পথে মধুমন্তি কে দেখতে পেয়ে তাকে বলে , “ বলছি , বরুণের ঘর টা পরিষ্কার করে রেখ" “ কেন ?” মধুমন্তি জিজ্ঞেস করে । হরিঘোষাল তৎপরতার সাথে বলে ওঠে , “ আরে বরুণ আসছে তো , এইতো আগামী ২৩ তারিখে । সেই কোন ছোটবেলায় দেখেছিলাম ওকে , এত বছর পর আবার দেখব" " তাই , বরুণ আসছে !” খুশিতে মধুমন্তির চোখে জল এসে যায় আর সুদক্ষিণার চোখে এক আলাদা আনন্দ ।

শৈলেন্দ্র ও হরিঘোষাল এরপর ওখান দিয়ে চলে যায় । মধুমন্তিও খুশি মনে বরুণের ঘরের দিকে যায় । যাওয়ার পথে সুদক্ষিণা কে ডাক দিয়ে যায় , “ আয় রে সোদু , আমার বরুণের ঘর টা পরিষ্কার করে দি" “ হ্যাঁ মা চল , আমি ফুল গুলি রেখে আসছি" সুদক্ষিণা বলে । মধুমন্তি চলে যেতে সুদক্ষিণা ফুলের ঝুড়িটা সামনে রাখা আরাম কেদারায় রেখে উপরে উঠতে যাবে কি...... শ্রীধর তার সামনে এসে দাড়ায় “ বলি এত ফুল কার জন্য তুলছেন বৌঠান ?” “ কার জন্য আবার এমনিই তুলেছি" বলে সুদক্ষিণা শ্রীধর কে পাশ কাটিয়ে সিঁড়ি দিয়ে উপরে উঠে যায় । শ্রীধর পিছন দিয়ে হাঁক দিয়ে বলে , “ মালা গেঁথে মাথায় দেবেন , ভালো লাগবে আপনাকে দেখতে ।" সুদক্ষিণা শ্রীধরের সব কথা শুনতে পায় , কিন্তু কোনো উত্তর না দিয়েই চলে যায় । তুলে আনা ফুলগুলি দিয়ে একটি গোলাপ নিয়ে শ্রীধর তার কুর্তার বুক পকেটে লাগিয়ে সেখান থেকে বেড়িয়ে যায় । লাবণ্য এতক্ষণ ওখানেই দাড়িয়ে ছিল , সমস্ত ঘটনা , কথোপকথন সব সে দাড়িয়ে দাড়িয়ে দেখল । সুদক্ষিণার প্রতি তার স্বামীর যে দুর্বলতা , সেটি তার একবারেই পছন্দ না । সকলে চলে যেতে সে রাগে ফুলের ঝুড়িটি নিয়ে সমস্ত ফুল বাইরে ফেলে দেয় ।

।।তিন।।

দীর্ঘ ৮ বছর পর বরুণ আজ তার গ্রামে নিজের বাড়িতে ফিরছে । মধুমন্তি সকাল দিয়েই তার পছন্দের ব্যাঞ্জনাদি প্রস্তুতে ব্যাস্ত । অন্নপূর্ণা দেবিও আজ হেঁশেলে ঢুকেছেন , নিজের হাতে ছেলের জন্য মিষ্টান্ন বানাবেন তিনি । কমলিনী তাকে সেই কাজে সাহায্য করছে । শ্রীধর আজ কর্মক্ষেত্রে যায়নি , লাবণ্যর সাথে মিলে পুরো বাড়িটা সাজাচ্ছে সে , তবে বরুণের ঘর ব্যাতিত , সেই ঘর টি সাজাচ্ছে সুদক্ষিণা । খুব সুন্দর ভাবে , পরিপাটী করে সে বরুণের ঘরকে সাজিয়ে তুলেছে । আর শুধু ঘর নয় , নিজেকেও আজ সে খুব সুন্দর করে সাজিয়ে তুলেছে । লাল-সাদা মিশ্রিত একটি মসলিনের শাড়ি পড়েছে সে , ভিজে চুল আজ সে ধুনোর ধোঁয়ায় শুকিয়েছে , ধুনচিতে কয়েকটি নাগকেশর ফুল ও দিয়ে দিয়েছিল... নাগকেশর ফুলের গন্ধ ও ধুনোর গন্ধ মিলে এক অপূর্ব মায়াময় গন্ধের সৃষ্টি হয় । সুদক্ষিণার উন্মুক্ত কেশদ্বয় আজ সেই গন্ধে গন্ধায়িত । চোখে দিয়েছে কাজল , গোলাপ পাপড়ির নির্যাস হাল্কা হাতে নিয়ে লাগিয়ে দিয়েছে ঠোঁট দুটিতে । সকাল দিয়েই সে এই সাজে প্রস্তুত । তবে যতই সময় এগোচ্ছে ততই তার হৃদস্পন্দন বেড়ে চলেছে । কোনো কিছুতে মন বসছে না , বাইরে যেতে ইচ্ছা করছে কিন্তু পা উঠছে না । চোখ দুটি পড়ে আছে দরজায় । মনের ভিতর ছটফটানি ।

“নিন হরি দা , তাড়াতাড়ি নিন... ওদিকে যে বরুণের গাড়ি পৌঁছে যাবে , আমাদের যে দেরি হয়ে যাচ্ছে" শৈলেন্দ্র হরিঘোষাল কে তারা দিতে লাগলো ।"হ্যাঁ হ্যাঁ চল , এই তো আমি প্রস্তুত “ বলে হরিঘোষাল ও শৈলেন্দ্র বের হতে যাবে বরুণ কে আনতে, কি সহসাই......" কাকামশাই “.........কে যেন ডেকে উঠলো । আওয়াজ পেয়ে দরজার দিকে তাকাতেই দেখতে পেল................. বরুণ দাড়িয়ে । বলিষ্ঠ চেহারা , সুউচ্চ কাঁধ , উজ্জ্বল বর্ণ ও একগাল হাসি । বিদেশে থাকতে থাকতে

তার পোশাকেও বিদেশি ভাব এসেছে , ধুতি কুর্তা ছেড়ে সে বিদেশি জামা-প্যান্ট পরিহিত । " বরুণ !"............ শৈলেন্দ্র সজল চোখে তার নাম উচ্চারণ করে দাড়িয়ে রইল । কি সুন্দর দেখতে তাকে , আর মুখের হাসিটা কি মায়াপূর্ণ , চোখ যেন ফেরানো যায়না ।

বরুণ হেঁটে এসে শৈলেন্দ্র কে প্রণাম করলো , " কেমন আছেন কাকামশাই" তার মুখমণ্ডলে এক নিষ্পাপ ছোঁয়া , আর এক অমায়িক হাসি । " তুই...... , তুই একা...... , তুই একা এসে গেলি ....!! গিন্নি , বৌঠান কোথায় আছেন আপনারা , বাইরে আসুন , দেখুন বরুণ এসে গেছে" শৈলেন্দ্র জোরে বলে উঠলো ।

সজোরে ধাক্কা মেরে উঠলো সুদক্ষিণার মনের ভিতর টা , শৈলেন্দ্র এর আওয়াজ তারও কানে এসে পৌঁছল ।......."ঠাকুরপো এসে গেছে " মনে মনে বলে উঠলো সে । নিঃশ্বাসের তীব্রতা , মনের ব্যাকুলতা ক্রমশ বেড়ে চলল ।

শৈলেন্দ্রের গলা পেয়ে অন্নপূর্ণা দেবি , মধুমন্তি , কমলিনী সকলেই বেড়িয়ে আসে । বরুণ কে দেখে অন্নপূর্ণা দেবি , মধুমন্তি দুজনের চোখেই জল চলে আসে । বরুণ হাসিমুখে ওনাদের কাছে এগিয়ে যায় , গিয়ে অন্নপূর্ণা দেবিকে সে প্রনাম করে । উচ্চতায় আজ সে ওনাদের দুজনকেই ছাপিয়ে গেছে । " বরুণ , আমার বাবা...... কত্ত বড় হয়ে গেছিস ! কেমন আছিস ? মায়ের কথা মনে পড়ত ? ঠিক করে খাওয়া দাওয়া করতিস ? এখন দিয়ে এখানেই থাকবি তো ?" শতপ্রশ্নের সম্ভার অন্নপূর্ণা দেবির মুখে । " মা , মা............একসাথে কত প্রশ্ন করবেন ! আমি একদম ঠিক আছি" বরুণ হসে উত্তর দিল । এবার সে তাকাল মধুমন্তির দিকে । মধুমন্তির চোখে জল । বরুণ তাকে প্রণাম করে , মধুমন্তি কিছু বলতে পারল না...... খালি এক মাতৃত্ব ভরা সজল চোখে তার দিকে তাকিয়ে রইল । বরুণ আবার সেই অমায়িক হাসি হাসল , হেসে মধুমন্তি কে জড়িয়ে ধরল " কাকিমনি , কত কাঁদবে । এই দেখ আমি তো এখানেই ।" মধুমন্তি চোখ মুছে বরুণের মাথায় হাত বোলায় , " আমার ছোট্ট বরুণ টা কত্ত বড় হয়ে গেছে , মাথায় হাত ও পৌছায় না" সকলে হেসে উঠলো । " বরুণ এনাদেরও প্রণাম করো , এনারা তোমার নতুন কাকামশাই এর পরিবার" অন্নপূর্ণা দেবি বললেন । বরুণ হাসিমুখে এগিয়ে এসে সকলকে প্রনাম করে এবং সকলে তাকে আশীর্বাদ করে ।

মধুমন্তি ততক্ষণে ধান , দূর্বা , জল , মিষ্টি নিয়ে আসে এবং অন্নপূর্ণা দেবি তাকে আশীর্বাদ করে জল মিষ্টি খাইয়ে দেন । " হ্যাঁ রে বরুণ , তোকে তো আমরা আনতে যাব বলে বেরচ্ছিলাম , তোর গাড়ির সময় তো আরও ১ ঘন্টা পরে ছিল , তুই তার আগে চলে এলি কি করে ?" শৈলেন্দ্র তাকে জিজ্ঞেস করে ।"আসলে কাকামশাই আমিই পত্রে আমার আসার সময় টা ভুল লিখছিলাম" বরুণ বলে । সকলে একে অপরের মুখের পানে চায় ।" ভুল লিখেছিলি !" শৈলেন্দ্র অবাক হয়ে জিজ্ঞেস করে । "হ্যাঁ......আমি চাইছিলাম আগেই এসে আপনাদের চমক লাগিয়ে দেবো" বরুণ হেসে বলে ওঠে । বরুনের কথা শুনে সকলেই হেসে ওঠেন । হাসতে হাসতে হঠাৎই বরুণের চোখ যায় দোতলায় , সে দেখতে পায় কেউ ঘরের দরজার আড়ালে লুকিয়ে তাদের দিকে দেখছে । তার মুখ দেখা যাচ্ছেনা , শুধু শাড়ীর আঁচল ও কুঁচির কিছু অংশ এবং তার কেশদ্বয়ের কিছু অংশ মাত্র দেখা যাচ্ছে । বরুণ বুঝতে পারল সেখানে কে আছে । সেও এক ব্যাকুল চোখে সেদিকে তাকিয়ে রইল , চেষ্টা করল যদি কোন ভাবে সেই আড়ালে লুকাইত মুখমণ্ডল টি দেখতে পায় কিনা......কিন্তু না দেখা গেল না !

"নে বাবা তুই এবার একটু হাত-মুখ ধুয়ে নে" অন্নপূর্ণা দেবি বললেন । "হ্যাঁ বাছা , হাতমুখ ধুয়ে কিছু খেয়ে নাও দিকি......বাব্বা বরুণকে আমার কি সুন্দরই না দেখতে হয়চে , তাইনা

বড়গিন্নি !" কমলিনী বলে। কমলিনী এমনি লোকদেখানো আদিখ্যেতা করে অন্নপূর্ণা দেবিকে খুশি করতে সর্বদা ব্যস্ত। " হ্যাঁ রে বরুন তুই এবার একটু আরাম করে নে , আমরা কাছারির দিকে গেলাম " শৈলেন্দ্র বলল , এরপর সে , হরিঘোষাল আর শ্রীধর... তারা সেখান থেকে চলে যায়। অন্নপূর্ণা দেবিও ঠাকুর ঘরের দিকে যান এবং তার পিছু ধরে কমলিনী ও লাবণ্য।

সকলে এত কথা বলল কিন্তু বরুনের নজর সেই দোতলার ঘরেই আটকে থাকে। মধুমন্তি তাকে বলে " যা বরুণ হাত মুখটা ধুয়ে নে" বলে সে হেঁসেলের দিকে অগ্রমুখী হয়। চোখ না সরিয়েই বরুণ তাকে জিজ্ঞেস করে " কাকিমনি বৌঠান কোথায় ?" মধুমন্তিও চারিদিকটা দেখে বলে, " হ্যাঁ ঠিক তো , সোদু তো নেই এখানে। নিশ্চয়ই তোর ঘরে তোর ঘর গোছাচ্ছে। দাঁড়া আমি ডাকছি" "না না কাকিমনি থাক " বরুণ সসব্যস্ত হয়ে বলল " তুমি যাও কাজে , আমি ওপরে গিয়ে বৌঠানের সাথে দেখা করে নিচ্ছি" বলে সে চোখ না সরিয়েই সিঁড়ি বেয়ে উপরে উঠতে থাকে। " আস্তে যা , উফ এইবার শুরু হবে আবার দুইজনের কান্ডি " মধুমন্তি হাসতে হাসতে কথাগুলো বলে নিজের কাজে চলে যায়।

বরুণ যখন তার ঘরের কাছাকাছি পৌছায় , সে শুনতে পায় ছমছম শব্দ করতে করতে দুটি পা যেন আরও ভিতরে প্রবেশ করে যাচ্ছে। বরুণ নিজের ঘরে ঢুকলো..... সুগন্ধি পুষ্পে তার ঘর সুসজ্জিত , জলের পাত্রটিতে জল ভরা , তার লেখার টেবিলটায় একটি কালির দোয়াত ও একটি পালক সাজানো , সাথে কিছু বইও রাখা , পরিষ্কার-পরিচ্ছন্ন চাদরে মোড়া বিছানা। গচ্ছিত ঘরটি বরুণের খুব পছন্দ হলো " ঘর তো খুব সুন্দর সাজানো হয়েছে , তা যে সাজিয়েছে... সে কোথায় ?" বরুণ বলে ওঠে। সামনের ঝুলবারান্দার এক কোণে গিয়ে সুদক্ষিণা আড়ালে চুপ করে দাঁড়িয়ে ছিল। বরুণ আবার বলে " আমি জানি বৌঠান আপনি ঝুলবারান্দায় লুকিয়ে আছেন। সামনে আসবেন না ?" কোন উত্তর আসে না। বরুণ এবার কিছু পা পিছিয়ে নিয়ে বলে " ঠিক আছে আপনি যখন দেখা দেবেনই না ঠিক করেছেন , তাহলে আমি চলে যাই" বলে সে দ্বারমুখো হতেই পিছন দিয়ে সুদক্ষিণা ডেকে ওঠে " ঠাকুরপো "............... বরুণ ফিরে তাকায়। চারিদিক স্তব্ধ ! যেন পৃথিবী থমকে গেছে। এতটাই স্তব্ধ পরিবেশ বিরাজমান ,যেন একে অপরের হৃদস্পন্দন ও শোনা যাচ্ছে। দীর্ঘ ৮ বছরের অপেক্ষার সমাপ্তি।

এক পলকে দুজন দুজনের দিকে তাকিয়ে রইল। সুদক্ষিণার সেই প্রতিমাময়ি রূপে বরুণের চোখ আটকে গেল। সুদক্ষিণাও আকুল চোখে বরুণের তাকিয়ে রইল। সুদক্ষিণার মায়াবী চোখ , আটপৌরে শাড়ি , উন্মুক্ত কেশ , স্বর্ণছটাক রূপ...... বরুণ কে বিভোর করে তুলল। সহসা হাওয়ায় দরজার কপাট টি শব্দ করে খুলে গেল, দুজনের যেন চেতনা ফিরে এলো।

বরুণ একগাল হেসে বলল , " বৌঠান... আপনি তো অপরূপ রূপের অধিকারীনি হয়েছেন" " যাহ্ ! কি যে বল ঠাকুরপো......" বরুণের কথায় লজ্জায় রাঙা হয়ে সুদক্ষিণা আবার ঝুল বারান্দায় চলে গেল। বরুণ তাকে বলে , " সত্যি বলছি বৌঠান, অন্তত দীর্ঘ ৮ বছরে এমন রূপ আমার চোখে পড়েনি।" সুদক্ষিণা আরো লাজবতি হয়ে ওঠে। বরুণ তার সাথে এবার একটু মজা করে বলে " তা আপনি কি ঝুলবারান্দা তেই দাঁড়িয়ে থাকবেন ? একটু বাইরেটা আসুন" " কেন ?" বড় স্বল্পস্বরে , লাজুক ভাবে ভিতর দিয়েই জিজ্ঞেস করে সুদক্ষিণা। বরুণ বলে " কেন মানে... আপনাকে প্রণাম করতে হবে না ? আপনি যে আমার বৌঠান" " বালাইষাট ! তুমি আমাকে প্রণাম করবে মানে ? আমাকে পাপের ভাগীদার বানাবে নাকি ?" বরুণের প্রণাম এর কথা শুনে সুদক্ষিণা ঝুল বারান্দা দিয়ে ঝটপট বেরিয়ে এসে তাকে কথাগুলো বলে। বরুণ একটু হাসে , হেসে বলে " পাপের

ভাগীদার কেন ?আপনি যে সম্পর্কে আমার বড়" " ওসব সম্পর্কে বড় বুঝিনে বাপু , আমি তোমার চেয়ে বয়সে ছোট আর তুমি আমায় প্রণাম করলে আমার পাপ হবে । তাই প্রণাম করবে না ব্যাস" সুদক্ষিণা বলে । বরুণ এবার সজোরে হেসে ওঠে " কি হলো হাসছ যে ?" সুদক্ষিণা তাকে জিজ্ঞেস করে । " বৌঠান আমি আপনাকে প্রণাম করতাম না" বরুণ বলে । " প্রণাম করতে না......! তো বললে কেন প্রণাম করবে ?" সুদক্ষিণা জিজ্ঞেস করে । বরুণ এক মিষ্টি ভঙ্গিতে একটু সরে এসে বলে " সেটি না বললে যে আপনি বের হতেন না ,তাইতো বললাম যাতে আপনাকে দেখতে পাই ।" সুদক্ষিণা আবার রাঙা হয়ে উঠল , " হ্যাঁ হ্যাঁ ঠিক আছে , অনেক হয়েছে , তুমি এবার হাত মুখ ধুয়ে কিছু খেয়ে নাও... আমি যাই" বলে সে চোখের চাওনি দিয়ে সেখান থেকে ছুটে বেরিয়ে গেল । " বৌঠান দাঁড়ান" বরুণ সুদক্ষিণা ডাকে , কিন্তু ততক্ষণে সুদক্ষিণা চলে যায় । তার নুপুরের ছন্দ ধ্বনিত হতে থাকে । বরুণ দরজায় হেলান দিয়ে সেই শব্দে মনোনিবেশ করে দাঁড়িয়ে থাকে ।

চাটুজ্যে বাড়িতে সেদিন বরুণের পছন্দের সমস্ত ব্যাঞ্জনাদি প্রস্তুত করা হয়েছিল । বরুণ হাত-মুখ ধুয়ে জামা কাপড় বদল করে নিচে খেতে আসবে , তাই সুদক্ষিণা মধুমন্তির সাথে বরুণের খাবার প্রস্তুত করছিল । ইতিমধ্যে কমলিনী সেখানে এসে বলে , " ছোটবউ বলচি বড়গিন্নি বললে বরুণের খাবার ওনার ঘরেই পাইটে দিতে , ওনার ইচ্চা আজ বরুণ ওকানে খাবে ।" মধুমন্তির প্রায় সমস্ত কিছুই প্রস্তুত করা হয়ে গেছিল , সে কমলিনীর কথা শুনে বলে " আচ্ছা মেজদিদি আপনি যান আমি আর সোদু দিদির ঘরে সব দিয়ে আসছি ।" কমলিনী চলে যায় । সুদক্ষিণার মনটা একটু খারাপ হয় , সে ভেবেছিল আজ বরুণকে নিজের হাতে বেড়ে খাওয়াবে... যাইহোক তো তারপর সুদক্ষিণা ও মধুমন্তি সকল খাবার অন্নপূর্ণা দেবির ঘরে পৌঁছে দিয়ে তারা সেখান থেকে চলে গেল ।

বরুণ কিছুক্ষণ পর খেতে নিচে নামে । রান্নাঘরের দিকে যেতে যায় তখনই লাবন্য তাকে পিছন দিয়ে ডাক " ঠাকুরপো বড় জেঠিমার ঘরে আসো , তোমার খাবার এখানে আছে" " ও আচ্ছা " বলে বরুণ সে দিকে যায় । অন্নপূর্ণা দেবি তাকে খেতে বসান । নিজের হাতে তাকে সমস্ত খাবার পরিবেশন করেন । খেতে খেতে বরুণ জিজ্ঞেস করে " মা কাকিমনিকে তো দেখছি না , তিনি কোথায় ?" কমলিনী বলে ওঠে , " হবে কোতাও... তেনার কি আর পাত্তা পাওয়া যায় । সারাটা দিন সে আর তোমার দাদার বউ দুজনে মিলে এদিক-ওদিক চষে বেড়ায় । দেখো গে কোন দিকে আবার ঢু মারল । তোমার আসার খুশিতে তো সেই সকাল দিয়ে আমিই সব রাঁধলুম , আর ওই মিষ্টান্ন... ওটি তোমার মা রেঁধেছেন" কমলিনী ভেবেছিল বরুণ হয়তো তার কথা বিশ্বাস করবে এবং মধুমন্তির প্রতি রাগ করবে কিন্তু বরুন সেদিকে কর্ণপাতও করলো না... সে তার মাকে জিজ্ঞেস করে " আচ্ছা মা দাদার কি খবর ? এতগুলো বছর আমি বাইরে ছিলাম , তার তো কোনোদিন একটি পত্রও আসেনি , উনি ভালো আছেন তো ? আর ওনার তরী ?" অন্নপূর্ণা দেবি উত্তর দিলেন " হ্যাঁ ওই কোনরকমে আছে । সেও তো এতগুলো বছর বাড়ি আসেনি । তরীর অনেক কাজ তার , তবে আমাকে সে চিঠি পাঠায় মাঝেমধ্যে ।" সব কথা শুনে বরুণ কোন উত্তর করে না । খাওয়া সম্পন্ন হতে ওঠার প্রস্তুতি নেয় , শেষপাতে মিষ্টান্ন খেয়ে বলে " খুব সুন্দর হয়েছে মা , এতবছর এইসব খাবার খাওয়ার জন্য মনটা বড় ছটফট করত" ছেলের কথা শুনে অন্নপূর্ণা দেবিও খুশি হন । " উঠলাম মেজকাকিমা" বরুণ কমলিনী কে বলে । " আচ্ছা বাবা ওটো" কমলিনী উত্তর দেয় । বরুন একটু মুচকি হেসে আবার বলে " কাকিমনিকে বলে দেবেন মেজকাকিমা যে উনি রান্না গুলো খুব সুন্দর করেছেন । এত বছর ওনার হাতের রান্না খাইনি ঠিকই তবে স্বাদ ভুলিনি" এই বলে সে হেসে ওখান থেকে বেরিয়ে যায় । কমলিনীর মুখটা ছোট হয়ে যায় , সে বুঝতে পারে

বরুণ তার মিথ্যে কথাটি ধরে ফেলেছে ।

খাওয়ার পর বরুন সোজা মধুমন্তির ঘরের দিকে যায় । সে ভাবে হয়তো সুদক্ষিণা ওখানে আছে , কিন্তু ঘরের সম্মুখে গিয়ে দেখে দরজা বন্ধ । বাড়ির অন্যত্রও এরপর সে খোঁজে , কিন্তু সুদক্ষিণা বা মধুমন্তি কাউকেই কোথাও পায়না ।

বিকেল গড়িয়ে সন্ধ্যে হয় , বরুণ সুদক্ষিণা কে কোথাও খুঁজে না পেয়ে শেষমেষ নিজের ঘরে এসে বিশ্রাম নেয় এবং কখন যেন ঘুমিয়ে পড়ে । " কিরে বরুন ওঠ , সাঝবেলা যে গড়িয়ে গেল" বরুণ হালকা ঘুমের মধ্যে ছিল , আওয়াজ পেয়ে চোখ মেলে দেখে মধুমন্তি তার ঘরে তাকে ডাক দিচ্ছে । " ও কাকিমনি তুমি" বরুণ বলে । " হ্যাঁ বাবা ওঠ , এই নে তোর জন্য দই চিড়ে এনেছিলাম , এখানে রেখে দিচ্ছি খেয়ে নে উঠে" মধুমন্তি বলে । বরুণ চোখ ডলতে ডলতে উঠে দাঁড়ায় " তুমি কোথায় ছিলে কাকিমনি ? সারাটা দুপুর খুজলাম , পেলাম না" " তোকে খেতে দেওয়ার পর আমি আর সোদু গ্রামের শিব মন্দিরে গেছিলাম , আজ ওখানে পুজো ছিল কিনা তাই" মধুমন্তি বলে " নে উঠে খেয়ে নে" বলে মধুমন্তি সেখান থেকে চলে যায় ।

বরুণ উঠে খেয়েদেয়ে হাতে কয়েকটা জিনিস নিয়ে মধুমন্তির ঘরের দিকে যায় । সে জানতো সুদক্ষিণা কে ওখানেই পাবে । যথাযথই সুদক্ষিণা সেখানেই ছিল । বরুন গিয়ে দরজায় হেলান দিয়ে দাঁড়ায় , সুদক্ষিণা কিছু কাজে ব্যস্ত ছিল... বরুণকে সে লক্ষ্য করেনি । " আসবো" বরুণ জিজ্ঞেস করে । সুদক্ষিণা ফিরে দেখে বরুণ দাঁড়িয়ে । " হ্যাঁ এসো" সুদক্ষিণা বলে । " আপনি কিন্তু কাজটা ঠিক করলেন না বৌঠান !" অভিমানী সুরে বলল বরুণ । সুদক্ষিণা তাকে বসার জন্য কাঠের চেয়ার টি এগিয়ে দেয় ও নিজে পালঙ্কে বসে " কি করলাম আমি আবার ?" সে জিজ্ঞেস করে । " জানেন না কী করেছেন ?" বরুণ বলল " দুপুরে কোথায় ছিলেন খাওয়ার সময় ? আপনাকে দেখলাম না... আর পরেও খুঁজে পেলাম না... একটু আগে কাকিমনি বলল আপনারা পুজো দিতে গেছিলেন , তো আমাকে বলেননি কেন ? আমিও যেতাম সাথে ।" সুদক্ষিণা হেসে বলে " তা তুমি যে যাবে , তা আমরা কি করে জানব ?" বরুণ তাকে বলে " ঠিক আছে অন্যদিন গেলে আমায় বলবেন , এই বলা রইল কিন্তু ।" সুদক্ষিণা কিছুক্ষণ বরুণের দিকে চেয়ে থাকে , তারপর মুখ ফিরিয়ে অন্যদিকে ঘুরে বসে যায় । " কি হলো আপনি ঘুরে বসলেন যে ?" বরুণ বলে । " তোমার উপর আমি রাগ করে আছি ঠাকুরপো" সুদক্ষিণা বলে । " কেন কেন ? আমি আবার কি করলাম ?" ব্যস্ত হয়ে বরুণ জিজ্ঞেস করে । " এখন বড় বৌঠান বৌঠান করছো , কিন্তু আগে তো বৌঠানকে মনেই পড়েনি । কই পত্রে তো আমার কথা একটিবারও লেখনি ! সবার কথা লিখেছ , এমনকি নতুন কাকামশাইদের কথা , নতুন দাদা বৌঠান এর কথা , কিন্তু কই আমার কথা তো একটি বারও বললে না ! আমার কথা তোমার মনে পড়ে নি বুঝি ?" বড়ই অভিমানী হয়ে বলল সুদক্ষিণা । বরুণ কিঞ্চিৎ হাসলো , সুদক্ষিণা তখনও মুখ ঘুরিয়ে বসে ছিল । সহসা তার মুখের সম্মুখে আসে বরুণের হাত । সুদক্ষিণা এক পলক তাকিয়ে দেখে তার হাতে একখানি পত্র , সুদক্ষিণা বরুণের দিকে মুখ করে বসলো , " এটা কি ঠাকুরপো ?" , " পত্র আপনার জন্য" বরুণ বলে " সেদিন সবার সাথে এই জন্যই আমি আপনার কথা জিজ্ঞেস করিনি কারন আপনি সবার থেকে আলাদা , তাই এই পত্রটি শুধুমাত্র আপনার জন্য । এটি আমি নিজের হাতে আপনাকে দিতে চেয়েছিলাম । এখানে অন্য আর কারোর কথা লেখা নেই শুধুই আপনার কথা , নিন পড়ে দেখুন ।" সুদক্ষিণার মন আনন্দে মেতে ওঠে , ঠোঁটে ফুটে ওঠে আন্তরিক হাসি , চোখে অফুরন্ত চঞ্চলতা , আর মুখ লজ্জায় রাঙ্গিত......"কি হলো নিন , পড়ে দেখুন" বরুণ আবার বলে । সলজ্জায় সুদক্ষিণা পত্রটি নেয় , বুকের ভেতরটা তার

ধুকপুক করতে শুরু করে , " ঠাকুরপো আমার পত্র লিখেছে........" সে মনে মনে ভেবেই রাঙ্গিত হতে থাকে " না জানি কি লেখা আছে এই পত্রে ......হয়তো বিশেষ কিছু যা সবার সম্মুখে বলার নয়" এই সব ভেবে ভেবে তার হৃদস্পন্দন ও বাড়ে । " কি হলো , নিয়ে ওরকম মাথা নীচু করে বসে আছেন যে ,পড়বেন না" বরুণ আবার বলে । " থাক ঠাকুরপো আমি এটা পরে পড়বো" বড়ই মৃদু স্বরে , লজ্জিতভাবে মাথা নিচু করে সুদক্ষিণা উত্তর দেয় । " এ কেমন কথা , পরে পড়বেন । এই আমি আগের পত্রে আপনার কথা জিজ্ঞেস করিনি বলে অভিমান করছিলেন , আর এখন একখানি গোটা পত্র শুধু আপনাকেই দিলাম , তো বলছেন কিনা পরে পড়বেন । না না ওসব চলবে না এক্ষুনি পড়ুন" বরুণ বলে । সুদক্ষিণার পত্র পড়তে খুব লজ্জা করছিল ঠিকই কিন্তু বরুণের আবদার সে ফেলতে পারল না , " আচ্ছা পড়ছি" সে হেসে উত্তর দেয় ।

সুদক্ষিণা পত্রটি পড়তে শুরু করে...

" হে প্রিয়তমা....................."

প্রথম বাক্যটি পড়েই সুদক্ষিণার মুখ আরো রাঙা হয়ে ওঠে , হৃদস্পন্দন আরো বেড়ে যায় , তার হাত ও ঠোঁট কেঁপে ওঠে । " চুপ করে গেলেন যে ?" বরুন বলল , " পড়ুন" । সুদক্ষিণা লজ্জায় মুখ আর তুলতেই পারেনা , কোন উত্তরও দেয় না । বরুণ বুঝতে পারে সুদক্ষিণা পত্র পড়তে পারবে না , লজ্জায় মুখটি তুলছে পর্যন্ত না । বরুণ সুদক্ষিনার হাত দিয়ে পত্রটি নেয় , " দিন আমি পরে দিচ্ছি । বাব্বা বৌঠান আপনি বড় হয়ে যে এত লাজুক হয়ে যাবেন আমি স্বপ্নেও ভাবি নি । ছোটবেলায় তো এমনি ছিলেন না" বরুণ মজা করে বলে , " পড়ছি শুনুন "...............

"হে প্রিয়তমা.........

কেমন আছো ? জানি ভালো নেই । কী করেই বা থাকবে...... এদিকে যে আমিও ভালো নেই । কতদিন দেখিনি তোমায় । খুব মনে পরে জানো তোমার কথা , তোমায় দেখতে ইচ্ছে করে , তোমার সাথে আবার খেলা করতে ইচ্ছে করে , ঠিক ছোটবেলায় যেমনটা করতাম । তোমারও নিশ্চয়ই আমার কথা খুব মনে পড়ে , তোমারও নিশ্চয়ই আমায় দেখতে ইচ্ছে করে । আমার কিন্তু তোমায় একটা কথা বলার আছে আমি তোমায় আমার অন্তরের গহীন দিয়ে ভালোবাসি ।

ইতি-

তোমার আর শুধু তোমার বিনি"

বরুণের পত্রের প্রতিটা শব্দে সুদক্ষিনার মন ব্যাকুল হয়ে উঠছিল । বিশেষত শেষ বাক্যটি তাকে অতি ব্যাকুল করে তোলে , ' ভালবাসি '!!!! যেন তার সর্বাঙ্গে শীতল শিহরণ বয়ে যায় , কিন্তু পর মুহূর্তেই ' ইতি বিনি ' শুনে সে চমকে যায় । মুখ তুলে উপরে তাকায় , সে অবাক হয়ে জিজ্ঞেস করে " বিনি !".........বরুণ হো হো করে হেসে ওঠে " হ্যাঁ...... মনে আছে আমি বিদেশ যাওয়ার সময় আপনি আমায় দিয়েছিলেন । আপনারা তো কেউ ছিলেন না আমার সাথে , এই বিনি-ই ছিল । আর ও আপনাকে খুব মনে করত । তাই ওর মনের অনুভূতি গুলিই আমি এই পত্রে লিখে আপনাকে দিলাম" বলে বরুণ আবার হাসতে থাকে । সুদক্ষিণা কিছুক্ষণ হতচকিত চোখে বরুণের দিকে তাকিয়ে থাকে । বরুণ হাসতে হাসতে সুদক্ষিণা কে একখানা বাক্স দেয় " খুলে দেখুন " । সুদক্ষিণা বাক্সটি নেয় , সেটি খুলে দেখে...... সুন্দর করে সুসজ্জিত ভাবে তার ছোটবেলার পুতুল বিনি ওতে রাখা রয়েছে । বিনি কে দেখে সুদক্ষিণা খুব খুশি হয় । ছোটবেলায় এই পুতুলই ছিল তার সব । এত বছর পর আবার সে তার পুতুল ফিরে পায় । কিছুক্ষণ পুতুলটি হাতে নিয়ে একদৃষ্টে ওর দিকে তাকিয়ে থাকে , তারপর হঠাতই পালঙ্ক দিয়ে নেমে বরুণকে বলে " ওহ ! তো বিনির আমার

কথা মনে পড়তো , আর তুমি মনে করতে না ? ঠিক আছে তাহলে এখনো আমার সাথে কথা বলতে হবে না" বলে সে অভিমান করে দৌড়ে ঘর থেকে বেরিয়ে যায় । " আরে বৌঠান দাঁড়ান" বরুণ বলে , কিন্তু ততক্ষণে সুদক্ষিণা চলে যায় । বরুণ ঘরে একা দাঁড়িয়ে নিজের মনে মনেই হাসতে থাকে । হাতের চিঠি টা আর একবার দেখে সে আবার হাসে এবং দরজার গিয়ে সুদক্ষিণা কে উকি মেরে দেখার চেষ্টা করে ।

সেই রাতে সুদক্ষিণা বরুণের সাথে আর কোন কথা বলে না ,পত্রের ঘটনা নিয়ে সে খুবই অভিমানিত । পরদিন সকালে সে বাগান দিয়ে কিছু চাঁপা ফুল তুলে নিয়ে আসে , চাঁপা ফুলের গন্ধ তার ভিষণ প্রীয় । প্রত্যহ স্নানের পর ভিজে চুল শুকানোর সময় সে ধুনচিতে চাঁপাফুল মিশিয়ে নেয়... শুধু বরুণ যেদিন এসেছিল সেদিন নাগকেশর ফুল মিশিয়েছিল । স্নান সেরে ভিজে চুলে সে ঘরে প্রবেশ করে...ধুনুচি সাজাবে বলে চাঁপা ফুলগুলি নিতে যায় , কিন্তু দেখে ফুল নেই...... অর্থাৎ চাঁপাফুল নেই , তার বদলে সেখানে রাখা দুটি গোলাপ । সে বড়ই চম্বিত হয় , " আমার ফুল সরিয়ে গোলাপ কে রাখল ?" নিজে নিজে বলতে থাকে সুদক্ষিণা । " আমি" পিছন দিয়ে শব্দ আসে । সুদক্ষিণা ফিরে দেখে বরুন দাঁড়িয়ে , দরজায় হেলান দিয়ে , মুখে সেই মিষ্টি হাসি নিয়ে । সুদক্ষিণা কিন্তু তখনও অভিমানী । বরুণের মুখের হাসি এবার তার মন গলায়নি । বরুণকে দেখে সে আবার মুখ ঘুরিয়ে অন্যদিকে দাঁড়ায় " আরে আরে বৌঠান আপনি এখনো অভিমান করে আছেন......" বরুণ সুদক্ষিণার রাগ দেখে সসব্যস্ত হয়ে বলে ওঠে । " আমার রাগ নিয়ে তোমার কি ঠাকুরপো ? তোমার তো আমার কথা মনে পড়তো না" সুদক্ষিণা বলে । বরুণ একটু হাসি হেসে আরও দু পা সুদক্ষিণার কাছে গিয়ে বলে " মনে তো তাদেরকে করে বৌঠান যাদের ভুলে যায় , আর আপনাকে তো আমি কোনদিনও ভুলিনি" বরুণের কথা শুনে অভিমানিত সুদক্ষিণার অভিমান গলে গিয়ে মুখে হাসির রেখা ফিরে আসে । সে উচ্ছ্বসিত মনে বরুণের দিকে তাকিয়ে বলে " যদি এই ব্যাপারে ছিল তো আগেই বলতে পারতে , শুধু শুধু আমায় রাগিয়ে দিলে কেন ?" বরুণ ভারি মজার সুরে বলল " আসলে লজ্জা পেলে আপনাকে কেমন দেখায় সেটা তো দেখেছিলাম ,রাগলে কতটা মিষ্টি দেখায় সেটা দেখার জন্য ইচ্ছা করে রাগাচ্ছিলাম" বলে সে হেসে ওঠে । " যাহ্ ঠাকুরপো ! তুমিও না !" লজ্জা পেয়ে সুদক্ষিণা আবার অন্যদিকে ফিরে যায় । "এই , এই আবার । উফ বৌঠান আপনি এত লজ্জা কোথা থেকে নিয়ে আসেন ?" বরুণ আবার মজা করে বলে ওঠে । সুদক্ষিণা বরুণের দিকে ফেরে । কিছুক্ষণ দুজন দুজনের দিকে চুপ করে তাকিয়ে থেকে দুজনেই মন খুলে হেসে ওঠে ।

সুদক্ষিণা এরপর বরুণ কে বলে , " ঠাকুরপো তুমি আমার চাঁপাফুল সরিয়ে এখানে গোলাপ কেন রেখেছ ?" বরুণ সুদক্ষিণা কে বলে , " আজ সকালে আমি দেখলাম আপনি বাগান দিয়ে চাঁপা ফুল নিয়ে এলেন । আমি দেখলাম বাগানে অনেক গোলাপ ফুটে রয়েছে আর গোলাপ আমার খুব পছন্দের , তাই আমি বাগান দিয়ে আপনার জন্য গোলাপ এনে রেখে দিয়েছিলাম । আজ না হয় আপনি গোলাপের সুবাস ব্যবহার করেন.........। আর এই নিন বৌঠান" বলে বরুণ সুদক্ষিণা কে একটি ছোট্ট শিশি দেয় । সুদক্ষিণা হাতে নিয়ে বলে " এটা কি ঠাকুরপো ?" " আতর" বরুণ বলে " বিদেশে মহিলারা এটি ব্যাবহার করেন তাদের অঙ্গে । খুব মিষ্টি সুবাস এর , মাত্র দু ফোঁটাতেই সর্বাঙ্গ সুগন্ধিত করে দেয় । কোন বিশেষ অনুষ্ঠানে আপনি এটা ব্যবহার করেন বৌঠান ।" সুদক্ষিণা শিশিটি ভালো করে দেখে বলে " আচ্ছা তাই হবে" বলে সেই শিশিটি সযত্নে তুলে রাখে ।......... "বরুণ......... একটু নিচে আয় বাবা , দরকার আছে" শৈলেন্দ্র নিচ দিয়ে হাঁক দেয় । "

আসছি কাকামশাই" শৈলেন্দ্রর উত্তর দেয় , দিয়ে নিচে যাওয়ার পূর্বে সুদক্ষিণা কে বলে " আশা করি আজ গোলাপের গন্ধে ঘর সুবাসিত হবে আপনার কেশদ্বয়" বলে সে হেসে নিচের দিকে যায় । সুদক্ষিণার গোলাপের সুবাস অত পছন্দ নয় তবুও বরুণের পছন্দ বলে সে ঠিক করলো আজ ধুনচিতে চাঁপা নয় গোলাপ ফুল যাবে ।

যথারীতি সেদিন সুদক্ষিণা ধুনোর সাথে গোলাপ মিশিয়ে সেই ধুয়োয় তার চল শুকোয় । নিজেকে যেন অন্য রূপে খুঁজে পাচ্ছে সে , তার মনে হতে লাগল এই গোলাপের সুবাস এর সাথে যেন বরুণের গায়ের সুবাস ও মিশে আছে । একা একাই লজ্জায় রাঙা হয়ে উঠল সুদক্ষিনার মুখ , সে মনের আনন্দে ছুটে ঘর দিয়ে বেরিয়ে নিচের দিকে যেতে থাকে । সহসা..................... শ্রীধরের সাথে ধাক্কা লাগে তার । " আরে আরে বৌঠান দেখে , লেগে যাবে যে আপনার" শ্রীধর সুদক্ষিণা কে বলে এবং তাকে সামলানোর ছলে তাকে ছুঁতে চেষ্টা করে কিন্তু সুদক্ষিণা নিজের দ্রুত গতিকে নিজেই সামলে দূরে সরে গিয়ে দাঁড়ায় " ক্ষমা করবেন মেজদাদা , আমি আপনাকে ঠিক দেখি নি । ভুলবশত ধাক্কা লেগে যায় " সুদক্ষিণা মাথা নীচু করে সরে গিয়ে কথা গুলি বলে । " আরে আরে কি করছেন... ক্ষমা চেয়ে আমায় লজ্জিত করবেন না বৌঠান , আর আপনাকে আগেও বলেছি আপনি আমায় মেজদাদা বলবেন না দয়াকরে । বয়সে বড় হলেও সম্পর্কে তো আমি আপনার ঠাকুরপোই তো হবো , যেমন বরুণ তেমনি তো আমি" এই বলে শ্রীধর সুদক্ষিণার দিকে দু পা এগিয়ে যায় , একটি যথাসম্ভব দীর্ঘায়িত নিঃশ্বাস নিয়ে বলে , " বাহ ! আজ আপনার কেশদ্বয় দিয়ে গোলাপের গন্ধ......... আহ ! কি মিষ্টি সুবাস...... গোলাপ হলো প্রেমের পুস্প , আজ আপনি প্রেমের গন্ধ গন্ধায়িত হয়ে আছেন বৌঠান , তাই আপনাকে আজ একটু বেশিই সুন্দর দেখাচ্ছে । কি ব্যাপার বৌঠান , কার জন্য এ সুবাস ...। অবশ্য , গোলাপ আমারও খুব প্রিয় । আমার জন্যই নয় তো এইসব ...." বলে সে হাসতে থাকে । শ্রীধরের উচ্চারিত বাক্যে রসিকতা ছিলনা ,নাই ছিল মিষ্টি আলাপন । ওতে মিশে ছিল এক কু-মতলবের ছোঁয়া , যেটি সুদক্ষিণা খুব ভালভাবেই বুঝতে পারছিল ।শ্রীধর কে তার কোনদিনই পছন্দ না কেন কি শ্রীধর আগাগোড়াই তার সাথে এইরকম ছলনাময়ী কথা বলে । সুদক্ষিণা শ্রীধরের কথার কোন উত্তর না করে দ্রুতপদে সেখান থেকে বেরিয়ে যায় । শ্রীধর তবুও পিছন দিয়ে বলতে থাকে , " আরে বৌঠান আমি তো এমনি বললাম এসব কথা । আসতে যান নচেৎ পড়ে যাবেন" বলে সে অট্টহাসি হাসতে থাকে । সুদক্ষিণা কোন কথার উত্তর দেয় না , শ্রীধরের বাক্যে সে অপবিত্রতা অনুভব করে কাঁদতে কাঁদতে চলে যায় চিলেকোঠার ঘরে ।

এদিকে শৈলেন্দ্র সাথে বরুণের কাজ সম্পন্ন হয়ে যেতেই সে সুদক্ষিণার খোঁজ করতে থাকে । সর্বত্র খোঁজে কিন্তু কোথাও পায় না । শেষমেষ সে হেঁসেলের দিকে যায় , ওখানে গিয়ে দেখে মধুমন্তি ও লাবণ্য রয়েছে " কাকিমনি বৌঠান কোথায় ?" বরুণ জিজ্ঞেস করে । লাবণ্য প্রথমটা ভাবে বরুণ তার কথা জিজ্ঞেস করছে " ঠাকুরপো তোমার সামনেই তো দাঁড়িয়ে রয়েছি , তাও দেখতে পাচ্ছ না ?" লাবণ্য বলে । " না না বৌঠান, আমি আপনাকে না সোদু বৌঠানকে খুঁজছি......আসলে তাকে কোথাও দেখছিনা তো তাই" বরুণ বলে । মধুমন্তি বরুণকে বলে " কোথায় আর থাকবে , দেখ হয়তো বাগানে বা চিলেকোঠায় আছে" " চিলেকোঠায়... আচ্ছা ঠিক আছে" বলে বরুণ ওখান দিয়ে বেরিয়ে চিলেকোঠার দিকে যায় ।

বরুণের যাওয়ার পর লাবণ্য মধুমন্তি কে বলে " কাকিমনি সুদক্ষিণা আর বরুণ ঠাকুরপো একটু বেশিই একে অপরের খোজ রাখছে না কি !" মধুমন্তি হেসে উত্তর দেয় " ও কিছু না , আসলে

দুজনে ছোটবেলাকার বন্ধু কিনা তাই" " কিন্তু এখন তো আর তারা ছোট নয় ,তাদের এই রোজ মেলামেশা সমাজ কিন্তু ভালো চোখে দেখবে না কাকিমনি" লাবণ্য বলে । মধুমন্তি লাবণ্যকে বলে " না না লাবণ্য তেমন কিছুই না । আর সমাজের কি...তারা তো আগে ভুলটাই বোঝে , কিন্তু আমাদের ঘরের লোককে তো ঠিকঠাক বুঝতে হবে তাই না" এই বলে মধুমন্তি নিজের কাজে আবার ব্যস্ত হয়ে যায় । লাবণ্য বোঝে যে সুদক্ষিণার জন্য মধুমন্তির মনকে উসকে দেওয়া এত সহজ নয় তাই আপাতত সেও চুপ করে যায় ।

ওদিকে বরুন দ্রুতপায়ে চিলেকোঠার ঘরে যায় এবং যথারীতি সুদক্ষিণাকে সেখানেই পায় , সুদক্ষিণার চুল দিয়ে বেরিয়ে আসা গোলাপের সুবাস তাকেও বিভোর করে তোলে " বৌঠান আপনি এখানে লুকিয়ে... কিন্তু দেখুন আমি কিন্তু আপনাকে ঠিক খুঁজে নিয়েছি । একটা কথা বলব বৌঠান... আপনার কেশ দিয়ে বেরিয়ে আসে গোলাপের সুবাস সত্যিই ভীষণ মায়াময়" বলে বরুণ নিজের মনেই হারিয়ে থাকে । সহসা সুদক্ষিণা তার দিকে ফিরে বলে " তুমি আর আমায় কখনো গোলাপ দেবে না ঠাকুরপো , কখনো না" বলে সে কাঁদতে কাঁদতে নিচে ছুটে চলে যায় । বরুণ কিছুই বুঝতে পারে না... অমন মায়াময় পরিবেশ হঠাৎই সুদক্ষিণার কান্নার আওয়াজে , চোখের জলে সব কিছু ছিন্নভিন্ন করে দেয় । বরুণ কিছু না বুঝতে পেরে হতচকিত হয়ে কিছুক্ষণ সেখানে দাঁড়িয়ে থেকে যায় ।

সুদক্ষিণা কেঁদে বেরিয়ে যেতে বরুণ কিছুক্ষণ অবুঝের মতো দাঁড়িয়ে থাকে , কেনকি সে কিছুই জানত না কি হয়েছে । পরক্ষণেই বরুণের চেতনা ফিরতে সেও ছুটে নিচে যায় , সুদক্ষিণার পিছনে । সে ছুটে নিচে আসে , কিন্তু সুদক্ষিণা কে কোথাও খুঁজে পায় না । বাড়িতে সর্বত্র খোঁজার পর সে বাগানের দিকে যায় এবং গিয়ে দেখে সুদক্ষিণা সেখানেই রয়েছে ।

সুদক্ষিণা বাগানের একপাশে বসে ফুপিয়ে ফুপিয়ে কাঁদছিল , বরুণ সুদক্ষিনার কাছে যায়... হাঁটু গেড়ে তার সামনে বসে " কি হয়েছে বৌঠান ? আপনি এমন করে কাঁদছেন কেন ?" বরুণ জিজ্ঞেস করে । সুদক্ষিণা কিন্তু কোন উত্তর দেয়না । বরুন আবার বলে " আমার দ্বারা কি কোন ভুল হয়ে গেছে বৌঠান ? আমি কি অজান্তে কোন অপরাধ করে দিয়েছি ?" সুদক্ষিণা চোখ মুছে বলে " না ঠাকুরপো তুমি কিছু করনি" " তাহলে আপনি কাঁদছেন কেন আর কেনই বা বললেন যে আমি যেন আপনাকে গোলাপ না দি ?" বরুণ জিজ্ঞেস করল । সুদক্ষিণা উঠে দাঁড়ায়... সাথে বরুণও , "সবাই সবকিছু ভালোভাবে নেয় না ঠাকুরপো । সুযোগসন্ধানীরা সব সময় সুযোগ নিতে ব্যস্ত থাকে , অকথা কুকথা কথা বলে । আর ঠাকুরপো আমি ছোটবেলা থেকেই দেখে আসছি... মা আর বাবামশাই ছাড়া এ বাড়িতে আমাকে তেমন কেউ পছন্দ করেন না !" বড়ই ভারাক্রান্ত মনে সুদক্ষিণা কথাগুলো বলে । বরুন তাকে বোঝায় " নিন্দুকের তো কাজই হলো কুকথা বলা , সকলের সব কথা তাই মনে রাখতে নেই...... কে কি বলছে তার জন্য আপনি কেন কাঁদবেন ? তাহলে তো তারা আপনাকে দুর্বল ভাববে ......" বরুণের কথায় সুদক্ষিণা মনে জোর পায়... বরুণ আবার বলে" আর আপনি এটা কেন ভাবছেন... কাকিমনি , কাকামশাই ছাড়া কেউ আপনাকে পছন্দ করেন না ? আমার কথা কি ভুলে গেলেন ?"...... সুদক্ষিণা বরুণের দিকে তাকায় । বরুণ অপ্রত্যক্ষভাবে সুদক্ষিণা কি বুঝিয়ে দেয় যে সে তাকে পছন্দ করে...... । সুদক্ষিণা কোন কথা বলে না.........বরুণও চুপ । হয়তো অনেক সময় চুপ থেকেও কথা বলা যায় , আর তারাও হয়তো তখন সেভাবেই কথা বলছিল । আশেপাশে কোন শব্দ নেই... চারিদিক দিয়ে ভেসে আসছে ভিন্ন ভিন্ন ফুলের সুবাস , মৃদু মৃদু হাওয়া...... সুদক্ষিণা ও বরুণ নির্বাক হয়ে একে অপরের দিকে তাকিয়ে

থাকে। সুদক্ষিণা কিছুক্ষণ পর বরুণের দিক থেকে চোখ সরিয়ে নেয় , পরিস্থিতি স্বাভাবিক করতে অন্যান্য কথা বলতে থাকে " ঠাকুরপো পুকুর পাড়ে যাবে , যেখানে ছোটবেলায় যেতাম। জানো , সেখানে এখন নৌকা চলাচল শুরু হয়েছে। নৌকা করে পুকুরের অন্য ঘাটেও যাওয়া যায়" সুদক্ষিণা বলে। বরুণ এতক্ষন চুপ ছিল , সুদক্ষিণা চোখ সরিয়ে নিতে সেও পরিস্থিতি স্বাভাবিক করতে ব্যস্ত হয়ে যায়। সে সুদক্ষিণার প্রস্তাব শুনে বলে " তাই নাকি ওই পুকুরে এখন নৌকা চলাচল হয়... হ্যাঁ চলুন যাব , নিশ্চয়ই যাব" " আরে এখন না দুপুরে খাওয়া দাওয়ার পর যাব" সুদক্ষিণা বলে। বরুণ মুচকি হেসে বলে , " আচ্ছা।"

এরপর দুজনেই ঘরে চলে আসে। দুপুরে খাওয়া-দাওয়া করে সবাই যে যার ঘরে বিশ্রাম নিতে চলে যায়। মধুমন্তি ঘরে নিজের মনে উল বুনতে লাগে এবং সুদক্ষিণা বই পড়তে লাগে। ইতিমধ্যে বরুণ সেখানে উপস্থিত হয় , " বৌঠান যাবেন না ?" সুদক্ষিণার মনে ছিল না যে তাদের বাইরে যাওয়ার কথা আছে। মধুমন্তি বলে " কোথায় যাবি তোরা ?" সুদক্ষিণা কিছু বলার আগেই বরুণ বলে ওঠে " পুকুরপাড়ে কাকিমনি। তোমার মনে আছে ছোটবেলায় আমি আর বৌঠান যেতাম।" সুদক্ষিণা একটু সংকোচ বোধ করছিল... সে ভাবছিল হয়তো মধুমন্তি অনুমতি দেবে না , কিন্তু তা হলোনা ...মধুমন্তি বলল " ঠিক আছে যা... তবে তাড়াতাড়ি ফিরে আসিস।" বরুণ সুদক্ষিণা দুজনেই খুব খুশি। আনন্দে সুদক্ষিণা মধুমন্তিকে জড়িয়ে ধরে " আচ্ছা মা" বলে তারা দুজনে হাসিখুশি মনে সেখান থেকে বেরিয়ে যায়। সদর দরজা থেকে বেরোনোর সময় লাবণ্য তাদের দেখে...... মনে মনে কিছু চিন্তা করে এবং তারপর অন্নপূর্ণা দেবির ঘরের দিকে যায়।

ওদিকে বরুণ আর সুদক্ষিণা পুকুর পাড়ে পৌছায়। বরুণ সেখানে পৌঁছে চারিদিকটা চোখ ভরে দেখতে থাকে " ছোটবেলার কত স্মৃতি আছে এখানে , তাইনা বৌঠান ?" বরুণ বলে। " হ্যাঁ" সুদক্ষিণা উত্তর দেয় " জানো ঠাকুরপো তুমি যখন বিদেশে ছিলে আর আমার খুব তোমার কথা মনে পড়তো , তখন আমি এখানে এসে একা বসে থাকতাম" সুদক্ষিণার কথা শুনে বরুণ মনে মনে খুব খুশী হয়, " চলুন বৌঠান ' নৌকাবিহারে ' যাই !" বরুণ বলে। " নৌকাবিহার !"......... একগাল হেসে ওঠে সুদক্ষিণা বরুণের কথা শুনে " বাব্বা এত রসিকতা কোথা দিয়ে পাও ঠাকুরপো !" বলে সে হাসতে থাকে " চলো আমি তোমাকে নৌকাবিহার এ নিয়ে যাই" সুদক্ষিণাও রসিকতা করে বলে ওঠে " ও মাঝি ভাই............... এদিকে এসো দেখি" সুদক্ষিণা হাঁক দিয়ে মাঝি কে ডাকে " নাও ওঠো" সুদক্ষিণা ও বরুণ এরপর নৌকায় করে তাদের চেনা পুষ্করিণী কে নতুন করে চিনতে লাগে।

বরুণের কাছে একটি ডায়েরি ছিল , যেটি সুদক্ষিণা প্রথম থেকেই লক্ষ্য করেছিল " ওটা কি ঠাকুরপো ? " সুদক্ষিণা জিজ্ঞেস করে। " ডায়েরি" বরুণ বলে। " তা ডায়েরি সেটা তো দেখতেই পাচ্ছি , আমি বলতে চাইছি ওতে কি লেখা আছে ?" সুদক্ষিণা বলে। বরুণ একটু মুচকি হেসে বলে , " কবিতা আছে বৌঠান...... আপনার জন্য অথবা বলতে পারেন আপনাকে দেখার পরে কবিতাগুলো আমি লিখেছি।" সুদক্ষিণা বিস্মিত হয় , সাথে মনে মনে খুশিও " তুমি আমার জন্য কবিতা লিখেছ ঠাকুরপো" সে বলে। " আমি লিখিনি বৌঠান , আপনার সরলতা... আপনার সৌন্দর্যতা... আমায় আপনা আপনি লিখিয়ে দিয়েছে" বরুণ বলে। বরুণের কথাগুলো শুনে সুদক্ষিণা লজ্জায় মাথা নিচু করে নেয়।

প্রায় অনেকক্ষণ তারা নৌকা করে পুকুরের চারদিকে ঘুরতে থাকে " ঠাকুরপো অনেকক্ষণ হলো , এবার তো ঘরের দিকে যেতে হবে...... মাঝি ভাই তুমি নৌকা পারে লাগাও" সুদক্ষিণা বলে।

যথারীতি নৌকা পারে লাগানো হয় এবং তারা নৌকা ছেড়ে পারে ওঠে , প্রথমে বরুন এবং তার পিছনে সুদক্ষিণা । তাৎক্ষণিক এর জন্য সুদক্ষিণার পা পিছলে যায় এবং পড়ার উপক্রম হয়... সুদক্ষিণা পিছলে পড়ে যাচ্ছে দেখে বলুন তার হাতটা ধরে তাকে সামলে নেয় । ....প্রথম স্পর্শ.................. অজান্তেই সুদক্ষিনার হাত ধরে ফেলে বরুণ । একে অপরের হাতের প্রথম ছোঁয়া দুজনেই অনুভব করে । ছোঁয়া পেয়ে সুদক্ষিণার সর্বাঙ্গে শীতল শিহরণ বয়ে যায় , পলকেই যেন নিশ্বাসের তীব্রতা গতিহীন হয় । এমন অনুভূতি.............. এমন অনুভূতি.............. যা আগে কখনো অনুভব হয়নি , আর এইবার টা শুধু সুদক্ষিণার নয় শীতল শিহরণ বরুণও একই রকম অনুভব করলো । দুজনেই চুপ । অনেক কথা বলতে চাইছে মন কিন্তু মুখে ভাষা নেই............। বেশ কিছুক্ষণ চুপ থাকার পর বরুণ সুদক্ষিণাকে জিজ্ঞেস করে " আপনার লাগেনি তো বৌঠান !" সুদক্ষিণার জ্ঞান ফেরে । সে তৎক্ষণাৎ দ্রুতবেগে হাত ছেড়ে বলে " না না লাগেনি । অনেক দেরি হয়ে গেল ঠাকুরপো । বরুণও চোখ সরিয়ে বলে " হ্যাঁ চলুন ।"

।।চার।।

বরুন এ বাড়িতে এসে আজ প্রায় পনেরো কুড়ি দিন হল । সারা বাড়ি সব সময় মেতে থাকে বরণের হাসি-তামাশা তে , সুদক্ষিণার জীবনেও বদলের ছোঁয়া লেগেছে । জীবনশৈলী তার সম্পূর্ণ পাল্টে গেছে...... তার গোটা জীবনটাই এখন বরুণকে ঘেরা । আর বরুণও সর্বক্ষণ সুদক্ষিনার আশেপাশেই ঘোরাঘুরি করে । প্রত্যেক মধ্যাহ্নে তারা নৌকা চড়তে যায় অথবা পাশের শিব মন্দির চত্বরে সময় কাটায় আর বাড়িতেও যখন থাকে তখন অবাধেই তাদের মেলামেশা চলে । সুদক্ষিনা ঘরে থাকলে বরুণ উঁকি মেরে মেরে তাকে দেখে যায় , কখনও লুকিয়ে তার জন্য গোলাপ , বেল , জুঁই , চাঁপা বিভিন্ন ফুল রেখে যায় আবার কখনো সুদক্ষিণা রূপের বর্ণনায় কবিতা লিখে তা চুপিসারে রেখে যায় সুদক্ষিণার পালঙ্কের উপর । আর এদিকে সুদক্ষিণাও রোজ বরুণের পছন্দের ব্যাঞ্জনাদি প্রস্তুত করে , কখনো বা তার ঘর সুন্দর করে গুছিয়ে দেয় কখনো আবার বরুন যেরূপ চায় , সেরূপে নিজেকে সাজিয়ে তোলে । বেশ সুন্দরই কাটছিল দিন সকল ।

একদিন মধ্যাহ্ন্যে সুদক্ষিণা ও বরুণ বেরিয়ে যাওয়ার বেশ কিছুক্ষণ পর লাবণ্য মধুমন্তির ঘরে আসে ,

" কাকিমনি , বড়জেঠিমা আপনাকে ডাকছেন ।"

" দিদি...... এই সময় আমাকে ডাকছে , আচ্ছা ঠিক আছে তুমি চলো আমি আসছি" মধুমন্তি উত্তর দেয় । লাবণ্য সেখান থেকে চলে যায় এবং কিছুক্ষণ পর মধুমন্তি অন্নপূর্ণা দেবির ঘরে যায় , গিয়ে দেখে না লাবন্য ও কমলিনী সেখানেই আছে । " তুমি ডেকেছিলে দিদি...?" মধুমন্তি বলে । অন্নপূর্ণা দেবি আপন মনেই মালা জপ করছিলেন , মধুমন্তি এসে তাকে ডাক দিতে তিনি হাতের মালাটি নমস্কার করে পাশে রাখেন " সুদক্ষিণা কোথায় ছোট ?" তিনি জিজ্ঞেস করেন । " সোদু আর বরুন একটু বাইরে গেছে দিদি , সামনে পুকুর পাড়ে" মধুমন্তি উত্তর দেয় । " নিজের চেয়ার ছেড়ে উঠে দাঁড়ান অন্নপূর্ণা দেবি "ওরা গেল আর তুই ওদের যেতে দিলে ছোট... তোর কি বংশের মর্যাদার কোন খেয়াল নেই ?" রেগে অন্নপূর্ণা দেবি কথাগুলো শোনান । অন্নপূর্ণা দেবির কথা শুনে মধুমন্তি প্রথমটা অবাক হয় তারপর তাকে বলে " বংশের মর্যাদা এখানে কোথা থেকে এলো দিদি... ওরা দুজনে ছোটবেলাকার বন্ধু , এত বছর পর বরুণ বাড়ি ফিরেছে , তাই ওরা দুজনে একটু এদিক ওদিক ঘোরাঘুরি করছে , নিজেদের ছোটবেলার স্মৃতিচারণ করছে । এতে ভুল কোথায় দিদি ?" " ভুল নেই ?" অন্নপূর্ণা দেবি আরো রেগে যান " ওরা দুজন আর ছোট নেই , দুজনেই বড় হয়েছে ,

আর ওরা দুজন বন্ধু নয় বৌদি ও দেওর। ভুলে যাস না ছোট, সুদক্ষিণা অরুণের স্ত্রী বরুণের নয়। এরকম ওদের একসাথে ঘোরাফেরা, মেলামেশা সমাজ কি এগুলো ভাল চোখে নেবে? লাবন্য আমায় বলল ওরা প্রত্যহ দুপুরে বাইরে যায় আর তুই এগুলো সব জানিস। জেনেও তুই কোনদিনও ব্যথা দিস নি। তুই কি চাস? পাড়া-পতিবেশী আমাদের নামে ছিঃ ছিঃ করুক? ভুলে যাস না আমার সোয়ামীর একটা নামডাক ছিল এখানে। তুই সুদক্ষিণা কে বুঝিয়ে দিবি যেনো বরুণের থেকে দূরে থাকে, আমার এক ছেলের জীবন তো খারাপ করেই দিয়েছে আর এক ছেলের জীবনটাও কি নষ্ট করতে চাইছে?" অন্নপূর্ণা দেবির প্রতিটি বাক্যে, প্রতিটা শব্দে সুদক্ষিণার প্রতি তার ক্ষোভ কতটা সেটা প্রকাশ পাচ্ছিল।

কমলিনী পাশে বসে পানের বাটা দিয়ে পান সাজাচ্ছিল, অন্নপূর্ণা দেবি মধুমন্তি কে কথাগুলি বলার পর কমলিনী মুখে একটা পান পুরে পাশ দিয়ে বলে " কাকে ছেলের দোহাই দিচ্চ বড়গিন্নি... বাজা মেয়েমানুষ, ছেলের কষ্ট কি বুজবে?" বলে সে উঠে দাঁড়ায়, মধুমন্তিকে এবার উদ্দেশ্য করে বলে " একটা কতা কইচি, রাগ করলি কোরো, তবে কতাটা সত্যি। এই সুদক্ষিনার বাড়বাড়ন্তি তোমার জন্যিই হয়েছে বাপু, এই আমি বলে দিলুম। তুমি যেমনি মেজোঠাকুরপোর জেবনটা বরবাদ করলে, কোনদিন এককানা বাচ্চার সুখ দিলে না, তেমনি কি চাইচ সুদক্ষিণার জন্যি অরুণ বরুণ দুজনের জেবনটাই নষ্ট হোক।" এত অপমান মধুমন্তি সহ্য করতে পারলো না, কান্নায় তার বুকটা ভরে এল, বাজা শুনতে শুনতে তার সমস্ত জীবনটা কেটে গেল। সে আঁচল দিয়ে মুখ ঢেকে ঘর থেকে বেরিয়ে যায়, অন্নপূর্ণা দেবি তাকে পিছন দিয়ে ডেকে বলেন " আজ ওরা বাড়ি ফিরলে পরে সুদক্ষিণা কে বুঝিয়ে দিবি আমার বরুণের থেকে দূরে থাকতে।"

এদিকে সন্ধ্যা নামার কিছুক্ষণ আগে বরুণ ও সুদক্ষিণা বাড়ি ফিরে আসে, ফিরে তারা দুজনেই মধুমন্তির ঘরে যায়। দুপুর গড়িয়ে বিকেল, বিকেল গড়িয়ে সন্ধ্যা হয়, মধুমন্তি একা ঘরে বসে থাকে। তাকে দেখলে মনে হয় যেন কোন পাথর। সুদক্ষিণা ঘরে ঢোকা মাত্র ও মধুমন্তিকে জড়িয়ে ধরে বলে " জানো মা আজকে আমরা পুকুরের পাড়ে একটা নতুন পাখি দেখলাম" পাশ দিয়ে বরুণ বলে " হ্যাঁ আর জানেন কাকিমনি, বৌঠান সেই পাখি ধরার বায়না করেন" সুদক্ষিণা বলে ওঠে " কই বায়না করলাম? না গো মা মিছে বলেছে ঠাকুরপো " বরুণ বলে " মোটেই মিছে বলছি না" এ হেন কথাবার্তা, ঠাট্টা-তামাশা চলতে থাকে দুজনের মধ্যে... কেউ খেয়ালই করেনি মধুমন্তি মনমরা হয়ে বসে আছে। এর মধ্যে নিচে দিয়ে শৈলেন্দ্র এর আওয়াজ আসে " কই গো, সব কোথায় তোমরা... একটিবার নিচে আস সবাই" সুদক্ষিণা শৈলেন্দ্র গলায় পেয়ে বলে " বাবামশাই ডাকছেন। চল মা, চল ঠাকুরপো" " তুই যা আমরা আসছি" এতক্ষণ পরে মধুমন্তি কথা বলল। মধুমন্তির কথামতো সুদক্ষিণা নিচে চলে যায়। বরুণও যেতে অগ্রগামী হলে মধুমন্তি তাকে ডেকে বলে " দাড়া বরুন, আমার কিছু কথা বলার আছে তোর সাথে" বরুণ মধুমন্তির কাছে যায় " হ্যাঁ কাকিমনি বল।" মধুমন্তি বরুণের দিকে না তাকিয়েই বলে " কালকে দিয়ে সোদুর সাথে মেলামেশা টা কম করিস বরুণ, তোদের মেলামেশাটা সকলে ভালো চোখে দেখছেন না, যতই হোক ও তোর দাদার বউ, তোদের এই রকম মেলামেশা টা ঠিক না।" বরুণ মধুমন্তির কথা মন দিয়ে শোনে, শুনে একটুকরো হেসে উত্তর দেয় " খারাপ মানুষেরা সবকিছুই খারাপ চোখে দেখে কাকিমনি আর তুমি এত চিন্তা করছ কেন ...আমাদের সম্পর্কের সীমা আমরা জানি .... । নাও চল এবার, কাকামশাই ডাকছেন নিচে।"

সকলের এরপর নিচে আসে । ওদিক দিয়ে অন্নপূর্ণা দেবি এবং বাকিরাও আসেন । “ সকলে এসেছেন" শৈলেন্দ্র বলে “ আমাদের সুতপুর এর জমিটার জন্য কাল ওখানে আইন সভা ডাকা হয়েছে , সুতপুর তো অনেক দূর তাই আজ রাতেই আমাদের বেরোতে হবে । আমি আর হরি দাদা এখনি বের হব , আর আমাদের ফিরতে বেশ কিছুদিন সময় লাগবে । আমরা বাড়িতে থাকব না আপনারা সকলে সাবধানে থাকবেন । এই কথাগুলো বলতেই সকলকে ডেকেছিলাম ।" হরিঘোষাল বলে উঠলো “ আর চিন্তার কিছু নেই , শ্রীধর , বরুণ তো রইলোই" “ ও বরুণ" শৈলেন্দ্র বলে ওঠে “ কাজের চক্করে ভুলেই গেছি । এই নে তোর জন্য ডাক এসেছিল আজকে" বলে শৈলেন্দ্র বরুণকে একটি পত্র দেয় । “ ঠাকুরপো তোমরা রাতে খাবার খেয়ে যাবে তো ?” অন্নপূর্ণা দেবি জিজ্ঞেস করেন । “ না , বরং খাবার একটু গুছিয়ে দিন সেটা ভালো হয় " শৈলেন্দ্র বলল । সকলের মধ্যে এইরূপ কিছু কথাবার্তা হচ্ছে , সুদক্ষিণার কিন্তু এত সকলের মধ্যেও বরুণের প্রতিই লক্ষ্য ছিল । সে খেয়াল করে , আগত পত্রটি পড়ে পড়ুন চিন্তিত । “কাকামশাই কবে এসেছিল এই ডাকটি ?” বরুণ জিজ্ঞেস করে । “ আজকে সকালবেলা" শৈলেন্দ্র বলে । বরুণকে চিন্তিত দেখে অন্নপূর্ণা দেবি জিজ্ঞেস করেন “ কেন রে বাবা কি হয়েছে ? কার পত্রও এসেছে ?” বরুণ সকলের প্রতি উদ্দেশ্য করে বলে “ বিদেশ থেকে এসেছে , আমার মহাবিদ্যালয় দিয়ে । আগামী পরশু আমার পরীক্ষার ফলাফল , আমাকে এক্ষুনি রওনা দিতে হবে । ফলাফলের দিন ওখানে উপস্থিত থাকতে হবে । মহাবিদ্যালয় থেকে হয়তো আগেই পাঠিয়েছিল ডাক টি , এখানে পৌঁছাতে দেরি হয়ে গেছে " “ তাহলে কি তুই আবার বিদেশ চলে যাবি ?” অন্নপূর্ণা দেবি জিজ্ঞেস করেন । “ হ্যাঁ মা যেতে তো হবেই" “ তাহলে তুই আমাদের সাথেই বেরিয়ে চল বরুন" শৈলেন্দ্র বলে । “ হ্যাঁ কাকামশাই আমি তৈরি হয়ে নিচ্ছি" বরুণ উত্তর দেয় । সুদক্ষিণা সবকিছু শোনার পর সবার অলক্ষ্যে দৌড়ে নিজের ঘরে চলে আসে । পালঙ্কের উপর বালিশে মুখ গুজে শুয়ে থাকে “ ঠাকুরপো আবার চলে যাবে" এই কথা আওড়াতে আওড়াতে সে কাঁদতে থাকে । বরুণের আবার চলে যাওয়াটা সে কিছুতেই মেনে নিতে পারছিল না ।

বরুণ বেড়ানোর জন্য সবকিছু গুছিয়ে প্রস্তুত করে নিতে লাগল । এদিকে শৈলেন্দ্র আর হরিঘোষালও প্রায় প্রস্তুত। সুদক্ষিণা নিজের ঘর দিয়ে আর বের হয়নি , সে কেঁদে কেঁদেই অস্থির হতে থাকলো । বরুণ সব গুছিয়ে নীচে যাওয়ার আগে মধুমন্তির ঘরের দিকে যায় , সে জানতো সুদক্ষিণা সেখানেই আছে এবং তার আন্দাজটা ঠিকও হয় । সে গিয়ে দেখি সুদক্ষিণা পালঙ্কের উপর মুখ গুঁজে কাঁদছে । বরুণ সুদক্ষিণার কাছে যায় “ বৌঠান , আপনি কাঁদছেন কেন ?” সুদক্ষিণা বরুণের গলাতে উঠে বসে তাকে বলে “ তুমি আবার চলে যাচ্ছ ঠাকুরপো" বলে সে ভীষণ ই কাঁদতে থাকে । বরুণ তাকে সামনে বলে “ আপনি কাঁদবেন না বৌঠান... আমি তো চিরতরের জন্য যাচ্ছি না । পরিক্ষার ফলাফল পেয়ে গেলে আমি আবার চলে আসবো ।" ইতিমধ্যে নিচ দিয়ে ডাক আসে “ বরুণ...... আয় বাবা......... দেরি হয়ে যাচ্ছে ।" বরুণ ডাক শুনে সুদক্ষিণা কে বলে “ আমায় যেতে হবে বৌঠান , আপনি সাবধানে থাকবেন" বলে বরুণ ওখান দিয়ে উঠে চলে যায় । সুদক্ষিণার অনবরত চোখের জল বের হতেই থাকে ।

সবাইকে প্রণাম করে বরুন বিদায় নেয় এবং সবাইকে আশ্বস্ত করে সে খুব শিগগিরই ফিরে আসবে । সুদক্ষিণা তাকে বিদায় জানানোর জন্য সেদিন আর বাইরে বের হয়নি , সে জানতো বাইরে গেলে সে সকলের সামনে নিজের চোখের জল ধরে রাখতে পারবে না । তাই সে ছাদের উপরে উঠে যায় এবং সেখান দিয়েই বরুণকে যেতে দেখে ।

সেই রাতে সুদক্ষিণা কিছু খায়না । মধুমন্তি খাবারের থালা হাতে নিয়ে তাকে খুঁজতে খুঁজতে চিলেকোঠার ঘরে এসে পৌঁছায় । বরুণ যাওয়ার পর থেকেই সে এ ঘরেই মনের কষ্টে বসে কান্নাকাটি করছিল । মধুবন্তী এসে তাকে ডাক দেয় , মধুমন্তি কে দেখে সুদক্ষিণা তাকে জড়িয়ে ধরে " ঠাকুরপো আবার চলে গেল মা" বলে খুব কাঁদতে থাকে । মধুমন্তি তার মাথায় হাত বুলিয়ে বলে " কাদেনা মা । বরুণ তো বিশেষ দরকারেই গেছে আর তাছাড়া ও কিছুদিনের মধ্যেই চলে আসবে । তবে সোদু একটা কথা বলি মা তোকে .... এইবার বরুণ আসলে তোরা মেলামেশায় একটু ব্যবধান রাখিস , অনেকে তোদের মেলামেশাটা ঠিক চোখে নিচ্ছেন না" মধুমন্তি এসকল বলে তো ঠিকই কিন্তু সুদক্ষিনার কানে কোনো কথাই পৌছায় না , সে বরুণের যাওয়াতে এতটাই ভেঙে পড়েছিল যে , অন্য কোন কিছু বুঝতে অক্ষম হয়ে গেছিল ।

।।পাঁচ।।

বরুণ চলে যাওয়ার পর সুদক্ষিণার জীবন আবার ফাঁকা হয়ে যায় । বরুণ ফিরে আসতে সে প্রাণবন্ত হয়ে উঠেছিল, কিন্তু বরুণ চলে যেতে সে আবার মূর্ছিত হয়ে পড়ে । বরুণ বলে গেছিল সে খুব শীঘ্রই ফিরে আসবে , তাই সুদক্ষিণা প্রত্যহ সকালে উঠে বরুণের ঘর সুন্দর করে গুছিয়ে রাখে... এই প্রত্যাশায় যে হয়ত হঠাতই বরুণ ফিরে এসে আগের মত সবাইকে চমক লাগিয়ে দেবে । ঘর সাজিয়ে সারাদিন সে বরুনের আশায় বসে থাক......। দিনান্তে যখন বরুণ আসে না তখন চোখের জলে নিজের হাতে গোছানো ঘর নিজেই অগোছালো করে দেয় । আজ প্রায় একমাস দিয়ে সে এমনটাই করে আসছে । কয়েকদিনের জন্য যাওয়া বরুণ একমাস হয়ে যেতেও ফিরে আসে না । কয়েকদিন আগে তার একখানি পত্র এসেছিল , তাতে লেখা ছিল যে তার ফিরতে কদিন দেরি হবে , কিন্তু ঠিক কতদিন তা কিছুই লেখা ছিল না , সুদক্ষিণা তাই প্রত্যহ এই আশাই করে যে...... সে দিনই হয়তো বরুণ ফিরবে.................।।

আজ শিবরাত্রি । চাটুজ্যে বাড়ির সকল নারীরাই ব্রত করেছেন । সকাল থেকেই গ্রামের শিব মন্দিরে গ্রামের মহিলারা ভিড় জমিয়েছেন পুজো দেওয়ার জন্য । সুদক্ষিণা ও ব্রত রেখেছে । সকাল-সকাল স্নান সেরে , সুন্দর শাড়ি পড়ে , পরিপাটি করে তৈরি হয়ে সেও পৌঁছেছে গ্রামের মন্দিরে পুজো দিতে । অনেক ভিড়... তার মাঝেই পুজো দিয়ে বাড়ি ফিরতে ফিরতে প্রায় বেলা বারোটা বেজে যায় তার ।

বাড়ি ফিরে পুজোর থালা ঠাকুর ঘরে রেখে সে হেঁসেলের দিকে যায় । গিয়ে দেখে সেখানে যেন আনন্দের জোয়ার লেগেছে । রান্নাঘর মেতে উঠেছে নানা রকম ব্যঞ্জনাদির গন্ধে । অন্নপূর্ণা দেবি যেন স্বর্গীয় সুখের নদীতে বহমান... ওনার আনন্দ , খুশি বর্ণনায় ব্যক্ত করা যায়না । কমলিনী , লাবণ্যও ভীষণ খুশি...অবশ্য তারা সত্যই খুশি নাকি শুধুই অন্নপূর্ণা দেবি কে দেখানোর জন্য খুশির ভান করছে তা বোঝা মুশকিল । সুদক্ষিণা সকল আয়োজন দেখে প্রথমটা ভাবে যে হয়তো বরুণ ফিরে এসেছে কিন্তু...... পরক্ষনেই তার নজর যায় মধুমন্তির উপর । তার মুখে খুশি তো দূর , হাসির রেখা পর্যন্ত নেই । সুদক্ষিণা বুঝতে পারেনা আয়োজন কিসের জন্য হচ্ছে , সে মধুমন্তিকে জিজ্ঞেস করতেই যাবে............... কি সহসাই কমলিনী তার কাছে এসে নকল আদিখ্যেতার ভাব করে বলে " ও মা......... এই দেকো বড়গিন্নি , কে এয়েচে........." বলে সে নকল হাসি হাসতে লাগে , হেসে আবার সুদক্ষিণা কে বলে " ওরে পোড়ারমুখী... তোর কপাল খুলে গেল । বাবা ভোলানাথ তোর মুকের দিকে চেয়েচেন" বলে সে আবার হাসে । অন্নপূর্ণা দেবি সাধারণত সুদক্ষিনার সাথে কথা বলেন না , কিন্তু সেদিন তিনি সুদক্ষিণার কাছে আসেন... এসে তাকে একথালা মিষ্টি ও একটি

জলের গ্লাস দিয়ে বলেন " কোনদিনতো স্ত্রী হওয়ার কোন কত্তব্যই পালন করলে না , এবার থেকে কোরো । এগুলো নিয়ে উপরে যাও... অরুণ এসেছে ।"

হ্যাঁ অরুণ এসেছে , দীর্ঘ ৮ বছর পর । আট বছরে একদিনও সে বাড়ির পানে চেয়েও দেখেনি , কোনদিনও জানতে চাইনি বাড়ির সদস্যরা কেমন আছেন । আজ হঠাৎ তার উপস্থিতি । অরুণ যখন এ বাড়ি ছেড়ে গেছিল তখন সে ছিল নেহাত ই যুবক , আর আজ সে প্রাপ্তবয়স্ক পুরুষ । চোখমুখে তার পাষন্নতার চিহ্ন একেবারে পরিস্ফুট । স্বার্থপর সে তো ছিলই , এখন তার সাথে সাথে সে বদমেজাজি , রংচটাও হয়ে গিয়েছে । কারোর প্রতি কোন মায়া , দরদ নেই... সর্বক্ষণ শুধু টাকার নেশা । আর সেই নেশা তাকে করে তুলেছে অতি থেকে অতি স্বার্থান্বেষী । আজও কি উদ্দেশ্যে সে এই বাড়ি মুখো হয়েছে ...তা কারোর জানা নেই , কতদিন বা কতক্ষণ থাকবে...... তাও কেউ জানে না । সুদক্ষিণা যখন পুজো দিতে গেছিলো সেই সময়ে তার আগমন ঘটে । তাকে দেখে তো সকলে অবাক... হরিঘোষালের পরিবার এর আগে কখনো অরুণকে দেখেনি , অরুণ আসার পর অন্নপূর্ণা দেবি তো খুশিতে দিশেহারা... তিনি পরিবারের নতুন সদস্য দের সাথে তার আলাপ করান , কিন্তু অরুণ তাদের কোন সম্মানই দেখায় না । প্রণাম তো দুর ,সদ্ব্যবহার টুকুও করে না... এমনকি সে তার মাকেও প্রণাম করে না । অবশ্য তাতে অন্নপূর্ণা দেবি অসন্তুষ্ট হন না... অরুণের আগমনের খুশি তার কাছে সর্বচ্চ । আর এমনিতেও তিনি চিরকাল অরুণের অপকর্ম কে প্রশ্রয়ই দিয়ে এসেছেন । বাড়িতে ঢোকার পর সবার সাথে পরিচয় হওয়ার পর সে সোজা নিজের ঘরে চলে যায় । অরুণের দুর্ব্যবহারে কিন্তু কমলিনী লাবন্য কেউই কোনো কথা বলে না বরং তারা উভয়ে খুশি হওয়ার অতিরিক্ত অভিনয় করে , কারণ অন্নপূর্ণা দেবি ভীষণ খুশি ছিলেন । অরুণ ঘরে চলে যেতে অন্নপূর্ণা দেবি ব্যস্ত হয়ে পরেন অরুণের জন্য খাবার প্রস্তুত করতে ।

সুদক্ষিণা এসবের কিছুই জানতো না , তাই অন্নপূর্ণা দেবি যখন তার হাতে অরুণের জন্য মিষ্টির থালাটি দেন তখন সে হতচম্বিত হয়ে পড়ে । সুদক্ষিণার হাতে মিষ্টির থালা দিয়ে অন্নপূর্ণা দেবি রান্নাঘর দিয়ে বেরিয়ে যান এবং সবসময়ের মত তার পিছু ধরে কমলিনী ও লাবণ্য । রান্নাঘরে শুধু মধুমন্তি ও সুদক্ষিণা একা থেকে যায় । অরুনের নাম শুনে সুদক্ষিণা 'থ' হয়ে যায় , আপাদমস্তক তার পাথরের মত নিশ্চল হয়ে পড়ে । অরুণের সাথে সুদক্ষিণার সম্পর্ক কোনদিনই ভালো ছিল না , বিয়ের পর দু-তিনবার আলাপন এও অরুন ছোট্ট সুদক্ষিনার ওপর শুধুই রাগ , চেঁচামেচি , বকাবকি করেছে । সুদক্ষিণা আজ বড় হয়েছে... কিন্তু ছোটবেলায় অরুণের শেই ক্রুর ব্যাবহার সে ভোলেনি । এতবছর অরুণের সাথে তার কোনো যোগাযোগই হয়নি... কালক্রমে সে ভুলেই গেছিল যে অরুন তার স্বামী , সে এই বাড়ির বউ... মেয়ে নয় । অরুণের সাথে সম্পর্কের বাঁধনেই এই বাড়িতে এসেছে বা আছে ।

অরুণের আগমন সবাইকে খুশি দিলেও মধুমন্তিকে খুশি দেয়নি । অরুণের ব্যবহার , তার কৃতকর্ম , তার কর্মফলে হওয়া অঘটন...... কোনটাই মধুমন্তি ভোলেনি । তবু...... সময়ের চাহিদায় অনেক কিছুই মেনে নিতে হয়েছে তাকে । মধুমন্তি সুদক্ষিনার কাছে আসে , তার গায়ে হাত রাখে , চমকে ওঠে সুদক্ষিণা...... কিছুই বুঝতে পারে না সে... কি করবে , কি বলবে , সমস্ত কিছুই যেন এক পলকে বদলে গেল । " কি ভাবছিস সোদু ? থালাটা নিয়ে দাঁড়িয়ে আছিস কেন ? যা উপরে যা... অরুণের ঘরে" মধুমন্তি বলল । সুদক্ষিণা কিছু বলতে পারে না , চুপচাপ মিষ্টির থালাটি নিয়ে সে উপরে অরুণের ঘরের দিকে যেতে থাকে । সুদক্ষিণা যত অরুণের ঘরের দিকে এগোয় ততই তার ছোটবেলার কথা মনে পড়ে , এবং ততই তার ভয়ে হাত-পা কাঁপতে থাকে , গলা শুকিয়ে যায়

, শরীর ঠান্ডা হতে থাকে । অবশেষে সে এসে পৌঁছায় অরুণের ঘরে । এই ঘরে অরুণ না থাকা অবস্থায় সে কোনদিনও ঢোকেনি । থর থর করে কাঁপতে কাঁপতে প্রবেশ করে সে ।

আগের মতোই অরুণ এখনো কাজেই ব্যস্ত , কাজের জিনিসপত্র নিয়ে ব্যস্ততার সাথে তা ঘাটাঘাটি করছিলো সে । সুদক্ষিণার মনে একটাই ভয় হচ্ছিল সে ভাবছিল হয়তো প্রতিবারের মত এইবারও অরুণ তাকে ধমক দিয়ে তার উপর চিৎকার চেঁচামেচি করে তাকে বের করে দেবে । কাজের মধ্যে ব্যস্ততায় ডুবে থাকা অরুণ তার ঘরে সুদক্ষিণা প্রবেশ করতে সে সেদিকে ফিরে জিজ্ঞেস করে " কে ?" সুদক্ষিণা থতমত খেয়ে যায় ভয়ে কাঁপতে কাঁপতে বলে " আজ্ঞে...... আমি...... আমি সু...... সুদক্ষিণা......" " সুদক্ষিণা !" ...... খানিকটা অবাক হয়ে বলে অরুণ ।

গত ৮ বছর অরুন খুবই ব্যস্ততার মধ্যে কাটিয়েছে । সর্বক্ষণ কাজ , টাকা , এইসব এই নিমজ্জিত ছিল সে । এতকিছুর চাপে সেও ভুলে গেছিল যে তার বিয়ে হয়েছিল । সুদক্ষিণা আজ তার সামনে আসতে তার মনে পড়ে সেই ভুলে যাওয়া বিয়ের কথা । সুদক্ষিণা কে সে যখনই দেখতো তখনই রেগে যেত কিন্তু... এইবারটা তা হলো না । সুদক্ষিণা কে দেখে সে তার কাজ রেখে তার দিকে এগিয়ে যায় ,সুদক্ষিণার রূপ তাকে মোহিত করে তোলে । জানলার ফাঁক দিয়ে আসা সূর্যের সোনালী আলোয় সুদক্ষিণার রূপ আরও চমকপ্রদ হয়ে ওঠে । অরুণ একদৃষ্টে তার দিকে তাকিয়ে থাকে । সুদক্ষিণা মিষ্টির থালাটি তার দিকে এগিয়ে দিয়ে বলে " আ...... আজ্ঞে...... বড়মা আপ...... আপনার জন্য মিষ্টি পাঠিয়েছেন ।" অরুণ মিষ্টির থালাটি নিয়ে কাছে রাখা টেবিলের উপর রাখে , রেখে সে সুদক্ষিণার কাছে যায় । ভয়ে আরষ্ট হয়ে থাকা সুদক্ষিণা মাথা নিচু করে দাড়িয়ে থাকে , কী করবে সেটা বুঝতে পারে না । অরুণ তার কাছে যায় ...গিয়ে সুদক্ষিণার চিবুক ধরে তার মুখটি তুলে ধরে । সুদক্ষিণা ভয়ে কাঁপতে থাকে , সে চোখ তুলে উপরে চাইতেও পারে না ।

সুদক্ষিণা কে দেখে , সুদক্ষিনার রূপকে দেখে অরুণের কখনো না প্রকাশ পাওয়া স্বামীসত্তা জেগে ওঠে । অরুণের হাতের স্পর্শ সুদক্ষিণার ভালো লাগেনা । অরুণ বেশ কিছুক্ষণ সুদক্ষিণা কে দেখে তারপর তাকে ছেড়ে মিষ্টির থালার কাছে এসে একটি মিষ্টি খায় । খাওয়া হয়ে যেতে সে বলে " থালাটি এবার নিয়ে যাও এখান থেকে" বলে সে আবার তার কাজের মধ্যে ঢুকে যায় । সুদক্ষিণাও দেরি না করে দ্রুততার সাথে মিষ্টির থালাটি নিয়ে সেখান থেকে বেরিয়ে পড়ে ।

অরুণের ঘর দিয়ে বেরিয়ে সুদক্ষিণা মিষ্টির থালাটি হেঁশেলে কোনরকমে রেখে দৌড়ে সোজা বরুণের ঘরে গিয়ে ঢোকে । বরুণের চলে যাওয়া... তারপর এভাবে হঠাৎ অরুণের ফিরে আসা... সুদক্ষিনার জীবনকে নাড়িয়ে দিয়ে চলে যায় । সে বরুনের প্রত্যাশায় ছিল কিন্তু ফিরে এলো অরুণ । সুদক্ষিণা সেদিন সারাটা সময় বরুণের ঘরেই ছিল , একাকীত্ব... আশঙ্কা... ভয়... সুদক্ষিণা কে জর্জরিত করে রেখে দেয় ।

দিন পেরিয়ে সময়ের গতি রাতের দিকে এগোতে থাকে । সাঁঝবেলা পড়তে অন্নপূর্ণা দেবি লাবণ্যকে দিয়ে মধুমন্তি কে ডেকে পাঠান " ছোট , নিশ্চয়ই মনে আছে তোর বড়ঠাকুর তোকে কি বলে গেছিলেন ?" অন্নপূর্ণা দেবি মধুমন্তি কে বলেন । " হ্যাঁ দিদি... বড়ঠাকুরের বলা সমস্ত কথাই আমার মনে আছে" মধুমন্তি উত্তর দেয় । " তাহলে তোর এইটাও মনে আছে নিশ্চয়ই তিনি তোকে বলেছিলেন বৌমা স্বাবলম্বী না হওয়া পর্যন্ত তাকে তোর কাছে তোর ঘরে রাখতে ?" অন্নপূর্ণা দেবি বলেন । " হ্যাঁ দিদি মনে আছে" মধুমন্তি উত্তর দেয় । অন্নপূর্ণা দেবি এবার বেশ জোড় খাটিয়ে বলেন " বৌমা যে এখন যথেষ্ট স্বাবলম্বী হয়ে গেছে সেটা আর তোকে নিশ্চয় আলাদা করে বোঝাতে হবেনা । আজ আমার অরুণ ফিরে এসেছে , তোদের জন্য সে আগে পত্নিসুখ পায়নি... কিন্তু এই

বারটা আমি সেটা হতে দেব না। তুই বৌমার সমস্ত জিনিসপত্র, শাড়ি, গহনা... সবকিছু অরুণের ঘরে রেখে দে। আজ দিয়ে বউমা ওখানেই থাকবে। আর লাবণ্য......" বলে তিনি লাবণ্যকে ডাক দেন " তুমি গিয়ে বৌমাকে সুন্দর করে সাজিয়ে অরুণের ঘরে বসিয়ে দিয়ে যাও গে। আজ এতদিন পর আমার অরুনটা সাংসারিক জীবন পালন করতে পারবে" অন্নপূর্ণা দেবির চোখে মুখে সেদিন আনন্দ-উল্লাস। লাবণ্য সাথে সাথে বলে " হ্যাঁ হ্যাঁ আমি এক্ষুনি গিয়ে সুদক্ষিণা কে সুন্দর করে সাজিয়ে দিচ্ছি।" মধুমন্তি কোন কথা বলে না। অরুণের আগমনে মধুমন্তির পুরনো সব কথাই মনে পরতে লেগেছিল, তখন সুদক্ষিণা ছোট ছিল তাই তখন সে তাকে আগলাতে পেরেছিল। কিন্তু আজ চাইলেও পারবেনা, যতই হোক সুদক্ষিণা অরুণের স্ত্রী, আর আজ সে স্বাবলম্বীও। তাই সুদক্ষিণাকে বেঁধে রাখার কোনো অধিকারই নেই আজ মধুমন্তির। অন্নপূর্ণা দেবির কথার বিপরীতে আজ তার বলার কিছুই নেই, সবকিছু শুনে সে চুপচাপ উপরে নিজের ঘরে চলে যায় এবং সুদক্ষিনার জিনিসপত্র একে একে করে অরুণের ঘরে দিয়ে আসতে থাকে।

এদিকে লাবণ্য সুদক্ষিণার খোঁজ করে। অরুণের ফিরে আসা তে কেউ খুশি হোক না হোক, লাবণ্য ভীষণ খুশি হয়। অন্য কারো জন্য নয়, নিজের জন্য......। সে জানতো তার স্বামীর আগাগোড়াই সুদক্ষিনার প্রতি নজর ছিল। সুদক্ষিণা সুন্দরী, কুমারী, তার স্বামী থেকেও ছিলনা। কিন্তু আজ অরুণের ফিরে আসা তে শ্রীধর আর সুদক্ষিনার প্রতি আকৃষ্ট হতে পারবেনা... এইসব ভেবেই লাবণ্য আজ ভীষণ খুশি। সে সুদক্ষিণা কে তৈরি করার জন্য এদিক-ওদিক খুঁজতে থাকে এবং সবশেষে বরুণের ঘরে ঢুকে দেখে সুদক্ষিণা নিচে বসে আছে, পালঙ্কের উপর মাথা রেখে " এই দেখো তুমি এখানে বসে আছো, আর আমি তোমাকে সারা ঘর খুঁজে বেড়াচ্ছিলাম" লাবণ্য বলে। সাধারণত সচরাচর লাবণ্য সুদক্ষিনার মধ্যে কথা হয় না। আজ লাবণ্য সুদক্ষিণা কে খুঁজছে দেখে সুদক্ষিণা প্রথমটা একটু অবাক হয় " আপনি আমায় খুঁজছেন মেজদিদি ?......... কেন ?...... কোন দরকার ছিল কি ?" সুদক্ষিণা জিজ্ঞেস করে। " আরে দরকার নয়, আমি এসেছি তোমাকে সুন্দর করে সাজিয়ে দেবো বলে" লাবণ্য হাসতে হাসতে বলে। সুদক্ষিণা উঠে দাঁড়ায় " আমাকে সাজাবেন ? কেন ?" সুদক্ষিণা জিজ্ঞেস করে। লাবণ্য এবার তার কাছে এসে বলে " ও মা ! কেন... মানে ? আজ তোমার স্বামী এসেছে, এত বছর পর। আজ তো তোমাকে সুন্দর করে সাজাতেই হবে, স্বামীর মন ভোলাতে হবে যে। বড়জেঠিমাই তো আমাকে পাঠালেন, তোমাকে সাজিয়ে দেওয়ার জন্য" বলে সে আবার হাসে, "নাও... চল দেখি অরুণ ঠাকুরপোর ঘরে চলো। আমি গিয়ে বরং তোমায় শাড়ি গহনা বার করি... তুমি আসো হ্যাঁ" এই বলে লাবণ্য চলে যায়।

সুদক্ষিণা কিছুই বুঝতে পারেনা। লাবণ্য চলে যেতে সে সোজা মধুমন্তির ঘরের দিকে ছুটে যায়, গিয়ে দেখে মধুমন্তি তার পড়ার বইগুলো একটি ট্রাঙ্কের মধ্যে তুলছে " মা, কি করছো এগুলো ?......... আর আমার বাকি জিনিস পত্র কই ?...... মেজদিদি এসে বলছে আমায় সাজাবে... কি হচ্ছে এসব ?" এক নিঃশ্বাসে সুদক্ষিণা মধুমন্তি কে জিজ্ঞেস করে। ঘটিত ব্যাপার গুলোয় সুদক্ষিণায় দিশেহারা হয়ে পড়েছে।

মধুমন্তির ও মন ভার, সে বুঝতে পারছে সুদক্ষিনার পরিস্থিতি ...এত বছর সে এই বাড়িতে বউ নয় মেয়ে হিসাবেই রয়েছে, আজ হঠাৎ করে অরুণের আগমন তাকে মেয়ে থেকে বউ করে তুলেছে। যেটা এত সহজে মেনে নেওয়াটা তার পক্ষে সম্ভব হয়ে উঠছে না। মধুমন্তি সুদক্ষিনার হাত ধরে তাকে নিজের কাছে নিয়ে আসে " সোদু আমাদের সকল মেয়েদের একটা সময় আসার পর নিজের নয় নিজের স্বামী, শশুরবাড়ির জন্য বাঁচতে হয়। হ্যাঁ তোকে আমি আমার মেয়েই

ভাবি , কিন্তু আদতে তো তুই এই বাড়ির বউ আর অরুন হলো তোর স্বামী । এত বছর সে এখানে ছিল না , আর তুইও ছোট ছিলি... এখন সে ফিরে এসেছে , আর তুইও বড় হয়েছিস ...তাই তোকে তো এবার অরুণ স্ত্রী হয়ে থাকতে হবে মা । এটাই নিয়তি । আজ থেকে তাই তুই আমার সাথে এই ঘরে নয় অরুণের সাথে তার স্ত্রী রূপে তার ঘরে থাকবি" মধুমন্তি সুদক্ষিণাকে বোঝায় । সুদক্ষিণার মুখ দিয়ে কোনো কথা বের হয় না । নিস্তেজ তার আপাদমস্তক। নিঃশব্দে খালি দুচোখ ঝরে জল বেরোচ্ছে তার ।

" কই গা তুমি এখনও এলেনা !" হঠাৎ করে লাবণ্য এসে সজোরে বলে ওঠে , " নাও নাও চলো দেখি । দেরি হয়ে যাচ্ছে যে , অরুণ ঠাকুরপো এসে পরবে " এই বলে লাবণ্য সুদক্ষিণা কে নিয়ে মধুমন্তির ঘর দিয়ে বের করে অরুণের ঘরের দিকে নিয়ে যায় । সুদক্ষিণাও চলতে থাকে তার সাথে এক জীবন্ত লাশের মতো......। মধুমন্তি উঠে নিজের ঘরের দরজাটা বন্ধ করে দেয় । দীর্ঘ ৮ বছর পর আবার মধুমন্তি কে একা থাকতে হবে এই ঘরে । কান্নায় তার বুকটা ফেটে পড়ে । খাঁ খাঁ করতে থাকে সম্পূর্ণ ঘরটি ।

লাবণ্য এদিকে সুদক্ষিণা কে অরুণের ঘরে নিয়ে আসে । এনে তাকে সুন্দর করে সাজিয়ে তোলে । লাল টুকটুকে বেনারসি , নানারকম স্বর্ণ অলংকার , পায়ে আলতা , খোলা চুলগুলো পরিপাটি করে বেঁধে তাতে লাগিয়ে দেয় ফুলের মালা , চোখে পরিয়ে দেয় কাজল...... খুব সুন্দর দেখায় সুদক্ষিণাকে । সাজানো হয়ে যেতে লাবন্য তাকে নিয়ে পালঙ্কে বসিয়ে দেয় " সুদক্ষিণা , তোমাকে কিন্তু ভারী মিষ্টি দেখাচ্ছে" লাবণ্য বলে " আমি যাই এবার হ্যাঁ । অরুণ ঠাকুরপো এলো বলে" এই বলে সে বেরিয়ে যায় এবং হালকা করে দরজাটা আটকে দেয় ।

সত্যিই সেদিন সুদক্ষিণা কে খুব সুন্দর দেখাচ্ছিল । কিন্তু তার সৌন্দর্যে ঔজ্জ্বলতা ছিলনা.............. ছিলনা তার মুখে হাসি , ছিলনা মনে আনন্দ , তার কাছে ছিলো তো শুধু একটা ভাঙ্গা মন ও তাতে বরুণের স্মৃতি । নিঝুম ঘরটায় একা বসে আছে সে , প্রদীপের আলোয় পুরো ঘরটা আলোকিত কিন্তু যেন কি বিরাট অন্ধকার বিরাজমান । হঠাৎ.......................... দরজা খোলার আওয়াজ , সুদক্ষিণা চমকে মুখ তুলে দেখে... অরুণ ঘরে প্রবেশ করছে । ছোটবেলাতেও এরূপ একবার সুদক্ষিণা ছিল অরুণের ঘরে , এভাবেই অরুণ ঘরে প্রবেশ করেছিল , আর তারপর সুদক্ষিনার উপর খুব চিৎকার চেঁচামেচি করেছিল । সুদক্ষিণার মনে ভয় , সে ভাবছিল হয়তো সেই ঘটনারই পুনরাবৃত্তি হবে । কিন্তু তা হলোনা । অরুণ ঘরে প্রবেশ করল , সে দেখল সুদক্ষিণা বসে , কিন্তু তবুও রাগ করলো না । সে দরজা বন্ধ করে নিজের কাজের সরঞ্জাম গুলো গুছিয়ে রাখতে লাগলো । সুদক্ষিণা তখনও পালংকে বসে । কি করবে কিছুই বুঝতে পারছে না । অরুণ নিজের কাজের জিনিস গুলো গুছিয়ে রেখে পিছন ফিরে একবার সুদক্ষিণা কে দেখে , কিছুক্ষণ দেখার পর ধীরে ধীরে পালঙ্কের দিকে হেঁটে আসে । অরুণকে নিজের কাছে আসতে দেখে সুদক্ষিণার মনে এক অজানা ভয় হয় । এই ভয় তিরস্কারের না , অন্য কোন কিছুর । সুদক্ষিণা নিজেকে নিজের মধ্যে সম্পূর্ণ গুটিয়ে নিতে চেষ্টা করল । অরুন একেবারে পালঙ্কের কাছে এসে দাঁড়ায় , প্রদীপের আলোয় সুদক্ষিনার রূপ জ্বলজ্বল করছে । অরুণ সুদক্ষিনার কাছে বসে তার চিবুক ধরে মুখখানি তুলে বলে " বড় হওয়ার পর তুমি অনেক সুন্দর হয়ে গেছো । আমি তো ভুলেই গেছিলাম যে আমার বিয়ে হয়েছিল , বউ আছে , কিন্তু তোমায় দেখার পর............" এই বলে অরুণ সুদক্ষিণার বাহু স্পর্শ করে " তুমি জানো আমি কে ?" অরুণ জিজ্ঞেস করে । " আ......আজ্ঞে... আপনি আমার স্বামী" কাঁপা গলায় জর্জরিত আওয়াজে উত্তর দেয় সুদক্ষিণা । " তা স্বামী যখন জানো তখন স্বামীসেবাও

নিশ্চয়ই করতে জানো" এই বলে সে সুদক্ষিণা কে নিজের কাছে টেনে নেয় । ফু দিয়ে নিভিয়ে দেয় ঘরের প্রদীপ ।.. কিছু মুহূর্ত , তারপরেই অবসান ঘটে সবকিছুর । অবসান সমস্ত আনন্দের , অবসান বরুণের প্রতি তার অনুভূতির । কান্নায় , চিৎকারে ভরে ওঠে ঘর । হায় ! স্বামীর স্পর্শ যে এতটা বেদনাদায়ক , এতটা নিষ্ঠুর হতে পারে তা সৃষ্টিকর্তার হয়তো জানা ছিল না । অরুণের স্বামীসত্তা সুদক্ষিণার জীবনকে ভেঙে গুঁড়িয়ে দিতে লাগলো । যে এতদিন এত বছর ছিলই না আজ হঠাৎ এসে এভাবে তার অধিকার খাটাতে লাগলো । স্বামী-স্ত্রীর পবিত্র সম্পর্ক সেদিন শুধু অপবিত্র শারীরিক সম্পর্কেই সীমাবদ্ধ রয়ে গেল ।

।।ছয়।।

পরদিন সকাল হতে অরুণ নিজের কাজে বেরিয়ে যায় । সুদক্ষিণা প্রত্যহ সকালে উঠে বাগান দিয়ে ঠাকুরের পুজোর ফুল নিয়ে আসে এবং মধুমন্তি সেই ফুল দিয়ে পুজো করে তারপর হেঁসেলে ঢোকে । আজ ঠাকুর ঘরে গিয়ে এসে সে দেখে ফুল নেই অর্থাৎ সুদক্ষিনা আজ ফুল তলেনি । সচরাচর এমনটা হয় না । মধুমন্তি বাগানে গিয়ে সুদক্ষিণা কে খোঁজে কিন্তু সেখানেও তাকে দেখতে না পেয়ে মধুমন্তির চিন্তা হয় , সে সোজা অরুণের ঘরের দিকে যায়... গিয়ে দেখে দরজা বন্ধ... হালকা ঠেলা দিতেই দরজা খুলে যায় । মধুমন্তি ভিতরে প্রবেশ করে......... নিস্তেজ , এলোমেলো বস্ত্রে , প্রায় মৃতপ্রায় অবস্থায় পালঙ্কে স্থিত সুদক্ষিণা । মধুবন্তী সুদক্ষিণা কে এ রূপ দেখে তার কাছে ছুটে যায় । মধুমন্তি কে দেখে সেই অবস্থাতেই সুদক্ষিণা তাকে জড়িয়ে ধরে অঝোরে চিৎকার করে কাঁদতে থাকে " মা...... আমি অপবিত্র হয়ে গেলাম" বলে অঝোরে কাঁদতে থাকে সুদক্ষিণা । তার বেদনা তার কষ্ট মধুমন্তির বুক চিরে দিতে লাগলো কিন্তু সে নিরুপায় । সে এর প্রতিবাদ করতে পারবে না । কি বলে প্রতিবাদ করবে...... অরুণ যে সুদক্ষিণার স্বামী , তাকে স্পর্শ করার অধিকার আছে তার । সুদক্ষিণার কষ্ট কেউ বুঝবে না , মধুমন্তি ও নিরুপায় , সে নিজের চোখের জল লুকিয়ে সুদক্ষিণার মাথায় হাত বুলিয়ে বলতে লাগলো " অপবিত্র কেন হবি মা...... অরুণ যে তোর স্বামী , তোদের সাংসারিক জীবন শুরু হলো । এ তো খুশির কথা । কাঁদে না মা" মধুমন্তি সুদক্ষিণা কে বোঝাচ্ছিল তো ঠিকই কিন্তু সেও জানতো কি অন্যায়টা হচ্ছে সুদক্ষিণার সাথে । সুদক্ষিণার চোখের জলে সেদিন ভেসে গেল মধুমন্তির আঁচল ।

আজ প্রায় দুমাস অরুণ গ্রামেই রয়েছে । নিজেরই বিভিন্ন কাজ নিয়ে ব্যস্ত থাকে সে বেশিরভাগ সময়টা । নিজের একটা আলাদা কাছারিও বানিয়েছে সে , কিছু কর্মীও মনোনীত করেছে সেখানে । তরী বানানোর কাজকর্ম মোটামুটি এখান থেকেই সে এখন সামলে নিচ্ছে । তার নিজস্ব তরীটি বানাতে দুই বছর সময় লেগেছিল কিন্তু ব্রিটিশ সরকারের বায়না দেওয়া দশটি তরীর কাজ সেই আট বছরের মধ্যেই খুব দ্রুত সম্পন্ন করে নিয়েছে । আর কয়েক মাসের মধ্যেই তরী সম্পূর্ণ হয়ে যাবে , তাই সবসময় সে কাজ নিয়েই ব্যস্ত থাকে । কিন্তু শত ব্যস্ততার মধ্যেও রোজ সুদক্ষিনার কাছ থেকে স্বামীসেবা তার চাই ই । অন্নপূর্ণা দেবিও ভীষণ খুশি কারণ এতদিন পর অরুণ সংসারী হয়েছে , গ্রামে ফিরেছে । জীবন বদলেছে তো শুধু দুজনের......... সুদক্ষিণা ও মধুমন্তির ।

সুদক্ষিণা আর আগের মতন নেই । তার রূপ তো আছে কিন্তু সেই রূপে যেন মরচে ধরে গেছে । মুখের হাসি কোথায় যেন বিলীন হয়ে গেছে , আগের মতন সেই চঞ্চলতা টাও আর নেই , আর সে বাগান দিয়ে ফুল তোলে না , আর ফুলের গন্ধে চুল শুকায় না , আর আগের মতন চুল খুলে রাখে না , অরুণের খোলা চুল পছন্দ না তাই তাকে এখন সর্বদা চুল বেঁধেই রাখতে হয় । সুদক্ষিণা আগে মাথায় কাপড় দিত না , কিন্তু অরুণের নির্দেশ তাকে সব সময় মাথায় কাপড় দিয়ে রাখতে

হবে , পড়া যাবে না পায়ে নুপুর , নুপুরের ছমছম শব্দ অরুণের বিরক্ত লাগে , তাই সুদক্ষিণাকে আজ সব ত্যাগ করতে হয়েছে । স্বামীর পছন্দেই স্ত্রী কে জীবন অতিবাহিত করতে হয় , এইটাই তো সমাজের নিয়ম । সুদক্ষিণার এরূপ অবস্থা দেখে মধুমন্তি ভিতরে ভিতরে খুব ভেঙে পড়েছে । তার চঞ্চল , মিষ্টি , ছটফটে মেয়েটা কাজ শুধু অরুনের বউ হয়েই রয়ে গেল । মধুমন্তির বুকটা ফেটে পড়ে সুদক্ষিণা কে দেখে , কিন্তু তার জন্য কিছু করতে পারেনা সে । কীভাবেই বা করবে... সবকিছুর ঊর্ধ্বে এটাই তো সত্য যে অরুন সুদক্ষিণার স্বামী । মধুমন্তি কিভাবেই বা সুদক্ষিণা কে তার স্বামীর থেকে দূরে নিয়ে যাবে । নিরুপায় হয়ে ভিতরে ভিতরে গুমরাতে থাকে মধুমন্তি । তবে কমলিনী আর অন্নপূর্ণা দেবি বেজায় খুশি । সুদক্ষিণার বদলে যাওয়া রূপ দেখে কমলিনী একবার অন্নপূর্ণা দেবি কে বলেছিল " দেখেচ তো বড়গিন্নি , অরুণ আসার পর তোমার বৌমা কেমন শায়েস্তা হয়েচে । অরুণ একেবারে ওকে হাতের মুটোয় রেকেচে । ওর বাদরামি , যকন-তকন এদিক ওদিক যাওয়া... সব ছুটে গেচে" আর ছেলের এই কৃতকর্মকে সমর্থন করে বুক ফুলিয়ে অন্নপূর্ণা দেবি বলেছিলেন " ছেলে কার সেটা তো দেখতে হবে ।"

শাসন করতে গিয়ে অরুন এটা কোনদিনই লক্ষ্য করেনি যে সে কতটা অত্যাচার করে ফেলছে সুদক্ষিনার উপর । সুদক্ষিণার মুখের হাসি কেড়ে নিয়েছে সে , সে আর হাসেনা... উল্লাস করেনা... চোখের নিচে পড়েছে কালি , ঔজ্জ্বল্য ভাব আর নেই তার মুখে , জীবন তার একেবারে বদলে গেছে । তার সময় কাটে এখন হেঁসেলে , অরুনের জন্য ব্যঞ্জনাদি প্রস্তুত করতে করতে । অন্নপূর্ণা দেবি রোজ তাকে বলে দেন যে তার ছেলের জন্য কি কি রান্না করতে হবে । নিত্য নতুন খাবারের ফর্দ আসে রোজ অরুনের জন্য সুদক্ষিণা কাছে আর রোজ থাকে সেসব কিছু বানাতে হয় । হেঁসেলের কাজ হয়ে গেলে অরুণের কাজের জায়গা গুছিয়ে রাখতে হয় তাকে । এইসব কিছুর পর বাকি সময়টা কাটে তার অবসাদে আর একাকিত্বে । সে আর বরুণের ঘরে যায় না , সেই ঘরে যাওয়ার অনুমতি আর তার নেই , অরুণের নিষেধ । বরুণেরও তো কোন খোঁজ নেই... তিন মাস হয়ে গেল তবুও সে ফেরেনি । সুদক্ষিণাও বরণের ফেরার আশা ছেড়ে দিয়েছে । তাকে এখন ভাবতে হয় অরুণের পছন্দের অপছন্দের কথা , সারাদিনের কাজের পর যখন অরুণ ফিরবে তখন তাকে রেঁধে বেড়ে খাওয়ানোর কথা । আর... স্বামীসেবা , তা তো রয়েইছে । এভাবেই কাটছে সুদক্ষিণা জীবন । অরুণ যখন তার স্বামীসত্তায় মগ্ন থাকে তখন বেরিয়ে আসা সুদক্ষিণা চোখের জলের সাথে বয়ে যায় বরুণের প্রতি তার অনুভূতি । মনের মধ্যে চলে একটাই কথা " তোমার বৌঠান আর আগের মতো রইলোনা ঠাকুরপো... পারলে তাকে ক্ষমা করো ।"

অরুণ যখন দুপুর বেলা বাড়ি থাকে না সুদক্ষিণা তখন সেই সময়টা মধুমন্তির ঘরে যায়... মধুমন্তির কোলে মাথা রেখে কিছুক্ষণ শান্তিতে সময় কাটায় । এরকমই এক নিরালা দুপুরে সুদক্ষিণা মধুমন্তির কোলে মাথা রেখে চোখ বুঝে শুয়ে আছে , এক দাসী এসে তাদের ডাক দিয়ে বলে " ছোটমা... বড়মা আপনাকে ও বৌরানী কে ডাকতেছেন" বলে সে চলে যায় । অন্নপূর্ণা দেবি ডাকছেন শুনে মধুমন্তি ও সুদক্ষিনা নিচে যায় তার ঘরে যায় ।

" ডাকছো দিদি ?" মধুমন্তি গিয়ে জিজ্ঞেস করে ।

" হ্যাঁ ডেকেছি ... বৌমা শোনো এদিকে" অন্নপূর্ণা দেবি সুদক্ষিণা কে ডাকেন ।

সুদক্ষিণা কিছুটা হেঁটে অন্নপূর্ণা দেবির কাছে যায় " বলছি......অরুন তো কতদিন দিয়ে এখানে আছে । ছেলে আমার এখন সাংসারিকও হয়েছে" বলে অন্নপূর্ণা দেবি কিছুক্ষণ চুপ থাকেন , থেকে বলেন "এবার ঠাকমা হওয়ার সৌভাগ্য টা আমায় দাও । আমার তো তিনকাল গিয়ে এককালে

ঠেকেছে , না জানি কোনদিন হরির কাছে চলে যেতে হবে , তার আগে নাতি-নাতনীর মুখখানা কি দেখাবে না ।" সুদক্ষিণা মাথা নিচু করে দাঁড়িয়ে থাকে , অন্নপূর্ণা দেবির কথার উত্তরে কিছুই বলতে পারেনা সে । অন্নপূর্ণা দেবি এবার মধুমন্তির দিকে তাকিয়ে বলেন " এই জন্যই তোকেও ডেকেছি ছোট , বৌমা তো তোর ছাড়া কারও কথা শোনেনা , তাই তুই ওকে একটু বোঝা । চাটুজ্যে বাড়ির বংশধর তো ওর হাত ধরেই আসবে । ..... আহ...... কতকাল হয়ে গেছে এ বাড়িতে কোন বাচ্চার কান্না শোনা যায়নি । তাই তুই ওকে বোঝা , সামনের একাদশীর মধ্যে যেন আমি সুখবর পাই । হরির নামে আমি তবে কেত্তন দেব" এই বলে অন্নপূর্ণা দেবি ঠাকুর ঘরের দিকে চলে যান ।

সুদক্ষিণা সন্ধ্যা নামার আগেই রাতের খাবারের প্রস্তুতি করতে থাকে , অরুনের দেরি করে খাবার খাওয়া একেবারেই পছন্দ নয় । সেদিনও সেইরূপ খাবারের জোগার-জান্তি করতে সে হেঁশেলে যায় । কিছুক্ষণ পর মধুমন্তি ও সেখানে আসে " সোদু একটা কথা বলতো... তোর আর অরুণের বৈবাহিক সম্পর্ক ঠিক আছে তো ?" মধুমন্তি জিজ্ঞেস করে । সুদক্ষিনার সাথে অরুনের বিয়ে হয়েছিল ঠিকই কিন্তু অরুণ সুদক্ষিণা কে স্ত্রী এর প্রাপ্যসম্মান কোনদিনও দেয়নি... সে যখন ছোট ছিল তখনো না , আর এখন বড় হওয়ার পরেও না । এক তো অরুণ এত বছরের জন্য নিরুদ্দেশ ছিল আর এখন হঠাৎ দমকা হাওয়ার মতন এসে সুদক্ষিণার জীবনটা তছনছ করে দিলো । না দিলে ওকে কোন সম্মান , না স্নেহ , না ভালোবাসা , শুধু তাকে ভোগ করে গেল । তাই বৈবাহিক সম্পর্ক আদতে কি আর সেটা ভালো আছে নাকি খারাপ আছে ...তার সংজ্ঞা সুদক্ষিণার জানা নেই । তার বৈবাহিক সম্পর্ক তো শারীরিক আর শাসন নিয়মে বাধা । তাই এগুলোকেই যদি বৈবাহিক সম্পর্কের ভালো দিক বলা যায় তাহলে তার বৈবাহিক সম্পর্ক ভালই আছে । মধুমন্তির প্রশ্নের উত্তরে সুদক্ষিণা তাই মাথা নেড়ে হ্যাঁ জানালো । মধুমন্তি তারপর বলল " দিদির কথা তো ঠিক । অরুণ অনেকদিন দিয়ে এখানে আছে , সংসার জীবনও পালন করছে । এতদিন তো সু-সংবাদ এসে যাওয়ার কথা ।" সুদক্ষিণা কোন উত্তর করে না...... তবে মধুবন্তীর মনে একটু খটকা লাগে ।

এর পর বেশ কিছু দিন কেটে যায় । জীবনের ছন্দ একই তালে চলতে থাকে । একদিন শিব মন্দির দিয়ে পুজো দিয়ে সুদক্ষিণা বাড়ি ফিরছিল , ভরা দুপুর বেলা... তেমনি প্রচন্ড রোদ্দুর ...একা হেঁটে আসতে আসতে হঠাৎই তার মাথা চক্কর খায় , কিছু বোঝার আগেই হঠাৎ করে জ্ঞান হারিয়ে পড়ে যায় সে । গ্রামের সকলেই সুদক্ষিণা চিনতো , তাই সে অজ্ঞান হয়ে যেতে সকলে তাকে মন্দির দালানে নিয়ে আসে । সেখানে চোখেমুখে জল ছিটা দেয় , কিন্তু তাতেও সুদক্ষিণার জ্ঞান না ফেরায় লোকজন তাকে গরুর গাড়ি করে চাটুজ্যে বাড়িতে পৌঁছে দেয় । " ও গিন্নিমা......... গিন্নিমা........... কই গেলে গা..........." এক গ্রামের বউ ডাক দেয় । ডাক শুনে মধুমন্তি বাইরে আসে " কি হয়েছে বউ , অমনতরে ডাক দিচ্ছ" মধুমন্তি বলে । " বৌরানী যে জ্ঞান হারিয়েচে গো... পুজো দিয়ে আসচিল , দুম করে পড়ে যায় । গরুর গাড়িতে শুয়ে নিয়ে এয়েচি" গ্রাম্য বউয়ের কথা শুনে মধুমন্তি তো অবাক হয়ে যায় । ছুটে যায় গরুর গাড়ির দিকে , সুদক্ষিণা কে দেখে সে হাউমাউ করে কাঁদতে শুরু করে " সোদু , সোদু...কি হয়েছে তোর ...সোদু ......" মধুমন্তির কান্না দেখে এক গ্রামবাসী বলেন " কাঁদবেন না গিন্নিমা । বৌরানী হয়তো রোদ্দুরে যে জ্ঞান হাইরেচে , আপনি তারে ঘরে নিয়ে বাতাস করুন , দ্যাখবেন সব ঠিক হয়ে গেছে" " হ্যাঁ হ্যাঁ...... ও বৌ এদিক পানে একটু এসো দেখি , সোদু কে ঘরে পৌঁছে দিতে একটু সাহায্য করো" মধুমন্তি গ্রামের বউদের ডেকে বলে এবং সকলে মিলে সুদক্ষিণাকে ঘরে নিয়ে যায় । গ্রামের লোকজন সুদক্ষিণা কে বাড়ির

ভেতর এনে , তাকে শুইয়ে দিয়ে তারা যে যার মতন চলে যান । চিৎকার চেঁচামেচি শুনে অন্নপূর্ণা দেবি , কমলিনী , লাবণ্য , শ্রীধর সকলেই বাইরে বেরিয়ে আসেন । মধুমন্তির ঘরে সুদক্ষিণাকে শুইয়ে রাখা হয় । পুরুষ মানুষ বলতে বাড়িতে তখন একমাত্র শ্রীধর ই উপস্থিত ছিল , তাই তাকেই পাঠানো হল বদ্যি ডাকতে আর বাকি সবাই সুদক্ষিণার কাছেই রইল ।

মধুমন্তি তো ক্রমাগত কেদেই চলেছে আর সুদক্ষিণার মুখে কখনো জলে ছিটা মারছে তো কখনো বাতাস করছে । " আহ......এমন শুভক্ষণে অমনতরে চোকের জল ফেলো না তো বাবু" কমলিনী হঠাৎ মধুমন্তিকে কথাগুলি বলে ওঠে । " শুভক্ষণ ! এ আপনি কি কইছেন মেজদিদি ? মেয়েটা আমার অজ্ঞান হয়ে পড়ে আছে আর এটা আপনার জন্যে শুভক্ষণ ?" মধুমন্তি বলে ওঠে । " আ হা...... তার জন্যই তো কইচি... অজ্ঞান হয়েচে , এর মানেটা কি বুঝতে পারচ না ?" কমলিনি বলে । " কি হেয়ালি করছিস মেজোবৌ , বৌমা অজ্ঞান হয়েছে , এতে শুভক্ষন কিসের ?" অন্নপূর্ণা দেবি বলেন । কমলিনী মধুমন্তি কে আঘাত দেওয়ার কোন সুযোগই হাতছাড়া করে না... এইবার টাও তাই করল । মধুমন্তি কে আঘাত পূর্ণ কথার ছলে অন্নপূর্ণা দেবি কে বলে " ছোটবউ নয় বাজা মেয়েমানুষ... তাই বোঝে না । কিন্তু তুমি কবে দিয়ে অবুঝ হলে বড়গিন্নি ? দুখানা ব্যাটার জন্ম দিয়েচো তো নাকি । বলি...... মেয়েমানুষরা কখন জ্ঞান হারায় বোঝনা ? তারা যকন পোয়াতি হয় । বৌমা পোয়াতি হয়েচে , এইটুকুনি বুঝচো না ।" কমলিনীর কথা শুনে সকলে হা হয়ে যায় । কোথাও না কোথাও সকলে এটা কে সত্যিও মনে করেন । অন্নপূর্ণা দেবি খুশিতে কমলিনীকে জড়িয়ে ধরে " হ্যাঁ মেজবউ , তুই ঠিক বলছিস । বউমা নিশ্চয়ই পোয়াতি হয়েছে , তাই ওর মাথা ঘুরেছে । আহ ! আজ আমার কি আনন্দের দিন । আমার অরুণ বাপ হতে চলেছে" আনন্দে অন্নপূর্ণা দেবির উল্লাসের সীমা নেই ।

ইতিমধ্যে শ্রীধর সেখানেই বদ্যিকে নিয়ে উপস্থিত হয় " আসুন আসুন বদ্যিমশাই , এইযে বৌঠান ...দেখুন" শ্রীধর বদ্যি মশাই কে এগিয়ে দেয় । বেশ ভালো করে বদ্যিমশাই সুদক্ষিণা কে পর্যবেক্ষণ করেন । " কি বদ্যিমশাই... এতক্ষণ ধরে কি দেখতেচেন... বৌমা আমাদের পোয়াতি তো ..." হাসতে হাসতে কমলিনী জিজ্ঞেস করে । বদ্যিমশাই কিছুক্ষণ চুপ থাকেন , থেকে বলেন , " আজ্ঞে না গিন্নিমা , বউমা পোয়াতি নয়" " কি ! পোয়াতি নয় !" বড়ই হতাশার সাথে বলে ওঠেন অন্নপূর্ণা দেবি । " ওহ পোয়াতি নয় ?" মুখ বেঁকিয়ে বলে কমলিনী । বদ্যিমশাই তাদের আবার বলেন " নাহ... পোয়াতি নয়...তবে........." " তবে কি" মধুমন্তি জিজ্ঞেস করে । " আজ্ঞে গিন্নিমা যতদূর আমি বুঝছি বৌমার কোন ব্যামো হয়েছে । আপনারা একটিবার কলকাতার ডাক্তার দিয়ে বৌমা কে দেখিয়ে নেন" এই বলে বদ্যিমশাই সেখান থেকে চলে যান । যাওয়ার আগে মধুমন্তি কে কিছু ওষুধের বরি দিয়ে বলে যান ওগুলো সুদক্ষিণাকে সকাল বিকাল এগুলো খাওয়াতে । বদ্যিমশাই চলে যাওয়ার পর কমলিনী আবার মুখ বেকিয়ে বলে " নাও বড়গিন্নি তোমার গুণধর বউ ব্যামো বাধিয়ে বসে আচে । আমি ভাবলুম বংশের পদীপ আসছে , তা না... পোড়ারমুখী ব্যামো বাধিয়ে বসে আচে" এই বলে সে লাবণ্য ও শ্রীধরকে নিয়ে সেখান থেকে বেরিয়ে যায় । অন্নপূর্ণা দেবি কিছুক্ষণ আগে খুশিতে ভেসে গেছিলেন সেই অন্নপূর্ণা দেবি হতাশা মনে ঘর দিয়ে বেরিয়ে যান । মধুমন্তি একা সুদক্ষিণাকে নিয়ে বসে থাকে সেই ঘরে , অনবরত তার দু'চোখ বেয়ে জল গড়াতে থাকে ।

বিকালের দিকে সুদক্ষিণা জ্ঞান ফেরে । ভীষণ দুর্বল সে । মধুমন্তি তাকে বিভিন্ন প্রকার খাবার , ফল , দুধ ইত্যাদি খাওয়াতে থাকে । অন্নপূর্ণা দেবি সেইসময় মধুমন্তির ঘরে আসেন , ওনাকে

দেখে সুদক্ষিণা উঠে দাঁড়াতে চায় কিন্তু সে এতটাই দুর্বল যে উঠতে পারেনা " থাক তোমাকে আর উঠতে হবে না , বিশ্রাম নাও । আমি দেখতে এসেছিলাম তুমি কেমন আছো" এই বলে অন্নপূর্ণা দেবি সেখান থেকে চলে যেতে লাগলেন , যাওয়ার পূর্বে আর একবার সুদক্ষিণার দিকে তাকিয়ে বলেন " বদ্যিমশাই বললেন তোমার নাকি ব্যামো হয়েছে । তোমার ব্যামোর জন্য আমার বংশের কোন ক্ষতি যেন না হয় , যত তাড়াতাড়ি সম্ভব আমি ঠাকমা হতে চাই" এই বলে অন্নপূর্ণা দেবি সেখান থেকে চলে যাওয়ার জন্য পা বাড়াতেই মধুবন্তী তাকে বাধা দেয় " দাঁড়াও দিদি" মধুমন্তির সহ্যক্ষমতা এবার ভেঙে যায় " তোমাদের মধ্যে দিয়ে কী মনুষ্যত্ব হারিয়ে গেছে দিদি ? আমি এতোদিন কিছু বলিনি , চুপ করেছিলাম । আমার নিস্পাপ মেয়েটাকে তিলে তিলে শেষ হয়ে যেতে দেখেও চুপ ছিলাম । মেয়েটার শরীর খারাপ এত অসুস্থ এর মধ্যেও তোমরা ওর সুস্থতা না চেয়ে ওর কাছ থেকে সন্তান চাইছো ?" মধুমন্তির কথা শুনে অন্নপূর্ণা দেবি খুব রেগে যান "ছোট , কি বলতে চাইছিস তুই ? আমরা বৌমার কথা ভাবি না ?" " না ভাবনা" ঠিক ততটাই জোরে মধুমন্তি উত্তর দেয় " যদি ভাবতে তাহলে সোদুর সুস্থ হওয়ার কামনা করতে । কিন্তু তুমি তো তোমার আগত বংশধরের চিন্তা করছ " আরও রাগের সাথে বলল মধুমন্তি " আর দিদি তুমি একা সোদু কে কেন বলছো , অরুণকে কেন না ?" " মানে ? অরুণকে আমি কি বলবো ?" অন্নপূর্ণা দেবি বলেন । মধুমন্তিও পাল্টা উত্তর দেয় "এইটাই যে এখনো ওদের এখনো সন্তান হচ্ছে না কেন ? অরুণ তো বিগত তিনমাস ধরে এখানে আছে , সাংসারিক জীবনও যথেষ্ট পালন করছে । এখনো কেন সন্তানের সংবাদ এলোনা ?" "কেন আবার... বৌমার অসুস্থতার কারণে । অসুস্থ মানুষ পোয়াতি হবে কি করে ?" অন্নপূর্ণা দেবি বললেন । " সন্তান অসুস্থতার কারণে না অক্ষমতার কারণে হয় না দিদি" মধুমন্তি উত্তর দেয় । রাগে ফেটে পড়ে অন্নপূর্ণা দেবি " কি বললি তুই........... তুই আমার অরুণকে অক্ষম বললি......... এত বড় সাহস তোর" রাগে আগুনের মতো জ্বলতে থাকেন অন্নপূর্ণা দেবি । " আমি অরুণকে অক্ষম বলিনি দিদি , আমি বললাম যে অক্ষমতার কারণে সন্তান হয় না । আর সেটা সুদক্ষিণা বা অরুণ যেকোনো কারর ই হতে পারে । তাই আমার মতে দুজনেরই ডাক্তারি পরীক্ষার প্রয়োজন" মধুমন্তি বলে । " তোর লজ্জা করছে না ছোট ...তুই বাইরের মেয়েটার জন্য নিজের বংশের ছেলেকে দুষছিস । আমার অরুণের পরীক্ষা হবে......... একথা তুমি ভাবলিও কি করে ? এতোটুকুও তোর মায়া দয়া নেই ? সন্তান জন্ম দিসনি বলে কি সন্তানের মায়া টুকুও বুঝিস না ?" অত্যন্ত রাগের সাথে কথাগুলো বলেন অন্নপূর্ণা দেবি । মধুমন্তি সহ্যের সীমা এবার ভেঙে পড়ে " হ্যাঁ দিদি , ঠিক বলেছো , আমি সন্তানের জন্ম দিইনি । কিন্তু তার জন্য দায়ী আমি না , দায়ী তোমার ঠাকুরপো । তুমি হয়তো ভুলে যাচ্ছ ডাক্তারি পরীক্ষায় প্রমাণ হয়েছিল অপূর্ণতা টা তোমার ঠাকুরপোর ছিল আমার নয় । আর তুমি বংশের নাম রক্ষা করতে সেই সত্যটা গোপন করে যাও এবং আমার নামে সব অপমান লিখে দাও । সবাইকে তুমি জানাও যে আমি অক্ষম । আর যখন সবাই আমায় বাজা বলে , তুমি তখন প্রতিবাদ তো দূর তাদের বাধাও দাও না । সন্তান জন্ম না দিতে পারি কিন্তু মায়ের কষ্ট আমি জানি । আর নিজের সন্তান কে শুধু ভালবাসা না , শাসন ও করতে জানি । তোমার মতন অন্ধ মমতা নয় আমার । তুমি সারাজীবন অরুণের অপকর্মকে প্রশ্রয় দিয়েছ । আর এখনও তাই ই করছ । সোদু আমার জন্য আমার নিজের মেয়ে । তাই আমি যেই লাঞ্ছনা-গঞ্জনা-ধিক্কার সারাজীবন সয়েছি সেটা আমি সোদু কে কোনদিনও সহ্য করতে দেবো না । তাই ডাক্তারি পরীক্ষা তো দুজনেরই হবে আর বাড়ির সমস্ত সদস্যকে পরীক্ষার ফলাফল জানানো হবে , যাতে একজনের জন্য অপরজনকে সারাটা জীবন কষ্ট সইতে না হয় ।"

মধুমন্তির সব কথা শুনে অন্নপূর্ণা দেবি কোন উত্তর করতে পারেন না , এবং সেখান থেকে বেরিয়ে যান ।

সুদক্ষিণা ওই ঘরেই উপস্থিত ছিল । সমস্ত কথোপকথন সে শুনল । মধুমন্তি আর তার সম্পর্ক এত কাছের , তবুও মধুমন্তি তাকেও কোনদিন এটা জানায়নি যে শৈলেন্দ্রের জন্য তাদের কোনদিনও সন্তান হয়নি । সুদক্ষিণা কিন্তু ছোটবেলা থেকে শুনে আসছে যে মধুমন্তির কারণে তাদের সন্তান নেই । তাই এটাকেই সুদক্ষিণা সত্যি ভাবতো । আজ সত্যটা জানার পর সে হতচম্বিত হয়ে রয়ে গেল । মধুবন্তীর কষ্টে তারও বুকটা ফেটে পড়তে লাগলো ।

।।সাত।।

সন্তান জন্ম না দেওয়ার লাঞ্ছনা মধুমন্তি সারাটা জীবন শুনে আসছে , কিন্তু সে কোনদিনও কাউকে জানায়নি আসল কথাটা । মুখ বুজে সকল কষ্ট সহ্য করেছে । তার একটাই কারণ... শৈলেন্দ্রের মান-সম্মান । শৈলেন্দ্র এর কারণে তাদের কোনদিনও সন্তান হয়নি , শুধুমাত্র এই দোষটিকে বাদ দিলে শৈলেন্দ্রের মতো ভালো মানুষ খুঁজে পাওয়া দুষ্কর । আর এটিও তার দোষ না... সামান্য এক শারীরিক অসম্পূর্ণতা । সে মধুমন্তির পাশে সব সময় , সব পরিস্থিতিতে থেকেছে । মধুমন্তিও তাকে মনে মনে খুব সম্মান করে । তাই আজ না চাইতেও সে পুরনো দিনের কথাগুলো অন্নপূর্ণা দেবিকে বলে বসে । অন্নপূর্ণা দেবি যাওয়ার পর কান্নায় ভেঙে পড়ে মধুমন্তি , মাটিতে লুটিয়ে বসে কাঁদতে থাকে । সুদক্ষিণা কোনমতে নিচে নেমে এসে তাকে জড়িয়ে ধরে সামলাতে চায় । “ এ আমি কি করলাম সোদু... আমি ওনার মতন একজন ভালো মানুষের অসম্মান করে বসলাম , আমার...... আমার মাথার ঠিক ছিল না । সারাটাক্ষন বাজা ,বাজা শুনে শুনে আমি আর পেরে উঠি না ।" কান্নায় ভেঙ্গে পরা মধুমন্তি , সুদক্ষিণা কে জড়িয়ে বলতে থাকে কথাগুলো । সুদক্ষিণাও যথাসম্ভব তাকে সামলিয়ে সেখানেই বসে থাকে ।

সন্ধ্যা পেরিয়ে রাত ক্রমশ ঘন হয় । লাবণ্য মধুবন্তীর ঘরে আসে “ সুদক্ষিণা , অরুণ ঠাকুরপো খুঁজছেন তোমায় । আমি তোমাকে নিয়ে যেতে এসেছি" এই বলে সে বাইরে অপেক্ষা করে । সুদক্ষিণা সেদিন খুবই দুর্বল । বদ্যিমশাইয়ের দেওয়া একটি বড়ি সুদক্ষিণা কে খাইয়ে দেয় মধুমন্তি । সুদক্ষিণা যাওয়ার জন্য প্রস্তুত হতে মধুমন্তি তাকে থামিয়ে বলে “ তুই অরুণকে বলে রাখবি , তোদের ডাক্তারি পরীক্ষা হবে ।" সুদক্ষিণা কোনো উত্তর দেয় না , লাবণ্য ঘরে ঢুকে তাকে সেখান থেকে নিয়ে যায় ।

অরুণ সেদিন আগে থেকেই খুব রেগে ছিল , কাছারিতে ব্যবসায়ী কিছু সমস্যার জন্য । লাবণ্য সুদক্ষিণা কে তার ঘরে পৌছিয়ে দরজা বন্ধ করে সেখান থেকে চলে যায় । দুর্বলতায় থর থর করে সুদক্ষিণার শরীর কাঁপতে থাকে । সে কোনমতে ঘরের ভিতরে ঢোকে । তাকে দেখা মাত্রই কঠিন ব্যবহারে অরুণ তাকে প্রশ্ন করে “ কোথায় ছিলে তুমি ? রান্না করো নি কেন আজ আমার জন্য ? পরিবেশন করতেও আসোনি । শ্রীধর এর বউ জানালো সব রান্নার সে করেছে ,পরিবেশন ও সে করল ।" ভয়ে জর্জরিত হয়ে সুদক্ষিণা উত্তর দেয় “ আজ্ঞে আমার শরীরটা ঠিক ভালো নেই , দুর্বল লাগছে , তাই পারিনি করতে । ক্ষমা করবেন আমায় ।" অরুণ কিছু বলেনা । এরপর মধুমন্তির কথার খেয়াল আসে সুদক্ষিণার “ আ......আজ্ঞে আপনাকে কিছু বলার ছিল ।" অরুণ তার দিকে না তাকিয়েই উত্তর দেয় “ বলো " খুবই সংকুচিত হয়ে সুদক্ষিণা বলে “ মা বলেছে আপনাকে জানাতে যে আমাদের ডাক্তারি পরীক্ষা হবে " “ডাক্তারি পরীক্ষা ? কিসের ডাক্তারি পরীক্ষা ?” অরুণ জিজ্ঞেস করে । “ আজ্ঞে আমাদের সন্তান হচ্ছে না কেন , তার জন্য ডাক্তারি পরীক্ষা , আমার

এবং আপনার" সুদক্ষিণা বলে । ....কোন কথা না বলেই অরুণ সুদক্ষিণার গালে সজোরে একটা চড় মারে " কি এত বড় আস্পর্ধা তোমার ......তুমি আমার পুরুষত্বে আঙুল তুলছো" রেগে আগুন হয়ে বলে অরুণ । সুদক্ষিণা আগে দিয়েই খুব দুর্বল ছিল , অরুণের চড়ে সে ছিটকে পড়ে পালঙ্কের উপর । " বিশ্বাস করুন আমি বলিনি এই সব কথা... মা চায় আমাদের পরীক্ষা হোক" অসহায় সুদক্ষিণা কাঁদতে কাঁদতে অরুণকে বলে । " চুপ...... আমার পুরুষত্বে আঙ্গুল তোলা তো...... দেখাচ্ছি আমি তোমায় , আমার কত ক্ষমতা" ঘায়েল বাঘের মত গর্জাতে গর্জাতে বলে অরুণ । হাতজোড় করে প্রার্থনা ভিক্ষা চাইতে থাকে সুদক্ষিণা , " আজকে ছেড়ে দিন দয়া করে । আমি খুবই অসুস্থ ।" কিন্তু.................... কে কার কথা শোনে ! সেদিন বাইরের আবহাওয়া প্রচন্ড ভয়ংকর । আকাশে ভর্তি কালোমেঘ সাথে তুফানের মত ঝোড়ো হাওয়া ও বৃষ্টি । গর্জিত আকাশ , বিদ্যুতের ঝলকানি । সেই বিদ্যুতের ঝলকানিতে অস্পষ্ট ভাবে দেখা গেল সুদক্ষিনার পরিণতি । পিশাচরূপি অরুণ ছিন্নবিচ্ছিন করে দিচ্ছে তাকে । হায় রে ! এটাই কি পুরুষের পুরুষত্বের প্রমাণ ? কেউ শুনল না সুদক্ষিণার চিৎকার , কেউ শুনল না তারা আর্তনাদ । হে বিধাতা ! তুমি কোথায়... অন্তত তুমি রক্ষা করো তাকে । বাইরের ঝোড়ো হাওয়ার শব্দ , মেঘের গর্জনের শব্দের মধ্যে মিলিয়ে গেল সুদক্ষিণার চিৎকার । অরুণের পুরুষত্বে বলি হলো সুদক্ষিণার মান ।

সেদিন একদিকে যখন সুদক্ষিনার উপর এই অত্যাচার চলছে , তখন অন্যদিকে মধুমন্তি নিজের ঘরে আত্মগ্লানিতে ভুগছে । হঠাৎ সে শুনতে পায় বাইরে দিয়ে দরজায় কড়া নাড়ার শব্দ । শাড়ির আঁচলে চোখ মুছে এসে দরজা খুলে দেখে সামনে শৈলেন্দ্র দাঁড়িয়ে হাতে খাবারের থালা নিয়ে " তোমার জন্য খাবার এনেছিলাম , আজ তুমি নিজে খেতে নামলে না তাই" শৈলেন্দ্র বলে । মধুমন্তি আর কান্না চাপতে পারেনা , লুটিয়ে পড়ে শৈলেন্দ্রর পায়ে " আমায় ক্ষমা করুন আপনি । আমার ভুল হয়ে গেছে" " আহা , একি করছো মধু । ওঠো ওঠো" শৈলেন্দ্র তাকে উঠিয়ে পালঙ্কে নিয়ে বসায় । খাবারের থালাটা টেবিলে রেখে জিজ্ঞেস করে " কি হয়েছে , তুমি কাঁদছো কেন ?" শৈলেন্দ্র বেশিরভাগ সময়টা কাছারিতে থাকে । তাই বাড়ির খোঁজ-খবর তার অত রাখা হয়না । সে জানে বাড়ির দিকটা মধুমন্তি সামলে নেবে , তাই সে নিশ্চিন্তে ব্যবসা সামলায় । কিন্তু সেদিন মধুমন্তি কে কাঁদতে দেখে শৈলেন্দ্র বিচলিত হয়ে ওঠে । বারবার মধুমন্তিকে জিজ্ঞেস করতে থাকে ' কি হয়েছে ' । কিছুক্ষণ পর নিজেকে একটু সামলিয়ে নেয় মধুমন্তি । এরপর ধীরে ধীরে তাকে সমস্ত ঘটনা বলতে থাকে , সুদক্ষিণার জ্ঞান হারানোর কথা , বদ্যিমশাই এর বলা তার ব্যামোর কথা , তার সাথে অন্নপূর্ণা দেবির ঝগড়ার এবং শেষে তার মুখ থেকে বেরিয়ে যাওয়া শৈলেন্দ্রের অপূর্ণতার কথা । শৈলেন্দ্র সবটা শোনে , চুপচাপ শোনে । মধুমন্তি আবার কেঁদে ফেলে " আমায় ক্ষমা করবেন আপনি" " ছিঃ ছিঃ মধু তুমি ক্ষমা কেন চাইছ" শৈলেন্দ্র বলে " ক্ষমা তো আমার তোমার কাছে যাওয়া উচিত । আমার জন্য সারাটাজীবন তোমাকে না জানি কত কথাই শুনতে হলো । আজও তুমি বৌঠানকে ভুল তো কিছুই বলনি । তাই তুমি ক্ষমা চেয়ো না" এই বলে সে কিছুক্ষণ চুপ থাকে , থেকে বলে " আমি কালকেই ব্যবস্থা করছি কলকাতা দিয়ে ডাক্তার নিয়ে আসার । তুমি চিন্তা করনা মধু , আমাদের সোদু সুস্থ হয়ে উঠবে ।"

না জানি কখন সে রাতে ঝড় থামে , আর কখন ই বা ভোরের সূর্যের আলো রাতের অন্ধকারকে মুছে দেয় । কিন্তু সুদক্ষিণার জীবনে নেমে আসে অন্ধকার হয়তো মোছার না । সকাল হতে অরুণ রোজের মতন কাজে চলে যায় । বেলা গড়াতে মধুমন্তি অরুণের ঘরে ঢোকে সুদক্ষিণা কে ওষুধ খাওয়াতে । ঢুকে সুদক্ষিণা কে দেখামাত্র সে আঁতকে ওঠে " সোদু ,একি অবস্থা তোর !" সুদক্ষিণার

সমস্ত শরীর ছিন্নবিচ্ছিন্ন , অরুণের পাশবিকতার চিহ্ন তার সারা দেহে , গালে চড় মারা আঙ্গুলের ছাপ । ভেঙে পরে মধুমন্তি , সুদক্ষিণা কে এইরূপে দেখে । " তেনার পুরুষত্বের প্রমাণ মা এগুলো" নির্জীব বস্তুর ন্যায় বলে ওঠে সুদক্ষিণা । মধুমন্তি ছুটে গিয়ে সুদক্ষিণা কে বুকে জড়িয়ে নেয় । হাউ হাউ করে কাঁদতে থাকে সে । কিন্তু সুদক্ষিণার চোখে জল নেই আজ , পাথরের মত হয়ে রইলো সে ।

নাহ , মধুমন্তি আর থাকতে দেবেনা সুদক্ষিণাকে অরুণের সাথে । স্বামীর অধিকারের নামে এ কি পাশবিকতা অরুণের । সুদক্ষিণার এই অবস্থা আর সইতে পারল না মধুমন্তি । সুদক্ষিণা কে উঠিয়ে , শাড়ি পরিয়ে সে নিজের ঘরের দিকে নিয়ে যেতে লাগল । সুদক্ষিণার গায়ে জোর নেই , হাটতে গেলে পরে যাওয়ার উপক্রম তার । মধুমন্তি কোনরকমে তাকে হাঁটিয়ে নিজের ঘরের দিকে নিয়ে যাচ্ছিল , ঠিক সেইসময় শৈলেন্দ্র বের হচ্ছিল কাছারির জন্য । শুধু যে মধুমন্তি সুদক্ষিণা কে মেয়ে মানত তা নয় , শৈলেন্দ্র ও তাকে নিজের আপন মেয়ে তুল্যই স্নেহ করতো । তার কোন কষ্টে যেমন মধুমন্তির আঘাত লাগতো , তেমনি শৈলেন্দ্রও আঘাত লাগত । সুদক্ষিণা কে মধুমন্তির সাথে ওইরূপে দেখে সে ছুটে যায় " একি......... এ কি অবস্থা সোদুর !" বিস্মিত , চিন্তিত , দুঃখিত ...এক বাবার মুখ থেকে বেরিয়ে আসলো কথাগুলো । " বলছি আগে একটু সোদু কে ধরে আমার ঘরে নিয়ে চলুন" মধুমন্তি বলল । দুজনে মিলে তারপর সুদক্ষিণা কে মধুমন্তির ঘরে নিয়ে যায় । মধুমন্তি সেখানে তাকে এক গ্লাস দুধ ও বদ্যিমশাই এর দেওয়া ওষুধ খাইয়ে তাকে বিশ্রাম করতে বলে । গত রাতের ইতিবৃত্ত পুরোটাই সে আগে সুদক্ষিণার কাছ থেকে শুনেছে । মধুমন্তি ও শৈলেন্দ্র সুদক্ষিণা কে শুইয়ে ঘর থেকে বেরিয়ে আসে ।

চিন্তিত শৈলেন্দ্র আবার জিজ্ঞেস করে " এসব কি মধু ? সোদুর এরূপ অবস্থা কি করে হলো ? তুমি আমায় কোন কিছু জানাওনি কেন ?" মধুমন্তির চোখ দিয়ে জল বেরিয়ে আসে । সুদক্ষিণার এমত অবস্থা তাকে ভেঙে রেখে দেয় । একে একে সে শৈলেন্দ্রকে সবকিছু জানাতে থাকে । অরুণের প্রতিপত্ত তার তথাকথিত পুরুষত্বের ইতিকথা , গতরাতের ঘটানো তার পাশবিক অত্যাচারের কথা , শুধু জীবন থেকে সমস্ত খুশি আনন্দ কেড়ে নেওয়ার কথা ....। সব কথা শুনে রাগে ফেটে পড়ে শৈলেন্দ্র । তৎক্ষণাৎ সে মধুমন্তিকে নিয়ে নিচে যায় । এক বেয়াড়া কে পাঠায় অরুণের কাছারিতে , তাকে নিয়ে আসার জন্য , এবং মধুমন্তিকে নিয়ে সে অন্নপূর্ণা দেবির ঘরে ঢোকে । ঢুকে দেখে লাবণ্য কমলিনীও সেখানে রয়েছে । কোন রসিকতার কথায় তারা হাসাহাসি করছে । শৈলেন্দ্র মধুমন্তি কে দেখে তারা সকলে চমকে ওঠে । " আপনার সাথে কিছু কথা ছিল বৌঠান" শৈলেন্দ্র বলে । শৈলেন্দ্র সাধারণত শান্ত প্রকৃতির মানুষ । সর্বক্ষণ নমনীয়তার সাথেই কথা বলে কিন্তু এইবার তার আওয়াজে নমনীয়তা নেই... আছে প্রচন্ড রাগ । " বলো কি বলবে" অন্নপূর্ণা দেবি বলেন । " কথাটা আপনার আর অরুণের সাথে ছিল , আমি তাকে ডাক পাঠিয়েছি । সে আসলে কথা শুরু হবে । তাই আমি চাই আপনি অতিরিক্ত মধুমন্তি কে ছাড়া যারা এই ঘরে আছেন তারা কিছুক্ষণের জন্য অন্য ঘরে গিয়ে বসুক" শৈলেন্দ্র বলে । এমন ধরনের কথাবার্তা অন্নপূর্ণা দেবি আগে কখনো শোনেননি । তার এইরূপ কথা শুনে তিনি খুবই বিস্মিত হন । শৈলেন্দ্র এর কথায় লাবণ্য কমলিনীর আত্মসম্মানে আঘাত লাগে " বাব্বা ঠাকুরপো অমনতরে না বলতিই পারতে । আমরা এমনিই বেইরে যেতুম । হ্যাঁ হ্যাঁ আমাদের সামনি কোন কতা বলবেই বা কেন... আমরা তো হলুম তোমাদের দুঃসম্পর্কের আত্মীয় , ঘরের লোক তো নয় । চলো বৌমা" এই বলে কমলিনী লাবণ্য কে নিয়ে সেখান থেকে বেরিয়ে যেতে লাগে । " বৌঠান একটা কথা ছিল" শৈলেন্দ্র

কমলিনী কে উদ্দেশ্য করে বলে । কমলিনী তার দিকে তাকায় । " দয়া করে অন্য ঘরে গিয়েই বসবেন , এই ঘরে আড়ি পাততে যাবেন না" শৈলেন্দ্র বলে । বিচলিত হয়ে ওঠে কমলিনী " এ তুমি কি বলচ ঠাকুরপো ...আমি আবার কখন কোতায় আড়ি পাতলুম " " আমি এ বাড়িতেই থাকি বৌঠান । কে কেমন না কেমন সবটাই জানি । তাই বলছি দয়া করে আড়ি পাতবেন না" শৈলেন্দ্র বলে । কমলিনীর অবস্থা হাঁটে হাড়ি ভাঙ্গার মতন হয়ে যায় । লাবণ্যর হাত ধরে টেনে রাগে গজগজ করতে করতে ঘর থেকে বেরিয়ে যায় সে " এত অপমান সহ্য করে একনো কি করতে দাইরে আচো ? চলো" লাবণ্য কমলিনী বেরিয়ে যায় । শৈলেন্দ্র ও মধুমন্তি অন্নপূর্ণা দেবির ঘরেই অরুণের অপেক্ষা করে ।

প্রায় আধাঘন্টা পর অরুণ আসে । " কি ব্যাপার ? এত তাড়াহুড়ো করে আমাকে ডেকে পাঠানো হল কেন ?" ঘরে ঢোকা মাত্রই অরুন এ প্রশ্নটা করে বসে সবাইকে । অরুণকে দেখে শৈলেন্দ্র নিজের রাগ সামলাতে পারেনা । কোন কথা না বলেই শৈলেন্দ্র উঠে অরুণের কাছে যায় এবং সজোরে তার গালে একটা চড় মারে ....। আঁতকে ওঠে সকলে । মধুমন্তি চকিত , অরুণ অবাক ...ঠাকুরপো চিল্লে ওঠেন অন্নপূর্ণা দেবি " এ কি ...তুমি আমার অরুণের গায়ে হাত তুললে ...কে অধিকার দিয়েছে তোমাকে ? কোন দোষে তুমি আমার অরুণের গায়ে হাত তুললে" রেগে ফেটে পড়েন অন্নপূর্ণা দেবি । " মাপ করবেন বৌঠান তবে এ অধিকার আমাকে আমার দাদা দিয়ে গেছেন । ভুলে যাবেন না দাদার অবর্তমানে এই বাড়ির কর্তা কিন্তু আমি , আর বাড়ির কর্তার অধিকার থাকে যে সে বাড়ির সদস্যদের অপরাধের শাস্তি দিতে পারে । দাদা চলে যাওয়ার পরে কোনদিনও আমি কর্তা হওয়ার অধিকার ফলাইনি , কারণ আমি আজও আমার দাদাকেই এই বাড়ির কর্তা মানি । যদিও তিনি এখন নেই , তবুও । কিন্তু আজ এত বছরে এই অধিকার ফলাতে বাধ্য হলাম । কারণ আজ দাদা বেঁচে থাকলে তিনি এইটাই করতেন । আফসোস বৌঠান , যেই কাজটা আজ আমি করলাম সেটা আপনার করা উচিত ছিল" রেগে চিল্লাতে থাকে শৈলেন্দ্র " আর আপনি দোষ জানতে চাইছেন তো শুনুন , কাল রাতে যখন সোদু অরুণকে ডাক্তারি পরীক্ষার কথা জানায় তখন অরুণ এরূপ কোন কথা না বলে সোদু কে চড় মারে । আমার মেয়েটার গালে এখনও ওর আঙ্গুলের ছাপ আর সর্বাঙ্গে......... ছিঃ......" বলতে বলতে গলা ভরে ওঠে শৈলেন্দ্রের । তার চোখের কোনে জল চলে আসে । " যান বৌঠান গিয়ে দেখুন , মেয়েটা আমার কি কষ্ট পাচ্ছে" এক অসহায় বাবার মতন বলে ওঠে শৈলেন্দ্র । অন্নপূর্ণা দেবি কোন উত্তর দিতে পারেন না । " তো আপনি বলতে কি চাইছেন কাকামশাই , আমার পুরুষত্বের ডাক্তারি পরীক্ষা হবে ...এই কথাটি শুনেও আমি চুপ করে থাকব ?" অরুন বলে । " তাই বলে কি তুই ওই নিরীহ মেয়েটার গায়ে হাত তুলবি ?" শৈলেন্দ্র বলে " আর পরীক্ষা করতে তো কোন দোষ নেই । পরীক্ষা করলে তো উপরন্ত ভালো হবে" "না আমি পরীক্ষা করাবো না" অরুণ বলে ওঠে । সুদক্ষিণার প্রসঙ্গ আসতে শৈলেন্দ্র একটু নরম হয়ে গেছিল কিন্তু অরনের দম্ভ দেখে সে আবার কড়া সুরে বলে , " পরীক্ষা তো তোকে কড়াতেই হবে । নচেৎ..........." , " নচেৎ কি কাকামশাই ?" অরুন করে জিজ্ঞেস করে । " নচেৎ তোর কাছারি বানাতে তুই যত টাকা নিয়েছিস এই বাড়ি থেকে , তোর কর্মচারীদের যেই বেতনগুলো দিয়েছিস এই বাড়ির টাকা দিয়ে , সেই সব টাকা তোকে এক্ষুনি ফেরত দিতে হবে এই মুহূর্তে" শৈলেন্দ্র বলে । " ঠাকুরপো , সমস্ত টাকা আমি অরুণকে দিয়েছি । এটা ওর প্রাপ্যের টাকা , এই বাড়ির ছেলে হিসেবে" অন্নপূর্ণা দেবি বলেন । " কিসের প্রাপ্যতা বৌঠান ?" শৈলেন্দ্র জিজ্ঞেস করে " আপনার সিন্দুকে যত টাকা আছে তা আপনাকে আমি রাখতে দিয়েছি , আমার

দ্বারা এগিয়ে নিয়ে যাওয়া আমাদের বংশের ব্যবসায় লাভ করা টাকা। আর আপনার ছেলে তো সেই ব্যবসায় কোনদিনও ফিরেও তাকায়নি। হ্যাঁ দাদা বেঁচে থাকাকালীন সে কাছারি যেত তবে সেই নিছকই তা দাদার জোরে, স্বেচ্ছায় না। সে কথা আমি আপনি সকলেই জানি" এতটা বলে শৈলেন্দ্র কিছুক্ষনের জন্যে চুপ হয়ে যায় তারপর বলে " বলতে মুখে বাধছে বৌঠান, ক্ষমা করবেন, তবে অরুণ যদি পরীক্ষার না করে, তো তাকে সব টাকা ফেরত দিতেই হবে। উপরন্তু এই বাড়ির সম্পত্তির কোন অংশই সে পাবেনা। দাদার হুইল অনুযায়ী এই বাড়ির সম্পতি কিন্তু এখনো আমার নামে। তিনি জীবিত অবস্থায় লিখেছিলেন তার অবর্তমানে এই সম্পত্তির দায় দায়িত্ব আমার।" অন্নপূর্ণা দেবি প্রতুত্তরে কিছু বলতে পারেন না। সম্পত্তি না পাওয়ার কথা শুনে অরুন বলে ওঠে " আমার তরী বানানো প্রায় সম্পন্ন। ব্রিটিশ সরকার খুব শীঘ্রই আমাকে আরো টাকা দেবেন। তখন আমি আপনাকে সব টাকা দিয়ে দেবো " " তখন নয় টাকা আমার আজকেই চাই" এই বলে শৈলেন্দ্র মধুমন্তিকে নিয়ে সেখান থেকে বেরিয়ে যেতে লাগে " ও হ্যাঁ আরেকটা কথা" ফিরে বলে শৈলেন্দ্র " তুই আবার শিবরামপুর জমি বেঁচে টাকা দেওয়ার কথা ভাবিস না যেন। কেন কি আমি সেটাও হতে দেবো না। ভুলে যাস না আইনি প্যাঁচ আমিও জানি। বিদেশে গিয়ে আমিও পড়াশোনা করেছি, তাই আজ রাতের মধ্যে টাকা না দিলে ডাক্তারি পরীক্ষা তোকে করতেই হবে" বলে শৈলেন্দ্র মধুমন্তিকে নিয়ে বেরিয়ে যায়। বেরোতে গিয়ে দেখে স্বভাবতই কমলিনী ও লাবণ্য আড়ি পেতে রয়েছে। শৈলেন্দ্র কে দেখে ওরা থতমত খেয়ে যায়। " আপনাদের স্বভাব আর সুধরালো না বৌঠান, ছিঃ......" এই বলে শৈলেন্দ্র মধুমন্তিকে নিয়ে চলে যায়। বাইরে কমলিনী ও লাবণ্য এবং ভিতরে অন্নপূর্ণা দেবি ও অরুণ নির্বাক হয়ে দাঁড়িয়ে থেকে যায়।

।।আট।।

শৈলেন্দ্র মধুমন্তি মধুমন্তির ঘরে যায়, সুদক্ষিণা ততক্ষণে ঘুমিয়ে পড়েছে। শৈলেন্দ্র সুদক্ষিণার মাথার কাছে বসে তার মাথায় হাত বুলিয়ে দিতে থাকে, বাবার স্নেহ যে মায়ের স্নেহর তুলনায় কোন অংশে কম নয়, শৈলেন্দ্র আজ তা প্রমাণ করে। মধুমন্তি এত ঘটনায় কিছু বলেনি, চুপচাপ শুনেছে সব। শৈলেন্দ্রের এই রুদ্ররূপ সে আজ প্রথমবার দেখলো। সে তার কাছে গিয়ে তার পায়ে হাত দিয়ে প্রণাম করে " একি মধু ...প্রণাম করছ কেন ?" শৈলেন্দ্র বলে। " আজ আপনি যেভাবে সোদুর জন্য যা যা করলেন তার জন্য ধন্যবাদ আপনাকে" মধুমন্তি বলে। " সোদু শুধু তোমার একার মেয়ে নয়, আমিও ওকে আমার মেয়ে ভাবি। বাবা হিসেবে আমার যা কর্তব্য তাই করলাম" শৈলেন্দ্র উত্তর দেয়। " তবে অরুণকে সম্পত্তির ভাগ না দেওয়ার কথাটা আপনি নাই বলতে পারতেন। ও বড়ঠাকুরের সন্তান, ওনার সন্তান স্বরূপ সম্পত্তি পাওয়ার অধিকার রয়েছে অরুণের" মধুমন্তি বলে। শৈলেন্দ্র মধুমন্তির কথা শুনে একটি দীর্ঘশ্বাস ফেলে তারপর তার দিকে তাকিয়ে বলে " আমিও বলতে চাইনি মধু, তবে ওকে পথে আনার এই একটিই উপায়। টাকা-জায়গা-জমি-সম্পত্তি... এইসবই ওর কাছে চিরকাল শ্রেয়। তাই বাধ্য হয়ে বলতে হল।"

শৈলেন্দ্র আর মধুবন্তীর মধ্যে কথা হচ্ছে, তখনই অন্নপূর্ণা দেবি সেখানে আসেন " বাহ বাহ ঠাকুরপো ! আজ খুব ভালো করলে। বৌঠানের তোমায় করে এত বড় সাহায্যেই বদলে তাকে দিন টা দেখালে" অন্নপূর্ণা দেবি রেগে গিয়ে বলেন। " কিসের সাহায্য বৌঠান ?" শৈলেন্দ্র জিজ্ঞেস করে। " ভুলে গেলে ? সেই যখন তোমার আর ছোটর ডাক্তারি পরীক্ষা হয়েছিল আর তোমার অক্ষমতা প্রকাশ পেল তখন আমি......... এই আমি তোমার সেই অগুন কে প্রকাশ হতে দিইনি। আর তার জন্য আজ তোমার এত সম্মান, নয়তো কেউ তো পুচত না " বড়ই অহংকারের সাথে

বলেন অন্নপূর্ণা দেবি । শৈলেন্দ্র পালঙ্ক দিয়ে নেমে তার কাছে যায় , গিয়ে বলে " মাফ করবেন বৌঠান , তবে আপনি সেই কাজটা আমায় সাহায্য করার জন্য নয় , বরং এই বংশের নাম বজায় রাখার জন্য করেছিলেন । আমি আপনাকে কোনদিনও বলিনি যে আপনি আমার অক্ষমতা আমার স্ত্রী এর উপর চাপিয়ে দিন । উপরন্তু আমি যখনই কাউকে আসল কথাটা বলতে গেছি আপনি আমায় বাধা দিয়েছেন । বংশের দোহাই দিয়েছেন । আর আমি যখন সব মানতে মানা করে দিয়েছি তখন আপনি আমায় দাদার মাথার দিব্যি দিয়ে আমার মুখ বন্ধ করে দিয়েছেন , এমনকি দাদাকেও আপনি কথাটা জানাতে দেননি । সর্বদা বংশের কথা ভেবেছেন আপনি , মানুষের কথা না । আজ আপনার দেওয়া দিব্যির জন্য আমি চেয়েও কাউকে বলতে পারিনি । আর সারা জীবন মধু কে কি কটু কথাগুলোই না শুনে আসতে হল । আজও আমি এর জন্য ওর সাথে চোখ মেলাতে পারিনা" শৈলেন্দ্র কথা শুনে সবাই চুপ হয়ে যায় । শৈলেন্দ্র এবার অন্নপূর্ণার চোখে চোখ রেখে বলে " ডাক্তারি পরীক্ষা তো হবেই বৌঠান । আর ফলাফল বাড়ির সকলের সামনেই জানা হবে ।"

শৈলেন্দ্র কথা অনুযায়ী সেই রাতের মধ্যে অরুণ তাকে সমস্ত টাকা দিতে পারেনি , তাই তার এবং অন্নপূর্ণা দেবির ইচ্ছা না থাকা সত্বেও ডাক্তারি পরীক্ষার জন্য তাকে রাজি হতেই হয় । ঠিক হয় যত তাড়াতাড়ি সম্ভব শৈলেন্দ্র কলকাতার একজন ভাল ডাক্তার নিয়োগ করবে এবং তিনি এসে অরুণ ও সুদক্ষিণার সকল ডাক্তারি পরীক্ষা করবেন এবং বদ্যিমশাই এর কথা অনুযায়ী আলাদাভাবে সুদক্ষিণা চিকিৎসাও করবেন । আর যতদিন না সুদক্ষিণার সকল অসুখ সেরে সে আবার আগের মতো সুস্থ হচ্ছে ততদিন পর্যন্ত সে ঘরের কোন কাজ করবে না এবং মধুমন্তির সাথে তার ঘরেই থাকবে । এই সিদ্ধান্তও নিয়েছে শৈলেন্দ্র । নিরুপায় হয়ে অরুণ , অন্নপূর্ণা দেবি কে একথা মানতে হচ্ছে ।

মধুমন্তিকে ঘরের সমস্ত কাজই দেখতে হয় । তাই সুদক্ষিণাকে সম্পূর্ণভাবে দেখাশোনা করে উঠতে পারে না সে । তাই শৈলেন্দ্র গ্রামের এক বুড়িমাকে নিয়োগ করেছে যে মধুমন্তির সাথে সুদক্ষিনার খেয়াল রাখবেন । তার এবং মধুমন্তির শুশ্রূষায়ে সুদক্ষিণা এখন আগের থেকে একটু সুস্থ হয়ে উঠেছে । সে একা উঠে হাঁটাচলা করতে পারে , নিজের হাতে খেতে পারে , তবে অসুস্থতার ছাপ তার মুখ থেকে যায়নি ।

প্রায় কুড়ি পঁচিশ দিন পর শৈলেন্দ্র কলকাতার এক নামি ডাক্তারকে নিয়ে আসে । ডাক্তার তার সহ পুরুষ এবং মহিলা কর্মীদের সাথে এসে অরুণ এবং সুদক্ষিণার যাবতীয় যা পরীক্ষার সকল কিছু করে যান এবং বলে যান কয়েকদিন পরে তিনি ফলাফল জানিয়ে যাবেন , আর ততদিনে জন্য সুদক্ষিণা কে সামনে কিছু ওষুধও দিয়ে যান । যেগুলো খেয়ে সুদক্ষিণা একটু সুস্থ হচ্ছে তো ঠিকই কিন্তু তাঁর মনমরা ভাবটা কাটছে না । বরুণের হঠাৎ করে চলে যাওয়া তারপর অরুণের আগমন... তার শারীরিক এবং মানসিক নির্যাতন । সবকিছু মিলিয়ে সুদক্ষিণা যেন কেমন একটা হয়ে গেছে । সে আর হাসে না আগের মত , আর কথা বলেনা , বই পড়ে না , ফুল তোলে না , চোখে মুখে কালি ছাপ , রুগ্ন শরীর-শুষ্ক মুখশ্রী... যেখানে লেশমাত্র আনন্দের ছোঁয়া টুকুও নেই ।

একদিন বারবেলায় বুড়িমা এসে সুদক্ষিণা কে স্নান করিয়ে তার চুল আছে দিচ্ছিলেন । বুড়িমার কাছে সবসময় একটি বাক্স থাকত এবং তাতে মেয়েদের অনেক সজ্জার জিনিস রাখা থাকতো । সুদক্ষিণা কয়েকদিন যাবৎ লক্ষ্য করছে সেই বাক্সে লাল কাপড়ে মোড়া কিছু রাখা থাকে । " বুড়িমা বাক্সে ওটা কি আছে গো ?" সুদক্ষিণা জিজ্ঞেস করে । "এইটে ?" এই বলে বুড়িমা লাল কাপড়ে ছোট্ট পুঁটুলি টা খোলেন " এগুলো হলো বড়ি গো বউরানি" বুড়িমা উত্তর দেন । " কিসের বড়ি ?"

সুদক্ষিণা জিজ্ঞেস করে। কয়টি কালো রঙের বড়ি লালকাপড়ে মোড়া ছিল " ঘুমের বড়ি বউরানি" বলে তিনি পুঁটুলি আবার বেঁধে রেখে দেন। " এগুলো তোমার কাছে কেন ?" সুদক্ষিণা জিজ্ঞেস করে। " বদ্যিমশাই দিয়েছে গো বৌরানী। আসলে বাতের ব্যথায় মাঝেমধ্যি ঘুমাতে পারিনা। তাই যে রাতে ঘুম আসেনা সে রাতে এই বড়ির অর্ধেকটা ভেঙে খেয়ে নি" বুড়িমা বলেন। " তারপর তোমার ঘুম এসে যায় ?" বড়ই কৌতুহল এর সঙ্গে জিজ্ঞেস করে সুদক্ষিণা। " হ্যাঁ বৌরানী। খুব তেজ এ বড়ির" বুড়িমা বলেন। সুদক্ষিণা না জানি কি অনেকক্ষণ ধরে নিজ মনে ভাবে " আমায় কটা ওই বড়ি দেবে গো বুড়িমা !" কাতর কণ্ঠে জিজ্ঞেস করে সে। " তুমি এ বড়ির কি করবে ?" বুড়িমা জিজ্ঞেস করেন। " লাগবে...... খুব প্রয়োজন। দেবে গো বুড়িমা ?" অসহায়ের মত জিজ্ঞেস করে সুদক্ষিণা। " কিন্তু...... গিন্নি মা জানলি পরে ...." " মা জানতে পারবে না , আমি লুকিয়ে রেখে দেবো। দাওনা বুড়িমা , তোমার দুটি পায়ে পরি" সুদক্ষিণা বলে বুড়িমার পা ধরতে যায় " এ কি বৌরানী... একি করছো ? তুমি হলে বামন বউ , আমি হলুম নিচু জাত। তুমি আমার পায়ে হাত দিলে যে আমার পাপ হবে গো বৌরানী" বুড়িমা বলেন। কিছুক্ষণ তিনি চুপ থাকেন। সুদক্ষিণার অমন কাতর আবেদন তিনি ফেলতে পারেন না। লাল পুঁটুলি টা নিয়ে সুদক্ষিণার হাতে দিয়ে বলেন " এই নাও বৌরানী। এতে ৫ টা বড়ি আছে। তোমার কখনো ঘুমের পেয়োজন হলে অর্ধেক বড়ি ভেঙ্গে খেয়ো , দেখবে তাতেই ঘুম চলে আসবে" বুড়িমার হাত দিয়ে পুঁটুলি টা নিয়ে আকুল দৃষ্টিতে সুদক্ষিণা সেটির দিকে তাকিয়ে থাকে। বুড়িমার কথাগুলো শুনে সে জিজ্ঞেস করে " আর অর্ধেকের বেশি খেলে কি হবে গো বুড়িমা ?" " না না বৌরানী , অর্ধেকের বেশি খেতি যেয়ো না। খেলি প্রাণহানিও হতি পারে" পুঁটুলি থেকে চোখ সরিয়েই সুদক্ষিণা উত্তর দেয় , " আচ্ছা।"

।।নয়।।

ডাক্তারের সবকিছু পরীক্ষা করে যাওয়ার ১০ দিন পরেও পরীক্ষার ফলাফলের কোন খোঁজ আসে না , তা নিয়ে মধুমন্তি খুবই চিন্তিত। একদিন শৈলেন্দ্র কাছারি দিয়ে আসার পরে সে তার ঘরে যায় " আপনার সাথে কিছু কথা ছিল" মধুমন্তি বলে। শৈলেন্দ্র পিছন ফিরে মধুমন্তি কে দেখে বলে " ও মধু... এস। আমারও তোমার সাথে কিছু কথা ছিল" " বলুন " মধুমন্তি বলে। " না আগে তোমারটা বলো , আমি তারপর বলছি" শৈলেন্দ্র উত্তর দেয়। দুশ্চিন্তার সুরে মধুমন্তি বলে " আসলে আজ দশ দিন হয়ে গেল , ডাক্তারবাবু এসে পরীক্ষা করে গেলেন কিন্তু ফলাফল এখনো জানালেন না।" শৈলেন্দ্র তার কাছে এসে বলে " এসব পরীক্ষার ফলাফল আসতে একটু সময় লাগে মধু। তোমার মনে নেই আমাদের সময় তো অনেকদিন পরে ফলাফল জানা গেছিলো। একটু ধৈর্য ধরো সময় মতো সব জানতে পারবে" শৈলেন্দ্রের কথা শুনে মধুমন্তিও ভাবে , যে ঠিকই এসব পরীক্ষার ফলাফল জানতে একটু দেরি হয়। কথার প্রসঙ্গ পাল্টে সে বলে " হ্যাঁ আপনি ঠিকই বলছেন। ...আচ্ছা আপনি কি বলবেন বলছিলেন ?" " ওহ ! হ্যাঁ..." বলে শৈলেন্দ্র গিয়ে তার টেবিলের উপর দিয়ে একখানা পত্র নিয়ে আসে , " বিয়াই মশায়ের পত্র এসেছে। তিনি এবং বেয়ান আগামী একাদশী তিথিতে তীর্থভ্রমণে বের হচ্ছেন , সকলের মঙ্গলার্থে। কলকাতার এক বিরাট বড়তীর্থ ভ্রমণ সংস্থার সাথে শিবরাম বাবুর আলাপ হয়েছে , তাদের সাথেই যাচ্ছেন তিনি এবং বেয়ান। যাওয়ার আগে একবারে এ বাড়ি আসবেন আমাদের সাথে দেখা করতে। সোদুর অসুস্থতার কথা আমি তাকে জানিয়েছিলাম তাই তিনি আরও আগ্রহী আসার জন্য।" শৈলেন্দ্র এর কথা শুনে মধুমন্তি পত্রটি নিয়ে মনোযোগ সহকারে পড়ে। পড়া হয়ে যেতে সে চুপচাপ বসে থাকে। " কি হলো মধু ? কি ভাবছো ?" শৈলেন্দ্র জিজ্ঞেস করে। " আজ্ঞে যদি আমিও যাই ?" মধুমন্তি বলে। " তুমিও যাবে... কোথায়

?" শৈলেন্দ্র জিজ্ঞেস করে। "তীর্থ ভ্রমণে... বিয়াই মশাই দের সাথে। মেয়েটার জন্য পুজো দিয়ে আসতাম। ওর দুঃখ যে আমি সইতে পারিনা" মধুমন্তি বলে।

বিয়ের পর মধুমন্তি যেমন শৈলেন্দ্রের কাছে কোন কিছু চায়নি তেমনি কোনদিন বাড়ি হতে দূরেও থাকেনি। " তীর্থ ভ্রমণ মানে তো সে দু-তিন মাসের যাত্রা !" শৈলেন্দ্র বলে। শৈলেন্দ্র চাইছিল না মধুমন্তি যাক , তাকে ছাড়া সে , সুদক্ষিণা , এমনকি গোটা চাটুজ্যে পরিবার সম্পূর্ণ অসহায়। মধুমন্তি সকলকে এক করে রেখেছে , কিন্তু মধুমন্তির যাওয়ার আকাঙ্ক্ষা , সুদক্ষিণার জন্য পুজো দেওয়ার ইচ্ছা , কোনটাই শৈলেন্দ্র ফেলতে পারছে না। অনেক চিন্তা ভাবনা করার পর অবশেষে সে রাজি হয় " ঠিক আছে তুমি যখন সোদুর জন্য পুজো দিতে যাবে বলছ তাহলে যাও। আমি কালকেই বিয়াই মশাইকে কে একটা চিঠি লিখে তাতে জানিয়ে দিচ্ছি যে তুমিও তাদের সাথে যাবে।"

শৈলেন্দ্র এরপর শিবরাম বাবুকে চিঠিতে জানায় যে মধুমন্তিও তাদের সাথে যেতে ইচ্ছুক। যাওয়ার সকল বন্দোবস্তও শৈলেন্দ্র করে দেয়। বাড়িতে সকলকে জানিয়ে দেয়া হয় যে আগামী একাদশী তিথিতে মধুমন্তি , শিবরাম বাবু ও শান্তিপ্রিয় তীর্থ ভ্রমণে বের হবেন।

এরপর বেশ কিছুদিন পরের ঘটনা। ঝড় বৃষ্টির কারণে সেদিন কেউ কাজে বের হয়নি। অরুন নিজের ঘরে , শৈলেন্দ্র হরিঘোষাল তাদের কাজ নিয়ে ব্যস্ত , অন্নপূর্ণা দেবি নিজের ঘরে ঠাকুরের মালা জপ করছেন , মধুমন্তি সুদক্ষিণা তাদের ঘরে একসাথে সময় কাটাচ্ছে... এমন সময় কমলিনীর গলা আসে , "কই গো ? কই গো সবাই ? শিগগিরটি বাইরে এসো গো" কমলিনীর গলা শুনে সকলে এসে দেখে কমলিনী , লাবণ্য , শ্রীধর সেখানে উপস্থিত। খুশিতে আহ্লাদে আটখানা হয়ে আছে কমলিনী। " কি হয়েছে মেজবউ অমনভাবে ডাকলি কেন সবাইকে ?" অন্নপূর্ণা দেবি জিজ্ঞেস করেন। " ও বড়গিন্নি গো... আজ আমার কি খুশি দিন। আমার শ্রীধর বাপ হতে চলেচে , বৌমা আমার পোয়াতি হয়েচে গো" আনন্দে মাতোয়ারা হয়ে বলে কমলিনী। " ওহ বউমা পোয়াতি..." অন্নপূর্ণা দেবি বলেন। অন্নপূর্ণা দেবি খুশি নন। তিনি চেয়েছিলেন অরুণের সন্তান , কিন্তু তা না হয়ে শ্রীধরের সন্তান আগমনের খবর পেয়ে তিনি খুশি নন। কিন্তু সকলকে তো তা বলা যায় না , তাই হেসে সুসংবাদটিকে স্বাগত করলেন। " আরে বৌমা দাইরে আচো কেন ...সক্কলকে পেন্নাম করো , বাবা তুইও আয়" কমলিনী বলে। লাবণ্য শ্রীধর হাসিমুখে অন্নপূর্ণা দেবি , শৈলেন্দ্র , হরিঘোষাল কে প্রণাম করে... দুই হাত তুলে আশীর্বাদও দেয় সকলে। মধুমন্তির কাছে এসে প্রণাম করতে গেলে মধুমন্তি হাসিমুখে বলে " থাক মা , ঝুঁকতে হবে না। আমি এমনিতেই আশীর্বাদ করছি। ভালোই হলো তীর্থযাত্রায় যাওয়ার আগেই সুসংবাদটি পেলাম। সোদুর সাথে সাথে এবার তোমার নামেও ঠাকুরের কাছে পুজো দিয়ে আসব" এই বলে মধুমন্তি লাবনীর মাথায় হাত বুলাতে গেলে , কমলিনী মধুমন্তির হাতটা ধরে টেনে সরিয়ে দেয় "দূর হও......একদম আমার বউকে তুমি পর্শ করবে না" তিরস্কারের এর সাথে কমলিনী মধুমন্তি কে কথাগুলো বলে ওঠে। কমলিনীর ব্যবহারে সকলে খুব অবাক হয়। " গিন্নি...... একি বলছো তুমি ?" ধমক দিয়ে ওঠে ঘরে হরিঘোষাল। " আপনি থামুন... আমি ঠিকই বলচি" কমলিনী বলে " এতদিন পর একটা ভালো খবর পেলুম , আর ও কিনা আমার বউকে ছুঁয়ে এসব নষ্ট করে দিতি চায়। বলি........... আপনারা কি ভুলে গেচেন , বাজা মেয়ে মানুষ ও। ওর ছায়াও আমার বউয়ের পরে পড়লি অমঙ্গল হবে।"

"কি ! আমার ছায়াও অমঙ্গল ?" মনে মনে ভাবে মধুমন্তি। কান্নায় তার বুক ফেটে পড়ে , সে দ্রুত পায়ে সেখান থেকে বেরিয়ে যেতে লাগে। " দাঁড়াও মধু" শৈলেন্দ্র বলে ওঠে। মধুমন্তির কাছে

গিয়ে তার হাত ধরে তাকে সবার সামনে আনে " একি করছেন আপনি.....আমি থাকলে যে বৌমার অমঙ্গল হবে" মধুমন্তি বলে ওঠে । " অমঙ্গলই যদি হয় তাহলে তার জন্য তোমার নয় আমার যাওয়া উচিত কারণ সন্তান জন্ম দেওয়ার অক্ষমতা তোমার নয় আমার আছে" সকলের সামনে শৈলেন্দ্র বলে ওঠে । সকলে অবাক , নিস্তব্ধ । লাবণ্য , কমলিনী , শ্রীধর , অরুণ , হরিঘোষাল সকলে অবাক । " এ.........এ.........আপনি কি বলছেন ?" কম্পিত গলায় বলে ওঠে মধুমন্তি । পাশ দিয়ে কমলিনী বলে ওঠে " হ্যাঁ ঠাকুরপো , এ তুমি কি বলচো ? ওই বাজা বউ এর দোষ নিজের মাথায় কেন নিচ্ছ" " থামুন বৌঠান থামুন... অনেক হলো" চিল্লে ওঠে শৈলেন্দ্র " বাজা বাজা বাজা বাজা... চিরটাকাল মধুমন্তিকে এই কথা শুনতে হল । কিন্তু মধু বাজা নয় । সন্তান জন্মদানের অক্ষমতা টা ওর নয় , অক্ষম আমি .... হ্যাঁ আমি" সজোরে , যেন কোন চাপা বোঝার ভার মুক্ত করে বলে ওঠে শৈলেন্দ্র ।

সকলে চুপ , হতভম্ব । " আমাদের বিয়ের বহুদিন পরেও যখন আমাদের কোন সন্তান হয়না , তখন আমাদের ডাক্তারি পরীক্ষা হয় , আর তাতে প্রমাণ হয় যে আমি সক্ষম নয় সন্তান জন্ম দিতে । আমি মধু আর অন্নপূর্ণা বৌঠান এই কথাটি জানতাম । কিন্তু বৌঠান বংশের সম্মান রক্ষার জন্য আমার অক্ষমতার দোষ মধুমন্তির উপর চাপিয়ে দেন এবং আমাকেও দাদার দিব্যি দিয়ে বেঁধে দেন যাতে আমিও কাউকে কিছু না বলতে পারি । কিন্তু না আর পারলাম না আমি । দোষ না থাকা সত্ত্বেও মধু চিরটাকাল দোষী হয়ে রইল । কোনদিনও ও কাউকে সত্যি তা জানায়নি , যাতে আমার মান নষ্ট না হয়" ভেঙে পড়ে শৈলেন্দ্র কথাগুলো বলতে বলতে " আর কমলিনী বৌঠান আপনি মধু কে অমঙ্গল বলছেন...... আপনি ......? যিনি চিরকাল লোকের সমালোচনা করে বেরিয়েছেন । বৌঠান......... মধুমন্তির থেকে মঙ্গল হয়তো এই বাড়িতে আর কেউ নেই" এই বলে সে মধুমন্তি কে উদ্দেশ্য করে তাকে হাতজোড় করে বলে " আমায় ক্ষমা করো মধু । আমার জন্য চিরকাল তোমার কথা শুনতে হলো । কিন্তু আর না , আর কেউ তোমায় দোষ দিতে পারবে না । মাথা উঁচু করে থাকবে এবার তুমি । আজ অনেক বড় বোঝা থেকে মুক্ত হলাম আমি ।" মধুমন্তি সসব্যস্তে শৈলেন্দ্রের হাত নামায় " ছিঃ ছিঃ আপনি আমার হাত জোর করবেন না । আপনি আমার স্বামী , আর আপনার মতন স্বামী যে তার স্ত্রীকে এত সম্মান করে তাকে পেয়ে আমি গর্বিত।" চারিদিক নিস্তব্ধ । সুদক্ষিনা , মধুমন্তির চোখে জল... এমনকি শৈলেন্দ্রেরও । তবে সে জল কষ্টের নয় । পাশের দেওয়ালে নিরঞ্জনবাবু একটি ছবি ছিল , মালা পরিহিত । সেখানে গিয়ে হাত জোড় করে শৈলেন্দ্র বলে " ক্ষমা কোরো দাদা । তোমার দিব্যি আমি রাখতে পারলাম না" এই বলে নিরঞ্জন বাবু কে প্রণাম করে সে বেরিয়ে যায় ।

এই ঘটনার পর থেকে মধুমন্তিকে আর কেউ কটু কথা বলে না । তবে অন্নপূর্ণা দেবির ব্যবহার আরও রুষ্ট থেকে রুষ্ট তর হয়ে ওঠে । দেখতে দেখতে চলে আসে মধুমন্তি দের তীর্থ ভ্রমণে বের হওয়ার দিনটি । শিবরাম বাবু , শান্তিপ্রিয়া দেবি ও এসে উপস্থিত । নিরঞ্জন বাবু গত হওয়ার পর থেকে ওনার এই বাড়িতে আর আসেননি । শৈলেন্দ্র তাদের আপ্যায়ন করতে বাইরেটা যায় " আসুন আসুন বেয়াই মশাই" করজোড়ে বলে সে । শিবরাম বাবু হাসিমুখে হাতজোড় করে বলেন " ক্ষমা করবেন শৈলেন্দ্র বাবু , আপনার এই অনুরোধ আমি রাখতে পারলাম না ।" শান্তিপ্রিয় দেবিও চুপ । শৈলেন্দ্র অবাক হয়ে বলে " কেন বেয়াই মশাই , আমার দ্বারা কি কোন ভুল হয়েছে ?" "না না শৈলেন্দ্র বাবু... আপনার কোন ভুল নেই" হাসিমুখে বলে শিবরাম বাবু । এরপর কিছুটা উদাসীন হয়ে বলেন " আসলে সেই রাতে বড় বেয়ানের বলা কথা আমি ভুলিনি । তিনি আমাদের

বাইরের লোক বলেছিলেন । আমি তো এই বাড়িকে , এই বাড়ির মানুষদের নিজের ই ভেবেছিলাম । আমার সেদিন খুব কষ্ট হয়েছিল । এহেন অপমান কি সওয়ার বলুন ? আমিও ব্রাহ্মণ ঘরের সন্তান , অপমানিত বাড়িতে আবার পুনঃপ্রবেশ করলে যে আমার পূর্বপুরুষেরা রুষ্ট হবেন । তাই বিগত ৮ বছরে আমি এ বাড়িতে আসিনি । সোদুকে যখন দেখার ইচ্ছে হয়েছে আপনাকে চিঠিতে জানিয়েছি তাকে আমার বাড়ি নিয়ে আসতে , সেখানেই ওকে দেখেছি । তাই আপনাকে অনুরোধ শৈলেন্দ্র বাবু , আমায় ভিতরে ঢুকতে বলবেন না । আপনি বরং দয়াকরে ছোটবেয়ান আর আমার সোদু কে বাইরে নিয়ে আসুন ।" শিবরাম বাবুর কথায় যুক্তি আছে , তাই শৈলেন্দ্র আর কিছু বলতে পারেনা । মাথা নিচু করে তাকে বলে " একটু অপেক্ষা করুন , আমি ওদের নিয়ে আসছি " এই বলে শৈলেন্দ্র চলে যায় ।

এদিকে মধুমন্তি যাওয়ার জন্য প্রস্তুত । সুদক্ষিণার মন খুব উদাস , একমাত্র মধুমন্তিই তো রয়েছে এ বাড়িতে যার সাথে সে একটু কথা বলতো , যার কোলে মাথা রেখে একটু শান্তি পেত । মধুমন্তি বুঝতে পারছে সুদক্ষিণার মনের পরিস্থিতি কি হয়েছে " সোদু এমন করে চুপ করে আছিস কেন মা ..." মধুমন্তি জিজ্ঞেস করে । সুদক্ষিণা তখন বুড়িমার সাথে মিলে মধুমন্তি কে সাজিয়ে দিচ্ছিলেন । " তুমি চলে যাচ্ছ মা , আমি কার সাথে কথা বলব... আমার যে কেউ থাকলো না এই ঘরে... বাবামশাই তো নিজের কাজে ব্যস্ত থাকেন , আমি যে একা হয়ে পড়বো মা । তার চেয়ে বরং তুমি আমাকেও নিয়ে চলো তোমার সাথে" সুদক্ষিণা বলে । মধুমন্তির মন ভার হয়ে ওঠে , নিজেকে একটু সামলে সে দাঁড়িয়ে উঠে বলে " দূর পাগল মেয়ে... একা কেনো হবি ... বুড়িমা তো আছেন । আজ থেকে বুড়িমা সর্বক্ষণ এখানেই থাকবে তোর সাথে । আর তুই তো মা খুব দুর্বল মা... তাই তোকে আমি নিয়ে যেতে পারলাম না । আর আমিও খুব তাড়াতাড়ি চলে আসব মা । তুই কষ্ট পাস না" এই বলে সে সুদক্ষিণা জড়িয়ে ধরে । উভয়ের ই চোখের জল , উভয়ের কাঁধে , উভয়ই অনুভব করে । এরই মধ্যে শৈলেন্দ্র সেখানে আসে " কইগো...... হল তোমার ? ওদিকে বেয়াই মশাই রা যে চলে এসেছেন ।" চোখের জল মুছে মধুমন্তি বলে " ওহ , তেনারা এসে গেছেন , হ্যাঁ চলুন" এই বলে তারা সকলে নিচে নামে । ঠাকুর ঘরে গিয়ে ঠাকুর প্রণাম করে মধুমন্তি মনে মনে বলে " মেয়েটাকে দেখে ভগবান" এর পর অন্নপূর্ণা দেবির ঘরে যায় , নিরঞ্জনবাবু ছবির সামনে গলায় কাপড় জড়িয়েছে ওনাকে প্রণাম জানায় । তারপর ঘরে উপস্থিত লাবণ্য অন্নপূর্ণা দেবি ও কমলিনীর কাছে যায় । লাবণ্যর মাথায় হাত বুলিয়ে বলে , " সাবধানে থেকো বৌমা । নিজের যত্ন নিও" , এরপর কমলিনীর কাছে যায়... কমলিনী আজীবন তাকে অপমান ছাড়া কিছুই করেনি , কিন্তু মধুমন্তি তার সম্মান সর্বদা বজায় রেখেছে । কমলিনী তার চেয়ে বড় , তাই সে তার পায়ে হাত দিয়ে প্রণাম করে " সাবধানে থাকবেন মেজদিদি" সে বলে । " তুমিও সাবধানে যেও ছোটবউ" কমলিনী বলে । এই প্রথমবার হয়তো কমলিনী মধুমন্তির জন্য কিছু ভালো বলল । মধুমন্তির চোখে জল চলে এলো । অন্নপূর্ণা দেবি আরাম কেদারায় বসে ছিলেন , মধুমন্তি হাঁটু গেড়ে তার পায়ে মাথা ঠেকিয়ে তাকে নমস্কার করল , কিন্তু অন্নপূর্ণা দেবি তাঁকে আশীর্বাদ টুকুই দিলেন না । " চল মধু... দেরি হচ্ছে" ডাক দেয় শৈলেন্দ্র । মধুমন্তি বড় আশার সাথে অন্নপূর্ণা দেবির দিকে চেয়ে রইল , কিন্তু অন্নপূর্ণা দেবি কিছু না বলায় সে বড়ই কষ্ট পেলে । ভারাক্রান্ত মনে উত্তর দিল , " হ্যাঁ চলুন ।"

ওদিকে বাইরে বাড়ুজ্যে দম্পতি অপেক্ষারত । শৈলেন্দ্র সকলকে নিয়ে বাইরে এলো । সোদু কে দেখে শিবরাম বাবু ও শান্তিপ্রিয়া দেবি ভেঙে পড়লেন । এ হেন সুদক্ষিণার রুগ্ন অবস্থা তারা আগে কখনো দেখেননি । " একি মা !... এ কি অবস্থা তোর" শান্তিপ্রিয়া দেবি বলে উঠলেন । " আমি

ঠিক আছি মা" সুদক্ষিণা বলে । " তোর ঠিক থাকার জন্যই তো আমরা তীর্থে যাচ্ছি মা" শিবরাম বাবু বলেন । কিছুক্ষণ তাদের মধ্যে এরূপ কথোপকথন হয় , এরপর শিবরাম বাবু বলেন " চলো গিন্নি দেরি হচ্ছে ...আসুন ছোটবেয়ান" শিবরাম বাবু শান্তিপ্রিয় দেবি সুদক্ষিণা কে আদর করে এগিয়ে যায় । মধুমন্তি এগিয়ে এসে শৈলেন্দ্র কে প্রণাম করে " ভালভাবে থাকবেন" মধুমন্তি বলে । " তাড়াতাড়ি ফিরে এসো মধু , তোমার অপেক্ষায় থাকবো" শৈলেন্দ্র বলে । এরপর সে সুদক্ষিণার কাছে যায় , বুকে জড়িয়ে ধরে তাকে বলে , " সাবধানে থাকিস মা । আমি তাড়াতাড়ি ফিরে আসব । বুড়িমা , আমার মেয়েটার খেয়াল রেখেন" এই বলে মধুমন্তি চলে যায় । তীর্থযাত্রী সংস্থা তাদের নিয়ে রওনা দেয় । সুদক্ষিণা একা , নিঃসঙ্গ দাঁড়িয়ে থাকে সেখানেই ।

।।দশ।।

মধুমন্তি তীর্থে যাওয়ার এক সপ্তাহ পর তীর্থযাত্রী সংস্থা থেকে একটি পত্র আসে , তাতে জানা যায় সব কুশল মঙ্গল রয়েছে । ঘটনাক্রমে সেইদিনই ডাক্তারবাবু আসেন সমস্ত পরীক্ষার ফলাফল নিয়ে ।অরুণ ব্যতীত ঘরে সকলেই উপস্থিত ছিল । ডাক্তারবাবু আসার পর থেকে অন্নপূর্ণা দেবি অনেক প্রয়াস করেন তাকে নিজের ঘরে নিয়ে যাওয়ার , কিন্তু তা হয় না । অরুন কে ডেকে পাঠানো হয় কিন্তু তাকে জানানো হয় না যে ডাক্তারবাবু এসেছেন । অরুণ বাড়ি এসে সহসাই দেখে ডাক্তারবাবু উপস্থিত । অরুণের বুঝতে সময় লাগে না যে ডাক্তারবাবু ফলাফল নিয়েই এসেছেন । তাকে দেখে অরুণ সেখান থেকে চলে যাওয়ার উপক্রম করে কিন্তু শৈলেন্দ্র তা হতে দেয় না ।

চাটুজ্যে বাড়ির বৈঠকখানায় সেদিন সকলে উপস্থিত । পরিবারের সকল সদস্যরাই রয়েছেন , এমনকি বুড়িমাও । সবার আকর্ষণ হলেন ডাক্তার বাবু । " আপনি ফলাফলগুলো জানান ডাক্তারবাবু" শৈলেন্দ্র বলে । " বলছি শৈলেন্দ্র বাবু ,কিন্তু তার আগে আমার অরুণ বাবুর সাথে কিছু কথা আছে" বলে ডাক্তারবাবু অরুণের সাথে কথা বলেন " অরুণ বাবু... আপনি Mr George (মিস্টার জর্জ) আর MISS Elizabeth(মিস এলিজাবেথ) কে চেনেন ?" নাম দুটি শোনার পর অরুণের মুখ কেমন যেন ফ্যাকাসে হয়ে যায় । কোন কিছু চুরি ধরা পড়ার ভয় যেন তাকে তাড়ণা দিতে থাকে । এক ঝটকায় সে চেয়ার থেকে উঠে বলে , " কি বলছেন আপনি । এই নামের কাউকে চিনি না আমি ।"

ইংরেজি অক্ষর জ্ঞান অরুন , শৈলেন্দ্র , শ্রীধর আর সুদক্ষিণা কে ছাড়া ঘরে উপস্থিত কারণ ছিলনা । তাই বাকি সদস্যরা নামগুলো তো বুঝতে পারেন না কিন্তু এটা বুঝতে পারেন যে অরুণকে দুজন ব্যক্তির কথা জিজ্ঞেস করা হচ্ছে এবং অরুন তাদের চিনতে অস্বীকার করছে । " কি হলো অরুণ ...উঠে দাঁড়ালি কেন ? এরকম ব্যবহারের মানেটা কি ? ডাক্তারবাবু যাদের কথা বলছেন তুই কি তাদের চিনিস ?" শৈলেন্দ্র জিজ্ঞেস করে । " ঠাকুরপো , তুমি সবসময় আমার ছেলেটার উপর দোষারোপ কেন লাগাতে থাকো ? ও তো বলল... ডাক্তারবাবুর বলা মানুষদের ও চেনে না" বলে ওঠেন অন্নপূর্ণা দেবি । শৈলেন্দ্র এর উত্তরে কিছু বলার আগেই ডাক্তারবাবু বলে ওঠেন " নানা অন্নপূর্ণা দেবি , অরুণ বাবু সত্যি বলছেন না । আমি যাদের নাম বললাম উনি তাদের খুব ভালো করেই চেনেন । কি অরুণ বাবু... চেনেন তো ?" আবার বলেন ডাক্তার বাবু । " আপনি যাদের কথা বলছেন ওনারা কারা ?" শৈলেন্দ্র জিজ্ঞেস করে । ডাক্তারবাবু কিছুটা অরুণের দিকে এগিয়ে গিয়ে বলেন , " তো ঘটনাগুলোর বিবরণ আপনি দেবেন নাকি আমি দেব অরুণ বাবু ?" অরুণ কোন কথা বলে না ।

"বেশ আমিই বলছি" ডাক্তার বাবু বলেন । " শৈলেন্দ্র বাবু Mr George (মিস্টার জর্জ) হলেন আমার এক ডাক্তার বন্ধু , আর Elizabeth(এলিজাবেথ) হল তার বোন । কলকাতায় আমরা একই চিকিৎসালয়ে অধ্যয়ন করি । আমি অরুণ বাবু এবং সুদক্ষিণা দেবির পরীক্ষা করে যখন কলকাতায় ফিরি তখন আমি আমার বন্ধুর সাথে মিলে এই সবকিছু পরীক্ষণ করছিলাম । এনাদের নাম গুলো শুনে নিশ্চয়ই আপনারা বুঝতে পারছেন তারা বাঙালি নন , ব্রিটিশ । আশ্চর্য চক্রে অরুণ বাবুর নামটা George(জর্জ) এর খুব চেনা পরিচিত লাগে । সে আমাকে তারপর একটি ছবি দেখায় , যেখানে George(জর্জ) , তার কিছু বন্ধুবান্ধব , এবং অরুণ বাবু রয়েছেন" ডাক্তারবাবু এতটা বলার পরেই অন্নপূর্ণা দেবি বলে ওঠেন , "হ্যাঁ তো তাতে কি ? আমার অরুণ এত বছর কলকাতায় ছিলো । ওখানে ওনাদের সাথে ওর আলাপ হতেই পারে , এতে ভুল কী ?" " আপনি আমার পুরো কথাটা আগে শুনে নিন অন্নপূর্ণা দেবি । ভুল ঠিক এর বিচারটা তারপর না হয় আপনারা পরিবারের লোকেরা মিলে বিচার করে নেবেন" ডাক্তারবাবু বলেন " হ্যাঁ তো তারপর আমি যখন ছবি দেখে চিহ্নিত করি যে ইনিই সেই অরুণ বাবু যার আমি চিকিৎসা করছি , সাথে ওনার স্ত্রীয়ের ও ...আমার বন্ধুটি তৎক্ষণাৎ খুব রেগে যায় এবং সে তখনই এই বাড়িতে এসে অরুণ বাবুর সাথে দেখা করতে চায় । আমি তার রেগে যাওয়ার কারণ তাকে জিজ্ঞেস করতে সে যা যা বলল ...সেসব শুনে আমি তো অবাক" " কি বললেন উনি ?" শৈলেন্দ্র জিজ্ঞেস করল । ডাক্তারবাবু কিছুক্ষণ অরুণের মুখের দিকে তাঁকিয়ে রইলো , তারপর একটি গভীর শ্বাস ছেড়ে বললেন " অরুণ বাবু কলকাতায় ব্রিটিশ সরকারের বায়না দেওয়া তরী বানাচ্ছিলেন । তাদের এক অনুষ্ঠান সমারোহে George (জর্জ) এবং Elizabeth(এলিজাবেথ) এর সাথে তার দেখা হয় । কালক্রমে অরুণ বাবু এবং Elizabeth(এলিজাবেথ) এর মধ্যে একটি প্রেমের সম্পর্ক গড়ে ওঠে । তারা বহুবছর একে অপরের সাথে থাকে এবং অরুণ বাবু Elizabeth(এলিজাবেথ) কে বিয়ে করার প্রতিশ্রুতিও দেন । কিন্তু তার কিছুদিন পরে অরুণ বাবু একটি কঠিন রোগে আক্রান্ত হন George(জর্জ) তার চিকিৎসা করে এবং তাকে সুস্থ করে তোলে । সেই সময় অরুণ বাবুর শারীরিক সকল পরীক্ষাই হয়েছিল । তারই মধ্যে একটি পরীক্ষায় জানা যায় যায় অরুণ বাবুর সন্তান জন্ম দেওয়ার ক্ষমতা নেই । অরুণ বাবুর অক্ষমতা নিয়ে Elizabeth(এলিজাবেথ) এর কোনো সমস্যা ছিল না , সে তখনও অরুণ বাবুকে বিয়ে করতে রাজি ছিল । কিন্তু এই বিষয়টি জানার পর অরুনবাবু সেখান থেকে সবকিছু গুছিয়ে কোথাও চলে যান । George (জর্জ) এবং Elizabeth(এলিজাবেথ) তাকে অনেক জায়গায় খোঁজে কিন্তু কোথাও পায়না" এতটা বলে ডাক্তারবাবু কিছুক্ষণ চুপ করে থাকেন , থেকে আবার বলেন " অন্নপূর্ণা দেবি আপনি জিজ্ঞেস করছিলেন না অরুণ বাবুর দোষ কোথায়... তো শুনুন...অরুণ বাবু যে বিবাহিত , তার স্ত্রী রয়েছেন , সেই ব্যাপারে কিন্তু তিনি কাউকে জানাননি । এমনকি Elizabeth(এলিজাবেথ) কেও না । না জনিয়েই তিনি Elizabeth(এলিজাবেথ) এর সাথে ওনার সম্পর্ক গড়ে তোলেন । সেদিন George(জর্জ) যখন আমার কাছ থেকে জানতে পারে যে অরুণ বাবু তার গ্রামে আছেন অর্থাৎ কলকাতা থেকে তিনি তার গ্রামের বাড়িতে এসে লুকিয়ে আছেন এবং...... এবং তিনি আগে দিয়ে বিবাহিত তখন সে খুব রেগে যায় এবং তৎক্ষনাত সে আপনাদের বাড়ি আসতে উদ্যোগী হয় । কিন্তু Elizabeth(এলিজাবেথ) তাকে আটকায় । অরুণ বাবু বিবাহিত জেনে Elizabeth(এলিজাবেথ) তার সাথে দেখা করতে চায় না ।"

ডাক্তারবাবুর মুখে সবকিছু শুনে চাটুজ্যে পরিবার স্তম্ভিত হয়ে থেকে যায়। সুদক্ষিনার অপলক চোখে জলে ভরে ওঠে। অন্নপূর্ণা দেবি নির্বাক। এক অদ্ভুত নিস্তব্ধতা বিরাজমান। সেই নিস্তব্ধতা ভঙ্গ করে কমলিনী বলে ওঠে " একি কান্ডি...... অরুণ কোনদিন বাপ হতি পারবেন .... ছিঃ ছিঃ ছিঃ... এ লজ্জা তুমি কোতায় লুকাবে গো বড়গিন্নি............লোকসমাজি জানাজানি হলি যে বংশের মান কিচু থাকবি না গো। ....আর অরুণ, তুই ঘরে অমন বউ থাকা সত্ত্বেও কইলকাতায় মেম সাহেবের সাথে ছিলি ?.............. ও ভগবান ! লজ্জায় আমার মাতা কুটো যাচ্ছে গো বড়গিন্নি। এ তোমার ছেলে কি সব ঘটাল বল দিকি।" অন্নপূর্ণা দেবি হতবাক। কি বলবেন কি করবেন কিছুই বুঝতে পারছেন না। ডাক্তারবাবু অরুণকে গিয়ে জিজ্ঞেস করেন " আচ্ছা অরুণ বাবু আপনি যখন আগে থেকেই জানতেন যে আপনি সন্তান জন্ম দিতে পারবেন না তাহলে আবার পরীক্ষাই বা কেন করালেন ?" অরুণ কোন উত্তর দেয় না। অরুণ আগে দিয়েই জানত, তাই হয়তো সে পরীক্ষা করাতে চাইছিল না।

সব শুনে রাগে ফেটে পড়তে লাগলো শৈলেন্দ্র। ডাক্তারবাবুর সামনেই সে অরুণের দিকে যায় " তুই এত নিচে নেমে গেছিস অরুণ" হরিঘোষাল গিয়ে শৈলেন্দ্র কে বাধা দেয়" থাম শুলি...ডাক্তারবাবু চলে গেলেন ওর বিচার হবে।" সুদক্ষিণা আর এসব সহ্য করতে পারছিল না। তার একটা কথাই বারবার মনে হতে লাগলো, যে অরুণ যখন প্রথম থেকেই জানতো যে সে সন্তান জন্ম দিতে সক্ষম নয় তাহলে সেই রাতে ডাক্তারি পরীক্ষার কথা শুনে সে তার উপর এত নির্যাতন, এত শোষণ কেন করেছিল। মুখে আঁচল চাপা দিয়ে কাঁদতে কাঁদতে সে বৈঠকখানা থেকে বেরিয়ে যায়। বুড়িমাও তার পিছন পিছন হাঁক দিতে থাকে, " দাড়াও বৌরানী... অমনতরে ছুট না" "আহারে, বরও দুঃখিনী !, যার স্বামী এমন হবে তার তো দুঃখ হবেই" গা জ্বালানো কথাগুলি বলে ওঠে কমলিনী।

অরুণের ওপর রাগে শৈলেন্দ্র দিগ্বিদিক হারিয়েছিল। ভুলেই গেছিল সুদক্ষিনারও পরীক্ষা হয়েছে। আর বদ্যিমশাই ও বলেছিলেন সুদক্ষিনার অসুখের জন্য ডাক্তার দেখাতে। " আচ্ছা ডাক্তার বাবু আমার সোদুর তো পরীক্ষা হয়েছে, সেই ফলাফলগুলি ?" শৈলেন্দ্র জিজ্ঞেস করে। " হ্যাঁ শৈলেন্দ্র বাবু সে ব্যাপারেও আপনার সাথে কথা ছিল" ডাক্তারবাবু বলেন " সুদক্ষিণা দেবি সন্তান জন্ম দিতে সক্ষম। তাতে কোনো বাঁধা নেই। কিন্তু........." " কিন্তু কি ডাক্তার বাবু ?" ব্যস্ত হয়ে জিজ্ঞেস করে শৈলেন্দ্র। " সুদক্ষিণা দেবি কেন অজ্ঞান হয়ে গেছিলেন, তিনি কেন এত রুগ্ন ও দুর্বল হয়ে পড়ছেন সেই পরীক্ষাও আমি করি। আর তাতে জানতে পারি সুদক্ষিণা দেবি Chronic Loneliness(ক্রনিক লোনলিনেসস) নামক এক রোগে আক্রান্ত" ডাক্তারবাবু বলেন। এ রোগের নাম চাটুজ্যে বাড়িতে কেউ আগে কখনই শোনেনি। " এটা কি রোগ ?" শৈলেন্দ্র জিজ্ঞেস করে। ডাক্তারবাবু শৈলেন্দ্র কি রোগের ব্যাপারে সবিস্তারে বুঝিয়ে বলেন " এটি এক ধরনের মানসিক রোগ, যার তথাকথিত কোনো ওষুধ নেই। কোন মানুষের জীবনে যদি হঠাৎ করে নিঃসঙ্গতা, একাকীত্ব নেমে আসে তখন সেই ব্যক্তি এমনই রোগে আক্রান্ত হয়। একাকিত্ব তাকে ভিতর ভিতর দিয়ে শেষ করে দিতে থাকে এমনকি সেই রোগী নিজেকে শেষ করে দিতেও প্রবল ইচ্ছুক হয়। একাকিত্বের হাত থেকে বাঁচার জন্যই তারা এই কাজটি করতে চায়। তাই এই সময় দরকার আনন্দ, খুশি, যা রোগীকে প্রাণবন্ত করে তুলবে। তাই আপনারাও সুদক্ষিণা দেবিকে সর্বদা হাসিখুশি রাখার চেষ্টা করুন" চুপ হয়ে যায় শৈলেন্দ্র। " এ কেমন রোগ হলো সুদক্ষিণার, কখন তাকে এমন একাকীত্ব ঘিরে বসলো" মনে মনে ভাবতে থাকে সে। বাড়ির অন্য সদস্যরাও কেউ কোন কথা

বলে না । " আচ্ছা শৈলেন্দ্র বাবু , আমি তাহলে চললাম" সকলের দিয়ে আজ্ঞা নিয়ে ডাক্তারবাবু চলে গেলেন ।

ডাক্তারবাবু বেরিয়ে যাওয়ার পর সময় বুঝে অরুনও বেরিয়ে যেতে চাইছিল কিন্তু শৈলেন্দ্র তাকে বাধা দেয় । " দাড়া অরুণ ... তুই এমনটা কেন করলি ? দু দুটো মেয়ের জীবন নিয়ে খেললি । কলকাতায় সেই মেমসাহেব... তাকেও নিজের বিয়ের কথা না বলে ছলনা করলি আর এদিকে সোদুর জীবন টাও নষ্ট করলি । নিজের অক্ষমতার কথা জানা সত্ত্বেও ওই নির্দোষ মেয়েটার উপর রাতদিন শারীরিক নির্যাতন করেলি , ওর গায়ে হাত পর্যন্ত তুলেছিস । তুই এতটা নিচে কি করে নামলি...!" বড়ই দুঃখের সাথে কথাগুলো বলল শৈলেন্দ্র । " আমি কারও জীবন নিয়ে খেলিনি কাকামশাই" বড়ই দম্ভের সাথে বলল অরুণ " ব্রিটিশ সরকারের সাথে সম্পর্ক ভালো থাকলে আমি আরও তরীর বায়না পেতাম , তার জন্যই আমি Elizabeth(এলিজাবেথ) এর সাথে বন্ধুত্ব করে ছিলাম... কোন ঘনিষ্ঠতার কারণে নয় । আর যতদূর কথা হলো সুদক্ষিনার , তো ও আমার ধর্মমতে স্ত্রী । আমার সম্পূর্ণ অধিকার আছে ওর উপর । আমি ওর গায়ে হাত তুলবো নাকি ওকে সিংহাসনে বসাব , সেটা আমার ব্যক্তিগত ব্যাপার" অরুণের কথায় পরিষ্কার হয়ে গেল সে কতটা ছোট মানসিকতার মানুষ । শৈলেন্দ্র তাকে বলে, " বাহ অরুণ বাহ ! দারুণ শিক্ষা পেয়েছিস । আমার তো ভাবতেও অবাক লাগে যে তুই আমার দেবতুল্য দাদার সন্তান । বৌঠান...... এই আপনার গুনধর ছেলে যার গুনগান আপনি দিনরাত করেন । আপনাকে দেখে আমার বিস্ময়ের সীমা নেই বৌঠান ।" বড়ই দুঃখের সাথে কথাগুলো বলে শৈলেন্দ্র , কিন্তু কিছুক্ষণ পরে আবার রেগে বলে ওঠে " সোদুর এই পরিস্থিতি তোর জন্য । মধুমন্তি আসার পর এর বিচার হবে । শাস্তি তো তোকে পেতেই হবে অরুণ , পেতেই হবে" এই বলে শৈলেন্দ্র ওখান দিয়ে চলে যায় । কিছুক্ষণ পর অরুণও বেরিয়ে যায় । তারপর একে একে সবাই ও চলে যায় । অন্নপূর্ণা দেবি একা বসে থাকেন... কোন কথা বলার পরিস্থিতি নেই তার । আশেপাশের সব কিছু যেন তার শেষ হয়ে গেল ।

।।এগারো।।

ওই ঘটনার পর সকলের জীবনেই বদল আসে । কমলিনী আর লাবণ্য যেই থেকে জেনেছে যে সম্পত্তি সব শৈলেন্দ্র এর নামে , সেই থেকে তারা শৈলেন্দ্র কে তদারকি করা শুরু করে দেয় এবং অন্নপূর্ণা দেবির সাথে ঘনিষ্ঠতা কমিয়ে দেয় । অরুণও বেশিরভাগ সময়টা কাছারিতেই থাকে , এমনকি মাঝেমধ্যে রাতেও সেখানে থেকে যায় । অন্নপূর্ণা দেবি এখন আগের থেকে অনেক বেশী চুপ হয়ে গেছেন , প্রয়োজন ছাড়া ঘর থেকে বের হন না তিনি । আর সুদক্ষিণা...... দিন দিন সে আরই রোগগ্রস্ত হতে থাকে । শৈলেন্দ্র তাকে জানিয়েছে তার কি রোগ হয়েছে , কেন হয়েছে এবং এর থেকে সেরে ওঠার উপায় কি । উপায় তো হলো তার হাসিখুশি থাকা... কিন্তু সেটা হচ্ছে কই ? হাসি খুশি তো তখন থাকবে যখন তার সাথে কেউ কথা বলবে । কিন্তু কথা বলার লোক কই ? কেউ তো উঁকি মেরেও দেখেনা তাকে । বুড়িমা আছেন ঠিকই... কিন্তু বুড়িমার সাথে তার সম্পর্ক এখনও অতটা ঘনিষ্ঠ হয়নি যতটা ঘনিষ্ঠতা দরকার কাউকে মনের কথা বলার জন্য । শৈলেন্দ্রও আছে কিন্তু সে তো সারাদিন জমিদারিতে ব্যস্ত । তবে শৈলেন্দ্র যথেষ্ট চেষ্টা করে সুদক্ষিণাকে খুশি রাখার । প্রত্যহ রাতে ঘুমাতে যাওয়ার আগে সে সুদক্ষিণার সাথে কিছুক্ষণ সময় কাটায় । কিন্তু এতে সুদক্ষিনার একাকীত্ব সেরকম ভাবে দূর হয় না । সুদক্ষিণা কারর সাথে মন খুলে কথা বলতে চায় । একমাত্র মধুমন্তিই ছিল যে সর্বক্ষণ তাকে আগলে রাখত , কিন্তু এখন সে এখানে না থাকায় সুদক্ষিণা আরই একা হয়ে পড়েছে । সুদক্ষিণার ইচ্ছা করে খোলা প্রকৃতিতে মনভরে প্রাণভরে

নিঃশ্বাস নিতে । কিন্তু কেউ নেই যে তাকে নিয়ে একটু বাইরে যাবে । দুর্বলতার কারণে সে ঠিক করে হাঁটতে পারে না , বুড়িমা নিয়ে যেতে চান , কিন্তু তিনি নিজেই বয়স্ক... তাই পারেন না । আর এইসব না পারা , না পাওয়া কারণগুলোর জন্য সুদক্ষিণা দিন দিন অসুস্থ থেকে অসুস্থতর হয়ে পড়ছে । কোথায় সেই রূপ , কোথায় সেই জৌলুস , কোথায় সে প্রাণবন্ততা...সব আজ রোগে গ্রাসিত ।

একদিন এমনই এক নিরস দিনের দুপুরবেলায় সুদক্ষিণা নিজের ঘরে শুয়ে আছে । সুদক্ষিণার কানে হঠাৎ একটি আওয়াজ ভেসে আসে " মা , কাকিমনি... কোথায় তোমরা ?" উঠে বসে ধড়পড় করে সুদক্ষিণা , বুকটা ধড়াস করে ওঠে , " ব......বরুন ঠাকুরপো......" কম্পিত কন্ঠে বলে ওঠে সে । আবার নিচ দিয়ে শব্দ আসে , এইবারটা কমলিনীর গলা " বরুন......তুই এসেচিস বাবা । ও বড়গিন্নি বাইরে এসো , দেক বরুণ এয়েচে ।" সুদক্ষিণার মনে যেন জীবনের সঞ্চার হয় , রক্তে যেন তার স্বতস্ফূর্ততা ফিরতে চায় , চোখে যেন আনন্দের জোয়ার আসে । তাড়াহুড়ো করে নামতে গিয়ে পড়ে যাওয়ার উপক্রম হয় তার কিন্তু নিজেকে সামলে নিয়ে ঘরের বাইরে বের হয় সে " তুমি এসেছো ঠাকুরপো , তুমি এসেছ........." আওড়াতে থাকে সে । যেন প্রাণবন্ত হয়ে ওঠে সে আবার । ঘর দিয়ে বের হয়ে দোতলা দিয়ে নিচে তাকায় , দেখতে পায় বরুণকে........... আহ ! চোখ দুটি যেন জুড়িয়ে যার তার । চোখে জল... কিন্তু এ জল দুঃখের না । এগোনোর কোন শক্তি নেই তার , দোতলায় দাঁড়িয়ে অপেক্ষা করছে সে , কখন বরুণ চোখ তুলে তার দিকে চাইবে... কখন একটিবার বৌঠান বলে ডাকবে !

বরুণ সকলকে প্রণাম করে সকলের আশীর্বাদ নেয় । মধুমন্তির কথা জিজ্ঞেস করতে কমলিনী তাকে জানায় যে সে তীর্থে গেছে । শৈলেন্দ্র তাকে একবার একটি পত্র লিখেছিল , সেটায় জানিয়েছিল যে তার বিদেশ চলে যাওয়ার কিছুদিন পর অরুণ ফিরেছে । তাই অরুণের কথাও সে জিজ্ঞেস করে । কথোপকথনে জানতে পারে লাবন্য অন্তঃসত্বা... তাকে এর জন্য অভিনন্দনও জানায় সে । সকলের ব্যাপারে জিজ্ঞেস করে , একমাত্র সুদক্ষিণা কে ছাড়া ...ঠিক যেমনটা আগেরবার করেছিল । আপন মনে হেসে উঠল সুদক্ষিণা " তুমি আগের বারের মতনই ছলনা করছে ঠাকুরপো ! আমি জানি... একটু পরেই ওপরে এসে আমায় হাসিয়ে তুলবে তুমি" বড়ই নিষ্পাপ , স্বচ্ছতা ও একরাশ আশার সাথে মনে মনে কথাগুলো বলে সুদক্ষিণা । কিন্তু পরমুহূর্তেই দেখে........... একটি মেয়ে প্রবেশ করছে তাদের ঘরে , বিদেশি পোশাক পরিহিত । বরুণের পাশে এসে দাঁড়ায় সে । একরাশ প্রশ্ন চোখে নিয়ে সেদিকেই তাকিয়ে থাকে সুদক্ষিণা ।

বিদেশি মেয়েটি পাশে এসে দাড়াতে বরুণ তার সাথে সবার পরিচয় করায় " মা এ হলো Emily(এমিলি) , আমার বান্ধবী । বিদেশে আমরা একসাথে পড়াশোনা করি । ও কোনদিনও গ্রাম দেখেনি , তাই আমি ওকে আমাদের বাড়ি নিয়ে এলাম গ্রাম ঘোরাতে । আমাদের বাড়ি ও কদিন থাকবে , তারপর আবার বিদেশ চলে যাবে" এই বলে সে মেয়েটাকে বলে " Emily this is my family and this is my house . You will stay here . Please be comfortable yourself .(এমিলি এটা আমার পরিবার , আর এটা আমার বাড়ি , তুমি এখানেই থাকবে , তাই নিজেকে আরামপ্রদ করো)" উপস্থিত সদস্যদের মধ্যে কেউ বুঝলো না বরুণ কি বলল , একমাত্র সুদক্ষিণা কে ছাড়া । Emily(এমিলি) হেসে উত্তর দেয় "Sure Barun , Thank you(নিশ্চয়ই বরুণ , ধন্যবাদ) সকলে অবাক চোখে দেখছিল । কমলিনী একটু আদিখ্যেতা করে বলে " বাহ বরুণ , মেমসাহেব তো ভারী সুন্দরি । তা ও মেমসাহেব... তুমি গ্রাম দেখতে এয়েচ বুঝি...।"

What is she saying(উনি কি বলছেন) ?" Emily(এমিলি) জিজ্ঞেস করে । বরুণ একটু হেসে কমলিনী কে বলল " মেজকাকিমনি ও আমাদের ভাষা বোঝে না । ও শুধু ইংরেজি বোঝে" " ওহ !" অবাক হয়ে বলে কমলিনী । " আচ্ছা মা আমি আর Emily(এমিলি) একটু ঘুরে আসি । তুমি আমাদের জিনিস গুলো একটু রাখার ব্যবস্থা করে দাও । ফেরার পথে কাছারি দিয়ে কাকামশাই দের সাথে দেখা করে আসবো" বরুণ অন্নপূর্ণা দেবিকে এগুলো বলে তারপর Emily(এমিলি) কে বলে " Let's go Emily(চল এমিলি)" এই বলে বরুণ এমিলিকে নিয়ে সেখান দিয়ে বেরিয়ে যায় । সুদক্ষিণা উপরে দাঁড়িয়ে সব দেখতে থাকে । " তুমি একটা বারও আমার কথা জিজ্ঞেস করলে না ঠাকুরপো ! জানতেও চাইলে না আমি কেমন আছি ! চলে গেলে নিজের বান্ধবীকে নিয়ে ঘুরতে ! বৌঠান কি তবে পর হয়ে গেল !"

সন্ধ্যা পেরিয়ে যায় । সুদক্ষিণা একলা পালঙ্কের উপর শুয়ে ছিল । দুর্বলতার কারণে বেশিরভাগ সময়টাই সে শুয়ে থাকে । " বৌঠান "..... বরুণের গলা পেয়ে ধড়পড় করে ওঠে সে , ফিরে দেখে বরুণ এবং তার সাথে Emily(এমিলি) ও রয়েছে । বরুণকে দেখে উৎসাহের আলোটা Emily(এমিলি) কে দেখে আবার নিভে যায় । পালঙ্ক দিয়ে নীচে নেমে দাড়ায় সে । বরুণ কিছুক্ষণ আশ্চর্যের চোখে সুদক্ষিণার দিকে তাকিয়ে থাকে , "একি অবস্থা আপনার !" অবাক হয়ে বলে ওঠে সে । অবাক তো হওয়াই কথা ...এ কোন সুদক্ষিণা কে দেখছে সে । সুদক্ষিণা তো ছিল সুন্দরী , রূপবতী , চঞ্চল ,লাবণ্যময়... কিন্তু এ কোন সুদক্ষিনা ? রুগ্ন , শুষ্ক , চোখের নিচে কালি , রোগাগ্রস্থ ...। সুদক্ষিণা কে দেখে বরুণ কিছুক্ষণের জন্য চুপ হয়ে যায় , তারপর বলে , " কাছারি গেছিলাম... কাকামশাই এর মুখে সব শুনলাম । আপনার রোগের কথা , কাকামশাই এর কথা , দাদার...... দাদার সব কথা ।" " তা আমার খবর তো সব শুনে এসেছে , নিজের খবর শুধবে না ......? বলেছিলে ৪/৫ দিন পরই ফিরে আসবে , আর আসলে ৫ মাস ২১ দিন পর । এতদিন কিসে লেগে গেল ঠাকুরপো ?" সুদক্ষিণা বরুণের জন্য যে কতটা অপেক্ষা করেছে , সেটি তার গোনা দিনের হিসাব দেখলেই বোঝা যায় । সুদক্ষিণার কথার জবাব এড়িয়ে গিয়ে বরণ Emily(এমিলি) র দিকে তাকিয়ে বলে " বৌঠান......... এ হোল Emily(এমিলি) , আমার বান্ধবী । And Emily she is Sudokhina , my.........(এবং এমিলি ইনি হলেন সুদক্ষিণা , আমার.........)" অধীর কৌতূহলে তাকিয়ে থাকে সুদক্ষিণা , এটা জানার জন্য যে সে তাকে কি নামে পরিচয় দেবে Emily(এমিলি) এর কাছে । " my ...(মাই...)" বলে বরুণ দু পলক থমকে যায় , তারপর বলে , " My brother brother's wife(আমার দাদার বউ) ।"

একটি বাক্যে সব কিছু ভেঙে যায় । সুদক্ষিণা কে সে Emily(এমিলি) র কাছে তার দাদার বউ হিসেবে পরিচিতি দেয় । " আমি কি শুধুই তোমার দাদার বউ ? তোমার কি কেউই নই আমি ? একমাত্র কি এইটাই আমার পরিচয় ? আজ Emily(এমিলি) কে তুমি বান্ধবী বলে পরিচিতি দিচ্ছ , কিন্তু সে বন্ধুত্বের স্থানে কি এতদিন আমি ছিলাম না ? ঠাকুরপো-বৌঠানের সম্পর্কের ঊর্ধ্বে কি কোনো সম্পর্কই আমাদের ছিল না ? অন্তত বন্ধু-ও কি না ?" মনে মনে এসকল প্রশ্নগুলো দংশন করতে থাকে সুদক্ষিণাকে । অনুভূতিগুলো চূর্ণ-বিচূর্ণ হয়ে বের হতে চাইল , কিন্তু...... নিজেকে সামলে নেয় সে ।

"Hello Sudokhina... Oh ! you are looking so unwell(নমস্কার সুদক্ষিণা ...তোমাকে খুব অসুস্থ দেখাচ্ছে)" Emily(এমিলি) বলে । " বৌঠান Emily(এমিলি) বলছে ......" " Hello Emily(নমস্কার এমিলি) " বরুণের কথা কেটে সুদক্ষিণা বলে ওঠে । বরুন অবাক

হয়ে তার দিকে তাকাতে সে বলে " তুমি হয়তো ভুলে গেছো ঠাকুরপো ...বিদ্যালয়ে না গেলেও বিদ্যা আমার আছে , প্রাচ্য-পাশ্চাত্য দুটোই । আমার এ বাড়ির বাবা মা আমায় সব শিখিয়েছে ।" " Oh you understand English(ওহ তুমি ইংরেজি বোঝো) !" Emily(এমিলি) জিজ্ঞেস করে । " Yes(হ্যাঁ)" সুদক্ষিণা উত্তর দেয় , "You were asking about my health . Yes I am not well I am suffering from Mental Illness(তুমি জিজ্ঞেস করছিলে আমার শরীর অসুস্থ কিনা , হ্যাঁ আমি অসুস্থ , আমি মানসিক রোগে ভুগছি)" " Oh sorry to hear that ! (শুনে দুঃখিত হলাম)" সহানুভূতির স্বরে বলে ওঠে Emily(এমিলি) , তারপর অরুনের দিকে তাকিয়ে বলে , " Let's go Barun .(চল বরুণ)" " Yes let's go (হ্যাঁ চল)" বরুণ সে Emily(এমিলি) বলে , তারপর সুদক্ষিণার দিকে তাকিয়ে বলে " আপনি বিশ্রাম নিন বৌঠান , আমরা আসছি ।" এই বলে সে সে Emily(এমিলি) কে নিয়ে বেরিয়ে যেতে থাকে । " ঠাকুরপো !" কাতরভাবে পিছন দিয়ে ডাক দেয় সুদক্ষিণা । এতগুলো মাস পরে এলে , বৌঠান এর সাথে কি দু পলক দাঁড়িয়ে কথা বলার-ও সময় নেই ?" " আপনি বিশ্রাম নিন বৌঠান" এই বলে , সুদক্ষিণার দিকে না তাকিয়েই বরুণ চলে যায় । অসহায় হয়ে দাঁড়িয়ে থাকে সুদক্ষিণা । "চলে গেলে... তুমিও চলে গেলে ঠাকুরপো... এই তুমিই একদিন আমাকে যেতে দিতে না , আমি চলে যাওয়ার পরেও আমাকে পিছন দিয়ে ডাকতে থাকতে । আর সেই তুমি আমার দিকে ঠিক করে তাকালেও না ! তখন কি তাহলে আমার রুপ ছিল বলে আমার এত কদর করতে তুমি ? আজ আমার রুপ নষ্ট হয়ে গেছে বলে তুমিও আমায় ভুলে গেলে ঠাকুরপো ?" একা একাই কথাগুলোই বলতে লাগলো সে । শোনার মতো কেউ নেই , তার চোখের জল মোছার মতনও কেউ নেই ।

পরদিন সকালে নিজের ঘরে বসে সুদক্ষিণা ঠাকুরের জন্য মালা গাঁথছিল । গত রাতের ঘটনা তাকে খুবই আঘাত দিয়ে যায় । কিন্তু আঘাত সইতে সইতে এখন সে পাথরের ন্যায় হয়ে গেছে । " আসবো বৌঠান ?" বরুণের গলা পেয়ে সে পিছন ফিরে দেখে বরুণ দাড়িয়ে । " আসো" সুদক্ষিণা উত্তর দেয় । বরুণ ঘরে ঢুকে একটি চেয়ার টেনে নিয়ে বসে । দুজনেই চুপ । কেউ কোনো কথা বলছে না । সুদক্ষিণা মাথা নিচু করে মালা গেঁথে যাচ্ছিল । কিছুক্ষণ পর বরুণ বলে ওঠে " আপনার স্বাস্থ্য এখন কেমন আছে ?" " ভাল" মুখ না তুলেই উত্তর দেয় সুদক্ষিণা । দুজনেই আবার চুপ । সুদক্ষিণা ফুলের মালা টি সম্পন্ন করে পাশে রাখে , তারপর বরুন কে বলে " বৌঠানের সাথে কথা বলার মতন কোন বিষয়-ই আর অবশিষ্ট নেই ...তাইনা ঠাকুরপো ?" বরুণ এই কথার উত্তরে কিছু বলতে পারে না । সুদক্ষিণা এবার মুখে হালকা হাসির রেখা এনে বলে " গতবার যখন তুমি এসেছিলে উপহারস্বরুপ আমার জন্য একটি আতরের শিশি এনেছিলে । এইবারের উপহার কি Emily(এমিলি) ?" সুদক্ষিনার প্রশ্নে বরুণ একটু ইতস্তত বোধ করে " আসলে বৌঠান Emily(এমিলি) আমার অনেক পুরনো বান্ধবী । বিদেশে একসাথেই আমরা পড়াশুনা করতাম । Emily(এমিলি)র বাবার নিজস্ব তিনটি বড় বড় গ্রন্থাগার আছে , ওনার নিজস্ব দুটি প্রকাশনী সংস্থাও আছে । আমার লেখা একটি কবিতা একবার ইংরেজিতে অনুবাদ করে আমি Emily(এমিলি)কে শুনিয়েছিলাম । Emily(এমিলি)র সেটা খুব ভালো লাগে । তারপর সে আমায় উৎসাহিত করে , আমি যেন আমার লেখা গল্প কবিতা ইংরেজি ভাষায় অনুবাদ করি । Emily(এমিলি)র বাবা Mr Thomsom (মিস্টার থমসন)আমায় আশ্বাস দেন যে তার প্রকাশনী থেকেই আমার ইংরেজি অনুবাদিত গল্পগুলি তিনি প্রকাশ করবেন । তাই আমার বাড়ি ফিরতে এত সময় লেগে গেল । গল্পের অনুবাদনে আমি ব্যস্ত ছিলাম ।" এতটা শুনে সুদক্ষিণা বলে "

ওহ বুঝলাম ! আর Emily(এমিলি) ?" "Emily(এমিলি) কি বৌঠান ? " বরুণ জিজ্ঞেস করে । " সে সেখানে কেন এসেছে ...শুধুই কি গ্রাম ঘুরতে ?" সুদক্ষিণা জিজ্ঞেস করে । বরুন একটু সংকোচ বোধ করে... তারপর বলে , " না ঠিক তা নয় । আসলে Emily(এমিলি) আমাকে পছন্দ করে । তাই ওর বাবা আমার বই প্রকাশনীতে সাহায্য করছেন । Emily(এমিলি) এখানে শুধু গ্রাম দেখতে নয় আমার পরিবারের সাথে দেখা করতেও এসেছে" " ওহ" বুকে কান্না চেপে বলে উঠেল সুদক্ষিণা । তার বুঝতে বাকি রইল না Emily(এমিলি) আদতে কে । বরুণ আবার বলে " বিদেশে নাম যশ খ্যাতি সবটাই বেশি বৌঠান । Emily(এমিলি) ও খুব ভালো । ওর বাবার অনেক সম্পত্তি , ওনার অবর্তমানে সবকিছুই Emily(এমিলি) পাবে । এদিকে বাবার জমিদারি তো কাকামশাই-ই দেখেন , আমি তো আজীবন বিদেশেই থেকেছি , তাই আমার ওখানেই বেশি ভালো লাগে ।" অনুভূতি সংবরণ করে সুদক্ষিণা জিজ্ঞেস করে " তাহলে কি তুমি আবার বিদেশ চলে যাবে ?" বরুণ উত্তর দেয় " হ্যাঁ... তবে এই মুহূর্তেই না । Emily(এমিলি) দুদিন গ্রাম ঘুরে বিদেশে চলে যাবে , আমার এখানে কিছু কাজ আছে সেগুলো সম্পন্ন করে আমিও ।" কি অকপটে কথাগুলো বলে ফেলল বরুণ । বুঝলোই না তার কথায় কতটা ভেঙে পড়ল সুদক্ষিণা । বরুণ জানেই না তার জন্য কত অপেক্ষা করেছে সুদক্ষিণা , কত পথ চেয়ে বসে ছিল সে , দিনের পর দিন তার জন্য ঘর গুছিয়ে রেখেছে সে , অরুণের অত্যাচারের মুখে সে শুধু তার কথাই ভেবেছে । আর আজ সেই বরুণ তার কথা একবারও ভাবল না !

কথা বলা হয়ে যেতে সে উঠে দাঁড়ায় " আমি যাই বৌঠান , Emily(এমিলি) কে একটু আশপাশটা ঘুরিয়ে আনি" " কোথায় নিয়ে যাচ্ছো ঘুরতে ?" কম্পিত কন্ঠে জিজ্ঞেস করে সুদক্ষিণা । কিন্তু বরুণ না তার গলার কম্পন বুঝতে পারে না ।দেখতে পেল না তার চোখ দিয়ে বেরিয়ে আসা অশ্রুধারা । " ওই পুকুর পাড়ে , নৌকায় , শিবমন্দিরে , ...আচ্ছা বৌঠান আসলাম" বরুণ বেড়িয়ে যায় । সুদক্ষিণার বুকটা ফেটে পড়ে "এই জায়গাগুলোয় তো একসময় আমরা যেতাম ঠাকুরপো ।এই স্মৃতিটুকুও তুমি অন্য কাউকে দিয়ে দিলে" কান্নায় ভেঙে পড়ে সে । এই বদ্ধ জীবনে বেঁচে থাকার শেষ আশাটুকুও বরুণ সেদিন শেষ করে দিয়ে যায় ।

।।বারো।।

দুদিন পর এমিলি চলে যায় । বরুণ তাদের সম্পর্কের কথা বাড়িতে তখনও কাউকে জানায়নি । নিজের কিছু ব্যক্তিগত কাজে সে ব্যস্ত থাকতে থাকে । সুদক্ষিণার সাথে কথা বলার সময়ও তার ঠিক হয়ে ওঠে না । আর সুদক্ষিণাও এখন চায়না বরুণের সাথে বেশি দেখা করতে । নিজের শেষ অনুভূতি গুলোকেও সে শেষ করে দিয়েছে । দিন দিন আরও...... আরও সে রোগে জর্জরিত হতে থাকে ।

ওদিকে অরুণের বায়না পাওয়া সমস্ত তরীও সম্পন্ন হয়ে গেছে । একটি শুভদিন দেখে তরী গুলো সে উন্মোচন করে ব্রিটিশ সরকারের হাতে তুলে দেবে । তার জন্য বিরাট সভার আয়োজন করছে সে কলকাতা দিয়ে ব্রিটিশ সরকার সহ আরও বহু লোক আমন্ত্রিত । তার গ্রামের পুরনো বন্ধুদেরকে আমন্ত্রণ জানিয়েছে সে । জলসায় তাদের সবার উপস্থিতি সে চায় । তার প্রতিপত্ত সে সবাইকে দেখাতে চায় ।

একদিন বীরেন্দ্র নামক এক ব্যক্তি চাটুজ্যে বাড়িতে আসে । সে পেশায় ডাক্তার এবং সম্পর্কে অরুণের বন্ধু । বরুণও তাকে চেনে । সে আসতে বরুন তাকে জানায় যে অরুণ বাড়ি নেই , কিছুক্ষণ অপেক্ষা করতে । এবং তারা গল্প করতে লাগে । অন্নপূর্ণা দেবিও সেখানে ছিলেন ,

বীরেন্দ্রকে তিনিও চিনতেন। কমলিনী ও লাবণ্য তার সেবাযত্নে লেগেছিলো , এবং সুদক্ষিণা ছিল নিজের ঘরে।

বরুণ ও বীরেন্দ্র কথা বলছে , এমন সময় শ্রীধর সেখানে আসে। সে বীরেন্দ্র কে প্রথমে লক্ষ্য করেনি , কমলিনীর সাথে সে কথা বলতে যাবে কি ... সহসাই বীরেন্দ্র কে সে দেখে। বীরেন্দ্র-ও তাকে দেখে এবং বলে ওঠে " আরে শ্রীধর বাবু... আপনি এখানে ?" শ্রীধর তাকে দেখে ঘাবড়ে যায়। কমলিনী বলে " তুমি চেনো নাকি বাবা ও কে ? ও আমার ছেলে।" বরুণ বলে " বীরেন দাদা , উনি হলেন শ্রীধর দাদা , আমাদের এক দূরসম্পর্কের কাকামশাই এর ছেলে" " কিন্তু ওনাকে তো এখানে দেখিনি আগে" বীরেন্দ্র বলে। " অরুণ কলকাতা যাওয়ার পর তো তুই এ বাড়ি আর আসিস নি , তাই দেখিস নি। ওরা তারপরেই আসে এখানে" অন্নপূর্ণা দেবি বলেন। " ওহ আচ্ছা" বীরেন্দ্র বলে। " কেন বাবা কিছু হয়েচে ?" কমলিনী জিজ্ঞেস করে। শ্রীধর তৎক্ষণাৎ সেখান থেকে বেরিয়ে যেতে চায় , বীরেন্দ্র তাকে পিছন দিয়ে বলে , " আরে কোথায় যাচ্ছেন শ্রীধর বাবু... এখন আপনার শরীর ঠিক আছে তো ?" " হ্যাঁ... আমার ছেলের আবার কি হবে ?" কমলিনী বলে " আমার ব্যাটা তো ওর বাপ মা বউ বাচ্চা নিয়ে সুকে আচে।" " বাচ্চা...!" অবাক হয়ে বলে বীরেন্দ্র। " হ্যাঁ এই দেকো না , আমার বউমা। ও পোয়াতি তো , কদিন পর ওর ব্যাটা হবে" কমলিনী হেসে হেসে কথা গুলো বলে।

লাবণ্য ও শ্রীধরের মুখ কেমন যেন শুকিয়ে আসে। " শ্রীধর বাবু... আপনি বাবা হবেন ?" বীরেন্দ্র জিজ্ঞেস করে। " কি ব্যাপার বীরেন দাদা ... তুমি শ্রীধর দাদার বাবা হওয়ার প্রসঙ্গে এত অবাক হচ্ছ কেন ?" বরুণ জিজ্ঞেস করে। " অবাক হওয়ারই কথা বরুন" বীরেন্দ্র বলে " দুই মাস আগে শ্রীধর বাবু আমার কাছে আসেন। তখন অবশ্য আমি জানতাম না উনি তোমাদের পরিবারের লোক। উনি আমার কাছে আসেন এবং বলেন আমি যেন পরীক্ষা করে দেখি উনি বাবা হতে সক্ষম কিনা... আমি পরীক্ষা করি , যদিও এসব পরীক্ষার ফলাফল আসতে একটু দেরি হয় কিন্তু উনি অতিরিক্ত মূল্য দিয়ে ডাক্তারি পরীক্ষাগার দিয়ে এক সপ্তাহের মধ্যেই ফলাফল নিয়ে আসেন কিন্তু দূর্ভাগ্যজনিত ...তা তে জানা যায় তিনি কোনদিনও সন্তান জন্ম দিতে পারবেন না। কিন্তু...... এখানে এসে তাকে আজ তাকে দেখে , তার বাবা হওয়ার কথা শুনে...... আমার অবাক হওয়া টা কি অমানানসই বরুণ?"

বীরেন্দ্রের কথা শুনে সকলে অবাক হয়ে যায়। ইতিমধ্যে অরুণ সেখানে আসে " ওহ বীরেন তুই এসেছিস ... চল কাছারিতে কাজ আছে " বীরেন্দ্র কিছু বোঝে না , আর অতিরিক্ত কিছু বলেও না , একবার সবার দিকে তাকিয়ে অরুণকে বলে " হ্যা চল" এবং সেখান থেকে চলে যায়।

" তুই কোনদিনও বাপ হতি পারবিনা !" হতবাক অবাক শান্তকণ্ঠে শ্রীধর কে জিজ্ঞেস করল কমলিনী। লাবণ্য হাঁটু গেড়ে মাথা নিচু করে কমলিনীর পায়ে লুটিয়ে পড়ে কাঁদতে থাকে " আমায় ক্ষমা করে দিন মা... আমি যা করেছি ওনার কথায় করেছি। আপনিই তো বলেন স্বামীর কথা ফেলতে নেই , তার সম্মান রক্ষা করার জন্য আমি একাজ করেছি। আমায় আপনি ক্ষমা করে দিন" অঝোরে কাঁদতে থাকে লাবণ্য। " বৌমাকে দিয়ে তুই কি কাজ করিয়েচিস ? ....বল শ্রীধর" চিল্লে ওঠে কমলিনী "বৌমার গর্ভে যে সন্তান , সে তোর ব্যাটা নয় ?" হাতজোড় করে কমলিনীর সামনে কান্নায় ভেঙে পড়ে শ্রীধর " না মা , ওটা আমার সন্তান নয়" মাথা চক্কর মেরে উঠে মাথা টাল খেয়ে পড়ে যেতে লাগে কমলিনী ,অন্নপূর্ণা দেবি তাকে ধরেন। লাবণ্য তখনও কমলিনীর পায়ে লুটিয়ে কাঁদছে। ......"দূর হ ......" পা ঝটকা মেরে লাবণ্য কে থেলে ফেলে দেয় কমলিনী "বজ্জাত

মেয়ে...আমায় পরশ্ব করবি না তুই ।" সুদক্ষিণা এতক্ষন উপরে নিজের ঘরেই ছিল । নিচ দিয়ে চেচামেচির আওয়াজ শুনে সে আর বুড়িমা নিচে নেমে আসেন । লাবণ্যকে ঠেলে ফেলতে লাবণ্য গড়িয়ে পড়ে সুদক্ষিনার পায়ের কাছে , তৎক্ষণাৎ সুদক্ষিণা তাকে তুলে বলে " একি মেজদিদি , আপনি নিজে পড়ে কেন ? কি হয়েছে ? নিচে এত শোরগোল কেন ?" লাবণ্যকে সুদক্ষিণা সামলাতে কমলিনী তাকে বলে ওঠে " তুমি ওকে ছুও না বৌমা , ও কলঙ্কিনী" রাগে , চিৎকারে ফেটে পরে কমলিনী । অন্নপূর্ণা দেবি শ্রীধর কে জিজ্ঞেস করেন " এ তুই কি বলছিস শ্রীধর ? লাবণ্যর গর্ভের সন্তান তোর না ?" চমকে ওঠে সুদক্ষিণা , অন্নপূর্ণা দেবির কথা শুনে ।

শ্রীধর এবার সবটা বলে । হাতজোড় করে সকলের সামনে দাঁড়িয়ে সে কাঁদতে থাকে " যেদিন সুদক্ষিণা বৌঠান জ্ঞান হারিয়ে পড়ে গেছিলেন , বদ্যিমশাই চলে যাওয়ার পর সন্ধ্যার বেলায় যখন বড়জেঠিমা কাকিমনির ঘরে যান কথা বলতে তখন ঘটনাক্রমে লাবণ্য তাকে দেখে এবং তার পিছু পিছু গিয়ে সকল কথা শোনে । তারপর সে এসে আমাকে সবটা বলে । সে রাতেই আমরা জানতে পারি কাকামশাই এর অক্ষমতার কথা এবং অরুণ দাদা কেও পরীক্ষা করতে বলার কথা । আমি আগেই শুনেছিলাম আমাদের এক পিতামহ-ও এরকমই ছিলেন । তাই আমার ভয় হয় , আমার মনে হতে লাগে এই রোগটা আমাদের বংশগত নাতো । আমি লাবণ্য কে বলি মা কে এ ব্যাপারে কিছু বলতে না । আমি এরপর গোপনে ডাক্তার বাবুর কাছে যাই , তবে জানতাম না ডাক্তারবাবু এ বাড়ির পরিচিত বের হবেন । আমি নিজের পরীক্ষা করাই , অধিক মূল্য দিয়ে অগ্রিম ফলাফল বের করি এবং তাতে জানতে পারি আমিও......... আমিও সন্তান জন্ম দিতে পারবোনা । বংশের দোষ আমারও লেগেছে" এতটা বলে শ্রীধর কান্নায় ভেঙে পড়ে "পরীক্ষার ফলাফল জেনে আমি খুব ঘাবড়ে যাই । একদিকে লোকলজ্জার ভয় , সম্মানহানির ভয় , অন্যদিকে সম্পত্তি হারানোর আশঙ্কা । যদি ব্যাটা না হয় তাহলে তো এই অগাধ সম্পত্তির কিছুই পাবনা । আমার মাথা কাজ করা বন্ধ করে দেয় । তখন ভাবি কোনভাবে লাবণ্য গর্ভবতী হলে সমস্যা দূর হবে । আমি তারপর কলকাতায় আমার এক বন্ধুর সাথে কথা বলি , সে বিবাহিত এবং তার একটি সন্তানও রয়েছে । আমি তাকে বলি লাবণ্যর সাথে রাত্রি যাপন করতে । 100 টাকার বিনিময় সে রাজি হয় । এরপর আমি আর লাবণ্য সেইবার লাবণ্যর বাবার বাড়ি যাওয়ার নামে কলকাতায় যাই । লাবন্য এসবকিছু আগে থেকে জানত না । আমি পথে তাকে সব বলি । প্রথমে লাবণ্য রাজি হয়নি , খুব কান্নাকাটি করে সে , তারপর আমি তাকে আমার সম্মানের দোহাই দিই । তখন সে রাজি হয় । আমরা কলকাতায় যাই । আমার বন্ধু সে রাত্তিরে লাবণ্যর সাথে রাত্রিযাপন করে । পরের দিন আমরা গ্রামে ফিরে আসি । কিছুদিন পর লাবণ্য গর্ভবতী হয় , আমরা ভাবি আমাদের সব সমস্যা সমাধান হয়েছে হয়ে গেছে । কিন্তু......... আজ ডাক্তারবাবু এসে........" এতটা বলে শ্রীধর চুপ করে যায় । উপস্থিত সকলে হতভম্ব হয়ে রয়ে যায় ।

" ছিঃ দাদা , তুমি এমন কাজ করতে পারলে ?" বরুণ বলে ওঠে । সবার মন ঘৃণায় ভরে যায় । লাবণ্য ও শ্রীধর অনবরত কেদে যায় । থপ করে মাটিতে বসে পড়ে কমলিনী । তার গর্ব , অহংকার , মান-সম্মান , সব ধুলোয় মিশে যায় , চূর্ণ-বিচূর্ণ হয়ে যায় তার দেমাগ । কেউ যথাযথই বলেছে , অপরের ক্ষতি চাইলে নিজেরও ভাল হয় না । ভেঙে পড়ে সম্পূর্ণ কমলিনী । উঠে গিয়ে শ্রীধর কে এক চড় মারে সে " তোদের দেকে আমার ঘেন্না করচে " বলে ওঠে সে " তোকে আমি ত্যাজ্য পুত্ত করলাম । ভাববো আমার ছেলে মরি গেচে আর তোদের বাপ কাকা আসার পর আমি বলব যেন তোদের ঘর থেকে বের করি দেয় ।"

এ সকল ঘটনা ঘটছিলিই , কি সহসাই.........হরিঘোষাল আসে “ কই গো সবাই... কই তোমরা ...শুলি জ্ঞান হারিয়েছে ।" কিছু বেয়ারা আর হরিঘোষাল তাকে ধরে আনে " এ কি , কাকামশাই এর কি হয়েছে" বরুন ছুটে যায় । সুদক্ষিণা দৌড়ে আসে “ বাবার কি হয়েছে ?” ঘাবড়ে বলে ওঠে সে । সকলেই শৈলেন্দ্রের কাছে আসে । বৈঠকখানা তেই শৈলেন্দ্র কে শুইয়ে রাখা হয় । “ জানিনা... একখানি পত্র এসেছিল । পড়তে পড়তেই শুলি জ্ঞান হারিয়ে পড়ে যায়" হরিঘোষাল বলে । “ কার পত্র ?” ব্যাস্ত হয়ে বরুণ জিজ্ঞেস করে । “ তা তো জানিনা । ও পত্র কাছারিতেই রয়ে গেছে । সেসব ছাড় , তুই আগে বদ্যিকে ডেকে আন" হরিঘোষাল বলে । বরুণ তৎক্ষণাৎ বদ্যি ডাকতে চলে যায় । সুদক্ষিণা নিজের অসুস্থ শরীর নিয়েই শৈলেন্দ্র এর সেবা করতে থাকে । সে তার পায়ে তেল ডলতে থাকে আর বুড়িমা ক্রমাগত পাখার বাতাস করে । কিছুক্ষণ পর বদ্যিমশাই আসেন । শৈলেন্দ্র কে দেখে তার মুখে কিছু ওষুধ গুঁজে দেন , বলে যান কয়েক ঘণ্টা পরে শৈলেন্দ্রের জ্ঞান ফিরে আসবে ।

ঘড়ির কাটায় তখন রাত্রি ন টা । সকলেই শৈলেন্দ্রের কাছে বসে আছে । ততক্ষণে অরুণ ও চলে এসেছে । সুদক্ষিণা সহসা বুঝতে পারে শৈলেন্দ্রের হাত পা নড়ছে , সে বুঝতে পারে শৈলেন্দ্র জ্ঞানে ফিরেছে “বাবামশাই " বলে ওঠে সে । তার গলা শুনে সকলে সে দিকে তাকায় । ধীরে ধীরে সে শৈলেন্দ্রের জ্ঞান ফিরছে । জ্ঞান ফিরতেই সে চমকে উঠে বসে পরে । সুদক্ষিণা কে কাছে দেখে ওর দুটো হাত ধরে কাঁদতে থাকে "সোদু......এ আমাদের কি সর্বনাশ হল ...আমি কেন ওদের যেতে দিলাম " কেউ কিছু বুঝতে পারেনা । বরুন হাঁটু গেঁড়ে তার সামনে বসে বলে " কি হয়েছে কাকামশাই... আপনি এমন করে কাঁদছেন কেন ?” শৈলেন্দ্রর কান্না থামে না । “ কি হয়েছে বাবামশাই...আপনি কেন কাঁদছেন ?” সুদক্ষিণা জিজ্ঞেস করে । “ তোর মা আর নেই সোদু , আর নেই......” সহসাই বলে ওঠে সে । থমকে যায় সব । নিজের হাত ছাড়িয়ে দাঁড়িয়ে পরে সুদক্ষিণা । “নেই মানে... নেই মানে কী কাকামশাই ?” দুশ্চিন্তার সুরে জিজ্ঞেস করে বরুণ । “ আমার কাছে আজ একটা পত্র এসেছিল । মধুমন্তিরা যেই সংস্থা থেকে তীর্থ গেছিল তাদের পক্ষ থেকে । ও তে লেখা ছিল , তাদের যাত্রীদের নৌকা মাঝগঙ্গায় জোয়ার আসার কারণে উল্টে যায় । সকল তীর্থযাত্রীর প্রাণহানি হয় । কেউ বেঁচে নেই । এমনকি তাদের পার্থিব শরীর টুকুও পাওয়া যায়নি । সব গঙ্গায় তলিয়ে গেছে " শৈলেন্দ্রর কথা শুনে অরুণ বাদে সবাই কান্নায় ভেঙ্গে পড়ে । সুদক্ষিণা...... সুদক্ষিণা দিকবিদিক হারায় , “ না.........না , এ......এ হতে পারে না । না.........না...” কাঁদতে কাঁদতে ছুটে সে নিজের ঘরে যায় । বুড়িমা তার পিছন পিছন যেতে লাগে । “ না এ হতে পারে না । তোমরা আমায় ছেড়ে যেতে পারো না । এ হতে পারে না ...না...।

সে এক পাগলময় অবস্থা তার । ঘরের জিনিসপত্র ছুড়তে থাকে সে " না , এ হতে পারেনা , পারেনা...।" বুড়িমা এসে তাকে জড়িয়ে ধরে ...ছটফট করতে থাকে সে ...কান্নায় চিৎকারে ফেটে পড়ছে সে । বুড়িমার আলিঙ্গন কিছুক্ষণ পর তাকে শান্ত করে । কাঁদতে কাঁদতে সে নিচে লুটিয়ে পড়ে । “ কেদনা বৌরানী...ছোটগিন্নিমাও যে তোমার চোখের জল দেখতি পারতেন না । তার আত্মা যে কষ্ট পাবে ।" বুড়িমা বলেন । ওনার চোখেও জল । সুদক্ষিণার কান্নার হাহাকারে ভরে ওঠে চাটুজ্যে বাড়ি । ওদিকে নীচে শৈলেন্দ্রেরও একই অবস্থা । সবাই তাকে সামাল দেয় । কমলিনী কাঁদতে কাঁদতে বলে “ আজ কার মুখ দেকে উটেছিলাম গো বড়গিন্নি । একের পর এক দুঃসংবাদ ই এসে যাচ্ছে । কেদনা ঠাকুরপো । হতভাগী আমাদের কত কপাল করে এসেচিল , দেক শাঁখা সিঁদুর নিয়ে বিদায় হলো মা গঙ্গার কোলে । আমি তো ওকে কোনোদিনই ভালোবাসিনি , তবু হতভাগী

যাওয়ার সময় আমার পা দুটো ছুঁয়ে গেছিল। তুই ভাল থাক ছোটবউ , ভাল থাক।"

।।তেরো।।

মধুমন্তি , শান্তিপ্রিয়া দেবি ও শিবরাম বাবুর প্রয়াণে এক অদ্ভুত পূর্ণ সময় নেমে আসে চাটুজ্যে বাড়িতে। ২ দিন তো কারর কোন হুঁশ ছিলোনা , কিন্তু তারপর একে একে সকলে নিজেদের সামনে ওঠেন। ওনাদের শরীর পাওয়া যায়নি , তাই শেষকৃত্যও সম্পন্ন করা যাবে। পুরহিত মশাইয়ের সাথে আলোচনা করে তাই গঙ্গায় একদিন ওনাদের নামে পিণ্ডদান করা হলো শৈলেন্দ্র এবং সুদক্ষিণা কে দিয়ে এবং একদিন হরিনাম রাখা হলো।

সুদক্ষিণা এখন একদম শয্যাশায়ী হয়ে গেছে। মধুমন্তি ও তার বাবা মা এর চলে যাওয়া তাকে আরও শেষ করে দেয়। এখন শৈলেন্দ্রও আর তার সাথে কথা বলতে আসে না... আসবে কি , সে নিজেই এখন ভেঙে পড়েছে। মধুমন্তির প্রয়ান তাকেও শেষ করে দেয়।

সবদিক কিছুটা সামলে ওঠার পর একদিন কমলিনী হরিঘোষাল ও শৈলেন্দ্র কে শ্রীধর ও লাবণ্যর সমস্ত কথা জানায়। মধুমন্তির প্রয়ানের খবরে এই প্রসঙ্গটি তখন আর ফুটে ওঠে নি। সমস্ত বৃত্তান্ত শুনে লজ্জায় মাথা কাটা পড়ে হরিঘোষালের। শ্রীধর কে সে ত্যাজ্যপুত্র করে তাদের বাড়ি থেকে বের করে দিতে চাইলে শৈলেন্দ্র বাধা দেয়। শৈলেন্দ্রও এখন অসুস্থ , বেশি ঝগড়াঝাঁটি তার ও ভাল লাগে না " ওদের ছেড়ে দিন হরি দাদা। বুড়ো বয়সে আর এসব সহ্য হয় না। কি আর করবেন... আপনার ই ছেলে , ভুলের বশে ভুল করে বসেছে। ওদের ক্ষমা করে দিন। আর কারোর বিচ্ছেদ সহ্য হয় না আর হরিদাদা। এখন তো যত তাড়াতাড়ি সম্ভব দাদা আর মধুর কাছে চলে যেতে চাই " শৈলেন্দ্রএর কথা শুনে তারা শ্রীধর লাবণ্যকে রেখে তো কিন্তু... তাদের সাথে কোন সম্পর্ক রাখে না।

দিন কাটতে থাকে। জীবন আবার স্বচ্ছল হতে থাকে সবার। ও দিকে অরুণের জলসার দিন একদম নিকটে এসে যায়। সে এক বিশাল আয়োজন... ব্রিটিশ সরকারের জলসা সে দেখেছে , তাই তাদের চেয়েও বিরাট... বিরাট মাপের জলসার আয়োজন করেছে সে। এই প্রথম ব্রিটিশ সরকার ভারতের কোন মানুষের কাছ থেকে তরী বানালেন , আমদানি রপ্তানির জন্য। এটি যা তা ব্যাপার নয়। এই জলসা ও তরী উন্মোচনের পর অরুণের এর কাজ ও নাম দেশ-বিদেশের প্রতি কোনায় কোনায় পৌঁছে যাবে। তাই আয়োজন ও আমন্ত্রণের কোন ত্রুটি সে রাখছে না। খাওয়া-দাওয়া , বাজনা , আলোক রস্মি , বিদেশি সুরা , দেশী বিদেশী গানের-নাচের আয়োজন...সবই করেছে সে। রাত পেরোলেই তার জলসা।

সেদিন রাতে সে সুদক্ষিণা বাদে সবাইকে বৈঠকখানায় ডাকে , সকলেই আসে , বুড়িমাও , " কালকে সন্ধ্যেবেলায় আমার তরী উন্মোচনের জলসা আছে। অনেক বড় বড় নামিদামি লোকজন আসবেন। আপনারা সকলে কালকে তৈরি থাকবেন সকলকে যেতে হবে কালকে ওখানে। আমি কলকাতায় দিয়ে ২ টি গাড়ি আনিয়েছি। গাড়ি চালক ও বরুণ কাল সবাইকে নিয়ে যাবে ওখানে। বরুণ কে আমি ঠিকানা দিয়ে রেখেছি।" অরুণের কথা শুনে সম্মতি জানিয়ে সকলে চলে যায়। অন্নপূর্ণা দেবি ও বরুণকে অরুণ আলাদাভাবে বলে " মা...আমি চাই না সুদক্ষিণা আসুক। ওরে ওমন রোগগ্রস্ত শরীর অমন কালশিটে মুখ দেখে সকালে হাসাহাসি করবে। কলকাতা দিয়ে আমার অনেক বিদেশী বন্ধু আসবে , সকলের সামনে ওকে আমার স্ত্রী বলে পরিচয় দিতে লজ্জা করবে" অরুণের বক্তব্যে অন্নপূর্ণা দেবি বা বরুণ , কেউ ই কোনো প্রতিবাদ করে না।

ওদিকে বুড়িমা আনন্দিত মনে উপরে যান। সুদক্ষিণা একটু বাইরে যেতে চায়, তিনি বুড়ি মানুষ, তাকে নিয়ে যেতে পারেন না। কিন্তু কাল সকলে বাইরে যাবে, জলসায় যাবে। সুদক্ষিণা কেও নিয়ে যাবে। এই ভেবে তিনি প্রফুল্লিত মনে সুদক্ষিণা ঘরের দিকে যেতে থাকেন তাকে সুসংবাদটি দিতে, কিন্তু তিনি তো আর জানেন না যে অরুণ সুদক্ষিণা কে সেখানে নিয়েই যাবে না। বুড়িমা ঘরে এসে দেখেন সুদক্ষিণা ঘুমিয়ে গেছে তাই সেই রাতে তিনি আর তাকে ডাকেন না।

পরদিন সকাল থেকেই খুব তোড়জোড়। সুদক্ষিণা অবশ্য এসবের কিছুই জানতো না। ঘরে কিছু কাজ থাকায় বুড়িমা কে সেদিন কিছুক্ষণের জন্য নিজের বাড়ি যেতে হয়। দুপুর বেলা ফিরে, মধ্যাহ্নভোজন নিয়ে তিনি সুদক্ষিণার ঘরে যান। গিয়ে দেখেন সুদক্ষিণা উদাস মনে বসে আছে। খাবারের থালা পাশে রেখে বলেন " একি বৌরানী... তুমি এখনো তৈরি হওনি?" সুদক্ষিণা তার দিকে তাকিয়ে বলে, " তৈরি...? তৈরি কেন হব বুড়িমা ?" "তোমায় কেউ কিছু বলেনি ?" বুড়িমা জিজ্ঞেস করেন। " কিসের ব্যাপারে বলবে ?" না সুদক্ষিণা জিজ্ঞেস করে। " আরে আজ যে বড়বাবুর জলসা গো। অনেক লোকজন আসবেন। বড়বাবু তো কালকেই বলেচেন, সব্বাইকে আজকে ওকানে যেতি হবে। কইলকাতা দিয়ে গাড়ি আসবে, ছোট বাবু সবাইকে গাড়ি করি নে যাবে। আমি কালকেই তোমাকে বলতে এয়েচিলুম কিন্তু তুমি ঘুমিয়ে পড়েচিলে বলে আর বলা হয়নি। ......নাও নাও এবার খেয়ে, তৈরি হয়ে নাও দিকি। ও দিকে সকলে তৈরি হয়ে গেচে।" বুড়িমা সুদক্ষিণা কে সব জানান।

"কি......! আজ বাইরে যাব ! এই চার দেয়ালের বাইরে ! জলসায় ! ঠাকুরপো আমায় নিতে আসবে !" আনন্দে দুচোখ ভরে ওঠে সুদক্ষিণার। খাবারের থালা সরিয়ে রেখে বলে " না বুড়িমা, খাওয়ার সময় নেই। আমাকে তৈরি হতে হবে, জলসায় যাব আমি। আহ ! কতদিন পর মুক্ত বাতাসে নিঃশ্বাস নেব ... বুড়িমা, তুমি আমায় ভালো করে স্নান করিয়ে একটা সুন্দর দেখে শাড়ি পরিয়ে দাও দেখি।"

বিকেলে গড়াতেই বরুণ গাড়িচালকের সাথে সকলকে নিতে আসে। সকাল থেকেই আজ সে জলসার স্থানেই ছিল। বাড়ি এসে তৈরি হয়ে অন্নপূর্ণা দেবি, কমলিনী, শৈলেন্দ্র, শ্রীধর, লাবণ্য, হরিঘোষাল সবাইকে নিয়ে বাড়ি দিয়ে বের হয়। আজ রাতে কেউ বাড়ি থাকবে না, তাই সমস্ত দাস দাসীদেরকে ছুটি দেয়া হয়েছে। গঙ্গাপাড়ে বিশাল জলসার আয়োজন করেছে অরুণ। বরুণ সবাইকে গাড়িতে উঠতে বললে শৈলেন্দ্র জিজ্ঞেস করে, " সোদু যাবে না ? ওকে তো আসতে দে বরুণ।" বরুণ ও অন্নপূর্ণা দেবি ছাড়া আর কেউই জানত না যে সুদক্ষিণা যাচ্ছে না বা তাকে নিয়ে যাওয়া হচ্ছে না। বরুণ সেকথা ঢাকতে গিয়ে বলে " আসল বৌঠানের শরীর ভালো নেই তো তাই তাকে আলাদাভাবে নিয়ে যাওয়া হবে। এখন চলুন আমরা যাই" এই বলে বরুন সকলকে নিয়ে চলে যায়। ঘর পুরো ফাঁকা।

সুদক্ষিণা বা বুড়িমা এসবের কিছুই জানেনা। সুদক্ষিণার কথা মত বুড়িমা তাকে সুন্দর করে চন্দন দিয়ে হাত-মুখ ধুয়ে পরিষ্কার করে স্নান করিয়ে দেন। "কোন শাড়িটা পরবে বৌরানী ?" বুড়িমা জিজ্ঞেস করেন। কত শাড়ি সুদক্ষিণার। এত ভারি ভারি শাড়ি কি আর বাইরে না গেলে পড়া হয়... তবে আজ সে একটি সুন্দর শাড়ি পরবে। বেছে বেছে নিল রঙের একটা জামদানী শাড়ী সে পছন্দ করলো। বুড়িমা তাকে পরিপাটি করে শাড়ি পরিয়ে দেয়। পালঙ্কের পাশে এক ভারি সুন্দর দর্পণ লাগানো ছিল। দর্পণে নিজেকে দেখতে সুদক্ষিণা ভারি ভালোবাসে। কিন্তু অসুখে পড়ার পর থেকে নিজেকে ঠিক করে দেখাই হয় না। কিন্তু আজ সে নিজেকে দেখছে, অসুখের ছাপ

থাকা সত্ত্বেও মুখে তার আজ ঔজ্জ্বল্য এসেছে। আজ সে একটু সুস্থ বোধ করছে। আজ বাইরে যাবে সে, সকলের সাথে জলসার আনন্দ করবে, জোৎস্না রাতের উৎসবে যোগ দেবে খোলা মনে... প্রাণ খুলে মুক্ত বাতাসের গন্ধ নেবে। বুড়িমা এসে দু পায়ে তার আলতা পরিয়ে দিলেন, ঠোঁটে লাগিয়ে দিলেন গোলাপের নির্যাস, চোখে কাজল। দর্পণে নিজের রূপ দেখে সুদক্ষিণা মনে মনে ভাবল " আজ আমার আবার সুন্দরী দেখাচ্ছে ...ঠিক যেমনটা ঠাকুরপো আমায় দেখতে পছন্দ করে। আজ আবার আমি তার সাথে বাড়ির বাইরে বেরোবো" খুশিতে ভরে ওঠে সুদক্ষিণার চোখ। কি যেন একটা ভেবে সে বুড়িমা কে বলে " আমায় একটু ধুনো ধরিয়ে দেবে বুড়িমা ?" কিছুক্ষণের মধ্যেই বুড়িমা ধুনচি সাজিয়ে নিয়ে আসেন। গোলাপ ফুলের গন্ধ বরুণের খুব প্রিয়, তাই আগের মতো ধুনচির মধ্যে দিয়ে দেয় কটি গোলাপ ফুল। সেই ধোঁয়ায় সেচুল শুকোয়। বুড়িমা তারপর সুন্দর করে তাকে একটি খোঁপা বানিয়ে তাতে লাগিয়ে দেন একটি জুঁই ফুলের মালা। "বৌরানী, নূপুর দুটো পরিয়ে দি ? বুড়িমা জিজ্ঞেস করেন। সুদক্ষিণার নূপুর খুব পছন্দের, কিন্তু অরুণ পছন্দ করে না বলে সে নুপুর পড়া ছেড়ে দিয়েছে। "না বুড়িমা, নূপুর পরব না" সুদক্ষিণা বলে। সহসা দিয়াল ঘড়িতে ঘন্টা বেজে ওঠে। ঢং ঢং করে, 'ছ' টা বেজে গেছে। " বুড়িমা সবাই কোথায় ? কখন যাব আমি বাইরে ?" সুদক্ষিণা জিজ্ঞেস করে। তার চোখে অদ্ভুদ অস্থিরতা, কন্ঠে ব্যাকুলতা। " বৌরানী আমি বাইরেটা দেকে আসি " এই বলে বুড়িমা দেখার জন্য ঘরের বাইরে যান।

সুদক্ষিণার এদিকে তর সয় না। কিছুক্ষণ পর সেও ঘর দিয়ে বেরিয়ে আসে। বুড়িমা এদিক-সেদিক ঘুরে তার কাছে এসে বলে " না গো বৌরানী। কাউকে তো দেখলুম না। বোধ হয় সকলে চলি গেচে। ......বুঝেচি..... তোমার তৈরি হতি সময় লাগচিল কিনা, তাই হয়ত ছোট বাবু সকলকে রাখতি গেচেন, ওনাদের রেকে এসে তোমায় নিয়ে যাবে।" সুদক্ষিণার মন টা ছটফট করতে লাগে। ইতিমধ্যে গ্রামের এক লোক এসে ডাক দেয়, "বুড়িমা...... ও বুড়িমা " গলা শুনে বুড়িমা বলেন " কে লা, কে ডাকছিস ?" এক মধ্যবয়স্ক লোক বাড়ির ভিতর ঢুকে বলেন " শিগগির চলো, ওদিকে যে তোমার নাতির তড়কা জ্বর উটেচে " " অ্যাঁ... সে কি !" আঁতকে ওঠেন বুড়িমা " ও... ও বউরানি ... নাতিটার তড়কা উটেচে গো, আমি একটু বাড়ি হয়ে আসি কেমন। তুমি সাবধানে থেকো" এই বলে বুড়িমা গ্রামের দিকে ছোটেন। সুদক্ষিণা একা দোতলায় দাঁড়িয়ে থাকে।

জলসার সমারোহে সেদিন মেতে উঠেছে বদ্যিপুরের গঙ্গার পাড়। গান-বাজনা, আলোকরশ্মি, লোকজনের সমারোহে জলসা একেবারে জমজমাট। কলকাতা থেকে অগণিত ব্রিটিশ লোকজন এসেছেন ,তাদের মধ্যে বিশেষ আকর্ষণ হলেন ব্রিটিশ সরকার দ্বারা প্রেরিত তাদের নিজস্ব পাঁচজন সদস্য।

গঙ্গার তীরে বাধা রয়েছে অরুণের বানানো ১০টি তরী। ঝাঁ চকচকে মসলিন কাপড় দিয়ে ঢাকা। "Arun now show us the boats(অরুণ এবার আমাদের তরী গুলো দেখাও)" এক ব্রিটিশ সরকারের লোক বলে উঠলেন। আলোক রশ্মী, বাজি, ফুল, নাচ-গানের অতুলনীয় আয়োজনের মাঝে অরুণ উন্মোচন করে তরী গুলি। হাততালির শব্দে, প্রশংসার শব্দে ভরে ওঠে জলসা। অন্নপূর্ণা দেবি ,বরুণ... অরুণের সফলতা দেখে খুব খুশি।

ওদিকে চাটুজ্যে বাড়িতে সুদক্ষিনা অপেক্ষা করতে থাকে। বার বার ঘরে আর বাইরে পায়চারি করতে লাগে। ঘড়ির কাঁটা ক্রমশ ঘুরতে লাগে। মনের ব্যাকুলতা সীমাহীন হয়ে পড়ে " কখন আসবে ঠাকুরপো আমায় নিতে, সময় তো হয়ে এসেছে " আওড়াতে লাগে সে। বারবার দরজার

বাইরে উঁকি মেরে দেখতে লাগলো কেউ আসছে নাকি , শোনা যাচ্ছে নাকি কারর পদধ্বনি ।

ঘড়ির ঘন্টা ক্রমশ বেজেই চলেছে । সুদক্ষিণা ছটফট করে বারবার ঘর ও বাহির হতে লাগল । ঘড়ির ঘন্টা পরপর ৯ বার বাজলো । “ তাহলে কি...... ঠাকুরপো আজ আর আসবে না...” বলতে লাগল সে । একথা সে বিশ্বাসই করতে পারছিল না “ আসবে সে... ঠিকই আসবে... যতই দেরি হোক" কেঁদে কেঁদে বলতে বলতে সে ছুটে চলে গেল নিজের ঘরের ভিতরে । পালঙ্কের উপর মুখ থুবড়ে কাঁদত লাগে । আয়নার প্রতিবিম্বে তার অশ্রুন্বিত চেহারা সে দেখতে পায় । আর নিতে পারছেনা সে , আর সহ্য করতে পারছে না , আর সইতে পারছে না এসব । এ তাচ্ছিল্য , এ একাকীত্ব , এ অবহেলনা আর সইতে পারছেনা সে ।

“ আমায় কি তাহলে সকলেই ভুলে গেল ,আমার প্রয়োজন কি তবে ফুরালো ! তাই কেউ আসলো না আমায় নিতে...” রাগে , কান্নায় , দুঃখে বলতে লাগে সে । পাশের ফুলদানি টা আয়নার মধ্যে ছুঁড়ে মেরে ভেঙে টুকরো টুকরো করে দিল নিজের সাধের দর্পণ । ঝনঝন করে মেঝেতে ভেঙ্গে পড়লো কাঁচ । দরজায় শব্দ হতে সে বলে উঠলো " কে কে ?” কিন্তু উত্তর না আসায় সে বুঝল হয়তো বাতাসে নড়ে উঠেছে দরজার কপাট । ভাঙ্গা কাচের মধ্যে বসে চিৎকার করে কেঁদে কেঁদে বলতে লাগল " তুমিই বা কেন এলে বাতাস , চলে যাও আমাকে ছেড়ে । আজ থেকে তুমি আমার কেউ না... বাগানের ফুলগুলো আমার কেউ না... ওই নৌকা ঘাট ওই শিবমন্দির আমার কেউ না , কেউ না" অসহিষ্ণু বাচ্চার মতন মাটিতে পা ঠুকে ঠুকে বলতে লাগল । “ আমি যাব , আমি যাব । ওদের উৎসবে আমাকে ওরা বাদ দিতে পারে না । আমি জোর করে ওখানে যাব" সুদক্ষিণা উঠে দাঁড়ালো । কাচবিদ্ধ হয়ে তার পা কেটে গেল । আলমারির কাছে গিয়ে চাবি দিয়ে আলমারি খুলল । তার একটি গুপ্ত স্থানের থেকে একটি হাতির দাঁতের তৈরি বাক্স বার করলো । তাতে রয়েছে বরুণের তাকে দেওয়া সেই বিদেশি আতরের শিশি , বরুণের তাকে লেখা সেই পত্র , তার পায়ের নুপুর , আর...... আর সেই লাল পুঁটুলি , যাতে রয়েছে সেই কালো বড়ি ।

পত্রটি নিয়ে সে পড়তে লাগল... প্রতিটি শব্দ , প্রতিটি অক্ষর..." সবই কি তবে তোমার ছলনা ছিল ঠাকুরপো ? প্রতিটি শব্দ , প্রতিটি অক্ষর , সবই ছলনা ?” বলতে লাগল সে । তারপর ছুরে ফেলে দিল সে চিঠিপত্র । লাল পুঁটুলি খুলল , তাতে রাখা পাঁচটা বড়ি । বুড়িমা বলেছিলেন অর্ধেক ভেঙে খেলেই ঘুম চলে আসবে । সুদক্ষিণা ৫ টি বড়িই মুখে ঢুকিয়ে নিল , ঢগঢগ করে খেল ২ গ্লাস জল । গায়ে মাখল বরুণের দেওয়া আঁতর "আজ আমি তোমায় গন্ধে মিশে যেতে চাই ঠাকুরপো... বলেছিলাম না তোমায় , কোন বিশেষ দিনে মাখবো এটা । আজকের চেয়ে বেশি বিশেষ দিন আর কি হতে পারে ঠাকুরপো" একা একা বলতে থাকে সে । মাথার খোপা উন্মুক্ত করে দেয় , বাতাসে উরে বেড়ায় তার উন্মুক্ত কেশ " আহ কি হালকা লাগছে ! আমি আর নিতে পারছি না চুলের ভার " বলে ওঠে সে । মুছে দিল ঠোটের লাল রং , চোখের কাজল । পায়ে পড়লো নুপুর । “ কি ভালো লাগছে আজ আমার । সারা বাড়ি ছমছম করে ঘুরে বেড়াবো আমি । কতদিন নুপুর পড়ি না "একা একা বলে সে । এরপর দৌড়াতে লাগল সারা বাড়ি জুড়ে । কাচবিদ্ধ পা দিয়ে অঝোরে ঝরছে রক্ত , সাদা মার্বেলের মেঝেতে যেন আলপনা আঁকা হয়ে যাচ্ছে তার রক্ত দিয়ে । মন খুলে হাসতে লাগে সে “ বুড়িমা বলেছিল অর্ধেক বড়ি খেলেই ঘুম আসবে , কিন্তু পাঁচটা বড়ি খাওয়ার পর শরীর কি হালকা লাগছে... যেন মনে হচ্ছে আমি পাখি হয়ে এখনই উড়ে যাব ওই আকাশে , যেখানে কোন বাঁধা নেই... যেখানে নির্যাতন নেই..." উন্মাদের মতো হাসতে হাসতে চোখে জল ভরে আসে তার । সে খুলে ছুড়ে ফেলল হাতের কঙ্কন ,গলার হার ,কানের দুল । সিঁড়ি দিয়ে ছমছম

করতে করতে নীচে নেমে গেল । গুনগুন করে গাইতে লাগলো মধুমন্তির শেখানো গান । উচ্ছ্বাসিত জলপ্রপাতের মত কান্নায় আন্দোলিত হোল সুদক্ষিণা "ঠাকুরপো... ঠাকুরপো আমি চলে যাচ্ছি... তোমার বন্ধুত্ব ,তোমার মায়াই আমায় বাঁচিয়ে রেখেছিল । কিন্তু আজ নেই... আজ কিছু নেই । একটু স্নেহ দিলে হয়তো তোমার বৌঠান আর কটা দিন বেঁচে থাকত ঠাকুরপো ।......মা... মা আমি আসছি ...তোমার কোলে , তোমাদের কোলে ” এ কথা বলতে বলতে মাটিতে লুটিয়ে পড়ে গেল সুদক্ষিণা ।

শেষ... সব শেষ । সব যন্ত্রনা ,কষ্ট ,অবহেলা ,সব শেষ । পরে রইল সুদক্ষিণার নিথর দেহ দুয়ারে ।

বুড়িমা নিজের নাতি কে দেখে কিছুক্ষণ পর ফিরছিল । বাড়ির দরজার মুখে এসে সুদক্ষিণা কে দেখে সে ভিরমি খেয়ে যায় ," বৌরানী......” চিৎকার করে ওঠে সে " কথা বলো ...কথা বলো ...এ কি হোল তোমার...?” কোনো উত্তর এল না । সবশেষ ততক্ষণে ।

।।চোদ্দ।।

জলসায় সবাই মেতে রয়েছে । একমাত্র শৈলেন্দ্র কে বাদে । তার মন খালি বাড়ির দিকে টানছে । অরুণের বানানো সকল তরী ব্রিটিশ সরকারের খুবই পছন্দ হয় , তরীর বিনিময়ে মূল্য দেওয়ার আগে তারা অরুণের কাছে তাদের দেওয়া চুক্তিপত্র চায় যাতে লেখা ছিল কতগুলো তরীর বিনিময়ে কতগুলো টাকা দেওয়া হবে । এ সকল ব্যস্ততায় অরুণ চুক্তিপত্রটি আনতে ভুলে যায় । তৎক্ষণাৎ সে বরুণের কাছে গিয়ে বলে “ আমার ঘরে দেরাজের মধ্যে চুক্তিপত্রটি রাখা আছে । তুই একটু নিয়ে আয় ।" বরুণ কথামত বাড়ির দিকে যেতে গেলে শৈলেন্দ্র তাকে বলে “ বরুণ আমাকেও বাড়ি দিয়ে আয় । খুব মন টানছে মেয়েটার জন্য ।" পাশ দিয়ে অন্নপূর্ণা দেবি বলেন “ হ্যাঁ বাবা আমাকেও নিয়ে চল । আমিও এবার বাড়ি গিয়ে একটু বিশ্রাম নিই" “ ঠিক আছে চলো” বলে বরুন ওদের নিয়ে চলে যায় ।

বরুন যাওয়ার কিছুক্ষণ পর জলসায় আরও দুজন অতিথি আসেন । অরুণ তখন সকলের সাথে কথা বলতে ব্যাস্ত “ Hello Arun(হ্যালো অরুণ)..." একটি চেনা-পরিচিত গলা পেয়ে পেয়ে অরুণ পিছন ফিরে তাকায় আর দেখে Elizabeth(এলিজাবেথ)... সাথে George(জর্জ) । অরুণ তার চেনা-পরিচিত সকলকে আমন্ত্রন করেছিলো , একমাত্র George(জর্জ) , Elizabeth(এলিজাবেথ) কে ছাড়া । সে কোনদিন কল্পনাও করেননি যে ওরা দুজন এখানে আসতে পারে । ওদের দেখে অরুণ খুব ঘাবড়ে যায় । "What happened my friend , why are you so sweating ?(কি হোল অরুণ ?তুমি এত ঘামছ কেন?)" George(জর্জ) হেসে জিজ্ঞেস করে , কিন্তু তার হাসিতে ছিলে এক ভয়ানক রূপ । হাততালি দিয়ে সে সকলকে নিজেদের প্রতি অনুবাদন জানায় “Hello ladies and gentlemen , please be attention . Myself George she is my sister Elizabeth . Arun and she were in a relationship. But after an incident we got to know that Arun is imported and then he rn away from there . Isn’t it funny... this man , this handsome man is imported(আমি জর্জ এটি আমার বোন এলিজাবেথ ।অরুণ এবং এলিজাবেথ একটি সম্পর্কে আবদ্ধ ছিল ।কিন্তু একটি ঘটনার পর আমরা জানতে পারি এই মানুষটি অসম্পূর্ণ ,অক্ষম সন্তান জন্ম দেওয়ার, আর তারপর সে সেখান দিয়ে পালিয়ে যায়। একটি হাস্যকর বিষয় তাই নয় কি যে উনি অক্ষম) ।" জলসায় উপস্থিত সকল অতিথি , দেশি-বিদেশি মানুষজন , আত্মীয়স্বজন সকলের সামনে

George(জর্জ) কথাগুলো বলে ওঠে। শ্রীধর ইংরেজি বুঝত , তাই সে হরিঘোষাল , কমলিনী , লাবণ্য কে বোঝায় George(জর্জ) ঠিক কি কি বলল। George(জর্জ) এর কথা শুনে সকল হেসে ওঠে। লাঞ্ছনার হাসির শব্দে ভরে ওঠে জলসা ঘর। অপমান... এত অপমান...এত লোকের সামনে তার অক্ষমতা প্রকাশের অপমান , তার পুরুষত্বের অপমান...অরুন সহ্য করতে পারে না। মাথা নিচু করে বেরিয়ে যায় সে ওখান থেকে। হাসির শব্দ কাটার মত বিঁধতে থাকে তার কানে।

ওদিকে বরুণ প্রায় বাড়ির কাছাকাছি এসে যায়। গাড়ির শব্দ শুনে বুড়িমা ছুটে যান সেখানেই। বরুণ , শৈলেন্দ্র , অন্নপূর্ণা দেবি গাড়ি দিয়ে নামতেই তিনি তাদের কাছে ছুটে যান "ও ছোটবাবু , বউরানি কতা বলছে না ...কি হলো দেকেন , শিগগির আসেন" বুড়িমার কথা শুনে সকলে ছুটে ঘরে ঢোকে। ধুকে দেখে... নিথর , নিশ্চল সুদক্ষিণার দেহ মাটিতে পড়ে , মুখ থেকে বেরিয়ে এসেছে তার সাদা ফ্যানা। " সোদু..........." চিল্লে ওঠে শৈলেন্দ্র। বরুণ সুদক্ষিণার হাত ধরে ধমনী খোঁজে ,কিন্তু...... পায় না। বুঝতে তাদের বাকি থাকে না... সুদক্ষিণা...নেই ,আর নেই।

সুদক্ষিণাকে বুকে জড়িয়ে কাঁদতে থাকে শৈলেন্দ্র " এটা কি করলি মা , কেন করলি ...বুড়ো বাপ টার কথা ভাবলিনা। কি করলি মা এটা তুই ....হা থাকুরে তুমি আমায় কি দেখালে।" বরুন চুপ। কোন কথা বের হল না তার মুখ দিয়ে। একদৃষ্টে সে সুদক্ষিণার দিকে তাকিয়ে রইল। এভাবে তার বৌঠান চলে যাবেন , সে কল্পনা করেনি। এক প্রশ্ন ভরা চোখে সে সুদক্ষিনার মৃতদেহের দিকে তাকিয়ে রইলো। বুড়িমা সুদক্ষিণার পায়ে মাথা রেখে কাঁদতে থাকলেন। কিন্তু অন্নপূর্ণা দেবি কাঁদেননি। না কষ্ট পেয়েছেন। বরুণ পাথরের মত সুদক্ষিণার দিকে তাকিয়েছিল , অন্নপূর্ণা দেবি তাকে নাড়া দিয়ে বলেন, "বরুন... জেগে ওঠ। এভাবে দাঁড়িয়ে থাকার সময় না এটা। তোর দাদার এত বড় দিন আজকে , এত বড় অনুষ্ঠান হচ্ছে , আমি তাতে কোনো বাধা চাইনা" এতটা বলে তিনি সুদক্ষিনার মৃতদেহের দিকে তাকিয়ে বলেন , " এক্ষুনি নিয়ে গিয়ে দেহ পুড়িয়ে দে গঙ্গাপাড়ে। তারপর ওখানেই অস্থি বিসর্জন দিয়ে দে। কেউ যেন কানাকান খবর না পায়। এই মেয়ে যতদিন বেঁচেছিল অরুণকে কষ্ট দিয়েছে। আমি চাইনা মরার পরও ও সেটাই করুক।" এতটা নিষ্ঠুর , এতটা পাষণ্ড কেউ হতে পারে...। অন্নপূর্ণা দেবি নিষ্ঠুরতার সব সীমা ছাড়িয়ে গেলেন।

"কিন্তু মা..." বরুণ কোন কথা বলার আগেই অন্নপূর্ণা দেবি তাকে বাধা দিয়ে বলেন , "কোনো কিছু না। যা বললাম কর। এটা আমার আদেশ" এতটা বলে তিনি অরুনের ঘরে যান , সেখান দিয়ে চুক্তিপত্র নিচে নেমে এসে বরুন কে বলেন " আমি জলসায় ফিরে যাচ্ছি। যা বললাম সেটা কর। রাতের মধ্যেই যেন সব সম্পূর্ণ হয়ে যায়" এই বলে তিনি চলে যান।

বরুণের যে কষ্ট হয়নি তা নয় কিন্তু অন্নপূর্ণা দেবির কথা সে ফেলতে পারবে না। নিজেকে সামলে সে কয়জন বেহারাকে ডাকে , তারা লোকনজর লুকিয়ে গ্রামের অন্তে ,গঙ্গার পাড়ে সুদক্ষিণার দেহ নিয়ে যায়। শৈলেন্দ্রের কোনো জ্ঞান নেই। সবকিছু অচল হয়ে গেছে তার জন্য ,দিগ্বিদিক শূন্য হয়ে গেছে। বরুণ তাকে কোনরকমে সামলে সেখানে নিয়ে যায়। চন্দন কাঠের উপর শোয়ানো হয় সুদক্ষিণার দেহ। প্রায় চেতনাহীন অবস্থা শৈলেন্দ্রের। পুরহিত মন্ত্র পড়েন। শৈলেন্দ্রের হাতে মশাল দিয়ে বরুণ তার হাতটা ধরে। ......তারপর...... জ্বালিয়ে দেওয়া হয় চন্দনকাঠের শয্যা। চোখের সামনে তারা দেখে সুদক্ষিণার দেহ একটু একটু করে পুড়ে যেতে লাগল সুদক্ষিণা। শেষ হয়ে যায় সব। অগ্নিদগ্ধে মিলিয়ে যায় সে। শত কষ্ট , শত অপমান , শত লাঞ্ছনা , শত দুঃখের সমাপ্তি ঘটে। তার দেহের সাথে শেষ হয়ে যায় তার অস্তিত্ব।

অগ্নিদগ্ধান্তে অবশিষ্ট হয়ে পড়ে থাকে শুধু কয়েক মুঠো ছাই । সেগুলো কলসে ভরে ভাসিয়ে দেওয়ার নিয়ম । শৈলেন্দ্রের হাত ধরে বরুণ ভাসিয়ে দিল সেই ছাই । বিদায় হলো সুদক্ষিণা...... শেষ বিদায় , অন্তিম বিদায় । যেই গঙ্গার একবারে অরুণের অত বড় জলসা সেজে উঠেছে সেই গঙ্গার-ই অন্যপারে বিদায় নিল সুদক্ষিণা , সবার অলক্ষ্যে ।

সব শেষ । সবকিছু শেষ করে বাড়ি ফিরে আসে শৈলেন্দ্র ও বরুণ । ভোর হয়ে এসেছে । শৈলেন্দ্র চেতনা হারিয়েছে । তার চোখ খোলা , নিঃশ্বাস পড়ছে , তবু যেন... সে জীবিত না ।

রাতে বাড়ি দিয়ে বের হয়ে অন্নপূর্ণা দেবি জলসা স্থানে পৌঁছান । জলসা স্থান থেকে বাড়ির দূরত্ব অনেক । সেখানে প্রবেশ করে সে দেখে চারিদিক সব চুপ ,বাজনা বাজছে না , গান হচ্ছে না , হইহুল্লর নেই । একেবারে শান্ত সব । শোনা যাচ্ছে তো শুধু কমলিনীর বুকফাটা চিৎকার করে কান্নার শব্দ । অন্নপূর্ণা দেবি কে দেখামাত্র সে তার কাছে গিয়ে বললো “ কই গেচিলে গো বড়গিন্নি । এ দিকে যে সব শেষ হয়ে গেল" এই বলে সে কেদে কেদে আঙ্গুল দিয়ে একটি দিকে নির্দেশ করে । অন্নপূর্ণা দেবি সেদিকে তাকান , আর দেখেন ......দেহ...... মৃতদেহ ......অরুণের । অন্নপূর্ণা দেবি নিশ্চল হয়ে যান । শ্রীধর তার কাছে এসে তাকে সমস্ত ইতিবৃত্ত সোনায় ,ওনার যাওয়ার পর ওখানে কি কি হয়েছে । অপুরুস্বত্তের লজ্জা , গ্লানি অরুণ সইতে পারে না । সমস্থ মানুষের হাসির শব্দ তার বুকের মধ্যে তীরের মত বিঁধে যায় । সে খাবারের টেবিলের সামনে রাখা ছুরি দিয়ে নিজের হাতে ধমনী কেটে ফেলে । জলসায় অনেক ইংরেজ ডাক্তার রয়েছেন , শত চেষ্টা করেও ওনারা অরুন কে বাঁচাতে পারেন না ।

অন্নপূর্ণা দেবি সব শোনেন । অরুণের দেহের কাছে তিনি যান , এবং......... থপ করে মাটিতে পড়ে যান । হৈ হৈ পড়ে যায় চারিদিকে । একজন ডাক্তার কাছে এসে তাকে পরীক্ষা করে জানান... তিনি মারা গেছেন । হয়তো অরুণের মৃতদেহ দেখে অন্নপূর্ণা দেবি সেটা সহ্য করতে পারেন না... ডাক্তারি ভাষায় তার হার্ট অ্যাটাক হয় এবং তৎক্ষনাত তিনি প্রাণ হারান । হরিঘোষালের পরিবার সম্পূর্ণ ভেঙে পড়ে । তারা একটি মৃত্যু সহ্য করতে পারছিল না , কি তার ওপর আরো একটি ।

জলসায় কিছু গ্রামের লোকজনও উপস্থিত ছিলেন । ওনারা সকলে মিলে ধরাধরি করে দুটি মৃত দেহ ও বাকিদের বাড়ি পৌছিয়ে দেন । ভোর হয়ে এসেছে । এদিকে তখন শৈলেন্দ্র অচেতন অবস্থায় মেঝের উপর বসে । বরুণ ও মাথায় হাত দিয়ে তার পাশে বসে আছে । হঠাৎ-ই লোকজন এসে অরুণ ও অন্নপূর্ণা দেবির মৃতদেহ তার চোখের সামনে এসে শুইয়ে রেখে যান । পিছন পিছন কাঁদতে কাঁদতে কমলিনীরা ঢোকে । শৈলেন্দ্রও দেখে কিন্তু তার বোঝার ক্ষমতা লোপ পেয়েছে । বরুণ দেখে উপরে পরে মরা গুলোর উপর , “ এ.....এ....কি.....” কথা বলার শক্তি নেই , গলা কেপে ব্যাস এতটুকুই বের হলো তার । শ্রীধর ওর কাছে যায় , জলসার সমস্থ ঘটনা বলে । বরুণ যেন পুরো পাথরের মত হয়ে যায় । একের পর এক মৃত্যু শেষ করে দেয় তাকে ।

লাবন্য এদিকে ওদিকে তাকিয়ে কাঁদতে কাঁদতে বলে , “ সুদক্ষিণা কোথায় ঠাকুরপো ...ওকে নিচে ডাকুন ।" জলভরা চোখে বরুণ মুখ তুলে বলে “ নেই...” “নেই মানে ?” কমলিনী জিজ্ঞেস করে । মা ও দাদার মৃতদেহর দিকে তাকিয়ে বরুণ তাদের সুদক্ষিণার সব কথা জানায় , সকল কথা । সকলে একেই শোকাহত ছিল , কিন্তু সুদক্ষিণার মৃত্যু ও তার সৎকারের কথা শুনে তারা অর্ধমৃত হয়ে গেল । হাসিখুশি , আনন্দয় মেতে থাকা চাটুজ্যে বাড়ি , সেদিন মৃত্যুপুরীতে পরিণত হল । বুক চাপড়ে কাঁদতে কাঁদতে কমলিনী বলল “ তুমি এ কি দেকালে ভগবান" আর বরুণ.........

ভোরের আলোয় মৃতদেহগুলির সামনে পাথর হয়ে বসে রইল। ....
....
....

ভেসে চলেছে সুদক্ষিণা, ছাই রূপে, মা গঙ্গায়। আজ তার আত্মা খুব খুশি। সে রোগমুক্ত। সে ভাসতে ভাসতে চলেছে সেই জায়গায় যেখানে রয়েছেন মধুমন্তি, শান্তিপ্রিয়া দেবি, শিবরাম বাবু। ওনারাও তো রয়েছেন এই মা গঙ্গায়। সুদক্ষিণাও তাই ভেসে চলে এই মা গঙ্গার মধ্যে দিয়ে। তার মা এদের এবং বাবার কাছে। সুদক্ষিণা মিলছে সোদু রূপে, তার বাবা মায়ের বুকে। মধুমন্তি, শান্তিপ্রিয়া দেবি, শিবরাম বাবুও যে তার অপেক্ষায় ছিলেন। তারা যেন সকলে আলিঙ্গন করল সুদক্ষিণা কে। মা গঙ্গার বক্ষে যেন চারটি আত্মা মিলেমিশে একাকার হয়ে গেল। তারা আজ খুশি। যেন সুদক্ষিণা বলে উঠলো, " আমি এসে গেছি মা " ও মধুমন্তি যেন তার কপালে চুম্বন করে বলল, " এবার দিয়ে আমরা একসাথে থাকব সোদু।"

।।সমাপ্ত।।

www.ingramcontent.com/pod-product-compliance
Ingram Content Group UK Ltd.
Pitfield, Milton Keynes, MK11 3LW, UK
UKHW042108021026
15589UKWH00001B/263

9 798889 866510